Gallmeister

KINGDOMTIDE

Rye Curtis

Kingdomtide

Roman

Traduit de l'américain
par Jacques Mailhos

Gallmeister

FICTION

Ouvrage publié sous la direction de Philippe Beyvin

Titre original: KINGDOMTIDE

ISBN 978-2-35178-206-4
ISSN 1956-0982

Photo de l'auteur © Lauren Damaskinos
Illustration de couverture © Audrey Spiry
Conception graphique : Aurélie Bert

pour Mimi

I

J'AI CESSÉ de formuler le moindre jugement sur quiconque, homme ou femme. Les gens sont ce qu'ils sont, et je ne crois pas qu'il y ait grand-chose à dire sur la question. Il y a vingt ans, j'aurais pu avoir une opinion différente, mais à l'époque, j'étais une Cloris Waldrip différente. J'aurais pu continuer à être la même Cloris Waldrip, celle que j'avais été pendant soixante-douze ans, si je n'étais pas tombée du ciel dans ce petit avion le dimanche 31 août 1986. C'est stupéfiant de constater qu'une femme peut approcher la fin de sa vie et découvrir qu'elle se connaît à peine elle-même.

J'étais assise près du hublot et mon cher mari, M. Waldrip, se tenait à ma droite. Ses mains s'affairaient à triturer une vieille cuticule. Mon mari était un homme gentil ; il avait un visage d'oiseau et portait de grosses lunettes. Il est né à Amarillo, au Texas, d'un père vendeur de stores et d'une mère sage-femme. La toute première fois que je le vis, c'était pendant l'été 1927, lors d'un bal du comté organisé à la mairie. C'était après que sa famille avait déménagé de la bruyante ville-champignon d'Amarillo pour la bonne vieille petite ville de Clarendon, environ cent kilomètres plus à l'est, où je suis née et où j'ai grandi. C'était un garçon terriblement beau, grand aux cheveux sombres. Mais il portait une petite casquette bleue qui lui donnait un air extrêmement bête. Nous n'étions que des enfants. Je venais d'avoir treize ans. Il m'offrit une rose lamentablement fanée qu'il avait volée dans le jardin de Mme McKee.

En ce matin d'août 1986, il avait une petite coulure de gelée de piments jalapeño sur le menton. Elle était là depuis notre petit déjeuner offert par la maison au Big Sky Motel de Missoula, dans le Montana. J'allais lui dire de se servir du mouchoir que j'avais brodé de ses initiales il y avait quelque onze Noëls de cela, mais il s'était déjà lancé dans un monologue sur la pluie à l'adresse du pilote. C'était son habitude, avec les hommes qu'il venait de rencontrer.

M. Waldrip nous avait organisé un vol touristique à destination d'un aérodrome situé près d'une cabane que nous avions louée dans la forêt nationale de la Bitterroot. Le pilote qu'il avait engagé était un jeune homme costaud et propre sur lui du nom de Terry Squime. Terry avait tout juste trente ans et venait de se marier. Il nous avait montré une photo de son épouse. Elle était jolie et ressemblait à Catherine Drewer, une petite brune irritante et malpolie que je connaissais de notre paroisse, de l'Église méthodiste unie, sauf que Mme Squime était sensiblement plus jeune, que sa mâchoire était un peu moins en forme de fer à cheval et que son nez n'évoquait pas tout à fait autant un vieux champignon. Plus tard, quand j'en viendrais à mieux connaître Mme Squime, que j'ai mise en garde contre la lecture de certains passages de ce récit, je me rendrais compte que c'était une jeune femme affable et altruiste, absolument dénuée de toute ressemblance avec Catherine Drewer.

M. Waldrip continuait à déblatérer sur la pluie et les dégâts causés par les castors, et je me remis à regarder par mon petit hublot. Le Cessna 340 est un petit bimoteur à six places ; le nôtre avait décollé d'un aérodrome aux abords de Missoula et volait maintenant vers le sud au-dessus de la chaîne des Bitterroot Mountains. Je veux que vous compreniez bien qu'il s'agit de vraies montagnes, le genre qui nous rappelle à tous, quel que soit notre âge, que nous sommes infiniment jeunes comparés à la Terre. Ces montagnes sont festonnées et tranchantes comme des cousines géantes des pointes de flèches que mon jeune frère Davy, Dieu garde son âme d'enfant, avait déterrées dans le canyon de Palo Duro quand nous étions petits. J'avais vécu pendant soixante-douze ans dans la Texas Panhandle*, et les montagnes ne sont pas ce que l'on pourrait appeler une caractéristique géologique de la région. La terre y est aussi plate qu'il est possible de l'être, et stable comme tout ce qu'il y a de stable dans la nature et dans l'esprit des hommes qui l'arpentent. Nous autres gens des plaines formons un peuple d'humains cloués au sol, et nous voyons fort peu de montagnes. Mais après en avoir vu ce que, désormais, j'en ai vu, quand je vous dis qu'il s'agissait de vraies montagnes, je vous garantis que vous pouvez me croire.

Cela faisait cinquante-quatre ans que j'étais mariée à M. Waldrip. Nous vivions dans une petite maison de ranch en briques sous l'ombre orbitale d'un château d'eau municipal qui alimentait les quelque deux mille âmes assoiffées que comptait Clarendon. La veille, à peine, nous avions

* Ainsi nommée pour sa ressemblance visuelle avec une queue de poêle ("panhandle"), cette région correspond au rectangle que forment les frontières du Texas dans leur secteur le plus septentrional. (Toutes les notes sont du traducteur.)

verrouillé notre porte d'entrée et pris notre pick-up pour l'aéroport d'Amarillo, d'où nous avions pris un vol régulier pour Missoula, avec une brève escale à Denver. Nous nous aventurions rarement loin de notre petite maison, et c'était le premier voyage que nous faisions depuis un bon bout de temps. Nous en avions passé la première nuit sous une lune pleine et ronde, au Big Sky Motel, à l'écart de la I-90, établissement tout en moquettes humides et lambris de bois. M. Waldrip n'était pas un homme pauvre, mais ce n'était pas non plus un homme dépensier. C'était une chose à laquelle je m'étais faite assez tôt dans notre couple.

M. Waldrip marqua une demi-seconde d'hésitation au sujet des pluviomètres, et Terry saisit l'occasion pour demander combien de temps nous comptions passer dans le Montana.

Seulement quelques jours, dit M. Waldrip. Notre pasteur et sa femme ont fait un séjour fabuleux, ici. On s'est dit qu'on se louerait une cabane, qu'on pêcherait un peu, et puis qu'on rentrerait chez nous. Ce qui est sûr, c'est que nous devons être de retour chez nous d'ici jeudi.

M. Waldrip aime laisser croire qu'il n'est pas à la retraite, dis-je.

Terry se retourna vers nous. C'était quoi, votre métier, monsieur ?

J'ai acheté un ranch en 45. On l'a revendu en septembre dernier, il y a presque un an.

Ah, je suis sûr que vous allez passer un super séjour ici, dit Terry.

On y compte bien, dit M. Waldrip, et il arracha la cuticule de son pouce. Une goutte de sang perla sur le bord de son ongle ; il l'essuya sur son blue-jean.

Si vous vous occupiez du linge de M. Waldrip, vous tomberiez sur plusieurs blue-jeans ainsi tachés de sang. Si vous ne le connaissiez pas, vous pourriez le prendre pour quelqu'un de bagarreur. Mais pour autant que je m'en souvienne, la seule altercation physique qu'il ait jamais eue fut avec un vilain vieil opossum qui s'était blessé contre un clou sur notre terrasse. M. Waldrip avait ses petites façons à lui d'être nerveux. J'imagine que c'était dû au fait que son esprit avait toujours deux ou trois pas d'avance sur le reste de sa personne, vif comme il l'était, et que les efforts que le reste de sa personne devait faire pour le suivre le rendaient nerveux.

Et vous, madame Waldrip, vous aviez un travail ? demanda Terry.

J'avais enseigné l'anglais à l'école élémentaire et été bibliothécaire pendant quarante-quatre ans, et je le lui dis. J'ai pris ma retraite il y a deux ans, ajoutai-je.

Maintenant, on n'a que le temps de se reposer, dit M. Waldrip en me tapotant le genou.

Des enfants ? dit Terry.

Ça ne s'est jamais fait, dit M. Waldrip.

Je me retournai vers mon petit hublot. Le ciel bleu et la vitre me renvoyaient mon reflet. Cela me rappela le portrait ovale de mon arrière-grand-mère June Polyander qu'elle avait eu au-dessus de son lit jusqu'à sa mort, à plus de quatre-vingt-dix ans. J'arrangeai mes cheveux. Je les portai coiffés comme la plupart des dames de la paroisse. Permanentés, comme nous disions. Quand j'étais jeune, ils étaient de la couleur de l'herbe d'amour en hiver, et je les portais plus longs à l'époque. Ils se sont mis à grisonner avec la quarantaine. Plus ils devenaient gris, plus ils devenaient blancs, plus M. Waldrip disait que je ressemblais à un pissenlit monté en graine.

Je n'ai jamais été une grande beauté – mon nez ressemble trop à un nez d'homme pour que je mérite cette appellation – mais j'ai toujours fait de mon mieux pour être présentable. Une femme aux cheveux en épis du nom de Lucille Carver venait très souvent à l'église en ayant l'air de s'y être fait propulser par un canon. Je n'ai jamais compris pourquoi elle se laissait aller à sortir de chez elle comme ça. Je m'étais toujours dit que ça avait à voir avec une forme de manque de respect pour le culte et de mépris envers la féminité, mais aujourd'hui je n'en suis plus si sûre. En ce chaud dimanche d'août je portais une jupe plissée beige et un chemisier blanc, et j'avais pris mon joli sac à main en cuir. Aujourd'hui, je suis sacrément contente d'avoir choisi ce jour-là de porter mes chaussures de marche les plus confortables.

J'imagine que les femmes comme moi appartiennent au passé. À Dallas, j'ai vu une jeune femme aux cheveux longs, gras et emmêlés tenir pour un homme la porte d'un restaurant. Sur le moment, je me suis dit que cette femme n'avait pas le moindre sens de l'étiquette ni des convenances. Je pense néanmoins aujourd'hui que cette femme était un signe des temps. Peut-être un signe de quelque chose de bon et de nouveau pour l'avenir.

J'ai passé ma vie entière en compagnie de femmes dont je me sentais proche, assise sur le quatrième banc de l'église méthodiste. Je sais qu'elles ont toutes traversé des épreuves et qu'elles ont toutes souffert d'une manière ou d'une autre. Mary Martha était née avec un rein bizarrement formé qui ne fonctionnait pas comme il aurait dû, qui la faisait beaucoup souffrir et qui donnait au blanc de ses yeux une couleur de jaune d'œuf. Sara Mae avait perdu son petit garçon dans un accident impliquant une balançoire fabriquée avec un pneu, et Mabry Cartwright ne s'était jamais mariée, à cause de ses dents qui ressemblaient à des copeaux de bois et de son haleine qui avait tout d'une brise passant sur un élevage industriel. Je ne sais pas ce que valent mes propres tourments et tribulations comparés à ceux de ces femmes. Nous ne connaissons rien de la souffrance des autres ; nous connaissons seulement la nôtre. Néanmoins, il m'arrive parfois de me demander si aucune d'entre elles eût pu survivre à la Bitterroot.

J'ai oublié de vérifier si on a bien éteint la lumière dans le cellier, dit M. Waldrip en regardant au-delà de moi par le hublot.

Je lui dis qu'il me semblait que oui.

Je pris un bonbon dans mon sac à main et le déballai. J'avais alors un faible pour les caramels, mais aujourd'hui je n'en mange plus. Je n'en ai plus le goût. J'avais eu du mal à trouver le sommeil la nuit d'avant, au Big Sky Motel, à cause de la proximité de la route, et j'étais fatiguée. Je laissai aller ma tête contre le dossier et mangeai le caramel. Les montagnes bordaient le hublot, et je m'assoupis en écoutant M. Waldrip parler d'irrigation à pivot central.

Je me réveillai lorsque M. Waldrip posa une main sur mon genou. Le petit avion se faisait terriblement secouer, et M. Waldrip se pencha en avant pour essayer de regarder dans le cockpit. Depuis le début, j'étais anxieuse d'être dans les airs comme ça. Exception faite du vol qui nous avait amenés à Missoula, je n'avais jusque-là pris l'avion qu'une seule fois dans ma vie. C'était en juin 1954, je venais de fêter mon quarantième anniversaire, et nous volions vers la Floride pour rendre visite à Samuel Waldrip, le frère malade de M. Waldrip. Nous avions aussi vu la plage.

M. Waldrip retira sa main de mon genou et dit : Maintenant je suis à peu près sûr d'avoir laissé la lumière du cellier allumée.

Je me demandai pourquoi il me réveillait pour me dire une chose aussi stupide, mais je ne le lui dis pas. Je crois qu'il voulait avoir ma compagnie. La coulure de gelée était toujours là, sur son menton. J'ouvris mon sac à main pour y prendre un mouchoir, et l'avion fit une brusque embardée. Mon estomac remonta contre la boucle de ma ceinture de sécurité. Je me penchai sur le côté et regardai dans le cockpit. Le bras de Terry secouait les commandes, coude levé haut, tout agité. L'avion se stabilisa et je me rassis.

M. Waldrip demanda à Terry s'il y avait un problème. Terry ne répondit pas. Il regardait droit devant lui comme si la dernière chose qu'il eût envie de faire était de se retourner vers nous. Je fixai mes yeux sur l'arrière de sa tête. Je me souviens avoir alors eu sacrément peur de l'expression qui devait se lire de l'autre côté.

Le petit avion fit une nouvelle embardée. Je n'en avais pas envie, mais je regardai malgré tout par le hublot. Une chaîne de montagnes terrifiantes jaillit vers nous comme des griffes ouvertes cherchant à nous saisir en plein vol. L'avion se stabilisa de nouveau. Le soleil se reflétait sur l'aile comme à la surface d'une mare, et je mis ma main sur mes yeux. M. Waldrip reposa la sienne sur mon genou. Je le regardai.

Tout va bien, Clory, dit-il. Ce ne sont que des cahots, comme sur la route que tu n'aimes pas.

Quelle route ?

La route dont tu te plains, dans le pâturage de l'est.

Je lui dis que je ne pensais pas être du genre à me plaindre d'une route.

Le petit avion poussa des gémissements, et derrière le hublot l'hélice avait tellement ralenti que je pouvais en discerner chaque pale. Il me vint à l'esprit que j'ignorais, de manière générale, comment les avions faisaient pour voler, et je décrétai alors que nous étions tous des imbéciles d'être montés à bord d'un tel appareil. Le nez plongea et je me rendis compte que nous descendions parce que mes bras étaient légers et que toutes mes entrailles semblaient flotter. L'arrière de la tête de Terry me terrifiait encore plus maintenant, comme si ce que je voyais eût été le visage plat, poilu et dénué de traits de Satan en personne.

J'attrapai la main de M. Waldrip et me tournai vers lui. Il refusait de me regarder. Ni l'un ni l'autre des deux hommes ne voulait me regarder. J'imagine qu'ils n'osaient pas voir leurs propres peurs confirmées dans l'horreur brute que pouvait afficher le visage d'une femme. M. Waldrip regardait devant lui.

Par le hublot, je voyais les montagnes se dresser de plus en plus haut au-dessus de nous. L'avion tressautait et mon siège vibrait.

Nos deux mains serrées étaient désormais moites, et je me tournai vers M. Waldrip.

Il regardait toujours droit devant lui, et dit à l'adresse de personne en particulier : Qu'est-ce qui se passe ?

Terry ne lui répondit pas.

Je ne lui répondis pas.

J'ai toujours été profondément déconcertée de ne pas avoir prié à ce moment-là. Au lieu de cela, je pris le visage de M. Waldrip dans mes mains et je lui pressai les joues. Il paraissait sacrément terrifié, et honteux comme un petit garçon, et il ne ressemblait presque plus à lui-même. Durant toutes nos années de mariage, je ne lui avais jamais vu une expression comme ça. Je lâchai son visage et posai ma tête contre son torse. Mon Dieu, la gêne que nous allions éprouver si tout cela devait finir par se calmer !

J'entendais à l'intérieur de M. Waldrip ces éternels bons vieux battements de cœur qui s'accéléraient et s'accéléraient, puis j'entendis à travers sa poitrine sa voix étouffée et puissante, comme quand notre pasteur, Bill Dow, prêchait dans son microphone neuf. Soudain, elle me fut étrangère, comme si elle me fût parvenue depuis quelque univers horrible dans lequel je n'eusse nourri aucune croyance.

Il dit en haletant que j'étais une épouse. J'aime à penser qu'il voulait dire que j'étais une *bonne* épouse, mais l'avion tapa avant qu'il pût se reprendre.

Cela fit un bruit assourdissant. J'ignore comment un bruit comme ça peut se produire. Peut-être que l'impact avait fracturé la totalité des sons connus en de petits fragments que je ne pouvais plus reconnaître pour ce qu'ils étaient. Terry poussa un hurlement atroce qui n'avait rien de masculin, et je me souviens avoir été ébahie par la façon qu'ont les gens d'exprimer leur crainte de Dieu en des instants pareils. Aucun d'entre nous ne se comporta comme nous nous étions comportés durant la quasi-totalité de nos vies respectives. Aujourd'hui encore, je ne puis décrire les bruits que Terry fit autrement que comme ceux d'un dindon qui tenterait de glouglouter dans notre langue. Je persiste à croire qu'il a dit *Dieu sauve Mme Custard*, mais je n'ai toujours pas la moindre idée de ce qu'il a pu vouloir dire par là.

M. Waldrip ne lâcha pas le moindre pépiement et me fut arraché, et tout ce que je pus voir furent les semelles éraflées des bottes de cow-boy en peau de crocodile que je lui avais offertes il y avait des années de cela pour une occasion dont je ne me souviens plus aujourd'hui. Un objet me coupa le souffle et vint s'appuyer sur mon épaule. Je ne me rappelle plus à quel moment je me rendis compte que nous avions cessé de bouger. Je me rappelle seulement que le caramel que j'avais mangé m'était remonté jusqu'au fond de la gorge.

Une thermos de merlot coincée entre ses cuisses et un revolver calibre 44 à la hanche, le ranger Debra Lewis roulait sur la piste de terre délavée par le soleil qui menait à Egyptian Point, un site d'observation situé haut dans la montagne où les adolescents des contreforts montaient pour se droguer, boire et faire l'amour. Une femme shoshone aux jambes arquées du nom de Maggie Silk Foot vivait juste à côté, dans un mobile-home, et elle avait appelé la station par radio au sujet d'un feu de camp, de gros mots et de fantômes dans les bois. Lewis avait jeté une bombe de spray anti-ours sur la banquette arrière du Jeep Wagoneer 1978 vert et marron au cas où les jeunes se fussent montrés belliqueux.

En arrivant, elle vit deux pick-up garés au bout de la piste. Le soleil de midi projetait des ombres noires noueuses sous leurs bas de caisse, et deux bouledogues à la robe claire dormaient là, enchaînés aux attelages de remorque. Lewis se gara et regarda dans le rétroviseur le chapeau d'uniforme qu'elle portait sur des cheveux brun chêne coiffés en dégradé et coupés aux épaules à la manière d'un petit garçon. Elle porta une manche de son uniforme contre une rangée de dents tachées par le vin et les essuya.

Elle gravit à pied le sentier qui menait à Egyptian Point, la bombe anti-ours dans une main et la Thermos dans l'autre, jusqu'à y parvenir. Des voix portées par le vent et une manche de manteau disparurent dans un bosquet de pins blancs. Elle accrocha la Thermos à sa ceinture et fourra la bombe dans l'une de ses poches. Des monolithes de granit encerclaient la clairière. Des volutes de fumée s'élevaient d'un trou rougeoyant où finissaient de brûler des morceaux de chaises longues et un sac en plastique déchiré. Des canettes de bière noircies tressautaient aux pieds d'un mannequin de grand magasin défiguré orné d'une couronne de préservatifs usagés. Visibles un peu partout, grossièretés et prénoms se trouvaient enlacés, gravés et peints dans la pierre et les troncs. De derrière un talus de granit boisé d'épicéas provenaient des murmures, et des paires d'yeux y tournoyaient dans l'ombre.

Bon, les bouseux, vous allez tous m'écouter comme si votre vie en dépendait, dit Lewis. Parce que je pourrais bien décréter que c'est le cas.

Elle se rapprocha en décrivant un cercle, trébuchant un peu, croisant ses jambes comme une danseuse. Elle posa la main sur la crosse du revolver qu'elle portait à la ceinture.

Vous ne pouvez pas faire les putains de trucs que vous faites ici, dit-elle. Vous ne pouvez pas boire de l'alcool ni fumer je ne sais quoi ici. C'est une zone protégée. Au-delà du vieux panneau que vous avez vu là-bas, c'est la nature sauvage. Et la putain de loi, ici, c'est moi. L'adulte, ici, c'est moi. Rentrez chez vous, bordel, rentrez chez vous.

Aucune réponse ne vint.

Si je ne vous vois pas descendre vite fait, bande d'abrutis, je jure devant Dieu que je ne serai pas contente. J'ai relevé les immatriculations de vos véhicules, là-bas.

Elle se retourna pour s'en aller et vit, recroquevillée dans une alcôve entre deux rochers défigurés de façon pornographique, une adolescente aux cheveux blancs et aux dents de cheval. Cette fille ne portait rien d'autre qu'un soutien-gorge, et elle ne cligna pas des yeux. Elle regardait Lewis et porta ses mains en coupelle sur ses petits seins. Ses côtes apparentes s'agitaient au rythme de sa respiration rapide. Son visage était sale et son front arborait des marques de suie comme les chrétiens s'en font le mercredi des Cendres. Lewis avait trente-sept ans et jugeait que la fille devait bien avoir vingt ans de moins qu'elle. Elle la regarda un instant droit dans les yeux puis regagna le bout du sentier, où elle s'assit dans le Wagoneer et but à sa Thermos de merlot jusqu'à ce que les silhouettes souples des adolescents caquetants sortent des bois pour passer devant elle deux par deux comme les enfants abandonnés d'un conte, puis s'en aillent à bord de leurs pick-up tandis que le soleil se couchait derrière des sommets lointains.

Lewis roula vers la petite cabane en pin dans laquelle elle vivait depuis onze ans. Elle se trouvait juste à l'écart d'une route de montagne dans une forêt alpine près de maisons de vacances inoccupées. Elle but de nouveau à sa Thermos et écouta la seule station de radio dont les ondes parvenaient jusqu'à cette zone de la montagne.

Vous écoutez *Interrogez le Dr Howe*, je suis le Dr Howe, et nous avons le temps pour un dernier appel avant que je reprenne l'antenne plus tard dans la soirée. Merci d'avoir appelé, Sam, que puis-je pour vous ?

Une voix dolente et fatiguée n'appartenant distinctement ni à un homme ni à une femme demanda pourquoi les gens mettaient un tel acharnement à ne pas se comprendre les uns les autres.

Avant que le Dr Howe puisse répondre, Lewis fit une embardée pour éviter, par respect, de rouler sur un petit animal écrasé sur la route, et renversa la Thermos sur son uniforme. Elle invoqua le nom de Dieu en vain, la radio perdit le signal et se mit à cracher de la friture, et la réponse du Dr Howe disparut.

Il n'y avait pas un bruit. Puis j'entendis un sifflement, comme une bouilloire. J'ouvris les yeux. Je ne suis pas sûre d'avoir jamais perdu conscience, mais je crois savoir qu'il est souvent difficile de se rendre compte de ce genre de chose. Une valise rouge vif, que je ne connaissais pas, me coinçait l'épaule. Je supposai que c'était celle de Terry. Je la repoussai. À l'endroit où se trouvait mon hublot, il y avait maintenant une grosse déchirure dans le fuselage, comme si quelqu'un avait ouvert une boîte de petits pois. Je défis ma ceinture de sécurité.

J'étais arrivée au bout d'un monde dans ce petit avion, et ce fut dans un calme terrible que je m'en extirpai par cette déchirure pour renaître dans un autre. L'avion s'était immobilisé sur un escarpement de granit près du sommet d'une haute montagne rocheuse, le nez à moins de trois mètres du bord d'où s'élevait, depuis beaucoup plus bas, une jungle de grands conifères qui semblaient me faire signe. Partout, ce n'étaient que montagnes. Deux grandes montagnes flanquaient celle où nous nous trouvions, et plus loin une chaîne aux crêtes enneigées se dupliquait à l'infini dans le lointain azur comme si tout ce qu'il y avait, et tout ce qu'il y avait jamais eu dans l'histoire du monde, eût été des montagnes.

Je portai ma main à mon front. Du sang. Mon visage en était couvert, et dans un fragment de verre cassé je vis que j'avais une petite coupure au-dessus du sourcil. Je ressemblais à un Indien paré de ses peintures de guerre. Je hurlai le nom de Richard aussi fort que je pus. Je n'utilisais d'ordinaire le prénom de M. Waldrip que lorsque je m'adressais directement à lui ; c'était une habitude que je tenais de ma mère.

Le soleil brillait et il faisait chaud. C'est étrange qu'un lieu si agréable et si joli puisse avoir l'air si maléfique. Nous étions haut dans la montagne, mais le sol n'était pas enneigé, et partout, de la roche, poussaient des plantes poilues aux fleurs écarlates sacrément belles. J'appris plus tard que ces plantes s'appelaient des pinceaux indiens. L'avion avait été coupé en deux. Il n'avait plus de queue.

Je me retournai vers le siège vide de M. Waldrip. Je hurlai encore son nom. Mes yeux allèrent de nouveau se poser sur le sommet des arbres en dessous de l'à-pic. Une des bottes de M. Waldrip se trouvait là, verticale, dans le bon sens, sur le rebord. Je me dirigeai vers elle. En chemin, je me retournai vers le petit avion et vis que le nez du cockpit s'était fait arracher. La plupart des instruments de vol avaient disparu, et Terry était assis sur son siège, ceinture toujours bouclée, offert à tous les vents. J'étais certaine qu'il était mort.

Arrivée au rebord de l'à-pic, je vis M. Waldrip cinq ou six mètres en contrebas, étendu face en avant sur le sommet d'un grand épicéa. Il était sacrément haut au-dessus du sol. Je hurlai pour lui demander s'il allait bien, mais j'aurais déjà dû connaître la réponse à cette question. Il ne bougeait pas et je voyais que du sang coulait de son fond de pantalon. Je hurlai encore son nom. Je craignais qu'il fût suspendu là, paralysé, incapable de me répondre. Je ne pouvais absolument rien faire. Je ne pouvais pas l'atteindre, et même si je l'avais pu, à quoi cela aurait-il servi ? C'est là que pour la première fois, je pensai à prier. Je m'agenouillai au bord de cet à-pic, face à l'immense vallée qui s'étendait devant moi, et je priai : Notre Père, qui êtes aux cieux, M. Waldrip est là accroché dans un arbre, et il est gravement blessé. S'il vous plaît aidez-nous, s'il vous plaît aidez-nous, s'il vous plaît sauvez-nous, Seigneur… Je tourne constamment les yeux vers l'Éternel, car Il fera sortir mes pieds du filet.

Je priai comme ça pendant quelque temps jusqu'à ce que le blue-jean de M. Waldrip devînt intégralement pourpre. Je serais sans aucun doute encore agenouillée en prière s'il n'y avait pas eu, dans mon dos, un hurlement comme je n'en avais jamais entendu auparavant. C'était un cri du genre aigu, très mouillé et très débile. La meilleure description que je pourrais en faire – et c'est une image répugnante pour laquelle j'espère que l'on me pardonnera – est que c'est comme ça que j'imagine qu'une personne simple d'esprit beuglerait si on la brûlait vive.

Eh bien moi aussi, je beuglai, et je pris mon visage dans mes mains. Au bout d'un long moment, je me retournai et je baissai mes doigts. Mon Dieu ! Terry avait repris conscience et il mâchait du sang à pleine bouche, en poussant ce cri atroce, encore et encore. Un des résidents de mon bâtiment, ici à l'établissement d'accueil pour personnes dépendantes de River Bend, à Brattleboro, dans le Vermont, a un fils, Jacob, qui est dans un fauteuil roulant, incapable de bouger son corps, pas même ses paupières. C'est horrible. Une aide-soignante doit lui fermer les yeux la nuit et les ouvrir le matin. C'est une femme forte à grosse tête vêtue d'un uniforme blanc avec une petite bouteille de sérum physiologique à la ceinture qu'elle utilise pour humidifier ses yeux toutes les deux minutes tout au long de la journée. Jacob est peut-être incapable de cligner des yeux, mais je vous garantis qu'il peut crier. C'est à peu près tout ce qu'il peut faire. Quand je l'entends dans les couloirs, cela me rappelle Terry.

Je m'approchai un peu. Terry n'allait pas bien du tout. Il avait recraché un segment de sa mâchoire qui contenait encore plusieurs dents et qui était tombé dans son col de chemise. Un de ses yeux bleus était complètement noir. À son comportement, il semblait incapable d'y voir quoi que ce fût avec aucun de ses yeux. Il continuait à pousser ses cris fous, et je faisais écho à chacun d'entre eux. Mes mains tremblaient et mon cœur bondissait comme un lièvre. Nous étions juste là, lui et moi, à nous hurler dessus l'un l'autre. Dans un monde meilleur, ce grand spectacle eût pu être comique.

Terry se tenait tout droit à quelques mètres de hauteur, sanglé sur son siège, exalté comme un superviseur terrible de faits terribles. Je me tenais debout devant lui, je continuais à hurler à m'en rendre folle, sans la moindre espèce d'idée de ce que je devais faire. En tendant la main, j'aurais pu tout juste atteindre ses tibias pour le réconforter, mais je ne voulais pas le toucher, et je m'en sentais vraiment coupable. Je venais d'une famille méthodiste, et on m'avait appris à garder la charité et la compassion dans mon cœur, mais il n'y avait rien au monde que j'eusse pu faire pour cet homme.

Au bout d'un long moment affreux, comme un bébé, il se calma de lui-même et se mit à roucouler doucement. Il leva la main comme pour annoncer un décret et dit d'une voix très douce : C'est fini ?

Pardon ? dis-je.

Excusez-moi, j'ai toujours été franc avec mon dentiste. Est-ce que je suis chez le dentiste ? Attendez un instant. Ça y est, nous sommes morts ?

Mon mari est en haut d'un arbre, dis-je en pointant du doigt derrière moi.

Tant mieux pour lui, dit Terry. Depuis le temps qu'il y grimpait, à cet arbre.

Après cela, il prononça le mot *serveuse* au moins vingt fois et fit sous lui. Puis il beugla et demanda à voir son facteur afin de lui confier une lettre pour un proche dont il avait oublié le nom et l'adresse. Il continuait à se comporter comme s'il eût cru qu'il était chez le dentiste et qu'il était en train de se faire arracher une dent sous gaz anesthésiant. L'idée me vint de lui demander ce qu'il pensait que nous devrions faire, mais je la rejetai. Pauvre homme.

Il dit : Serveuse, c'est l'heure du bain, serveuse, c'est l'heure du bain pour Samantha. J'en ai pincé pour mon facteur pendant des années, mais ça n'aurait jamais pu marcher. Il est tard. Allez-y, arrachez donc cette dent, votre gaz me donne la nausée. Je veux rentrer chez moi.

Je passai le reste de la journée désorientée, assise contre une paroi de roche calcaire, les jambes étirées dans une flaque de soleil, à faire tourner mon alliance sur mon doigt. M. Waldrip tenait cette bague de sa grand-mère Louise Waldrip, et elle racontait sans arrêt une histoire sacrément fumeuse selon laquelle son mari l'avait achetée à un Gitan contre un sac de farine et un pistolet à silex. L'histoire dit que le Gitan revint nuitamment et abattit le chien de berger qu'ils possédaient et qu'il vola tout ce qu'il y avait dans la maison, jusqu'aux rideaux, mais qu'il laissa la bague. Si j'avais été quelqu'un de superstitieux, la chose aurait pu m'inquiéter.

Pour autant que je pusse le voir, je n'étais pas gravement blessée. J'avais cette petite coupure au front, et l'arthrose de mon genou s'était mise à faire des siennes. Je m'étais urinée dessus, et j'en étais sacrément gênée, mais ce récit se doit de tout consigner, y compris les passages déplaisants que je préférerais taire. Peut-être surtout les passages déplaisants. Je ne voyais pas Terry d'où je me trouvais assise, derrière le petit avion, mais Dieu vous garde je l'écoutai toute la journée brailler et bredouiller à propos de gens que je ne connaissais pas qui faisaient des choses que je ne pouvais réconcilier avec aucune logique. Mon regard se portait souvent vers le bas de l'à-pic, sur la botte de M. Waldrip. J'essayai de rassembler suffisamment de volonté pour retourner au bord, là où son corps se trouvait accroché en haut de l'arbre, un peu en contrebas, mais je n'y parvins pas.

Comment se fait-il que je ne versai alors pas la moindre larme ? Je l'ignore. C'est drôle comme nos cerveaux se mettent au repos dans les moments de détresse. Je ne me rappelle pas avoir eu une seule pensée complète pendant un long moment. Plusieurs médecins différents ont suggéré que j'étais en état de choc. Ils ont peut-être raison. Il se pourrait que je le sois encore.

Quand l'obscurité commença à gagner les montagnes, j'en appelai aux cieux. Seigneur, dis-je, je Vous en supplie, ne me laissez pas mourir sur cette montagne dans le noir. Je Vous en supplie, Seigneur, sauvez-moi.

Dieu du Ciel, exista-t-il jamais une femme plus égoïste que moi ?

Puis Terry baissa la voix et dit : Vous ? Oui ! Un garçon ? Non, je ne crois pas. Je suis présent en deux exemplaires dans chaque baignoire. Pardonnez-moi, excusez-moi, je suis désolé. Je ne voulais pas que vous le découvriez. J'aime cet homme. En avez-vous fini, Dr Kessler ? Ce gaz me fait peur. Je ne peux pas bouger. J'ai une hallucination, je me vois sur une montagne.

Je retournai à l'avion en restant bien sur le côté pour ne pas avoir à regarder Terry. Je ne voyais que ses jambes qui pendouillaient de son siège, et je percevais son odeur. Je lui demandai comment il se sentait.

Adulte, dit-il. Je me sens adulte. Je suis trop grand pour ce pantalon.

Bien, dis-je. Je parlai calmement pour qu'il cesse de beugler. Je lui demandai ce qu'il pensait que nous devions faire.

J'ai mal à la tête, dit-il. J'ai des caries ? De l'eau pour mon bain ! Serveuse !

Le soleil avait presque entièrement disparu sous les montagnes lointaines. Elles étaient d'un violet somptueux. Tout ressemblait aux aquarelles que la mère de M. Waldrip s'était mise à peindre quand elle était devenue vieille et folle comme un lapin et qu'elle avait décrété que la peinture était sa vocation et qu'elle s'était mise à porter ses pantoufles à ses mains. Toutes ses couleurs se mêlaient les unes aux autres et il était peu probable que quiconque pût deviner ce qu'elle imaginait avoir représenté.

Je fis le tour de l'avion pour mieux regarder Terry. Il avait les yeux ouverts. Ils étaient vides et luisaient comme les yeux de verre des trophées que les compagnons de chasse de M. Waldrip possédaient tous chez eux, accrochés aux murs, pour le plus grand dégoût de leurs épouses. Je n'ai jamais permis à M. Waldrip d'exposer un seul de ses trophées chez nous. J'ai toujours trouvé macabre d'accrocher des têtes au mur.

Terry mâchait ce bout de mâchoire cassée. Je frissonnai en le voyant. Je n'avais encore jamais été témoin d'une telle dose de violence. M. Waldrip et moi n'allions pas voir le genre de films qui proposaient cela. J'avais vu des gens mourir, mais pas comme ça. Père était mort en paix dans un lit en duvet d'oie cinq ans auparavant, et Mère l'avait suivi peu de temps après, d'une manière similaire, à l'âge de quatre-vingt-treize ans. Davy avait attrapé la fièvre et était mort dans son lit à l'âge de onze ans. Dieu ait son âme.

Il y avait un trou au-dessus de l'oreille droite de Terry. Je dis un trou, mais ce que je devrais dire, c'est qu'il lui manquait là une bonne partie de sa tête. Elle s'était fait prélever comme à l'aide d'une cuiller, et un petit morceau gisait sur son épaule comme un copeau de pulpe de melon. D'une voix de fausset, il s'était mis à entonner une chanson intitulée *Time After Time*, dont j'ai appris depuis qu'elle avait été popularisée deux ou trois ans plus tôt par une jeune chanteuse lesbienne du nom de Cyndi Lauper. Plus tard, la chère Mme Squime m'informa que Terry ne lui avait jamais parlé de cette chanson, et qu'elle ne pensait pas que c'était le genre de musique qui pouvait lui plaire, et qu'elle n'avait aucune idée des raisons qui avaient pu le pousser à chanter ça avant de mourir.

Je m'assis par terre devant lui. J'imagine que je n'avais pas envie d'être seule, même s'il n'était pas de très bonne compagnie. Il chanta cette chanson encore et encore, jusqu'à ce que j'en connaisse toutes les paroles par cœur. Le soleil avait complètement disparu et au-dessus de nous brillait une pleine lune claire. Au bout d'un moment, Terry se tut. Son visage amoché ne bougeait plus. Ses yeux étaient figés grand ouverts ; ils avaient cessé de regarder partout sans rien y voir, et leur bleu était devenu gris. Je sus alors qu'il était enfin mort. Je n'avais jamais rien vu de tel, et j'espérai ne plus jamais avoir à le revoir. Aujourd'hui encore, cela me hante.

Je remontai m'asseoir sur mon siège dans l'avion. Il commençait à faire froid. Mon manteau était dans mon sac, et mon sac avait disparu avec l'autre moitié de l'avion, que les autorités trouvèrent quelques semaines plus tard sur le versant nord du pic, éparpillée en des fragments qui formaient presque un hexagramme. Dans la valise rouge vif qui m'était tombée dessus lors de l'accident, je trouvai un pull en laine arborant un motif en zigzag chamarré comme j'avais vu des jeunes gens en porter à la télévision. C'était une sacrée chance pour moi que Terry eût été grand, car ses vêtements me fournirent profusion de matière et s'avérèrent fort utiles contre le froid. Je m'emmitouflai dans le pull et me laissai aller contre le dossier de mon siège.

Tout était alors terriblement silencieux, en dehors du souvenir de la chanson de Terry qui gazouillait encore à mes oreilles. Je m'efforçai de ne pas m'inquiéter de ma situation, ni du fait que M. Waldrip se trouvait toujours dans cet épicéa. Et je fis un effort pour ne pas regarder la nuque de Terry. D'où j'étais assise, elle ressemblait étonnamment à ce qu'elle était avant que nous ne tombions du ciel, comme si certains morceaux du monde avaient été figés dans le temps pendant que d'autres suivaient leur cours.

Il faisait bien noir et je n'avais plus aucune idée de l'heure qu'il pouvait être lorsque je grimpai dans le cockpit, où une petite lumière jaune clignotait dans ce qu'il restait du tableau de bord, à côté de la jambe de Terry. C'était une radio. Mon cœur bondit ! J'attrapai le récepteur et le portai à ma bouche. Je me rappelle avoir tremblé comme une folle, et avoir senti une forme de chaleur m'envelopper le cou et remonter derrière mes oreilles. J'enfonçai le bouton qui se trouvait sur le côté du récepteur et dis, encore et encore, Mon nom est Cloris Waldrip, à l'aide, mon nom est Cloris Waldrip, à l'aide, il y a quelqu'un ? Mon nom est Cloris.

Les yeux injectés de sang, les lèvres violacées, Lewis frottait une tache sombre sur son uniforme. Elle rinça la chemise kaki et la tint en contre-jour au-dessus de l'évier de la cuisine. Puis elle la replongea dans l'eau et prit un insigne en cuivre et le lava sous le robinet. Elle passa le pouce sur l'image en relief représentant un conifère puis reposa l'insigne et regarda par la fenêtre au-dessus de l'évier. La petite cabane en pin dominait un ravin sombre et étroit, et donnait, au-delà, sur la chaîne de montagnes.

Elle laissa l'uniforme tremper et passa dans le salon avec un verre de merlot. Elle s'assit sur le canapé et alluma le petit transistor posé au bout de la table, mais il ne captait rien. Au-dessus de la cheminée trônait la tête empaillée d'une minuscule biche que son ex-mari avait tuée quand il était petit garçon. Elle vit une guêpe se poser sur le nez noir poussiéreux. Elle entendit des voix dehors, à la porte. Lewis baissa le volume du transistor qui crachait de la friture. Il y eut des bruits de pas sur le perron de la terrasse. Elle finit son verre de merlot, éteignit la radio et alla à la porte. Elle l'ouvrit, laissant l'écran antimoustiques fermé.

Le ranger Claude Paulson se tenait appuyé au chambranle. Il avait le nez gris acier à cause d'anciennes vilaines engelures, mais en dehors de ça Lewis trouvait qu'il avait un joli visage. Il ôta de ses cheveux propres et sombres un chapeau d'uniforme et le tint devant sa taille. Salut, Debs, dit-il, désolé de te déranger comme ça le dimanche après neuf heures du soir. J'ai vu ta lumière.

Ça va, dit Lewis.

Claude vivait à côté dans une petite cabane lasurée de bleu, avec un golden retriever malade qu'il appelait Charlie. La fenêtre de sa chambre n'avait pas de rideaux, et Lewis le voyait souvent allongé dans son lit, en train de lire ou de dormir, bouche grand ouverte. La plupart des matins, elle buvait une tasse de café avec un peu de merlot en le regardant repasser son uniforme. Une fois, elle l'avait vu debout après minuit, tout nu au pied de son lit, en train de pleurer dans le pelage de son chien.

Lewis ouvrit l'écran antimoustiques et un homme gravit le perron en titubant derrière Claude, portant péniblement une caméra vidéo comme s'il se fût agi d'un gros parpaing. Affligé d'un thorax en bréchet, l'homme s'appuya contre un pilier de la terrasse, le teint jauni par la lumière artificielle. Il souleva la caméra de son épaule et passa une main tremblante sur son cou maigrichon. Il se gratta la joue, rouge et mal rasée, jusque sous le col de sa chemise. Bonsoir madame.

Claude fit un petit geste sec du pouce par-dessus son épaule et présenta l'homme comme s'appelant Pete, puis dit que c'était un vieil ami du lycée. Il va rester quelque temps avec Charlie et moi.

Ma bonne dame m'a quitté, dit Pete.

Bien désolée de l'apprendre.

Ça ira, madame, je vous remercie. Claudey a accepté de m'héberger le temps que je me retape.

Claude dit à Lewis que l'idée était que Pete l'aide à enfin capturer le fantôme de Cornelia Åkersson sur une cassette avec sa caméra vidéo. Il dit que ça ferait aussi du bien à Pete de s'inscrire au club des Amis de la Forêt, histoire de prendre un peu l'air.

Pete jeta un coup d'œil derrière lui en direction de la sombre route de montagne. Alors comme ça y a que vous et Claude, comme rangers, par ici ? Je pourrai peut-être vous aider, du coup, le temps que je me retape.

Pete avait bu quelques verres de cidre.

On traque ce fameux fantôme à un œil que vous avez par là, dit Pete. Il refit le nœud d'une maigre queue-de-cheval auburn et fixa la sangle de la caméra. Notre Claudey veut que je la prenne en photo, mais je lui ai dit que j'étais nul comme photographe. Il a toujours eu plus confiance en moi que moi-même. Je connais Claudey depuis le lycée, là-bas à Big Timber. C'est rudement bien d'être avec de bons amis quand on a besoin de se retaper.

Lewis acquiesça et se tourna vers Claude. L'éclairage de la terrasse faisait ressortir les poils de chien sur son uniforme. Il faisait tourner son chapeau dans ses mains comme s'il était au volant d'une voiture.

Bon, qu'est-ce qu'il y a, Claude ?

C'est que je sais pas comment te le dire.

On a reçu un appel de détresse à la radio, dit Pete.

Claude leva une main. Laisse-moi parler, Petey. On n'est pas sûrs que ce soit un appel de détresse. Tout ce qu'on peut dire, c'est qu'on a entendu une voix humanoïde dire *cloris*.

Trois fois, elle l'a dit. *Cloris, cloris, cloris.* Comme ça. C'était brouillé.

Cloris ?

Cloris.

Je suis du genre peureux, alors ça m'a un peu foutu les jetons, dit Pete.

C'est quoi, putain, un cloris ?

Je peux pas te dire que je le sais, dit Claude. Si c'est un genre de code, je peux pas dire que je le connais. Et puis un code pour quoi, dans quel but ?

Tu as peut-être mal entendu.

Peut-être. Peut-être. Mais je ne crois pas.

Qu'est-ce qui ressemble à cloris ?

Morris, dit Pete.

Vous étiez où ?

Du côté de Darling Pass.

Vous avez vu votre foutu fantôme ?

Claude sourit. C'est bon, Debs, ça va. T'as pas besoin de te moquer de moi.

Pete haussa un sourcil roux. Vous ne croyez pas à ce fantôme, ranger Lewis ?

Je ne l'ai jamais vu.

J'imagine que ce n'est pas simple de croire à quelque chose surtout quand on ne le voit pas, dit Pete. J'ai essayé de croire que ma femme m'aimait. Mais elle a fini par me dire qu'elle voulait changer de vie avant qu'il soit trop tard. Elle m'a dit que j'étais inhibé. Des fois, elle prend plaisir à dire des mots que j'ai jamais entendus pour me faire honte sur mon éducation. Mais je lui ai dit qu'elle allait jamais pouvoir avoir le mode de vie qu'elle veut, pas à trente-neuf ans alors qu'elle en fait soixante-neuf, avec plus une seule dent de propre dans le râtelier.

Pete a bu quelques verres de cidre, dit Claude.

Je t'ai dit ce qu'elle m'a dit, Claudey ?

Tu me le diras plus tard, d'accord ?

Non, dit Lewis. Qu'est-ce qu'elle a dit ?

Elle a dit que j'avais un cœur bizarre dans une poitrine bizarre. Elle a dit que je ressemblais à une femme laide aux seins foutus.

Je suis désolé, Petey. Elle devrait pas parler comme ça.

Bah, ça ira. Je sais que j'ai une drôle de poitrine, je l'ai eue toute ma vie, je suis né comme ça. Pectus carinatum. Mais un cœur bizarre ? J'arrête pas de me torturer les méninges pour essayer de comprendre ce qu'elle voulait dire par là.

Désolé pour l'heure tardive, Debs, dit Claude en se tournant vers elle. Je me suis juste dit qu'il valait mieux que je t'informe à propos de ce mot de cloris au cas où tu jugerais qu'il faut qu'on fasse un truc auquel j'ai pas pensé.

Lewis s'appuya contre le montant de la porte et leva les yeux vers le ciel sombre. Elle se souvint du pelage d'un labrador noir qu'elle avait jadis vu son père euthanasier dans sa clinique. Elle regarda Claude. T'as pas besoin de venir prendre de mes nouvelles tous les putains de week-ends. Je vais bien.

Je sais.

D'accord, dit-elle. Voix d'homme, ou voix de femme ?

Je sais pas. Je dirais voix de femme, ou de jeune garçon.

Pete ouvrit grand une main faite de tout petits doigts. Pour moi, c'était la voix d'une femme désespérée, dit-il d'un air important.

D'accord. Je le noterai demain matin. Vous devriez rentrer chez vous, les gars, avant que Cornelia ne vous bouffe la langue et vous emmène sur Neptune.

Hé ho, Debs, te moque pas.

Pardon ? dit Pete.

Le foutu fantôme que Claude veut traquer, dit Lewis. Il bouffe les langues, les cheveux et les couilles des gens.

Elle ferma la porte au nez des deux hommes, puis retourna à l'évier de la cuisine. Les taches de son uniforme n'avaient pas disparu. Elle mit la chemise à la poubelle. Elle se servit un autre verre de merlot et prit un long bain avec une autre bouteille en écoutant *Interrogez le Dr Howe*. Une femme à la voix tonitruante appela pour demander comment cela se faisait qu'elle et son mari semblaient se comporter comme des gens irréalistes dénués de sens pratique. Elle demanda s'il était courant que des gens se comportent comme des personnages qu'ils avaient vus à la télé. D'une voix flûtée et pragmatique, une voix de chirurgien en pleine opération, le Dr Howe émit l'idée que oui, c'était courant, peut-être parce que c'était plus facile d'agir ainsi que de juger nos impulsions et nos inquiétudes authentiques et de modifier notre comportement en conséquence.

Lewis éteignit la radio et sortit de la baignoire. Elle se sécha et se posta, nue, à la fenêtre de sa chambre, qui donnait sur les pins sombres et la vallée en contrebas. Du bout du doigt, elle toucha la vitre embuée et traça le contour de son grand reflet. Au-delà, dans la forêt, de lointaines lampes torches s'activaient dans la nuit et accrochaient les arbres. Lewis se dit que c'étaient les hommes qui poursuivaient leur traque du fantôme de Cornelia Åkersson.

Elle essuya la fenêtre et retourna à la salle de bain pour vomir dans le lavabo, puis se coucha dans son lit où elle dormit d'un sommeil agité rempli de rêves qu'elle était sûre d'avoir faits mais dont elle ne put se souvenir au réveil. Au matin, elle se dit Dieu seul sait ce qui m'arrive dans mes foutus rêves.

Lewis gara le Wagoneer pour dégager de la route la carcasse d'un petit rapace écrasé. Elle la lança comme un disque dans les arbres en contrebas et nota l'incident dans le calepin qu'elle gardait dans sa poche de poitrine. Le soleil ne s'était pas encore levé, la route était sombre. Elle reprit le volant et arriva à la petite structure en cèdre d'une seule pièce perchée haut dans la montagne. Elle ouvrit la porte d'entrée sous une enseigne pyrogravée qui disait NATIONAL FOREST SERVICE BACKCOUNTRY STATION et entra.

Dans la kitchenette, elle lança une cafetière, prit trois aspirines, s'éclaboussa le visage au-dessus de l'évier, et alluma le chauffage. Son bureau était calé contre une grande fenêtre orientée à l'ouest, avec vue sur la même vallée boisée que celle qu'elle voyait depuis chez elle. Une nappe de brume enveloppait les conifères et commençait tout juste à se dissiper sous le soleil levant. De grands caillots d'oiseaux noirs traçaient des cercles dans le ciel. Lewis enleva son chapeau d'uniforme et l'accrocha à un clou dans le mur. Elle s'assit, alluma l'émetteur-récepteur posé sur le bureau et attendit qu'il chauffe. Elle se pencha sur le micro.

Ranger Lewis pour le chef Gaskell. Ranger Lewis pour le chef Gaskell. Répondez, chef Gaskell. À vous.

Bonjour, ranger Lewis. Je vous reçois cinq sur cinq. Qu'est-ce que vous faites au poste à une heure si matinale ? À vous.

Y avait un truc qui me turlupinait, je n'ai pas pu attendre. John, vous avez une idée de ce que c'est, un cloris ? À vous.

Un cloris ? C'est quoi ? Répétez. À vous.

Un cloris. Je n'en sais rien. J'espérais que vous le sauriez. À vous.

Non. À vous.

Ça pourrait être un code ? Un code qui voudrait dire quelque chose ? À vous.

Pas à ma connaissance. À vous.

Le ranger Paulson a capté un message sur sa radio portative hier soir près de Darling Pass, et il s'est dit que c'était peut-être un appel de détresse. Ça disait juste cloris. Cloris, trois fois. Cloris, cloris, cloris. Il a pu mal entendre. À vous.

Cloris ? Répétez. À vous.

Cloris. Je vous l'épelle : C-L-O-R-I-S. À vous.

Cloris. Compris. Cloris. Jamais entendu ce mot. Cloris. Je vais faire des recherches. Darling Pass ? Claude était encore sorti traquer son espèce de fantôme ? À vous.

Cette foutue Cornelia. Oui. À vous.

C'est un drôle de gus. Comment vous tenez le coup, là-haut ? À vous.

Lewis se laissa aller contre le dossier de son fauteuil et regarda par la fenêtre. Un scarabée noir grimpait à l'intérieur de la vitre et ressemblait comme ça à un animal gigantesque gravissant les montagnes lointaines comme si elles n'eussent été que des petites marches. Elle se pencha de nouveau sur le micro. Je vais bien, John, merci. À vous.

Bon, ben, appelez-moi s'il y a quoi que ce soit que je puisse faire pour vous. On pense à vous. Marcy me dit qu'elle pense à vous aussi. Un divorce, c'est dur, quelles que soient les circonstances. À vous.

C'est gentil. À vous.

Autre chose, ranger Lewis ? À vous.

Non, rien. Terminé.

Lewis se leva de son bureau, alla à la kitchenette, se servit une tasse de café et y versa un peu de merlot d'une bouteille cachée dans une petite niche derrière le placard, puis se tourna de nouveau vers la fenêtre. Elle se rassit à son bureau, se pencha en avant, et dégagea le scarabée d'une pichenette.

M. WALDRIP et moi avions un calendrier de l'église méthodiste de l'année 1986 collé sur la porte du cellier. Avant de partir pour notre séjour dans le Montana, M. Waldrip avait entouré le 31 août au stylo noir et avait inscrit bien soigneusement le rendez-vous que nous avions avec Terry Squime pour le vol qui devait nous amener à notre cabane dans la forêt nationale de la Bitterroot. J'ai toujours trouvé étrange et intéressant que ce 31 soit tombé le premier dimanche de Kingdomtide. Si vous n'êtes pas un méthodiste d'un certain âge, il y a de grandes chances pour que vous n'ayez jamais entendu parler de Kingdomtide. C'est censé être un temps de charité et d'unité dans le royaume de Dieu, entre la Pentecôte et l'Avent. Peu d'églises l'observent encore de nos jours. Pour moi, depuis les jours que j'ai passés dans la Bitterroot, c'est devenu un temps d'épreuves et de douleur considérables.

J'ai désormais ce calendrier avec moi, ici, à l'établissement d'accueil pour personnes dépendantes de River Bend, accroché au mur au-dessus de mon bureau. M. Waldrip ne pouvait pas savoir qu'il entourait le jour où il finirait projeté dans un arbre et où je me retrouverais naufragée dans la nature sauvage, mais c'est toujours comme ça que ça se passe, avec ce genre de moments tragiques. Nous ne comprenons souvent le sens d'une chose que lorsqu'elle a filé loin dans notre passé. Il est désormais rare que je ferme les yeux sans voir ce calendrier et le premier dimanche de Kingdomtide entouré au stylo dans cette obscurité luisante qui règne à l'intérieur de nos paupières. Je crains que ce soit peut-être la dernière chose que je verrai.

Il y avait douloureusement peu de sommeil à trouver cette première nuit. J'ai dû dire mon nom à la radio près de mille fois. J'avais la voix plus éraillée qu'un prêcheur pionnier de la conquête de l'Ouest par un lundi matin. Je n'étais pas certaine que la radio marchait encore, mais je tentai tout de même ma chance. Chaque fois que je m'efforçais malgré tout de fermer les yeux pour dormir, cela m'apprenait à quel point j'étais terrorisée. Cela ne me plaisait pas de rester dans ce petit avion avec le corps défiguré de Terry qui dominait l'espace sous un silence terrible, mais à la réflexion, cela m'avait paru nettement préférable que de dormir au grand air avec l'obscurité et toutes les créatures sauvages qui appelaient l'obscurité leur monde.

À mon réveil le soleil était haut et mon épaule et mes genoux me faisaient souffrir terriblement. Je commençais à avoir soif. Le sang séché s'écaillait de mon front comme la peinture d'une vieille maison de la prairie. Mes bras étaient couverts d'un vilain lacis d'égratignures et d'éraflures. Je n'étais même plus sûre que ces bras étaient les miens. Ils semblaient appartenir à quelque vieille dame indigente outrageusement maltraitée. Je me redressai sur mon siège et me hissai par la grande déchirure du petit avion.

Terry était toujours sanglé sur son siège, horriblement figé comme un vieil Indien de bureau de tabac* abandonné aux intempéries pendant un sacré long bout de temps. Ses doigts s'étaient crispés comme des serres de vautour, et sa mâchoire était distordue et desséchée. J'ignore ce qui put bien me pousser à le faire, mais je mis ma main devant la bouche et me rapprochai de lui. De minuscules moucherons dansaient sur ses yeux vitreux, et j'observai attentivement la façon qu'avaient les grosses mouches de bourdonner sur sa langue, à l'intérieur de sa bouche béante, comme des petits despotes verts bedonnants.

Je laissai Terry, marchai jusqu'au bord de l'à-pic et me tins près de la botte de M. Waldrip. Mon pauvre mari était toujours là, en bas, accroché dans cet épicéa. Il n'avait pas bougé. Là, en cet instant, je priai pour que ce fût le spectacle le plus atroce qu'il me serait jamais donné de voir. Je ramassai une poignée de petits cailloux et les lançai vers lui. Certains le loupèrent complètement, et d'autres rebondirent sur son dos. M. Waldrip ne bougea pas. Je me souvins de la fois où il avait été hospitalisé pour son opération du dos, en 1974. Quand ils l'avaient mis sous morphine, ça l'avait rendu tout silencieux, et incapable de bouger. Je ne l'avais encore jamais vu comme cela. Je ne l'avais certainement encore jamais vu mort. C'était un homme sacrément gentil, M. Waldrip, Dieu ait son âme. Il me manque beaucoup.

Une jeune femme noire qui intervient comme psychologue ici, à l'établissement d'accueil pour personnes dépendantes de River Bend, m'a dit qu'il y avait une femme, en

* En référence aux statuettes, voire aux statues grandeur nature, représentant des Indiens stéréotypés, qui servaient, et servent parfois encore, d'enseignes aux bureaux de tabac.

Suisse, une de ces femmes à nom composé comme c'est la mode de nos jours, Kübler-Ross, qui soutenait que les deuils se composaient de cinq étapes successives : le déni, la colère, la négociation, la dépression et l'acceptation. Je ne doute pas que ses intentions soient bonnes, mais je ne crois pas que ce soit tout à fait juste. Le deuil est fait d'une myriade d'étapes que l'on ne peut tenter de nommer toutes. Une étape pour chaque souvenir qui vous revient, et une étape pour chaque souvenir qui s'obstine à vous échapper, et ces étapes ne portent pas de nom, et sont nombreuses, de sorte que vous vous retrouvez face à un spectre infini de nostalgie et de perte sans caractéristiques nettes. Le deuil est le bout froid de la nuit, voilà ce que je pense.

Je retournai à l'avion et décidai d'essayer encore une fois d'utiliser la radio. Je m'étais alors habituée à l'odeur répugnante de Terry, et je ne tressaillis même pas en me faufilant le long de ses jambes et en reprenant en main le récepteur. Je dis la même chose que ce que j'avais dit pendant toute la nuit : Aidez-moi, je m'appelle Cloris Waldrip. Notre avion s'est écrasé.

Je répétai cela régulièrement cent fois ou plus. Je commençai à avoir sacrément faim et soif, alors je cherchai mon sac et découvris qu'il s'était renversé par terre près de mon siège. J'y remis ce que j'y trouvai : mes médicaments pour ma vésicule biliaire (que j'avais presque finis et que je n'avais plus vraiment besoin de prendre, Dieu merci), un paquet de mouchoirs, mon petit exemplaire de la Bible du roi Jacques, mes clés de maison. Je parvins à trouver une poignée de caramels sous le siège, mais je ne vis ni mon exemplaire d'*Anna Karénine* ni mon petit carnet. Je ne pensais pas que je pourrais avoir besoin de mon carnet, mais j'aurais bien aimé avoir mon exemplaire d'*Anna Karénine.* Je ne trouvai pas d'eau.

Je m'extirpai du fuselage avec mon sac à main, puis déballai un caramel et le mangeai sur un petit rocher suffisamment près pour que je puisse entendre la radio au cas où quelqu'un essaierait d'appeler. C'était lundi, et d'habitude le lundi j'avais mon petit déjeuner du Club des dames de la Panhandle, là-bas, à la Goodnight House. (Le colonel Charles Goodnight était un célèbre éleveur qui avait participé à la colonisation de la Panhandle, et sa famille n'a jamais cessé de préserver et d'entretenir son beau domaine comme un bâtiment historique important.) Nous mangions souvent sur la terrasse. Si M. Waldrip ne m'avait pas convaincue de partir pour ce voyage insensé, je me serais trouvée assise entre Sara Mae Davis et Ruth Moore – le soleil brillant comme une lumière de Noël dans les cheveux orange de Ruth, les deux femmes jacassant à propos de ce nouvel établissement dans le centre-ville d'Amarillo que l'on disait être un lieu de débauche pour les femmes qui aiment les femmes et les hommes qui aiment les hommes.

J'étais en train de plonger la main dans mon sac pour y reprendre un caramel lorsque soudain Terry se mit à frissonner et à grogner ! Mon Dieu ! Des mouches sortirent comme de la fumée de son nez et de sa bouche, propulsées par un violent hoquet. Je poussai un hurlement terrible et me couvris le visage, horrifiée. Je tombai à genoux et priai.

Plus tard, un gentil médecin légiste m'informa que Terry avait éructé. C'est une chose déplaisante, mais pendant leur décomposition les cadavres accumulent des gaz internes qui doivent bien s'évacuer d'une manière ou d'une autre. À ce qu'il paraît, on désigne parfois ce gaz sous le nom de cadavérine. Cela me semble malséant, mais ce légiste était un vrai médecin, alors je suis tentée de le croire. Il eût été honteux de sa part de se moquer d'une vieille dame.

Après avoir longuement prié, j'ouvris les yeux. Terry était plus ou moins comme il était avant. Les mouches avaient repris possession de lui, et sa bouche en était noire. J'étais terrorisée à l'idée de le voir se remettre à bouger. Au bout d'un moment, quand j'eus fini par me convaincre qu'il ne bougerait plus et qu'il était très mort, je levai les yeux au ciel pour essayer d'estimer l'heure qu'il pouvait être, mais je n'y parvins pas. Si je m'étais trouvée dans notre petite maison, j'aurais pu le savoir à la façon dont la lumière pénètre par les fenêtres du salon. Vivre si longtemps dans une même maison en fait une sorte d'horloge. Tout vous dit l'heure qu'il est. Vous pouvez le savoir rien qu'en voyant l'ombre d'une chaise sur la moquette. Mais là-haut sur cette montagne la lumière tombait d'une façon si étrange que je n'étais jamais trop sûre.

Je me dis que ce devait être la fin de l'après-midi, et je décidai de découvrir un peu les alentours avant la nuit. Je commençais alors tout juste à reprendre mes esprits et à penser de façon rationnelle à ce qu'il convenait de faire. Mais je ne crois pas que j'avais encore compris exactement dans quelle situation je me trouvais. J'explorai l'escarpement, mais sans jamais quitter le petit avion de vue. L'endroit n'était pas grand. C'était une chance que nous nous soyons immobilisés là plutôt que plus bas, dans les bois, sur le versant. Je ne trouvai pas grand-chose d'autre que des parois de granit que je ne pouvais escalader. Je vis cependant un raton laveur avec un œil blanc, caché dans un buisson qui poussait dans la roche. Je l'observai un moment, et il m'observa en retour du mieux qu'il put. Il me rappelait un raton laveur apprivoisé qu'un étonnant petit garçon du quartier avait baptisé Duodénum ; il le gardait dans un chenil mal tenu, et le nourrissait de restes de viande cuite. Mais Duodénum avait deux yeux valides.

Je retournai à l'avion, fouillai encore un peu dans les débris du cockpit, et tombai sur une carte déchirée du Montana. Il y avait aussi un numéro du magazine *Time* de l'année précédente, où il était question de l'opération du colon du président Reagan. Je m'assis sur un rocher et lus jusqu'à ce qu'il ne fasse presque plus jour. Puis j'allai de nouveau voir la radio. Sa petite lumière s'était éteinte. J'essayai de la faire marcher, mais je n'entendis pas la friture que j'entendais avant. Je me dis que j'aurais mieux fait de rester là à l'écouter jusqu'à ce qu'elle meure.

La nuit tomba après ce que je tiens pour avoir été le jour le plus long de la création. Il commença à bruiner ; assise dans ce petit avion, les yeux fermés, je pensais à M. Waldrip là-bas dans cet épicéa. J'avais sacrément soif, mais j'avais trop peur de sortir boire un peu de pluie. Quelque chose bruissait autour de l'appareil. Je me dis que ce n'était que le raton laveur borgne et n'ouvris pas les yeux pour en avoir le cœur net.

Au matin, à mon réveil, j'eus un terrible choc. Terry avait un peu glissé entre les sièges et son visage se trouvait maintenant à trente centimètres du mien. Ses yeux, son nez, ses lèvres avaient presque complètement disparu. J'imagine que le raton laveur à l'œil blanc s'en était fait un repas et qu'il dormait profondément quelque part dans les parages avec le museau tout rouge. Bonté divine, hurlai-je comme un sifflet à vapeur en me dépêchant de m'extraire de l'avion. Je tombai à genoux, fermai les yeux et priai un long moment. Lorsque je rouvris les yeux, ils étaient posés sur les montagnes et la profonde vallée. Dans la vallée, je vis ce que je crus d'abord être des martinets en vol. Mais je me frottai les yeux et vis qu'il s'agissait de fumée ! De la fumée couleur de plomb au-dessus du haut des arbres.

Je me levai, époussetai mes bas et arrangeai mes cheveux. Je marchai jusqu'au bord de l'à-pic. Ce devait être la fumée d'un feu de camp, me dis-je. J'allai devoir prendre une décision cruciale. Valait-il mieux rester près de l'avion et attendre les secours ? Il n'y avait pas de point d'eau et je n'avais aucun moyen de savoir si quelqu'un avait entendu mon appel à la radio. Combien de temps pouvait passer avant qu'on sache qu'il fallait nous chercher ? Ou bien devais-je tenter de descendre vers cette fumée, en me disant qu'elle provenait peut-être d'un bivouac ? La fumée était à une distance considérable, mais il me semblait que je pourrais l'atteindre avant la nuit. J'avais beau savoir que je risquais de me blesser (les femmes de soixante-douze ans ne sont pas faites pour escalader quoi que ce soit), ce petit avion était devenu un mausolée atroce et je redoutais plus que tout de devoir y passer une nuit supplémentaire. Aussi perturbante que cette décision pouvait être, et aussi lourde de conséquence qu'elle allait s'avérer, je choisis de quitter l'avion et de tenter ma chance en essayant de rejoindre cette fumée. Quelque chose me disait que c'était une gentille famille, là-bas, qui se faisait cuire son petit déjeuner.

À ce moment-là, j'ignore pourquoi, je regardai en bas sur le côté. La botte de M. Waldrip se tenait toujours là, bien droite, juste au bord de l'à-pic. Elle était remplie d'eau de pluie jusqu'à la cheville. Je me réjouis alors sacrément de lui avoir offert ces bonnes bottes en peau de crocodile, vu que les crocodiles sont des animaux étanches. Je m'agenouillai, saisis cette botte, et bus jusqu'à la dernière goutte. J'aurais dû boire à petites gorgées et garder un peu d'eau dans les orteils, mais ce n'est pas comme ça que l'on réfléchit quand on a soif.

Je retournai à l'avion. Le temps s'était rafraîchi, alors je décidai qu'il fallait que je prenne le gros manteau en laine que Terry portait. Si M. Waldrip avait été là avec moi, il aurait fait la même chose. J'imagine que je l'aurais déçu si je n'avais pas récupéré tout ce que je pouvais récupérer aussi bien dans l'avion que sur la personne de Terry.

Je me rapprochai de lui, mais je gardai les yeux baissés vers le sol. Il puait comme un cheval mort. Je tendis la main vers lui, tâtonnai à la recherche de la boucle de sa ceinture de sécurité et la défis. Il glissa de son siège et dégringola sur les rochers en faisant un bruit sourd, expulsant une nuée de mouches comme de la poussière battue d'un vieux coussin. Je le tournai sur le flanc et libérai un bras de son manteau. Ses articulations claquèrent. Je me dis que je ne faisais que manipuler le pied raide de la vieille table de jeu que nous utilisions pour notre soirée bridge à l'église méthodiste. Je le retournai et dégageai son autre bras. Il finit sur le dos, et moi debout au-dessus de lui, avec son manteau. C'était un manteau gris, mais il était taché de sang, et cela lui donnait de faux airs de damas rouge. L'idée me vint que j'étais en train de commettre un vol. Je regardai Terry droit dans le visage, ou je ne sais quel autre nom donner à ce qu'il restait de lui. Il s'était fait ronger, et il n'y avait plus ni sang ni chair ; il n'en restait que ce qu'il reste sur une peau de melon à la fin d'un pique-nique.

Je retournai ses poches de pantalon en prenant soin de ne pas heurter sa dignité. La puanteur était horrible, et je retenais ma respiration. Je trouvai son portefeuille et une petite pochette d'allumettes d'un club pour hommes appelé le Polecat*, orné d'un dessin multicolore représentant un putois viril et musclé en train de danser. Je n'ai jamais connu aucun homme fréquentant ce genre d'établissement, bien que l'on m'ait dit que ces hommes-là étaient nombreux. J'imagine que j'ai dû en rencontrer un certain nombre sans jamais le savoir. Je devrais souligner ici que je n'inclus pas la description de cette pochette d'allumettes dans le but de faire un commentaire sur la nature de Terry. Les hommes comme les femmes ont bien souvent des vies secrètes qui nécessitent des lieux secrets. Je ne les juge pas.

Je mis les allumettes dans la poche intérieure du manteau. J'ouvris le portefeuille et regardai les photos qu'il contenait. Il y avait une photo d'un bel homme blond en train de pêcher, et une autre d'une jeune fille tenant un bouquet de ballons de baudruche près d'une chute d'eau. Je trouvai la photo de Mme Squime qu'il nous avait montrée dans l'avion. Je la rangeai à sa place et posai le portefeuille sur le cœur de Terry. Je me réjouis d'avoir choisi de mettre mes bonnes chaussures de marche, de sorte que je n'eus pas à prendre ses bottes. Elles auraient été trop grandes pour moi, et je crois qu'il existe une ancienne mise en garde contre le fait de porter les chaussures d'un mort.

* Le Putois.

Une chose étrange m'arriva pendant que je fouillais le cadavre de Terry. À l'instant où je posai mes mains sur un autre homme que M. Waldrip, même décédé et corporellement très abîmé, quelque chose remua en moi, et j'eus le souvenir d'un garçon du nom de Garland Pryle. Garland vivait tout près de chez moi, dans un vieux petit ranch de luzerne. Nos mères s'asseyaient l'une à côté de l'autre dans la vieille église méthodiste. Il avait quatre ans de moins que moi et jouait à la guerre dans le pré avec mon frère, ils cherchaient sans arrêt des bouts de bois qui puissent ressembler le plus possible à des armes à feu. Garland était un garçon aux yeux verts sacrément beau, et il avait le plus joli menton que j'eusse jamais vu. Je vous dirai bientôt ce qu'il y a à dire au sujet de Garland Pryle, car je n'ai pas l'intention de me dérober devant la vérité telle que je la connais. Mais pour le moment je me contenterai de dire que s'il est vrai que le passage des ans peut certainement remettre un souvenir à sa place, certains souvenirs sont fichtrement obstinés et ont le don de vous revenir en des moments inopportuns.

J'enfilai le gros manteau de Terry et m'y trouvai très petite. Je remontai dans le fuselage, et sous le siège de Terry je trouvai un sac en plastique contenant une petite hachette noire et un vieux parapluie bleu. Je fus vraiment contente de ma trouvaille. Il y avait aussi une balle de tennis avec le mot STRESS écrit dessus au feutre, et une lampe torche qui refusait de s'allumer et que je laissai donc sur place. Je roulai l'exemplaire du magazine *Time* et la carte déchirée et les mis dans mon sac à main. Je sortis du fuselage et m'en allai sans me retourner une seule fois vers le petit avion. Avec le recul, je me dis que j'aurais dû laisser un mot pour informer quiconque le trouverait de la direction que j'avais prise.

Au bord de l'à-pic, j'attrapai la botte de M. Waldrip et la fourrai aussi profond que je pus dans mon sac à main, pointe vers le bas. Après un peu de recherche, je trouvai une pente plus ou moins praticable, faite de terre meuble et de cailloux. Je plantai fermement les talons de mes chaussures et descendis prudemment jusqu'aux pieds des arbres qui se trouvaient en contrebas. Je ne m'étais pas frottée à la terre comme ça depuis que j'étais petite. Dès que j'eus retrouvé mon souffle, je me mis en marche dans la forêt.

Je n'étais pas allée bien loin lorsque je vis les lunettes de M. Waldrip, par terre. Je levai les yeux. M. Waldrip était juste au-dessus de moi, accroché dans les branches de l'épicéa. Il avait les bras grand ouverts comme pour m'accueillir d'une manière dont il ne m'avait jamais accueillie auparavant. Sa tête était violette et boursouflée, posée sur ses épaules selon un angle étrange. Il n'avait ni coupures ni sang sur le visage. L'expression qu'il arborait était celle que je lui connaissais lorsque quelqu'un lui parlait d'une sécheresse. Il avait toujours sa vieille coulure de gelée de piments jalapeño sur son menton.

Je me souviens d'avoir eu envie de pleurer, mais je ne pleurai pas. J'imagine que certaines choses sont simplement trop tristes pour que des larmes puissent leur rendre justice.

Lorsque M. Waldrip et moi étions jeunes mariés, il nous arrivait de nous disputer pour des broutilles, comme le font les jeunes mariés. Je me souviens d'une nuit d'été dans le jardin de notre nouveau chez-nous, sous le château d'eau, alors que les cigales faisaient beaucoup de bruit et que j'étais en colère comme pas croyable et que nous nous étions mis à nous crier après. À propos de quoi, cela, je ne m'en souviens pas. Mais tandis que je continuais à hurler et à pointer mon index vers le ciel et à pointer mon index vers la terre et à avoir les joues toutes rouges, lui, il s'était calmé. Il souriait. Il tendit la main, recoiffa mes cheveux vers l'arrière et dit : Peu importe à quel point tu te mets en colère, Clory, je sais que tu as encore tes gentilles petites oreilles.

Là, debout sous son cadavre, j'avais envie d'être la femme que j'étais quand il m'aimait le plus. M. Waldrip disait toujours que j'étais, hommes et femmes confondus, la personne la plus brillante qu'il eût jamais rencontrée, et que j'avais plus de vocabulaire qu'un dictionnaire. Si j'arrivais à être cette femme ne serait-ce que par périodes de quelques minutes à chaque fois, peut-être réussirais-je à survivre à cette épreuve. Peut-être y avait-il moyen que je sorte de ce lieu immense et terrible. Alors je repoussai mes cheveux derrière mes oreilles du mieux que je pus, m'agenouillai et ramassai les lunettes de M. Waldrip. Je les rangeai dans la poche intérieure du manteau de Terry et me mis en marche dans la forêt en direction de la fumée.

II

LE MARDI MATIN, Lewis était assise à son bureau face à la grande fenêtre et elle regardait avec des yeux cernés la lumière changer sur une page du *Missoulian*. Cette fois encore, elle était arrivée au poste avant l'aube, et le temps que Claude et Pete arrivent elle avait déjà bu deux tasses de café et un grand mug de merlot d'une bouteille qu'elle gardait sous son bureau. Elle avait lu deux fois l'article publié en une sur la disparition d'une fillette de dix ans, qui s'était évaporée de son lit en plein milieu de la nuit. Elle tourna les pages pour revenir en arrière et regarder une nouvelle fois la photo publiée. La fillette portait un serre-tête fantaisie avec deux petites antennes et arborait une sorte de sourire gêné devant une fresque représentant un paysage de canyon.

T'as lu l'article sur cette petite disparue ? dit Lewis. La petite Hovett ? Sarah Hovett ?

Claude était assis penché sur le bureau étroit calé contre le mur ouest, occupé à appliquer une crème sur le bout bleu de son nez. Oui, dit-il. Il posa une main sur la tête du vieux chien qui ronflait à ses pieds. J'ai vraiment peur de savoir ce qui lui est arrivé.

C'est très gentil à vous de m'accueillir ici sur votre lieu de travail, dit Pete depuis la kitchenette. Il cala la caméra sur le plan de travail et mit l'œil au viseur pour filmer le goutte-à-goutte de la cafetière. Votre compagnie me fait du bien dans ces moments difficiles, et je vous en suis reconnaissant.

On le sait, dit Claude. Ne gâche pas toute la cassette pour filmer le café.

Lewis replia le journal et le jeta dans la poubelle. Je ne vois pas en quoi traîner ici avec nous sur cette foutue montagne pourrait faire le moindre bien à qui que ce soit.

Pete poussa un cri de sorcière et éteignit la caméra. Il servit deux mugs de café. Vous êtes vraiment marrante, ranger Lewis. Il donna un mug à Claude et garda l'autre pour lui, puis il s'appuya d'une main contre le mur, regarda par la fenêtre et but une petite gorgée. Il fit un geste en direction de la fenêtre. Rien que ce paysage, c'est juste magnifique.

Des nuages blancs se pressaient haut contre les montagnes, et en bas dans une vallée marchait ce que Lewis tenait pour être une horde d'élans. Points noirs doués de sens dans un paysage qui en était par ailleurs totalement dépourvu.

Des fois, j'aimerais vivre dans une putain de ville, dit-elle. Avec toute sorte de putains de gens.

Pete serra son mug de café contre son torse difforme et hocha la tête comme s'il réfléchissait à une énigme. Le reste de la matinée, il but du café, filma des plans du poste, égrena pour Lewis la liste des infidélités que sa femme avait commises dans leur abri de jardin sous couvert de la nuit, et lui raconta comment elle avait attrapé la syphilis en couchant avec un chanteur de salon à dix-neuf orteils qui tondait la pelouse chez le voisin.

Elle en était arrivée au point où ce qu'elle avait ne lui suffisait plus, dit Pete en filmant un petit plan de la poubelle de Claude. Et voyez où ça l'a menée. Voyez où ça m'a mené moi. Elle est égoïste, et elle est très forte pour vous faire croire que c'est sain. Tracer des frontières, elle appelle ça.

Claude soupira et jeta le tube de crème vide. Le vieux chien leva la tête et lécha son museau fatigué. Arrête de parler de tout ça. Parle plutôt d'un truc normal. Bon Dieu.

C'est quoi, votre métier, Pete ?

Il est dans la finance, dit Claude.

J'ai mis un peu des économies que je me suis faites à la conserverie dans le jeu télé de mon neveu. Ça fait plus qu'arrondir les fines noix.

Les fins de mois, dit Claude.

Et là, je viens d'investir dans une boisson gazeuse parfumée au cheddar vraiment très prometteuse.

Le soleil brillait haut dans la fenêtre au-dessus d'un gros nuage noir au-delà des montagnes. Lewis se versa discrètement un autre mug de merlot. Elle dit aux deux hommes qu'il n'y avait pas le moindre foutu truc à faire au poste et qu'ils pouvaient partir traquer le fantôme de Cornelia et la laisser finir la journée seule.

Cornelia est nocturne, dit Claude. Je croyais que tu le savais.

Pete cala la caméra sur son épaule et demanda à Claude de lui en dire plus sur le fantôme de Cornelia parce qu'il ne comprenait pas bien ce qu'ils faisaient.

Claude mit sa laisse au chien qui se tenait à ses pieds, se leva de son bureau et commença à expliquer qu'à sa naissance, en Suède, en 1841, Cornelia Åkersson était un garçon, mais qu'elle avait des traits féminins et qu'elle avait choisi de vivre en tant que femme. Il dit qu'elle était arrivée dans le Montana en 1859, avec son mari, Odvar, dans une caravane partie du port de Boston, et qu'elle n'avait que dix-huit ans quand trois hommes de la caravane la violèrent et découvrirent ce qu'elle était vraiment. Sur ce, ils lui arrachèrent les dents et la laissèrent mourir dans la Bitterroot, dit Claude. Puis ils tuèrent Odvar et jetèrent son cadavre dans un ruisseau.

Pete avait braqué la caméra sur Claude. Hier soir, tu n'arrêtais pas de dire qu'elle avait un seul gros œil.

Ses yeux se sont développés ensemble au milieu de son front, Petey. Ça se produit parfois, chez les grands spectres. Ces montagnes conservent la plupart des âmes de leurs morts, alors on a des tonnes et des tonnes de spectres qui rôdent dans le coin. Même les esprits d'animaux préhistoriques qui sont morts il y a des millions d'années de ça. Je dirais que c'est pour cette raison que Cornelia chevauche le fantôme d'un glyptodon, une sorte de tatou géant de la mégafaune du Cénozoïque. Imagine, si on arrivait à les filmer.

Je peux pas, dit Pete. Il ôta son œil du viseur et laissa la caméra pendre à son cou. Ça t'arrivait, de partir à la chasse aux chimères, quand t'étais petit ?

Lewis redit aux hommes de la laisser tranquille, et ils sortirent avec le chien. Elle remplit de nouveau son mug avec la bouteille qu'elle gardait sous son bureau. Elle but une petite gorgée puis travailla à un rapport de vandalisme contre un rocher dans un camping que Maggie Silk Foot avait entièrement doré à la bombe puis couvert de poils de chat et de faux seins en caoutchouc.

Au bout d'un moment la radio s'anima. Lewis se pencha vers le micro.

Ici le ranger Lewis. À vous.

Y a du nouveau chez nous, ranger Lewis. Hier, la femme d'un pilote de petit avion nommé… Terry Squime… a contacté les autorités de Missoula à propos de l'emploi du temps de son mari. Il était censé être de retour à Missoula dimanche soir. De retour après avoir emmené un couple de personnes âgées au lac Como. Un couple de personnes âgées nommées Richard et Cloris Waldrip. À vous.

Cloris Waldrip ? Alors Cloris, c'est un putain de prénom ? À vous.

Ouais. On dirait bien. À vous.

Vous pensez qu'ils ont pu s'écraser, John ? À vous.

On a téléphoné à la cabane où les Waldrip étaient censés aller, et ils n'y sont pas. Le propriétaire dit qu'ils ne sont jamais arrivés. Le plan de vol de Squime passait par chez vous. J'envoie une équipe de recherche et de secours. Vous travaillerez comme agent de liaison sur ce coup-là. Allez avec les gars, prenez l'hélico et survolez la zone cet après-midi. Attendez-vous à voir arriver un certain Steven Bloor avec une équipe dans environ une heure. Bloor est vraiment un type intéressant, il vous plaira. Le pauvre homme est veuf. C'est un bon gars, un vieux copain à moi de la Garde nationale. Vous pourrez bien bosser ensemble. J'espère que vous en aurez fini avant le début de la tempête. À vous.

Compris. À vous.

Sacrée affaire, hein ? Comment vous tenez le coup, là-haut ? À vous.

Ça va, John. À vous.

Bien. N'hésitez pas si je peux faire quoi que ce soit. Si vous avez besoin de parler, on est là. Marcy me dit qu'elle aussi, elle est là. À vous.

Merci. Je vais bien. À vous.

Bon, d'accord. Nous prions tous pour vous. Marcy aussi. Ça sert à ça, la famille des rangers. Prendre soin de la terre, être au service des hommes. À vous.

Merci. Autre chose ? À vous.

Non, ce sera tout, ranger Lewis. Terminé.

Par la fenêtre du poste de gros et sombres nuages d'orage s'accrochaient aux versants des montagnes, tels des boyaux violacés jetés là en vrac comme si les cieux s'étaient fait tuer et éviscérer par un chasseur, rappelant à Lewis les carcasses d'ours et d'élans que les braconniers abandonnaient sur les routes de service. Les élans étaient partis de la vallée, et le vent de l'orage peignait l'herbe des prairies, secouait les forêts et mugissait en passant sur le poste. Dans le vent, Lewis crut entendre un orgasme de femme. Elle frissonna. Elle but un plein mug de merlot et s'en versa un autre. Elle se détourna de la fenêtre, regarda vers la porte d'entrée, porta une main à sa joue et se dit qu'elle avait de la fièvre. Elle fixa la porte et tenta de nouveau d'entendre la femme.

Puis les marches en bois de pin de la terrasse grincèrent, et la porte s'ouvrit.

Un homme de grande taille entra en se baissant puis ôta ses lunettes de soleil. Il passa sa main dans ses cheveux blonds coiffés en mulet, tellement clairsemés sur le devant que l'on voyait le dôme rougeaud de son front luire en dessous. Il était habillé en civil – chaussures de randonnée, chemise et pantalon de toile beige – à l'exception d'un coupe-vent orange vif frappé des lettres SAR*.

L'homme accrocha ses lunettes à sa chemise et dévoila des dents d'un blanc éclatant comme celles qu'ont les enfants dans les concours de beauté. Il dit, Koojee.

Lewis se leva et s'essuya la bouche au revers de sa manche. Pardon ?

Vous avez des enfants ?

Non.

L'homme secoua la tête. Ma fille, dit-il. Sa voix était fluette et haut perchée et il suçait chaque mot comme si c'était une pastille pour la gorge. Son immonde petit ami travaille dans une solderie, et il a une dent morte. C'est politique, tout est toujours politique, vous savez. Je suis large d'esprit, mais…

Vous êtes de l'équipe de recherche et secours ?

Il fit claquer ses dents et acquiesça. J'espère que vous êtes le ranger que je suis censé voir. J'ai égaré le nom que John m'a donné. Je l'avais écrit sur une serviette en papier. Une serveuse l'a jetée dans mes haricots.

Ranger Lewis.

Ranger Lewis, bien sûr, toutes mes excuses. Je vous en prie, asseyez-vous.

Je suis bien.

Vous préférez rester debout ?

Oui.

L'homme ferma les yeux et soupira. Il les rouvrit et leva un bras en direction de la fenêtre dans le dos de Lewis. Il y a une tempête qui se prépare, dit-il.

* *Search And Rescue* : recherche et secours.

On peut y aller, je suis prête.

L'homme se rapprocha. Non, ranger Lewis, dit-il. Il la regarda attentivement. Si nous sortons là-bas en hélico par ce temps et que nous nous écrasons, qui nous portera secours ? Il tendit la main. Ses doigts étaient couverts d'une fine poussière blanche. Steven Bloor, dit-il. Recherche et secours.

Lewis lui serra la main. Vous ne pensez pas qu'étant donné qu'il s'agit d'une urgence nous devrions y aller quand même ? Envoyer chier la météo ?

Tous mes collègues, de Tacoma à Missoula, vous diront que je suis quelqu'un de prudent, de professionnel et de progressiste. Ce soir, il se peut que ça nous sauve la vie. Il serra fermement la main de Lewis, puis la lâcha. On va attendre demain. Je pense que la tempête sera passée.

En cas de putain d'urgence…

Ce n'est pas vraiment une urgence, ranger Lewis.

Qu'est-ce que vous voulez dire ?

Si l'appareil s'est écrasé, les gens qui se trouvaient à bord sont probablement morts. Koojee.

Bloor ouvrit la fermeture Éclair d'une de ses poches de poitrine et en sortit une photo et un petit bloc de craie comme les gymnastes en utilisent. Il donna la photo à Lewis et fit claquer la craie entre ses paumes.

Lewis examina la photo et l'essuya. Elle montrait un jeune couple coiffé de Stetson de carnaval posant devant un petit geyser dans un parc national.

C'est Terry Squime, dit Bloor. Le pilote, là, sur la gauche. Mme Squime nous a envoyé cette photo. Je pense que c'est elle, la jolie femme au chapeau bleu. Faites-en des photocopies pour les membres de votre équipe.

Vous voulez parler de Claude ?

J'imagine que oui. Bloor l'observa et tira la chaise du petit bureau calé contre le mur ouest. Il s'assit et remit la craie dans sa poche. Il étira ses longues jambes et les talons de ses chaussures retombèrent bruyamment sur le parquet. Vous savez, ma femme me disait toujours de ne jamais rester debout quand il y a une chaise libre dans la pièce.

Avons-nous d'autres informations sur Cloris Waldrip et son mari ?

Deux retraités, dit Bloor. Dans les soixante-quinze, quatre-vingts ans. Originaires d'une petite ville du Texas, partis pour passer quelques jours agréables dans une cabane, dans la région. Koojee. Vous vivez ici à l'année, ranger Lewis ?

Qu'est-ce que ça veut dire ?

Qu'est-ce que ça veut dire, quoi ?

Ce foutu mot que vous prononcez sans cesse.

Koojee ?

Oui.

C'est un mot que ma femme utilisait pour exprimer la plupart des types d'états émotionnels. C'est une interjection. Et puis voilà, ça m'est resté. Alors, comme ça, vous vivez ici à l'année ?

Je descends pour les courses et l'essence.

Bloor porta un bout de ses lunettes à sa bouche et le mordilla. C'est pas désagréable, ici. Mais quelque chose me dit que ça doit manquer de compagnie, pour quelqu'un qui aurait un cerveau qui fonctionne. La solitude, ça peut être dangereux. Ça peut vous rendre fou. Vous avez un compagnon ?

Vous voulez dire, un chien ?

Non. Un compagnon intime.

Non.

Vous avez un chien ?

Claude a un chien. Je suis divorcée.

Depuis combien de temps ?

Ça va bientôt faire trois putains de mois, là.

Où vit votre famille ?

Mon père vivait à Missoula. Il n'est plus là.

Votre mère ?

Décédée depuis longtemps.

J'espère que je ne suis pas trop direct. Il m'arrive d'être trop direct. Ma femme me disait toujours que j'étais trop direct et que ça mettait les gens mal à l'aise, parce qu'il n'y a que les enfants qui ont le droit d'être directs.

Pas de problème.

Je suis un progressiste, ranger Lewis. C'est important pour moi de connaître les gens avec lesquels je dois travailler. Je suis quelqu'un de sociable. Êtes-vous quelqu'un de sociable, ranger Lewis ?

Bon sang, je n'en sais rien.

Bloor ôta les lunettes de sa bouche. Quelques mots sur moi, dit-il. Je me suis marié dans l'État de Washington. Je vivais à Tacoma, voyez. Au fond de moi-même, je suis collectionneur d'art. Si je continue à travailler dans la recherche et les secours, c'est uniquement pour conserver un lien avec la société. Tout récemment, j'ai fait l'acquisition d'une toile formidable peinte par un mécanicien spécialiste des tracteurs, à Washburn, dans l'Arkansas. Jorge Mooseley. Il se sert de sa mère comateuse dans ses toiles. Il la peint de la tête aux pieds dans des paysages, puis il la prend en photo. J'ai une toile de lui intitulée *L'Écume des mièvres cataractes*, là-bas chez nous, à Missoula. Une œuvre déchirante.

Bon sang, je suis vraiment inquiète, je crois qu'on devrait y aller, voir si on ne peut pas retrouver…

Je n'ai pas envie de mourir là-bas, ranger Lewis. Et vous ? Bloor fit claquer ses jambes et se leva, laissant deux empreintes de mains blanches sur son pantalon de toile beige. Je reviendrai demain matin à six heures. Il fixa brièvement Lewis droit dans les yeux, lui fit un clin d'œil, et remit ses lunettes de soleil. Lewis se rappela un homme qui avait travaillé comme factotum dans la clinique de son père. Le soir, quand elle travaillait à la clinique après l'école, elle trouvait cet homme occupé à arpenter les couloirs bleus avec une shampouineuse, ou à nettoyer le fumier dans les box, le pouce serré sur le bout d'un tuyau d'arrosage, ou à mettre les cadavres de chiens et de chats euthanasiés dans la poubelle en plastique calée au pied d'un chêne frappé par la foudre. La dernière fois qu'elle l'avait vu là-bas, lui aussi, il lui avait fait un clin d'œil.

Ce soir-là Lewis remontait la route de montagne vers sa cabane en pin en écoutant *Interrogez le Dr Howe* à la radio. Un homme qui s'exprimait en chuchotements nerveux, comme quelqu'un qui se tiendrait tapi sous un bureau pendant que des cambrioleurs se sont introduits chez lui, appela pour faire part de ses inquiétudes à propos de son incapacité à donner des coups de poing dans ses rêves. Je m'y fais démolir, Doc.

Lewis monta le volume de la radio et se gara sur le bas-côté au bord d'un petit ravin. Elle but à sa Thermos de merlot en écoutant le Dr Howe dire à cet homme qu'il s'était couché avec des angoisses d'infériorité sexuelle non résolues, et qu'il ferait bien de se rappeler que tous les hommes naissent inférieurs sur un plan ou un autre et qu'ils sont de ce fait tous égaux. Essayez d'avoir des rapports sexuels réguliers et de combler votre partenaire dans un cadre de respectueuse intimité, lui dit le Dr Howe.

Lewis finit la Thermos et remonta dans le Wagoneer. Plissant les yeux, elle regarda le pays et la brume du soir qui se posait sur lui et les gros nuages noirs dans les montagnes. Les derniers rayons du soleil mirent de la couleur sur son visage, puis disparurent. Des éclairs claquèrent dans le lointain. Elle porta ses doigts à sa langue et les humidifia. Elle les glissa sous son pantalon d'uniforme et ferma les yeux face à la nuit.

DES ESSAIMS de moustiques haineux gardaient ce petit bois escarpé et rocailleux. La plupart du temps, il n'y avait rien d'autre à faire que de marcher à travers eux. Je me contentai de me couvrir la bouche, de me pincer le nez et de retenir ma respiration. Les moustiques m'ont toujours particulièrement embêtée. Quand j'étais petite, notre maison se trouvait à côté d'une mare et, les chaudes soirées d'été, ma mère laissait la fenêtre ouverte. Vous pouviez compter sur ces petits diables ailés pour trouver les trous de l'écran anti-moustiques. Je les chassais à coups de tapette jusqu'à ce que la lune disparaisse. Je n'aime pas beaucoup l'horrible gémissement qu'ils se plaisent à faire. Dieu du ciel, comme ils semblent gargantuesques lorsqu'ils viennent jusqu'à votre oreille et qu'ils chantent cette chanson que j'imagine que l'on chante dans les couloirs de l'enfer.

J'ai mis du temps à descendre jusqu'en bas de cette montagne, parce que je faisais très attention où je mettais les pieds. Partout autour de moi, ce n'étaient que tas de pierres, bosquets de pins tordus et grands épicéas hors d'âge. Je m'accrochais aux branches basses pour ne pas tomber, et m'arrêtais souvent pour reprendre mon souffle. J'avais de nouveau très soif, aussi. Une vilaine chute salit ma jupe et mon pull à zigzags, mais je parvins à ne pas me blesser. M. Waldrip et moi prenions des cachets de calcium tous les matins au petit déjeuner, alors mes os étaient fermes et solides.

Je suis sûre d'avoir mis près de trois heures pour arriver à la petite clairière d'où j'avais vu la fumée s'élever.

Lorsqu'un cerveau a déjà reçu une dose de soixante-douze ans de pensées, il est susceptible de se mettre à fonctionner de façon un peu étrange. Il marche comme mon aspirateur marchait après que M. Waldrip eut passé vingt-trois ans à refuser de le remplacer. Les courroies en caoutchouc à l'intérieur se détendent et quand le moteur tourne, ça sent les poils chauffés et la poussière. En fait, je ne m'étais encore jamais trop inquiétée à propos de la démence sénile ; le cerveau de Grand-Mère Blackmore était resté capable de vous dépecer un buffle jusqu'au jour où elle termina sa carrière de femme en pleine forme à l'âge de quatre-vingt-seize ans. Mais là, alors que j'appuyai mon vieux dos contre le tronc d'un grand épicéa et que je me laissai glisser au sol, je redoutais de m'être fait berner par mon entendement au sujet de la fumée que j'avais vue s'élever de la clairière. Il me vint l'idée que cette vision n'était peut-être que le fruit de mes désirs, comme il arrive aux hommes perdus dans le désert de voir des lacs là où il n'y a que du sable. Il n'y avait rien dans cette clairière sinon des roches, de l'herbe, et, quelque part, une chouette horriblement bruyante. Mais j'étais sûre d'avoir vu de la fumée.

Des nuages s'amassèrent au-dessus de moi, et les ombres des arbres s'épaissirent. Soudain, tout devint plus sombre.

J'avais une douleur au ventre. Je n'avais toujours pas digéré la gelée et les toasts que j'avais mangés au Big Sky Motel le matin de notre vol tragique. Et j'étais sacrément affamée. Je restai un moment assise à me tenir le ventre pendant que ce qu'il restait de soleil peignait une couronne sur la crête des montagnes. Le lieu avait l'air malfaisant, et j'étais terrifiée. La vraie nuit n'allait pas tarder à tomber, et je n'avais pas d'avion dans lequel m'abriter.

Je décidai de faire un feu. Je me mis en tâche de ramasser des brindilles, des branches et des pommes de pin, et j'en fis un tas à l'endroit le plus plat que je pus trouver. Je tirai une bûche pourrie, la posai sur le tas et m'assis. Je pris la pochette d'allumettes que j'avais trouvée dans la poche de Terry. Une fois de plus, j'observai le putois musclé qui dansait sur le rabat, puis je craquai une allumette. La flamme refusa de mordre dans la bûche. Elle me brûla les doigts et s'éteignit. Il me restait trois allumettes.

M. Waldrip et moi avions souvent visité le musée des Plaines de la Panhandle dans la ville de Canyon, Texas, où l'on peut voir des statues de plâtre grandeur nature d'hommes et de femmes des cavernes, poilus et effrayants, accroupis autour d'un feu de camp aux flammes faites de papier. Une des femmes des cavernes était censée avoir allumé ce feu. Je me dis que si elle avait été capable d'allumer un feu en ce temps-là, dans les rudes conditions de vie qui étaient les siennes, alors je l'étais certainement moi aussi.

Je déchirai quelques pages de *Time* à propos de l'opération du colon du président Reagan et les fourrai sous le tas de bois. Puis je craquai une nouvelle allumette et la lâchai dessus. Elle brûla un instant, puis s'éteignit. Je réessayai avec l'avant-dernière allumette, l'esprit totalement occupé par cette femme des cavernes. La flamme prit et s'enroula lentement autour des morceaux de bois. Je n'avais jusqu'alors jamais vraiment pensé à ce que Darwin appelait *L'Origine des espèces*, mais j'y pensai en cet instant. Je vois comment cela a pu se produire. Les individus incapables d'allumer un feu périssaient dans le froid. Et je pense que c'est grâce à la femme que l'Homme évita l'extinction.

Le feu prit joliment et je le regardai sans rien faire quelque temps. J'étais sacrément contente de moi, au point de me risquer à pousser un petit rire à voix haute. C'est vrai qu'un feu est un grand réconfort dans les situations les plus terribles, mais en même temps il rend encore plus noire l'obscurité qu'il ne peut pas atteindre. Je m'efforçai de ne pas regarder la nuit et de garder plutôt les yeux fixés sur le rougeoiement de la bûche. Des petits insectes piégés dedans sifflaient et explosaient comme du pop-corn. Un pauvre cousin tenta d'échapper à la chaleur mais ses pattes toutes fines se carbonisèrent en se ratatinant et le feu s'empara de lui.

À ce moment-là, mon ventre en était venu à me faire horriblement mal, et mes boyaux se mirent à s'animer. Je me dépêchai d'aller de l'autre côté de mon feu, et je regardai le noir autour de moi. Je ne prends aucun plaisir à consigner cela ici, mais Dieu vous garde je ne reculerai pas devant mon projet de vous narrer cette histoire dans son intégralité. Il est important que vous pensiez que je relate l'entière et misérable vérité des événements étranges que ce récit réserve encore. Adossée contre un arbre, je relevai ma jupe, roulai mes bas et me soulageai là, comme ça, à la lueur du feu, devant la création entière.

Je me suis toujours vue comme une Texane bien élevée, mais j'imagine que même les meilleurs d'entre nous peuvent être sujets aux embarras gastriques. Ma génération en a sacrément honte, et j'en ignore la raison exacte. Mais j'étais sincèrement triste de ma situation et je pleurai un peu en chassant les petites mouches noires et les moustiques qui m'assaillaient. J'offrais un spectacle affligeant. Quand j'eus fini, je recouvris mes déjections de quelques pommes de pin poussées du bout du pied, puis retournai m'asseoir là où j'étais avant et nettoyai mes chevilles avec de l'herbe. L'idée me vint que j'étais alors plus différente de moi-même que je ne l'avais jamais été auparavant.

Je regardai le feu consumer encore un peu la bûche, puis m'endormis, épuisée.

Le tonnerre me réveilla. Il faisait encore nuit, et la pluie et le vent crépitaient dans les arbres. Le feu s'était éteint et les morceaux de charbon sifflaient comme un nid de serpents fumants. Je reculai sous le couvert des épicéas du mieux que je pus, mais ne parvins pas à m'abriter de la pluie. Elle avait formé une bauge et je me trouvai en plein dedans. La pluie détruisit ma permanente. Je suis sûre que je ressemblais à une souris trempée. Je n'ai jamais aimé mon allure quand j'ai les cheveux mouillés. Je pris le parapluie que j'avais trouvé dans l'avion et je l'ouvris mais il avait une grosse déchirure et était à peu près aussi utile qu'un ventilateur de plafond dans un igloo. Je le jetai et posai la botte de M. Waldrip de façon à ce qu'elle se remplît d'eau. Je m'emmitouflai du mieux que je pus dans le manteau de Terry. La pluie n'était pas aussi froide qu'elle eût pu l'être, j'imagine, mais je frissonnais tout de même horriblement. J'ignore comment je fis pour ne pas périr sur place.

Je fus contente de voir que la pluie ne tarda pas trop à se changer en une toute petite bruine. Pendant presque une heure les éclairs zébrèrent la nuit au-dessus des arbres. Le ciel me semblait alors être un miroir brisé qui tournait sur lui-même, projetait des éclats vifs et reflétait la vraie nature horrible de la terre en dessous de lui, paysage de suie montagneux et brûlé, lieu vraiment désolé et inhospitalier.

Un éclair claqua non loin de là et illumina une présence sacrément étrange entre les troncs de deux grands pins. La lumière était apparue et avait disparu si rapidement que je n'étais pas trop sûre de ce que j'avais vu. Ma première pensée fut qu'il s'agissait du visage d'un jeune homme, caché sous l'ombre noire d'une capuche. Lorsque la lumière disparut, j'étais totalement aveugle. Je hurlai avant que le grondement de tonnerre ne m'atteigne dans la nuit. J'étais dans un état de terreur considérable.

C'est drôle comme l'idée qu'une autre personne pût être là près de moi me fit trembler, alors qu'une autre personne était exactement ce que j'avais espéré trouver. Il doit y avoir quelque chose avec les inconnus. Et ma pensée était : quel genre de détraqué se tiendrait là comme ça dans le noir sous la pluie pour regarder une vieille femme souffrir ? Ou bien était-ce le visage défiguré de Terry régurgité par ce raton laveur borgne qui était revenu me hanter à cause des objets que j'avais prélevés sur sa personne ? Il existe peut-être des esprits sur lesquels Dieu a perdu son emprise, même si je n'ai jamais accordé grande croyance aux fantômes.

Je gardai mes yeux fixés sur l'endroit dans le noir, mais lorsque l'éclair suivant illumina les arbres, la chose, quoi qu'elle fût, n'était plus là. Les bois s'allumèrent et s'éteignirent pendant un long moment, et je guettais le retour du visage, mais il ne revint pas. Il n'y avait que ces arbres gigantesques, qui me semblaient alors être les immenses barreaux d'une cellule où je me trouvais emprisonnée pour des crimes que je feignais de ne pas comprendre. Je calai mon menton sur ma poitrine et attendis le matin.

Pendant la nuit, la botte de M. Waldrip se remplit jusqu'au-dessus de la cheville, mais je ne bus qu'une petite gorgée ce matin-là avant de trébucher et de tout renverser, pour ensuite passer le reste de la journée aussi assoiffée qu'un poisson-chat dans un catamaran. Au matin, le ciel était couvert mais, autour de moi, ornés de perles grises laissées par l'eau de pluie, les arbres étincelaient. L'avantage avec toute cette humidité et cette fraîcheur était que les moustiques avaient pris leur matinée pour faire ce qu'il peut bien leur chanter de faire lorsqu'ils ne s'acharnent pas à nous terroriser, nous autres créatures plus nobles.

Je ne bougeai pas pendant un bon moment. J'envisageai de ne plus jamais bouger et de me laisser périr sur place. C'était peut-être la première fois que je nourrissais l'idée de céder face à ce que nombre de gens auraient certainement vu comme étant un destin inévitable pour une femme de soixante-douze ans perdue dans la nature sauvage. Ce qui est sûr, c'est que ce ne serait pas la dernière. Je m'imaginais sous une apparence assez similaire à celle de ce pauvre Terry, recroquevillée toute raide contre cet épicéa, la mâchoire déboîtée, avec des mouches ayant fait de mon crâne leur manoir. Je me demandai combien de temps je garderais mes cheveux, et si l'on me retrouverait dans cet état assez répugnant, ou bien si j'allais ne plus jamais être vue par aucun œil humain. Je fus incapable de décider quel sort je préférais.

Je pris la carte déchirée et m'efforçai d'y comprendre quelque chose, mais c'était impossible. Ça aurait tout aussi bien pu être un morceau du papier peint chinois que cette peste de Catherine Drewer avait choisi pour son salon. Je décidai de m'aventurer hors de la clairière, et de continuer à descendre la montagne, mais pas avant d'avoir mis le pied dans mes propres déjections et de devoir nettoyer ma chaussure dans l'herbe mouillée ! Je ne veux choquer personne, et il s'agit là encore d'un détail que j'aurais pu laisser de côté, mais je crois qu'il contribue à l'absurdité de mon sort, et qu'il prouve que je ne cherche ni à mentir ni à me grandir.

Au bout d'environ une heure j'arrivai à un endroit rocheux où les arbres n'obstruaient plus ma vue, bien dégagée sur une vallée en contrebas. Mon cœur bondit ! Je repérai au loin le bitume d'une route, traçant un chemin de retour vers la civilisation. Si j'arrivais à la rejoindre, je pourrais me considérer comme quasiment sauvée. Regonflée d'énergie et d'espoir, je me remis en marche vers le fond de la vallée. Pendant tout ce temps j'entendais des bruits étranges dans mon dos. J'avais l'impression d'être suivie.

Débouchant hors des bois en titubant, j'atteignis mon but deux heures plus tard. La route n'était pas du tout une route, mais un ruisseau. Dieu du ciel, comme je fus déçue. Mais en même temps j'étais sacrément assoiffée, alors j'avais tout de même du mal à être déçue de trouver un point d'eau. Je me dirigeai vers le ruisseau en chancelant comme un veau qui vient de naître, avec mes bas maintenant bien déchirés, et je m'effondrai sur la rive. Je plongeai mes mains en coupelle dans l'eau et je bus. L'eau était très froide et très claire.

Je bus deux grandes gorgées avant de relever la tête et de voir, dans les eaux peu profondes, le cadavre poilu d'un énorme animal ! Je crachai l'eau que j'avais dans la bouche et reculai d'un bond. Je faillis vomir, mais je maintins fermement ma main sur ma bouche. La chose portait des bois, et des lambeaux de sa toison filaient dans le courant comme la traîne de la robe de quelque démon païen.

Je m'éloignai vers l'amont de ce monstre mort et remplis la botte de M. Waldrip. Je fis de mon mieux pour ne pas laisser mon imagination divaguer vers je ne sais quelles autres choses dégoûtantes qui pourraient se trouver là, à souiller ce ruisseau. Tandis que j'étais assise et que je buvais à petites gorgées à la botte de M. Waldrip, la lumière changea de couleur sur les montagnes qui m'entouraient. J'avais faim et froid, alors je priai et me mis en tâche de faire un nouveau feu pour la nuit. J'empilai du bois à peu près comme je l'avais fait la veille, sauf que j'en amassai plus, et que je mis davantage de brindilles sèches. Tout ça au bord du ruisseau. Il faisait presque nuit lorsque je m'assis, épuisée, et sortis la pochette d'allumettes de Terry.

Le vent soufflait droit contre moi et hurlait follement sur la vallée, et le vaste ciel s'obscurcit de nuages. J'ouvris la pochette et arrachai soigneusement la dernière allumette. Je me mis dos au vent et calai bien ma main. Je m'approchai autant que je pus des brindilles, puis je dis une prière et craquai l'allumette. La pointe crissa et noircit mais ne produisit pas de flamme.

La nuit tomba, mais pas avant que j'eusse repéré la silhouette d'un animal qui me sembla être un puma en train de rôder sur une lointaine crête rocheuse. Effrayée, mal à l'aise, presque morte de faim, je pris mon dernier caramel pour dîner. La pluie menaçait, mais le vent chassa les nuages du ciel et dévoila les étoiles et la lune. La nuit n'était plus tout à fait noire sous les cieux dénudés, qui brillaient sur les champs herbus de la vallée, sur le ruisseau argenté, sur les arbres alentour.

Je ne savais pas quoi faire ensuite. Je craignais que ma situation ne fût désormais trop désespérée. Mais je savais que le matin venu, j'allais devoir faire quelque chose, n'importe quoi. Le monstre mort était toujours là, tout près ; ses bois luisaient au clair de lune et l'eau scintillante qui l'entourait semblait un lit de joyaux magnifiques.

J'entendis un bruit dans la forêt. Je me souvins du visage que j'étais désormais certaine d'avoir vu la nuit d'avant. Je pensai aussi au puma. J'avais ma Bible dans mon sac à main. Je la mis dans la poche intérieure du manteau de Terry, juste contre mon cœur. Mais j'étais terriblement fatiguée, assez pour ne pas avoir peur des visages mystérieux et des pumas. Il n'y avait rien d'autre à faire qu'offrir mes prières à Dieu et succomber à l'épuisement.

Le pilote fit basculer l'hélicoptère pour descendre survoler de près les pentes d'éboulis bien au-dessus de la limite des arbres. Lewis scrutait les rochers de granit escarpés baignés de soleil jaillis des profondeurs du manteau terrestre il y a quelque quatre-vingts millions d'années de cela. Elle porta lentement une Thermos de merlot à ses lèvres.

Assis dans le siège d'à côté, ses grandes jambes pliées comme les plient les enfants, genoux à hauteur du menton, Bloor tourna vers elle son visage pâle. Sa voix crachota dans le casque de Lewis au-dessus du bruit du rotor. Vous êtes déjà allée à Macao ?

Lewis fit non de la tête.

Un homme plus vieux aux doigts en baguette de tambour était assis en face d'eux. Il regardait par la fenêtre. Bloor l'avait présenté comme s'appelant Cecil. Ouvrez bien grand les yeux, dit-il.

J'ai laissé Jill chez sa grand-mère et j'ai passé l'hiver dernier à Macao, dit Bloor, puis il se tourna ostensiblement vers la fenêtre. J'avais besoin de prendre l'air. J'ai rencontré une Pékinoise d'un mètre quatre-vingt-dix qui s'appelait

Chesapeake. Ils se choisissent des noms anglais, vous savez. Elle, elle avait choisi Chesapeake. Ses amis l'appelaient d'un nom chinois qui signifie échelle. Vous aussi, vous êtes grande, ranger Lewis.

Cecil leva la tête. Gardez vos foutus yeux ouverts.

Cecil travaille comme secouriste depuis très longtemps, dit Bloor. Il continue en dépit de la BPCO* dont il souffre. Il ne m'aime pas beaucoup.

Ces gens que nous cherchons, ils sont morts, dit Cecil. Il se retourna vers la fenêtre. Le soleil noyait ses yeux mais il ne les plissait pas.

Koojee, dit Bloor.

Ils poursuivaient leur vol au-dessus de formations granitiques fichées dans la terre comme des molaires dans une mâchoire, et ils scrutaient tous les trois le sol en dessous, les yeux désormais protégés par des lunettes de soleil dans le jour de plus en plus éclatant. Une bourrasque fit brusquement descendre l'hélicoptère et Lewis serra la Thermos entre ses cuisses. L'air s'apaisa et elle but. Bloor la regardait à travers les verres jaunes de ses lunettes et lui demanda si elle se considérait comme quelqu'un d'éthique.

Lewis s'essuya la bouche et passa sa langue sur ses dents rougies par le vin. Elle vissa fermement le bouchon de la Thermos. Je n'en suis pas certaine, dit-elle.

Bloor brandit un doigt blanchi de craie. Je consacre une part de mon temps et de mes capacités au bien-être des autres, alors au nom de l'équilibre universel je m'autorise certains plaisirs éthiquement égoïstes. Chesapeake était un plaisir éthiquement égoïste.

* Bronchopneumopathie chronique obstructive.

Lewis sourit et dévissa le bouchon de la Thermos. Elle but puis le revissa.

Quels plaisirs éthiquement égoïstes vous autorisez-vous, ranger Lewis ?

Merde, faudrait que j'y réfléchisse.

J'espère que vous le faites.

Cecil leva la main. Vous voulez que je les tienne ouverts pour vous ?

Merci, Cecil, dit Bloor.

Le pilote survola deux autres montagnes et passa au-dessus d'une forêt lugubre. Lewis gardait les yeux au sol et les clignait rarement. Dans le reflet de la fenêtre, elle vit Bloor tourner la tête vers elle. Le crépuscule tombait déjà lorsque le pilote les prévint qu'il valait mieux rentrer avant qu'il fasse complètement noir.

Merde, dit Lewis.

Cela faisait longtemps que Cecil n'avait pas tourné la tête. Enfin, il finit par la tourner vers eux en la faisant tressauter comme un élément de décor de théâtre brinquebalant actionné par un jeu de poulies. C'est dur de penser que quelqu'un puisse survivre dans cet endroit, quel que soit son âge, dit-il, et il toussa dans ses doigts déformés.

Alors que le pilote mettait le cap sur le poste, Bloor commença à parler de la dépression des personnes dépourvues d'ambition.

Ce sont les années 1980, vous savez, dit-il. J'ai vu des trentenaires vêtus comme des adolescents. J'ai toujours eu de l'ambition. Ça vous plaît, votre travail, ici, ranger Lewis ?

Ils passèrent la crête noire de la montagne alors que la nuit tombait. Oui, dit-elle.

Ma fille aura dix-huit ans le 3 novembre. Je lui parlerai de vous, histoire de lui rappeler qu'il y a des femmes ambitieuses dans le monde.

Taisez-vous, dit Cecil. Vous rendez le pilote fou.

Une dernière chose, Cecil. Après, tu pourras me coudre la bouche au fil de fer si ça te chante. Écoutez, ranger Lewis. Pardonnez-moi si je suis trop direct. Il m'arrive d'être trop direct. Ça vous dirait qu'on dîne ensemble ce soir ? Je loue une grande cabane où je me sens bien seul, et j'apprécierais d'avoir de la compagnie. Nous pourrons parler de l'affaire et discuter de nos options.

Lewis posa un regard mal assuré sur le visage de l'homme.

Elle but une bouteille de merlot devant l'évier de sa cuisine, mit un uniforme propre puis prit sa voiture pour rejoindre une imposante cabane à un étage construite en bois de pin et fraîchement peinte de blanc qui se dressait, sombre et solitaire, au bout d'un cul-de-sac perdu au-dessus de la vallée orientale. Tout en bas, dans les contreforts, une petite ville luisait. Aucun souffle n'agitait les arbres et les étoiles tournaient comme des molettes dans le firmament vitreux. Lewis gara le Wagoneer dans l'allée gravillonnée. Elle attrapa la bouteille de merlot à quatre dollars posée sur le siège passager et décolla son étiquette de prix.

La porte d'entrée de la cabane blanche s'ouvrit. Bloor se pencha pour passer sous l'imposte et regarda Lewis en plissant les yeux. Sa fine ombre noire émergea comme un insecte d'une fissure dans le plancher. Il leva une main et agita ses longs doigts. Lewis descendit du Wagoneer.

Sans dire un mot, Bloor la fit entrer dans la cabane. Il referma la porte et enclencha le verrou. D'un geste circulaire d'une main couverte de craie, il montra les lieux et demanda à Lewis ce qu'elle en pensait.

Lewis regarda la vaste pièce unique. Une cheminée ronde en acier brûlait en son centre, et une longue série de baies vitrées traçait un mur derrière lequel se trouvaient une terrasse sur pilotis, un jacuzzi et un barbecue. Deux grands canapés blancs formaient un angle droit autour d'une table basse en verre sur laquelle se trouvait une bouteille de vin. Derrière une arche ouverte, la cuisine était tout éclairée et dégageait une odeur de repas évoquant une cave profonde.

C'est vachement moderne, dit Lewis.

Je trouve aussi, dit Bloor. Il lui prit son manteau ainsi que la bouteille qu'elle avait apportée. Vous portez l'uniforme partout où vous allez, ranger Lewis ?

Faut croire que je m'y suis faite.

C'est un bel uniforme.

Je suis déjà passée dans le coin, dit Lewis. C'est vachement rare, les cabanes blanches.

Son propriétaire est un homosexuel du nom de Cherry. Un type bien. Vous le connaissez ?

Je sais qu'il loue cette cabane, mais je ne l'ai jamais rencontré.

Bloor la remercia pour le vin et dit excusez-moi si je vous parais absent. J'étais au téléphone avec ma fille. Elle me cause du souci, en ce moment.

J'imagine que c'est l'âge.

Bloor se dirigea vers la table basse et y posa la bouteille à côté de l'autre, puis sortit un bloc de craie de sa poche de chemise et s'y frotta les mains. Je ne veux pas dire qu'elle est lente, mais il lui faut beaucoup de temps pour comprendre la complexité des choses. Il attrapa les deux bouteilles et les brandit devant elle pour qu'elle choisisse.

Lewis pointa son doigt vers le merlot.

Bloor déboucha la bouteille avec un tire-bouchon qui se trouvait sur la table. Elle s'est fait prendre aujourd'hui avec son petit employé à la dent morte dont je vous ai parlé. Dans les toilettes du lycée. Expulsion temporaire. Qu'est-ce que vous dites de ça ?

Rien.

Bloor servit deux verres de merlot. Un matin, au petit déjeuner, elle m'a dit qu'elle voulait le faire. Vous ne trouvez pas ça incroyable ?

Faire quoi ?

L'amour. Je suis quelqu'un d'ouvert, ranger Lewis. Je suis cultivé. Je suis de mon temps. Je suis même en avance sur mon temps. Mais vous voyez, une part de moi voudrait que ma fille reste une vierge éternelle.

J'imagine que c'est assez naturel, dit Lewis.

Bloor sourit et s'assit sur le canapé. Il tapota le coussin à côté de lui. Lewis le rejoignit et s'assit. Il lui donna son verre et leva le sien. Aux Waldrip et à Terry Squime, puissent la Lumière et l'Amour avoir pitié de leurs âmes. Et puissent-ils reposer en paix.

Lewis leva son verre. C'est un discours prématuré.

Ils burent.

Comment avez-vous rencontré votre ex-mari ? Pardonnez-moi si je suis trop curieux. Ma femme me disait toujours que j'ai une façon d'être curieux qui met les gens mal à l'aise. Ils se sentent traqués. Ils se sentent en danger.

Lewis lui dit qu'elle avait rencontré Roland à la clinique vétérinaire de son père lorsqu'elle y travaillait après l'école. Roland était venu pour faire euthanasier son chien. Elle dit à Bloor qu'ils s'étaient mariés dès qu'elle avait quitté le lycée, et qu'elle avait alors commencé à travailler pour le Service des parcs et des zones de loisirs de Missoula. Au bout de quelques années, lui dit-elle, elle avait pris le poste de ranger dans les Bitterroot Mountains, et Roland était devenu responsable des achats pour le rayon petit gibier d'un magasin d'équipement de chasse. À l'époque, le fait qu'il parte un week-end sur deux en voyage d'affaires n'avait éveillé aucun soupçon en elle.

Il voyait quelqu'un d'autre ?

Il avait une épouse dans le Nebraska, une dans le Colorado, et encore une dans le Montana. Lewis montra son badge du doigt.

Alors c'est un mormon.

Si c'est le cas, il ne me l'a jamais dit. Il est en prison pour trigamie.

Koojee. Au moins, vous n'avez pas d'enfants.

Ça non, bon sang, je n'en ai jamais eu besoin.

Ah, les enfants. Vous savez, quand on a quitté Tacoma pour venir vivre à Missoula, j'espérais que le changement d'air serait bénéfique. Mais je n'en sais rien. Ma fille a déjà perdu sa virginité à califourchon sur une cuvette de chiotte. Ce n'est pas que sa sexualité me dérange. Mon poste de sergent dans la Garde nationale m'a protégé de ça.

Bloor finit son verre, puis attrapa la bouteille et s'en servit un autre. Il se frotta les doigts de sa main libre les uns contre les autres et observa le vin avec des yeux qui semblaient ne pas voir.

Lorsque ma femme est morte, il y a trois ans, je pensais que cela ferait de moi quelqu'un de meilleur. Pour honorer sa mémoire, vous comprenez. Mais non. J'ignore pourquoi.

Désolée pour votre femme.

Bloor regarda le bout de ses doigts blanchis. J'aime les gens, dit-il. Vous savez ce qu'elle me disait souvent ?

Non.

Que je pouvais dominer le monde avec amour et compassion.

D'accord.

Elle me manque. Quand je parle d'elle, je vois bien à leur visage que les gens ne comprennent pas quelle femme visionnaire c'était. Ils ne savent pas ce qu'elle représentait pour moi.

J'imagine.

J'ai passé ma vie à perdre des gens, vous savez. Je crois que c'est pour ça que je me suis lancé dans la recherche et les secours. Ma mère a disparu un matin quand j'étais tout petit alors qu'elle était sortie arroser des pensées. Sans rien laisser qu'une paire de sabots de pointure 37 et un tuyau d'arrosage ouvert. Mon père était déjà parti depuis longtemps, mort ou en vie quelque part dans un pays totalement inconnu de nous. Certains pensaient qu'il était revenu pour enlever ma mère et qu'il l'avait noyée dans un des lacs Finger. On ne l'a jamais retrouvée. C'est ma sœur qui m'a élevé. Puis elle est morte d'une intoxication alimentaire dans un couloir d'hôtel il y aura pile dix ans de ça à Thanksgiving. Koojee.

Bon sang, je suis vraiment désolée d'apprendre ça.

C'est le service en chambre qui l'a tuée. L'hôtel a accepté un accord généreux au tribunal. Depuis, je n'ai plus à travailler si je n'en ai pas envie.

J'imagine que c'est une bonne chose.

Le plus dur, ça a été de perdre ma femme, Adelaide. On se connaissait depuis qu'on était petits. Mais je ne crois pas qu'elle ait jamais été petite, vous savez. Elle s'exprimait toujours comme si elle était née avec une vie déjà vécue en elle. La plupart des gens ne la comprenaient pas, alors ils se montraient méchants à son égard. À l'école, les garçons la harcelaient. Mais je ne crois pas qu'aucun d'entre eux ait jamais eu le dessus. À l'époque, j'avais même l'impression que c'était elle qui voulait qu'ils soient méchants comme ils l'étaient à son égard. Comme si c'était elle qui orchestrait tout ça pour un plaisir dont elle seule détenait le secret.

Bon sang, j'ai l'impression que c'était une femme vraiment spéciale, dit Lewis. Elle rata sa bouche avec son verre et renversa quelques gouttes de merlot sur le devant de son uniforme. Elle épongea les taches avec sa manche et tendit son verre vide.

Bloor la resservit. Il tourna son visage fatigué vers les baies vitrées, où une lumière bleutée soulignait le brouillard dans les arbres. Il s'était fait une marque de craie avec son doigt sur le menton. Vous n'imaginez même pas, dit-il, et il prit les doigts de Lewis entre ses mains couvertes de craie. Merci d'être venue ce soir. Il pinça fort la peau de son annulaire et emplit ses poumons comme s'il allait s'immerger longuement.

Lewis reprit sa main. De rien.

Bloor relâcha sa respiration et sourit.

Lewis gara le Wagoneer de travers dans l'allée en se massant le revers de la main. Les lumières étaient éteintes dans la cabane en pin, et les fenêtres étaient noires. À la radio, le

Dr Howe parlait doucement à une femme qui avait appelé l'émission, s'était présentée sous le nom de Ronnie, et avait demandé pourquoi elle devrait continuer à vivre la vie qu'elle vivait alors que tout ce qu'elle avait jamais désiré, c'était quitter son mari et ses trois enfants pour s'en aller passer ses nuits à chanter de la country-western à Nashville. Lewis coupa le moteur mais laissa la radio et écouta.

La femme dit : Je pèse cent trente-cinq kilos. C'est quelque chose. Mais c'est pas de la graisse que j'ai en moi. C'est toute cette frustration qui s'amasse dans mon ventre et mes cuisses et mes fesses. Je peux pas être chanteuse de country-western. Je suis une obèse pathologique et je ne chante pas particulièrement bien. Je me sens flouée, docteur Howe. Je savais que c'était ça que je ferais quand je serais grande, quand j'étais petite, mais maintenant je suis grande et c'est pas ça que je fais, et je suis grosse et j'ai pas du tout l'oreille musicale. Ma grand-mère était chanteuse. Des fois je vais à la bibliothèque, en ville, et je regarde ces vieux microfilms qu'ils ont avec des articles sur elle et les concerts qu'elle faisait dans la région et je deviens foutrement jalouse, pardonnez l'expression. Jalouse de ma grand-mère morte. C'est minable, non ? Dites-moi que c'est minable. Et puis là-dessus y a mon mari, y a pas longtemps, je l'ai surpris à reluquer ma toute jeune sœur à la soirée poisson grillé de la paroisse. Ça me trotte dans la tête. Elle a à peine l'âge légal pour boire un verre et elle pèse près de cinquante kilos de moins que moi, alors j'ai aucune chance. Où est-ce que quelqu'un comme moi, bourré de toute cette frustration qui s'accumule en dedans, est censée trouver un peu d'estime de soi ? Je me suis juste fait dénigrer et dénigrer encore, même par des gens qui prétendaient m'aimer. Et je me suis mise à le faire moi-même, docteur Howe, je me suis mise à me dénigrer moi-même, et je reste là comme ça assise au pied de mon lit pendant que les enfants sont à l'école et que mon mari est au travail, et je regarde le chat entrer et sortir de la chambre et puis c'est tout.

Le Dr Howe dit : Ronnie, vivre, c'est adapter ses espérances. C'est comme ça, ce sera toujours comme ça, que ça vous plaise ou non. Et je crois que le secret du bonheur, c'est de trouver non seulement comment accepter et supporter la vie comme elle vient, mais aussi de trouver comment en tirer de la joie en dépit de vous-même, et en dépit des conditions que la vie vous impose. Vous ne pouvez pas avoir tout ce que vous voulez, sans quoi vous imploseriez et vous disparaîtriez. Vous me comprenez, Ronnie ? Vous n'auriez rien du tout sans tout ce que vous croyez que vous n'avez pas.

Le lendemain du jour où je suis arrivée au ruisseau, j'y ai prié un moment, en me débattant contre ces nuées d'horribles petits moustiques et de mouches vertes. J'étais à genoux dans l'herbe rase humide, en amont de la créature en décomposition. Je bus d'abord dans mes mains, puis à la botte de M. Waldrip. L'eau était sacrément bonne et avait le goût de celle que l'on tirait au puits, au Texas, quand j'étais petite.

J'étais maintenant très affamée et mon ventre grondait comme pas croyable. Je priai les yeux ouverts pour trouver un moyen de me nourrir, et je scrutai le ruisseau clair à la recherche de poissons, mais je n'en vis aucun. Je regardai les prairies de la vallée et me demandai s'il pouvait y vivre un animal suffisamment lent et stupide pour que j'arrive à le prendre. J'avais beau avoir déjà assisté plein de fois à des sorties de chasse au petit gibier à plumes, et avoir vu mon père tirer des coyotes depuis la terrasse de derrière, je n'avais jamais tué un seul être vivant, en dehors des mouches et des souris que l'on avait chez nous. Mais ces morts-là ne sont que les habituelles petites morts de tout foyer, cela n'a rien à voir avec le genre de carnage sauvage qui se déroule dans la nature. Même la chasse n'est désormais qu'un jeu auquel les hommes jouent ; en cette ère de confort, ce n'est plus une urgence vitale. Les hommes ne chassent pas poussés par la faim, mais par l'ennui. Ceci dit, j'imagine que les hommes font beaucoup de choses que la nature a cessé d'exiger d'eux.

Je me levai du bord du ruisseau et retournai au tas de bois que j'avais amassé la veille. J'avais utilisé toutes les allumettes de Terry, et je ne connaissais aucune autre méthode pour démarrer un feu. J'envisageai de frotter deux bouts de bois l'un contre l'autre, comme j'avais lu que les premiers Indiens le faisaient, et comme je l'avais vu mis en scène dans un diorama au musée des Plaines de la Panhandle, mais j'étais sûre de ne posséder ni la technique ni l'énergie pour les faire s'embraser. Si je devais attraper quoi que ce soit de mangeable, j'allais devoir le manger cru. L'idée de manger de la viande crue me faisait un peu peur. On m'a dit que certains habitants des grandes villes lumineuses aimaient manger du poisson cru, mais moi ça ne me dit rien.

Je pris la hachette noire de Terry et partis arpenter les champs rocailleux. Je taillais à grands gestes dans les hautes herbes dans l'espoir de débusquer un animal que j'aurais pu assommer. Cela s'avéra sacrément naïf, et au bout d'environ une heure j'étais de retour au bord du ruisseau, assise, hors d'haleine. Je n'aime pas du tout être naïve, alors je me servis de mes lacets pour fixer la hachette au bout d'un long bâton, et je me mis à fouetter l'eau à chaque forme sombre que je voyais passer. Je parvins sans nul doute à blesser au moins une pauvre petite créature aquatique. Mais je restai malgré tout assise là, affamée, et j'avais les bras tout raides au niveau des épaules, raides comme les gonds du placard sous l'évier de ma cuisine.

Je regardai cet énorme animal en décomposition dans l'eau et priai à voix haute : Oh, Seigneur tout-puissant, je ne veux pas mourir de faim. Si je dois vous retrouver au Ciel en ce jour, je vous en prie, faites que je parte vite, ne me laissez pas mourir de faim.

Mon Dieu ! J'étais sûre que j'allais mourir de faim.

Vers le milieu de l'après-midi il y eut un bruit dans le ciel, répété en écho par les flancs des montagnes. Il était assez faible pour que je me dise qu'il n'était peut-être que dans ma tête, mais avant que j'eusse le temps de voir d'où il provenait entre les pics ensoleillés, ce bruit, quelle qu'eût été sa nature, cessa. Il n'y avait plus rien à écouter que le ruissellement de l'eau et le cri des moustiques. J'ai entendu depuis lors de nombreuses histoires de bruits étranges et mystérieux dans les montagnes. Les histoires de fantômes dans la région de la Bitterroot sont particulièrement singulières et tristes.

Des poissons passèrent dans le ruisseau jusqu'à ce que le soleil disparaisse et que je cesse d'être en mesure d'y voir grand-chose. Mais la lune maintenait de la lumière sur l'animal mort gisant dans l'eau – ses os saillants étaient bleus et langés dans sa propre peau pourrie.

Le lendemain je rampai dans les champs pour y manger des petites fleurs grises. Elles avaient le goût que la salade de melon estivale de Cynthia Weaver avait après être restée plusieurs jours dans la glacière. Un vilain goût. J'en mangeai au total une poignée, et lorsque ma tête se mit à tourner je m'assis contre une souche près du tas de bois. La nuit avait été suffisamment froide pour déposer du givre sur la lame de la hachette et je n'avais pas beaucoup dormi. Au soleil, maintenant, je m'assoupis.

Je fus réveillée par une piqûre sous le bras. Je vis qu'il s'agissait d'une tique. Ce petit monstre s'était déjà gavé et était devenu plus gros qu'aucune tique que j'avais jamais pu voir derrière l'oreille d'un chien. Il ressemblait aux fruits des arbres à chapelets. Lorsque ces bestioles devenaient suffisamment grosses et jaunes pour qu'on les voie dans la toison de ses chiens de chasse au gibier à plumes, M. Waldrip faisait chauffer ma pince à épiler sur le poêle et s'en servait pour les décrocher. Moi, je bondis, je hurlai et je lui donnai une claque, ce que n'importe qui valant d'être connu sait qu'il ne faut surtout pas faire. Du sang coula le long de mon flanc en une colonne de noir. La créature diabolique s'accrochait à moi. Son dos était ouvert comme un petit fruit dénoyauté. Je l'arrachai. Évidemment, la tête resta fichée dans ma peau.

J'essuyai le sang sur ma jupe et y laissai quelque chose comme ces empreintes de main que les peuplades anciennes apposaient sur les parois de leurs grottes. Les fins écoulements de sang qui séchaient dans les rides de ma paume formaient un horrible réseau de bas-reliefs au fil de ces petites lignes de vie et d'amour que notre chère petite-nièce, Jessica Pollard, m'avait lues un jour à Thanksgiving en me prophétisant une très longue vie remplie d'amour. Jessica vit aujourd'hui avec son mari à la peau basanée et ses deux jolis fils à Phoenix, Arizona. J'ai jadis pu nourrir quelque inquiétude à la voir ainsi pratiquer la chiromancie, mais aujourd'hui je pense que cela n'a presque aucune influence réelle sur la condition de l'âme.

Soudain, je sentis de la chaleur. Je me retournai. Vous n'y croirez peut-être pas encore, mais ce que je vis était bel et bien du feu dans le tas de bois que j'avais arrangé la veille au soir. Du feu !

Je me figeai sur place. Pour la plupart des gens, et certainement pour la jeunesse sceptique de la génération la plus récente, il est sacrément difficile de croire qu'un feu peut s'allumer tout seul. J'eus moi aussi beaucoup de mal à y croire. Je tournai sur moi-même et scrutai la forêt et les champs, mais je ne vis pas grand-chose. Je m'accroupis. Je me relevai. Mon Dieu, je ne savais pas quoi faire.

Je m'approchai prudemment du feu. Des mouches voletaient autour d'une marmite en métal posée par terre. Mon cœur s'emballa. Un petit corps dépecé flottait à l'intérieur. Je me dis qu'il devait s'agir d'un lapin. Je regardai de nouveau autour de moi.

Y a quelqu'un ? hurlai-je. Hohé ? Hohé ? Je m'appelle Cloris Waldrip !

Au bout d'une minute ou deux, je me rassis par terre. Je restai assise comme ça, terrorisée, pendant un long moment, à regarder ces flammes pâlies par la lumière du jour. En y réfléchissant, il me revint en tête un sermon du pasteur Bill, quelques mois auparavant. Il avait attiré l'attention des fidèles sur le verset Marc 10, 27 : *Jésus les regarda et dit : Cela est impossible aux hommes, mais non à Dieu : car tout est possible à Dieu.* Il devint bientôt évident que mes prières avaient été exaucées en ce qui n'était rien de moins qu'une manifestation miraculeuse du divin. On dit que les voies de Dieu sont mystérieuses. Il n'y avait là rien de si mystérieux. J'avais été sacrément affamée, j'avais prié, et voilà qu'on m'offrait à dîner. Y avait-il jamais eu réponse plus claire à une prière ? J'étais bien sûre de n'en avoir jamais entendu mentionner aucune depuis la multiplication des pains.

Je pris une grande respiration et mis le lapin à bouillir sur le feu. Je priai à voix haute : merci mon Dieu, merci Jésus !

Je veux cependant noter ici que même en ces instants-là mes pensées s'égaraient pour se fixer sur le visage encapuchonné que j'étais sûre d'avoir vu dans la forêt, plus haut dans la montagne. Il est vrai que je n'ai jamais été une de ces femmes crédules qui racontent des histoires de fantômes et de démons. J'ai toujours considéré ces choses comme les fruits d'imaginations oiseuses et démoniaques, sans aucune réalité dans le monde de Dieu. Pourtant, quand j'étais petite fille, Grand-Mère Blackmore, qui appartenait à une génération de conteuses plus vieille et plus fumeuse, nous parlait, à Davy et à moi, de notre arrière-grand-tante Malvina, alors décédée depuis longtemps, et de la façon dont un malfaiteur inconnu l'avait enlevée puis enterrée vivante dans une mare à bétail ; depuis, son esprit tourmenté n'avait cessé d'errer partout dans le Texas à la recherche de descendants en vie. Certains soirs, je restais éveillé après que Davy s'était endormi et je m'imaginais la voir par la fenêtre en train de se traîner dans les champs dans une robe de mousseline alourdie de boue noire.

Mais je parvins à repousser ces pensées de mon esprit. Celles qui concernaient mon arrière-grand-tante Malvina comme celles qui concernaient le visage encapuchonné et la mort atroce de Terry Squime. Aucune d'entre elles ne concernait Dieu. Ce soir-là, je dînai à la lueur du feu, je bus à la botte de M. Waldrip, je regardai les bûches rougeoyer, et je dormis à côté d'un minuscule tas d'os parfaitement rongés.

Je restai deux jours en cet endroit près du petit ruisseau, à me reposer et à méditer sur ce miracle. Quand vous restez oisif comme ça, il n'y a pas grand-chose d'autre à faire que de recommencer à avoir faim, et j'eus bientôt mangé jusqu'aux os de ce lapin. Je commençai par les faire bouillir, ensuite je les laissai sécher, puis je pris une pierre et les broyai en une farine que je pouvais mettre sur ma langue. Exactement comme le géant dans le conte avec le haricot magique. Je racontais souvent ce conte à mes petits élèves de maternelle, en y ajoutant des passages de mon invention. Je faisais cela avec la plupart des contes. Je ne le ferai pas ici. Même si d'anciens élèves revenus me voir une fois adultes m'avaient parfois confié que mes histoires avaient toujours été leurs préférées. Les histoires appartiennent à ceux qui les racontent le mieux.

Les os n'avaient pas vraiment de goût, et j'en fus reconnaissante. Je faisais bouillir de l'eau du ruisseau, je la buvais, et le matin je me soulageais près d'un buisson mort, sans feuilles et calcifié comme l'étrange morceau de corail que Linnie Curfell avait sur la table basse de son salon. Dans les années 1960, elle et son mari l'avaient rapporté d'une île des Caraïbes et depuis lors ils étaient pour ainsi dire incapables de parler de quoi que ce fût d'autre. Quoi qu'il en soit, à chaque fois que je dus utiliser ce buisson, je fis de mon mieux pour me cacher contre lui. Je ris en écrivant cela, maintenant. C'était comme si je m'étais sentie honteuse devant Dieu, là-bas dans la nature. Après l'apparition du feu et du lapin dans la marmite, Dieu me semblait sacrément plus proche qu'il ne m'avait jamais paru quand j'étais au Texas.

Lorsque le soleil fut assez haut et qu'il fit assez chaud, je me déshabillai et lavai mes vêtements dans le ruisseau en amont de la bête morte. Puis je me baignai dans les eaux peu profondes. Ce n'est pas une chose qu'il m'est facile de reconnaître, mais je crois que c'est important – c'était romantique d'être nue dans la nature. Je repensai à mon premier baiser. C'était avec un garçon du nom de Charles Manson. Bon, il n'avait absolument aucun lien avec cet homme horrible qui a assassiné ces pauvres gens en Californie. Il partage seulement avec lui ce qui est devenu un nom affreusement malheureux. J'avais douze ans et Charles en avait quatorze. Il avait une moustache qui ressemblait à du moisi sur un quignon de pain. Il m'avait emmenée derrière un monticule de terre et de pièces de tracteurs amassé dans sa cour.

J'ai oublié le baiser, si ce n'est qu'il me chatouilla et que je dus faire de glorieux efforts pour ne pas éternuer. Mais je me souviens de ses mots. Ouvre la bouche, clair de lune, dit-il. Il était sacrément beau parleur, Charles, et il allait devenir le surintendant de toutes les écoles de Clarendon, mission qu'il accomplit fort bien jusqu'à ce qu'il meure le jour de son quarante-deuxième anniversaire sans cause connue ni signe avant-coureur. Il s'effondra par terre à côté de la glacière. Sa veuve, Geraldine Manson, déclara simplement à la police et à qui voulait l'entendre que Dieu l'avait rappelé à lui, mais je ne suis pas du tout sûre qu'elle sache ce que Dieu veut ou ne veut pas.

Lorsque je sortis du ruisseau, j'avais une petite sangsue noire luisante sur la jambe. À croire que tout, là-bas, avait soif de mon sang et faim de mon corps. Je décrochai la chose et la rejetai dans le courant, puis retournai près du feu, mis mes vêtements à sécher, et m'assis bien au chaud dans le manteau de Terry, nue comme un ver. Ma permanente était presque complètement aplatie, et je lissai mes cheveux derrière mes oreilles en une coiffure assez semblable à celle que mon père avait portée tout au long des Gay Nineties*. J'ai un daguerréotype de lui datant de cette époque, après qu'il avait trouvé du travail comme voyageur de commerce vendant des toniques sur le tracé des lignes de la Santa Fe Railroad. C'était avant qu'il ne rencontre ma mère et qu'ils s'installent au Texas.

Une fois sèche, j'eus de nouveau faim. À la maison, M. Waldrip et moi mangions de petites portions. Je pensais rarement à la nourriture en dehors de ce qu'il nous fallait manger pour vivre et de ce que j'allais pouvoir cuisiner pour le repas. Mais là-bas dans la vallée de la Bitterroot j'étais certaine d'être capable de manger toute une génération de lapins tapis dans leurs terriers ainsi que la créature dotée de bois qui pourrissait dans l'eau, quelle qu'elle fût. Je priai de nouveau à voix haute, demandant au Seigneur de me sauver de la famine. Alors que je priais, j'entendis de nouveau monter le même bruit que j'avais entendu deux jours auparavant, un grondement dans les montagnes, des claquements dans le ciel bleu. Au-dessus de la crête nord je vis un minuscule point noir.

Mon Dieu, c'était un hélicoptère !

Je levai les bras et hurlai aussi fort que je le pus. Cela ne faisait pas des mots, juste des fricatives gutturales. Oh Seigneur, faites que mes cris soient assez puissants pour qu'ils m'entendent, faites qu'ils me voient ! Je jetai le

* Terme nostalgique désignant, en Amérique, la décennie des années 1890.

manteau de Terry et m'en allai courir comme une folle dans le champ en faisant des grands gestes, nue et sans honte. L'hélicoptère tourna vers moi ! Je trébuchai sur une pierre et tombai, m'égratignant le torse sur une variété d'herbe folle buissonneuse. Lorsque je relevai la tête, l'hélicoptère était parti, et le bruit avec lui.

Je restai assise un long moment, craignant de m'être cassé quelque chose, mais je comptai mes côtes et tout semblait en place. Je m'étais joliment ensanglanté les coudes. Je ne pleurai pas, et ne m'autorisai pas grande déception. J'avais peur que c'en soit trop. Si je m'arrêtais pour désespérer qu'on me retrouve jamais, ou pour me lamenter en me disant que c'était ma dernière chance d'être secourue, ou si je me mettais à me flageller pour avoir quitté le petit avion, je pourrais bien ne pas continuer du tout. Au lieu de cela, ma seule pensée était : Maintenant je sais qu'ils sont à ma recherche.

Cette nuit-là je m'endormis près du feu en pensant à M. Waldrip et à la merveilleuse soirée que nous aurions pu passer ensemble dans la cabane de location si ce petit avion ne s'était pas écrasé. Me vint à l'esprit l'image de M. Waldrip à la table du dîner, occupé à se couper des petits morceaux de steak saignant. Même dans mon imagination il avait encore sa coulure de gelée sur le menton. C'est difficile à exprimer, la perte d'un compagnon de toute une vie, mais j'avancerais volontiers ici l'idée que c'est comme de perdre son nom. Comme s'il n'y avait plus personne d'autre que vous au monde qui savait comment vous appeler. Ce n'est pas une chose sur laquelle j'aime m'attarder.

Une odeur âcre me réveilla au matin. Vous ne me croirez peut-être pas, parce que je suis une drôle de vieille femme et vous pensez peut-être que mon cerveau est un nid d'araignées mortes. Mais laissez-moi vous dire que lorsque j'ouvris les yeux, je vis une belle grosse truite posée sur un rocher. Un petit mot y était accroché, par une brindille plantée dans les branchies. Il avait été écrit sur un bout de sac d'épicerie en papier marron. En capitales d'imprimerie bleues tracées comme par une main d'enfant, il disait : *Descendez la rivière.*

III

KOOJEE.

Lewis et les deux hommes présents au poste levèrent les yeux.

Bloor se tenait dans l'embrasure de la porte. Il faisait rouler un nouveau bloc de craie entre ses mains. Je mets fin aux recherches, dit-il.

Debout à son bureau, Lewis fit claquer un mug de café au merlot contre les planches de pin et lâcha un juron en le voyant se briser.

Je dirais qu'il est temps, dit Claude.

Le vieux chien à ses pieds releva la tête pour regarder le mug cassé en deux par terre. Assis à son bureau, Claude était en train de démêler un câble de téléphone. Une tonalité de ligne occupée s'échappait sourdement du combiné.

Bloor remit le bloc de craie dans une poche de son coupe-vent orange et entra dans le poste. Ça fait maintenant trois jours qu'on survole la zone sans repérer le moindre signe d'eux. Ils ont disparu depuis près d'une semaine. Même si par extraordinaire ils avaient réussi à survivre à l'impact, il y a peu d'espoir qu'ils aient pu survivre tout ce temps tout seuls dans ces montagnes. Mais nous ne devons pas laisser cela nous abattre. Nous avons fait tout notre possible. Vous savez, ranger Lewis, des gens meurent sans arrêt partout sur la planète sans que nous n'en sachions rien.

Le vieux chien poussa un petit gémissement puis se leva et alla laper la petite flaque de café au merlot. Tout le monde le regarda faire.

Pete grogna et tous les yeux se tournèrent vers lui. Il était assis sur un tabouret dans un coin de la kitchenette, penché sur un cercle à broder. Il portait une coiffe blanche comme Lewis avait vu des actrices jouant des paysannes médiévales en porter à la télévision. Posée sur un trépied, la caméra vidéo le filmait.

Claude soupira. Qu'est-ce qu'il y a, Petey ?

Pete tira sur son aiguille et se gratta les petits poils ras et roux qu'il avait sur la nuque. Là-bas à Big Timber, un 4 juillet, mon petit-neveu a eu les cheveux qui ont pris feu, et je me trouvais juste à côté avec un pistolet à eau au réservoir rempli. Vous ne pensez pas qu'un miracle de ce genre a pu se produire pour ces gens ?

Bloor répondit que non et demanda à Pete ce qu'il faisait. Claude répondit pour lui qu'il faisait du point de croix.

Pete attrapa une bobine de fil magenta au pied de son tabouret. Je prie pour que ça empêche mon esprit d'écouter ce que me dit mon cœur.

Et ce chapeau, c'est quoi ? dit Bloor.

Pete le réajusta. Je l'ai trouvé dans le placard de Claudey. Je me suis dit qu'il irait bien avec ma nouvelle attitude apaisée.

Ma mère a travaillé dans une foire médiévale, dit Claude.

Bloor regarda les deux hommes puis se tourna vers Lewis. Je vais vous dire une chose, ranger Lewis. Quand je travaillais à Yellowstone, un homme est venu nous voir à propos de son fils de onze ans qui avait disparu du camping. On a monté une vaste opération de recherche qui a duré deux semaines, vous voyez. Ça a mobilisé des ressources phénoménales. On a fini par découvrir que l'homme avait tué son garçon chez eux à Boise des semaines auparavant et qu'il s'était débarrassé de son corps en le jetant par petits bouts dans le vide-ordures. Pendant ce temps, une fillette albinos à peu près de l'âge de ma fille avait été portée disparue à Pine Park, mais mes hommes et moi étions épuisés ce soir-là et je sais que nous ne l'avons pas cherchée aussi assidûment que nous l'aurions pu. On a retrouvé son corps le lendemain au pied d'un cornouiller. Morte de froid, blanche comme un oignon.

Pour moi, tout ce que cette foutue histoire veut dire, c'est qu'il faut qu'on se dépêche, dit Lewis.

Le chien avait fini de laper la flaque et s'était mis à lui lécher les bottes.

Ma femme me disait toujours que la vraie sagesse, c'est de savoir quand une situation est sans espoir.

Pete leva le cercle à broder en direction de Bloor. Votre femme devait être quelqu'un de bien, c'est sûr, commandant Bloor.

Merci. Je ne vous le fais pas dire.

Claude tendit devant lui son bout de câble de téléphone. Il raccrocha le combiné. Les Waldrip étaient un couple âgé. Je veux dire qu'il vaut peut-être mieux partir en se fracassant contre une montagne qu'en mourant lentement dans je ne sais quel genre de lit puant. Il tapa une fois dans ses mains ; le vieux chien cessa de lécher les chaussures de Lewis et le regarda. Je veux dire qu'ils ont eu une vie raisonnablement longue, vous ne croyez pas ?

Bon sang, dit Lewis. On ne sait rien de leur vie.

Claude sortit un tube de crème du tiroir de son bureau. Mon oncle Jack a quatre-vingt-six ans et il n'a plus la moindre idée de ce qu'il est. Si je lui dis *Salut, oncle Jack*, pour lui, c'est juste comme si quelqu'un se raclait la gorge.

Terry Squime est un homme jeune, dit Lewis. Il vient de se marier.

Ça, c'est sûr, c'est rudement triste, dit Pete. Je pense que ça doit être vraiment triste d'être veuve.

Lewis prit son chapeau d'uniforme sur son bureau et le tint contre sa cuisse. Dehors, de fins nuages s'accrochaient aux montagnes comme des toiles d'araignées surnaturelles.

Écoutez, dit Bloor. Ça demande tout simplement trop d'heures et trop d'argent, et c'est mauvais pour la couche d'ozone. Mon département se retire. Comme vous le savez, Cecil est déjà parti, tôt ce matin.

Bloor se tenait maintenant au milieu du poste, tête penchée sur le côté comme s'il écoutait le plafond. À cause de la faible lumière, Lewis ne voyait pas bien son visage, mais elle eut l'impression d'y voir un sourire lent et des yeux fermés, expression qu'elle avait vue à la télé chez un juge qui devait statuer sur un crime particulièrement atroce et qui y trouvait une forme d'humour cruel et égoïste. Le vieux chien le regardait lui aussi depuis le plancher.

Lewis lâcha son chapeau d'uniforme sur le bureau. Bon sang mais on sert à quoi, ici, alors ?

Tout va bien, Debs ?

Ouais, Claude, nom de Dieu. T'as pas besoin de me le demander sans cesse.

Bloor s'approcha d'elle puis se pencha pour s'approcher encore. Il y a une chose importante dont j'aimerais parler avec vous, ranger Lewis. Si vous voulez bien. J'ai besoin du point de vue d'une femme.

Lewis observa l'homme.

Bloor passa deux doigts sur le dos de la main de Lewis, y laissant une équation de craie. Cette montagne m'a embrouillé l'esprit comme si j'étais tombé au fond d'un trou, dit-il. Ma femme me disait toujours qu'il est bon pour un homme de prendre le point de vue d'une femme lorsqu'il est embrouillé.

Par-dessus l'épaule de Bloor, Lewis regarda les deux hommes et le chien qui l'observaient. Bon sang, qu'est-ce qui a pu vous embrouiller comme ça ?

J'ai quelque chose à vous montrer, dit-il, et il lui demanda s'il pouvait passer la prendre à la fin de la journée.

Elle lui dit d'accord.

Il sourit, se détourna d'elle et hocha la tête vers le plafond avant de sortir du bâtiment.

Pete le regarda fixement et redressa sa coiffe médiévale qui lui tombait sur le front. C'est un drôle d'oiseau, dit-il.

Bloor passa la chercher et ils descendirent la route de montagne à bord de son pick-up noir. Du coin de l'œil, Lewis le regardait conduire avec ses mains couvertes de craie jusqu'aux poignets. Elle sirotait sa Thermos de merlot. L'intérieur de l'habitacle était partout maculé de traces de mains et de taches de craie.

Depuis onze ans que je travaille ici, dans la montagne, je n'ai jamais été agent de liaison, dit-elle.

Y a jamais eu personne qu'est venu se perdre dans votre coin ?

On a eu deux randonneurs ivres portés disparus pendant deux ou trois heures, jusqu'à ce que leurs femmes les retrouvent. La seule fois où j'ai trouvé quelqu'un, c'était il y a environ trois ans de ça. J'ai trouvé le ranger Paulson qui s'était perdu dans les bois derrière sa cabane et qui s'était salement amoché son foutu nez. Je sais que Terry Squime et les foutus Waldrip sont en vie, là-bas, quelque part, c'est tout. Ils ont besoin que quelqu'un continue à les chercher.

L'intuition féminine est une chose puissante.

Je ne vous parle pas de foutue intuition féminine, dit Lewis.

Avez-vous apprécié ma compagnie pendant tout ce temps que j'ai passé ici ?

Lewis fixa l'homme de ses yeux injectés de sang. Il avait les pommettes basses et sa fine moustache blonde luisait comme du verre translucide. Je ne sais pas, dit-elle. J'imagine que ça n'a pas fait de mal d'avoir des nouvelles têtes dans le coin.

Ils arrivèrent à une aire de dégagement encombrée d'arbres morts et de bennes à ordure rouillées, et Bloor s'y gara. Le soleil était presque couché et des rayons dorés obliques illuminaient le sol. Bloor coupa le contact, les lumières de l'habitacle s'éteignirent, et Lewis étudia la silhouette de Bloor dans l'obscurité. Le moteur refroidissait, tout était silencieux.

Bloor sortit et Lewis le suivit dans le couchant, sa Thermos à la main. Il l'emmena derrière une des bennes à ordures.

Ce matin, j'ai apporté ma poubelle ici et je suis tombé là-dessus, dit-il.

Sur le sol gisait un homoncule grossièrement composé d'ordures et de squelettes de chats collés et fixés ensemble à l'aide de fil électrique et de cire de bougie fondue. En guise de tête il avait le crâne jaune d'un chat sauvage, et en guise d'yeux deux moitiés de balle de tennis. Il portait un uniforme de ranger souillé de taches rougeâtres, et des tampons en boucles d'oreilles.

Foutue Maggie Silk Foot.

Qui ça ?

L'État l'autorise à vivre là-haut de l'autre côté du col, dit Lewis. Elle fait ce genre de choses. Je ne sais pas pourquoi.

Bloor pencha son grand torse sur le salmigondis de squelette et l'examina. C'est une artiste ?

Je ne sais pas si on peut dire que c'est une foutue artiste.

J'ai trouvé ça particulièrement fascinant à cause de l'uniforme. C'est le vôtre. Ranger Lewis. C'est écrit juste là.

C'est du vandalisme, dit Lewis. Bon sang, il faut brûler ou enterrer tout ce qu'on jette si on ne veut pas qu'elle mette ses foutues mains de bouffonne dessus. C'est une vraie plaie de nettoyer ces foutues cochonneries. C'est ça, ce que vous vouliez me montrer ?

J'ai besoin de vacances. Ma femme me disait toujours que j'étais un vautour affamé qui se nourrissait de cœurs morts, mais qu'un jour je m'emmêlerais les pattes dans une ligne électrique et ils se remettraient alors tous à battre dans mon ventre.

Je ne sais pas ce que ça peut vouloir dire, bon sang.

J'ai besoin de changer d'air, ranger Lewis. J'ai parlé à Cherry, et je me suis arrangé pour rester un peu plus longtemps.

Vous voulez rester dans ce foutu trou perdu ?

J'en suis tombé amoureux, dit Bloor, puis il dit à Lewis qu'il ne savait pas encore combien de temps il resterait, mais que mercredi il descendrait dans la vallée pour prendre sa fille à la gare routière, et qu'elle resterait quelque temps avec lui. Il dit que le chef Gaskell lui avait suggéré qu'elle s'engage comme bénévole dans le Forest Service.

Avec les foutus Amis de la Forêt ?

J'espère que ça lui éclaircira les idées, dit Bloor. Et ça fera bien sur ses dossiers de candidature pour la fac.

Une aura de mouches ceignait la tête de l'homoncule et des gouttes boueuses tombaient des appendices à pattes d'animal de part et d'autre de son flanc.

On a déjà ce foutu Pete Trockmorton qui nous aide dans une petite mesure.

Ça pourrait lui faire du bien d'avoir une ou deux conversations avec un drôle d'oiseau comme Pete.

Ah, nom de Dieu. J'imagine que je ne vois pas quel foutu mal ça pourrait faire.

Il la remercia et lui dit quelle personne singulière Jill Bloor était. Il dit qu'il ne dirait jamais qu'elle était lente, mais qu'elle ne s'était pas développée comme d'autres gens de son âge avaient pu se développer, parce que quand elle était bébé, sa mère et lui s'étaient inscrits comme cobayes dans une étude menée par l'Université de Seattle. Il expliqua que cette expérience exigeait que la mère de Jill se comporte de façon froide avec elle, puis la réconforte, puis se comporte de nouveau de façon froide, et qu'ils l'avaient filmée en train de pleurer pendant des heures.

Je ne vois pas comment un enfant pourrait y comprendre quoi que ce soit, dit Lewis.

Non. Et puis après, on lui a fait l'école à la maison, dans le solarium, jusqu'à ce que le lymphome finisse par emporter Adelaide. Koojee. Je ne pouvais plus continuer à travailler et assouvir mes passions en étant seul pour m'occuper de son éducation. Alors je l'ai mise dans une école publique, voyez. Ce que je veux vous dire, c'est que je crois que les désordres de son éducation lui ont laissé quelques séquelles.

Je ferais mieux de rentrer.

Bloor prit le bloc de craie dans une de ses poches et le frotta sur ses doigts. J'aime m'investir, vous savez. Maintenant qu'elle est active sexuellement, il n'y a presque plus de non-dits entre nous. J'ai un calendrier où je note les jours de ses règles, là-bas chez nous, à Missoula.

Vous auriez des foutus gants, dans votre camion ?

Peut-être.

Je n'ai pas envie de me débarrasser de ce truc à mains nues, dit Lewis en jetant un coup d'œil en direction de l'homoncule.

J'aimerais le garder, si ça ne vous ennuie pas. Si vous pensez que ça n'ennuiera pas cette Maggie Silk Foot.

Lewis regarda la création puis regarda de nouveau Bloor.

Si ça vous chante, dit-elle.

Bloor sourit. Je suis sûr que vous aurez une bonne influence sur elle.

Sur qui ?

Ma fille.

Je ne vois pas en quoi quelqu'un comme moi pourrait souhaiter avoir une quelconque influence sur qui que ce soit.

Pourquoi dites-vous ça, ranger Lewis ?

Vous pouvez m'appeler Debra.

Je préfère vous appeler ranger Lewis, si ça ne vous dérange pas.

Elle but à la Thermos de merlot et observa l'homme. Je ne crois pas être quelqu'un de très sociable, dit-elle. Des fois, je n'en ai juste rien à foutre de personne. Il faut que j'y travaille. Que je m'efforce de me rappeler que les gens continuent à exister même quand je ne les regarde pas. Vous croyez que ça renseigne sur moi, que je dise une chose comme ça ?

Ma femme me disait toujours que les gens sont les animaux les plus terrifiants et les plus turbulents qui aient jamais marché à la surface du monde, mais qu'il était possible de leur apprendre à ne pas chier sur la moquette.

Lewis cracha par terre.

Bloor alla chercher une bâche dans le pick-up, y enveloppa l'homoncule, et le déposa soigneusement au fond du plateau. Il arrêta Lewis avant qu'elle monte sur le siège passager, la tira près de lui et la retint. Il lui donna une tape dans le dos et s'excusa pour le comportement de son ex-mari. Je ne veux pas que vous pensiez que tous les hommes sont les mêmes, dit-il.

Il la relâcha et elle regarda ses mains blanchies. Qu'est-ce que vous faites, avec vos foutues mains ?

Je n'aime pas les avoir moites, dit-il. C'est une de ces bizarreries qui peuvent vous affliger quand vous avez un cerveau qui travaille, vous savez. Adelaide me disait toujours que c'était la preuve la plus indiscutable que je souffrais d'une maladie mentale. Pendant un temps, j'ai arrêté de le faire, mais je m'y suis remis après sa mort.

Ils remontèrent la sombre route de montagne et Bloor la déposa à sa cabane en pin. La bâche claquait au vent sur le plateau de son pick-up alors qu'il s'en allait. Plus tard dans la soirée, lorsque Lewis se déshabilla, elle découvrit une empreinte de main faite de poussière de craie dans le dos de son uniforme.

En 1972 un joli jeune couple s'installa dans la petite maison jaune à côté de la nôtre, au pied du château d'eau. Ils étaient propres, se tenaient bien, et soignaient leur pelouse. Ils avaient un petit chihuahua sans pattes qu'ils avaient trouvé fourré dans un vase abandonné sur le bord de la route. Le soir, quand il faisait chaud, ils sortaient ce petit chien dans une espèce de minuscule fauteuil roulant fait sur mesure. Ça fascinait les gens. Ce couple était poli, et fréquentait l'église épiscopale à côté de Pond Street.

Mais un soir le jeune homme décida qu'il avait besoin de tabasser sa femme. J'entendis le vacarme et je sortis de mon lit. M. Waldrip ne se réveilla pas. J'allai dans le salon, et de là je vis leurs ombres se faire la guerre sur les stores de leurs fenêtres. Je ne les espionnais pas. Je ne suis pas de ces femmes aux yeux de mouche qui n'ont rien d'autre à faire que de se pencher aux fenêtres. Mais je les observai quand même depuis mon salon pendant un long moment, en silence, comme si j'étais devant un spectacle d'ombres chinoises.

Je n'avais bien sûr rien entendu de ce qu'ils s'étaient dit entre eux, mais le lendemain matin leur misérable petit chihuahua était pendu au fil électrique du lampadaire de leur terrasse et le jeune couple avait disparu. L'animal sans pattes se balança là comme un pendule, mort, pendant un jour ou deux avant que le facteur ne le décroche. Je ne m'étais pas sentie de le faire moi-même. Pauvre petit chihuahua ! Ce sont souvent les êtres gentils et sans défenses qui paient les dettes des autres. Peu après, la maison fut remise sur le marché, et je n'entendis plus jamais parler de ce couple. Je craignais de m'être comportée comme une bonne vieille grosse lâche pour n'avoir trouvé aucune meilleure façon d'agir – j'aurais au moins pu épargner à cette pauvre créature l'ignominie de rester pendue là dans le vent chaud comme un carillon de jardin soudain frappé de mutisme. Mais je ne fis rien et ne dis rien à personne. Je n'en parlai qu'à Dieu, et j'ignore quelle est son opinion sur la question.

Je repensai une fois à ce jeune couple dans la Bitterroot, et je pleurai un moment, non pas pour eux ou leur petit chihuahua, mais pour moi et pour ces occasions sacrément cruelles qui m'avaient révélé à moi-même mon affreux manque de caractère. Je suis peut-être, je le crains, ce que les psychologues appellent une narcissique. Melinda, la très gentille psychologue noire que j'ai ici, à l'établissement d'accueil pour personnes dépendantes de River Bend, ne le pense pas, mais moi, je le pense. Peut-être ne me connaît-elle simplement pas assez.

Cela faisait maintenant dix jours que j'étais dans la nature, et j'avais compté trois jours depuis que j'avais trouvé le mystérieux message. J'avais descendu le cours du ruisseau comme le message m'avait dit de le faire jusqu'à ce que le ruisseau se change en ce que j'appellerais plutôt une rivière. Devant moi, au loin, elle disparaissait dans une forêt dense.

Cette rivière semblait pouvoir continuer à sinuer comme ça sans fin dans les profondeurs de cette nature sauvage.

Chaque soir, à la tombée de la nuit, je repérais une lumière vacillante devant moi et ne tardais pas à trouver un feu allumé et une truite fraîchement pêchée posée sur un rondin ou sur une pierre. Je finis par être capable de les vider assez correctement avec la petite hachette noire, mais je fis vraiment un sale carnage de la première. J'avais emporté avec moi la marmite en fer dans laquelle j'avais trouvé le lapin, et tous les soirs j'y faisais griller ma truite, la mangeais et raclais le fond de la marmite avec la lame de la hachette comme un pirate de *L'Île au trésor* de Robert Louis Stevenson.

Un jour où le temps était couvert, d'autres hélicoptères filèrent dans le ciel en direction de la grande montagne où notre petit avion s'était écrasé. J'en comptai trois. Ils étaient bleus et l'un d'eux était large et très bruyant. Je fis des grands gestes et je hurlai, mais ça ne servit à rien. Ils ne pouvaient pas me voir. Je continuai à descendre le cours de la rivière avec une lenteur de cimetière.

Je ne pense pas avoir couvert plus de six kilomètres par jour. J'étais bien sûr plus jeune alors que je ne le suis maintenant, mais j'étais tout de même une vieille femme et je n'avais pas l'habitude de crapahuter sur des terrains si difficiles, encore moins en portant tout ce que j'avais dans mon sac à main et dans les poches du manteau de Terry. En matière de marche, M. Waldrip et moi n'avions jamais fait plus qu'une petite promenade tranquille après le dîner d'environ un kilomètre jusqu'au pâturage ouest, où il y avait un bœuf sans cornes au regard strabique attaché par une corde à une vieille éolienne oisive. Parfois, des gamins malicieux fixaient une pipe en maïs avec de la colle dans la bouche de la pauvre créature.

La chanson de Mlle Lauper que Terry avait chantée avant de mourir me trottait obstinément dans la tête. À ce moment-là, j'ignorais à quoi la mélodie réelle était censée ressembler, et je n'entendais dans ma tête que le plain-chant heurté de Terry : *If you're lost you can look and you will find me, time after time**… Vous vous dites peut-être que je ne devrais plus jamais avoir envie d'entendre cette chanson. Mais maintenant que je l'ai entendue chantée par Mlle Lauper, je l'aime bien, même si elle n'est pas aussi musicale que *Crying for the Carolines* de Ruth Etting, ni qu'à peu près tout ce que chante Perry Como.

Lors de ce qui était, d'après mon décompte, le quatrième soir de mon périple le long de la rivière, le ciel se couvrit de nuages noirs. Le vent se leva et l'air s'emplit de l'odeur de la pluie. Devant moi clignotait la lumière d'un autre feu. Je me hâtai d'y arriver. Il brûlait fort et se mit à siffler et à cracho- ter sous l'effet des premières gouttes de pluie. Non loin de lui, sur un épicéa abattu, gisait une petite créature semblable à un écureuil, nettoyée, avec très peu de sang. Étant particu- lièrement fatiguée ce soir-là, et pas très affamée, je décidai de m'abriter de la pluie du mieux que je pus et de manger la mystérieuse créature le lendemain matin.

La pluie ne dura pas toute la nuit, Dieu merci, et je parvins à entretenir le feu. Enfin, le soleil se leva au-dessus des montagnes ; les arbres et l'herbe scintillaient et me

* Si tu es perdu(e), cherche et tu me trouveras, chaque fois, encore et encore…

rappelaient les bijoux horriblement criards que Catherine Drewer portait tous les dimanches pour bien montrer à la congrégation à quel point les affaires de son rougeaud de mari florissaient dans le domaine du pétrole. Je tordis le manteau de Terry pour l'essorer et mis mes chaussures à sécher. Je pris un bâton et embrochai l'étrange créature dépecée que l'on m'avait offerte, fis brûler ses membres et n'en mangeai qu'un petit peu. Je gardai le reste dans la marmite et me remis en marche le long de la rivière. Au bout d'un moment, je me trouvai dans un état proche de la transe. Mon corps me faisait mal, et ma tête était comme une vieille pierre à lécher – plus entièrement là. Je me sentais comme lorsque M. Waldrip m'avait emmenée à l'hôpital pour une endoscopie et qu'une jeune infirmière aux mains de vieille m'avait donné des comprimés de couleur crème. Je progressai peu le long de la rivière ce matin-là.

L'après-midi vint et le soleil se mit à cogner et les insectes à babiller. Pas comme ils le font au Texas, où l'on croirait à les entendre qu'il y a des crotales cachés sous les buissons de mesquite. Non, ces insectes des montagnes s'expriment avec plus de douceur. La création entière semble murmurer.

Je ne crois pas du tout aux diableries ni à la magie, mais ces montagnes sauvages avaient commencé à m'envelopper d'un genre de sortilège. J'avais beau les regarder très souvent, au loin, à l'horizon, je n'arrivais pas, malgré tous mes efforts, à me familiariser avec elles. Elles semblaient se mouvoir et se briser à la façon des vagues d'un océan. Il n'y a pas longtemps j'ai regardé, sur la chaîne de télévision publique, un documentaire sur l'expédition de Lewis et Clark. J'y ai appris qu'un de leurs compagnons de voyage, le sergent Patrick Gass, avait écrit que les montagnes de la

Bitterroot étaient les plus terribles qu'il eût jamais contemplées. Je suis tentée d'être d'accord avec lui.

Ma tête se mit à sacrément tourner et je perdis l'équilibre. Je me repris et grimpai sur un rocher en granit pour y reprendre pied, mais je continuai à avoir de sacrés vertiges pendant un long moment, et puis je fus franchement malade. Incapable de tenir debout, je rampai à quatre pattes jusqu'au bord de la rivière et m'aspergeai le visage. Je regardai passer quelques têtards et je vomis dans l'eau.

Je restai là allongée, à écouter l'eau jouer dans les roseaux, et je m'imaginai que j'écoutais M. Waldrip qui se faisait couler un bain après une journée de chasse en compagnie de ses amis Bo Castleberry et Bob Guffine. M. Waldrip n'aimait pas les douches. Il aimait prendre son temps dans la baignoire en repensant à sa journée. Il avait l'habitude de frapper l'eau de ses paumes grand ouvertes, produisant un bruit de percussion si singulier que je doute fort de jamais pouvoir de nouveau entendre quoi que ce soit de semblable.

Bientôt mes pieds se mirent à suer ; j'avais vomi trois fois. De la chaleur m'emplissait les yeux comme quand on a de la fièvre, et j'aurais pu poser la main sur ma Bible et jurer que je voyais M. Waldrip en train de m'observer depuis un bosquet d'épicéas non loin de là. Je fermai les yeux.

J'en vins à me dire que ce n'était peut-être pas Dieu qui m'avait demandé de descendre le cours de la rivière, offert mes dîners et allumé les feux, mais plutôt Satan en personne. Doux Jésus, je craignais de m'être laissée égarer. Empoisonnée par la consommation de cet animal inconnu, cette espèce de félin arachnéen et maléfique enfui du chenil d'un démon, porteur d'une maladie couvée dans le climat paludéen de l'enfer lui-même. Je savais que je n'avais pas correctement expié mes péchés. Peut-être que tout ce que j'avais fait de médiocre dans ma vie m'avait traquée et m'avait retrouvée là au bout d'une parabole obscure.

Maintenant, je devrais vous faire part de certaines choses au sujet de Garland Pryle.

Le problème avec Garland commença à la supérette que sa famille possédait. À l'époque, c'était la seule supérette de Clarendon. Il y travaillait vêtu d'un tablier vert émeraude assorti à la couleur de ses yeux. Il devait avoir vingt ans et moi vingt-quatre. Cela ne faisait pas longtemps que M. Waldrip et moi étions mariés et nous étions encore tous les deux très jeunes. J'aimerais pouvoir dire sans mentir que ce fut contre tout ce que me dictait ma raison que Garland m'attira un soir dans la maison de ses parents tandis que M. Waldrip était dans le Colorado pour une vente aux enchères de bétail. Mais la Cloris Waldrip que je suis ne salira pas la mémoire de son cher mari défunt en maltraitant la vérité. Je veux qu'il soit noté dans ce récit que c'est moi qui attirai Garland à l'écart un jour de grosse pluie comme nous n'en avons que rarement, l'attrapai par la ceinture de son tablier devant un rayon de conserves de petits pois et le suppliai de me raccompagner chez moi sous son parapluie. Je me suis toujours demandée si M. Waldrip avait pu découvrir d'une façon ou d'une autre ce qui s'était passé, et pour quelle raison, gentille ou pitoyable, il ne m'en avait tout simplement jamais parlé.

Assise, je me redressai et m'adossai contre une souche près de la rivière, les yeux fermés, visage offert aux rayons du soleil. Le sang dans mes paupières formait une muraille monstrueuse de rouge palpitant. Des perles de sueur se poussaient les unes les autres pour dégoutter de mon front, s'écouler sur mes bras, en me chatouillant horriblement, comme les petites mouches noires et les moustiques qui m'enquiquinaient presque toute la journée. Malgré cela, je ne bougeai pas. Je vomis de nouveau, sans pour autant ouvrir les yeux. J'offrais un spectacle sacrément désolant.

Un très gentil docteur me dirait plus tard que j'avais fort probablement ingéré des giardias en buvant de l'eau polluée à la botte de mon mari défunt. Je maintiens cependant aujourd'hui encore que c'était à cause de cet animal que j'avais mangé et dont j'ignore toujours à quelle espèce il pouvait bien appartenir.

Je pensai de nouveau à l'état dans lequel on découvrirait mon corps, affreusement souillé et maltraité, habité par toutes sortes de bestioles insensées. Mes os se retrouveraient sûrement éparpillés un peu partout, et les enquêteurs ne les verraient peut-être même pas, et ne seraient de toute façon sans doute pas capables de les identifier comme ayant appartenu jadis à une vieille femme méthodiste originaire du Texas du nom de Cloris Waldrip. Je me demandai aussi s'ils seraient capables de déterminer mon âge en examinant les traces à l'intérieur de mes os comme on le fait avec les anneaux des arbres.

Bientôt l'après-midi fut complètement passé et le soleil s'était caché parmi les montagnes d'en face, et les couleurs de la vallée s'assombrissaient comme des ecchymoses vieilles d'une journée. Je rassemblai le peu de forces qu'il me restait, pris la hachette dans mon sac et gravai mon prénom sur cette souche. De toute ma vie, pas une seule fois je ne m'étais imaginée que je finirais par gésir au grand air au pied d'un ersatz de stèle de ma propre fabrication, surtout aussi vilain et pauvre que celui-ci. On aurait dit que mon nom ainsi gravé était une grossièreté conçue pour me condamner de tout ce que j'avais fait de mal en mon temps. J'imagine que cela ne fait que montrer à quel point nous ne contrôlons que peu les conséquences de nos décisions. Cloris. Quel mot affreux c'était, gravé dans ce bois clair.

Voici ce dont je me souviens ensuite : deux yeux sans corps au-dessus de moi dans la nuit, et derrière eux un ciel sacrément noir, sans étoiles ni lune. Deux yeux vert émeraude éclatants comme ceux de Garland Pryle qui me regardaient depuis les cieux. C'est peut-être le visage de Dieu, me dis-je, qui se révèle à moi. Ou peut-être le visage d'un ange descendu dans la Bitterroot. Une main chaude et puissante me maintenait la nuque, et une autre me tenait la tête et me fit me redresser. Puis une voix douce me dit de boire et je sentis sur mes lèvres le rebord frais de ce que je m'imaginai être un calice d'argent. La voix était bienveillante mais forte comme celle de la jeune femme masculine qui s'occupait de la station-service là-bas à Clarendon. Stokely, veuillé-je croire qu'elle s'appelait. Elle se poudrait comme se poudrent les Chinoises dans les pièces en costume. Je bus. Je n'ai aucun souvenir du goût. Je dormis. Je rêvai.

Je rêvai d'une salle humide mal éclairée où un homme translucide en forme de château d'eau tournait précautionneusement autour de moi avec des bottes grandes comme des poêles à frire en fonte. Il faisait des efforts pour ne pas troubler mon sommeil, mais il ignorait que j'étais éveillée depuis des siècles. Je rêvai d'un palais au sol dallé de miroirs dans lesquels je pouvais voir sous les jupes alors que j'errais dans ses couloirs ornés, et dans ce palais il y avait une femme aux cheveux roux. Elle aussi, je voyais sous sa jupe, et ce qu'elle avait là était une série de montagnes renversées et des vides cosmiques et une myriade d'enfants en colère. Mais mon rêve le plus vif fut au sujet du petit Cessna 340 qui avait décollé de Missoula. Par un de ses hublots, j'eus la vision d'une femme que je n'avais jamais vue auparavant, une femme triste aux cheveux noirs coupés court comme ceux d'un homme, à la recherche de quelqu'un dans ces montagnes impitoyables. Son port était parfait, et elle était sans peur.

Mes rêves s'achevèrent là et j'étais désormais incapable de cligner des yeux comme de les fermer ou de les ouvrir, et je me réveillai pour constater qu'il faisait encore très noir. Je me redressai en position assise et tâtai du bout des doigts l'endroit où j'avais gravé mon nom dans la souche. Je m'efforçai de rassembler mes esprits. La lumière du feu dansait sur mon prénom. Plus loin près de la rivière, un homme se tenait assis les jambes croisées à côté d'un feu aux flammes qui s'enroulaient en spirales sur elles-mêmes, et qu'il tisonnait avec un bâton fumant. Derrière lui la rivière brillait à la lumière du feu comme une macabre rivière de sang. Une chemise blanche lui masquait le visage. Elle avait des trous pour les yeux, percés dans un motif imprimé d'œufs et de pancakes, et ses manches étaient nouées comme un foulard derrière la tête de l'homme sur une crinière sauvage de longs cheveux noirs. Je me dis que cette chemise devait être conçue pour être portée par les employés d'un restaurant.

J'avais l'impression que l'homme me regardait, mais il n'avait pas la tête tournée vers moi. Il était sale et sombre, et offrait un spectacle rudement terrifiant. Je n'étais cependant pas si apeurée que ça. J'en étais venue à me dire que ce devait être l'homme qui m'avait allumé des feux et offert à manger tous les soirs. Malgré son masque et son allure, j'étais pleine d'espoir. Et je veux vous dire que sur le moment, alors que je me sentais vraiment bizarre, je n'étais pas trop sûre de savoir s'il était de notre monde ou non. Quoi qu'il en soit, ce qui était sûr, c'est qu'il se trouvait là, assis.

J'attendis un peu avant de lui demander qui il était.

L'homme au masque leva les yeux du feu et lâcha son bâton. Il essuya ses mains sur son blue-jean. Il ne répondit pas.

Puis je lui demandai s'il était un ange.

Là non plus, il ne répondit pas. Il se leva, et les flammes projetèrent une ombre folle. Il ressemblait à une sorte de divinité sylvestre. Il était mince et devait faire un mètre quatre-vingts en chaussettes, mais ses grosses vieilles chaussures le faisaient paraître plus grand. Il portait à la taille un magnifique fourreau comme j'en avais vu porter par des comédiens dans des pièces de Shakespeare au Little Theater d'Amarillo. Plus tard, l'observant de plus près, je verrais qu'il était en métal et orné de bas-reliefs compliqués représentant ce que j'identifierais comme la bataille anglaise de Marston Moor de 1644.

Je dis, moi je m'appelle Cloris Waldrip.

Il fit prudemment un pas vers moi et d'une voix grave et posée il me demanda comment j'allais.

Mieux, lui dis-je.

Il y a d'autres survivants ?

Je fis non de la tête.

Vous étiez combien, dans l'avion ?

Trois en tout, dis-je. Le pilote, mon mari et moi.

L'homme masqué se rassit près du feu, ramassa un autre bâton et tisonna les braises. Je suis désolé, dit-il.

C'est sacrément étrange, les mots que les gens utilisent pour se consoler les uns les autres. Je les entends souvent dans les couloirs, ici à l'établissement d'accueil pour personnes dépendantes de River Bend. Et je reconnais que, face à une personne affligée par le deuil et le chagrin, il n'y a pas de meilleure chose à faire que de s'excuser, comme si c'était la faute de tout homme et de toute femme ayant un jour engendré un enfant que quiconque eût jamais de la tristesse en son cœur. J'imagine que nous sommes tous coupables de toutes les pertes, de toutes les fenêtres familières aux volets fermés, de toutes les piscines d'été vidées, parce que nous sommes sans aucun doute la perte elle-même. Je tends à croire que nous sommes les seuls sur terre à savoir qu'une chose comme le chagrin existe, bien que ma chère petite-nièce m'ait dit que certaines espèces de baleines pleuraient leurs morts.

Je m'adossai à cette souche, pris mes jambes dans mes bras et, enfin, je pleurai dans mes genoux comme une petite fille folle jusqu'à ce que mon visage devînt flasque et gonflé comme une éponge à vaisselle. Je continuai comme ça un long moment, et lorsque je finis par relever la tête l'homme avait disparu, mais son feu brûlait toujours de toutes ses flammes.

NUE, VÊTUE de ses seules chaussures, Lewis marchait lentement en rond dans le salon en s'envoyant un verre de merlot. Elle s'appuya contre le manteau de la cheminée et regarda la tête de biche qui y était accrochée. Elle fit claquer ses lèvres et alla s'effondrer en titubant sur le canapé. La nuit avait noirci les fenêtres et la radio continuait à grésiller après qu'*Interrogez le Dr Howe* s'était terminé sur l'appel d'une personne en colère se plaignant des rapports anaux bisannuels programmés dans son couple. Lewis attrapa une bouteille de merlot sur la table et y but.

L'agence régionale avait envoyé une photo de Richard et Cloris Waldrip. Lewis la prit et l'examina pour ce qui était peut-être la douzième fois au cours de l'heure écoulée. Le vieux couple souriait de concert sur fond d'herbe d'amour couchée et de buissons de mesquite battus par les vents. Il n'y avait que les cheveux de la femme qui ne volaient pas dans la brise. Loin derrière eux une église blanche se dressait de travers ; en haut de son clocher, la croix de cuivre était incandescente comme un fer à marquer tendu vers le ciel.

Lewis regarda encore la tête de biche accrochée au manteau de la cheminée, puis, de nouveau, la photo. Elle regarda Cloris de plus près, son hémisphère de cheveux blancs, son visage minuscule, son sourire pincé. Elle posa la photo sur la table basse et se leva du canapé en chancelant. Une fois qu'elle eut passé son uniforme et bouclé son holster de ceinture, elle décrocha la tête de biche et l'emporta dehors. Elle fit le tour de la cabane et, derrière, elle prit une bêche. Elle revint devant, creusa un trou peu profond dans l'allée de graviers, et enterra la tête.

Après avoir tassé le gravier sous ses semelles, elle jeta la bêche et monta dans le Wagoneer. Elle sinua sur la route de montagne en lacets qui descendait à la grande cabane blanche et au cul-de-sac sans vent. Elle alla à la porte d'entrée et pressa le bouton de la sonnette électrique. Par les fenêtres, on voyait qu'il y avait une lumière allumée, et qu'une ombre s'affairait à l'intérieur. Lewis patienta. Elle frappa du poing sur la porte. La nuit était silencieuse et dans le lointain un loup se lamenta d'une chose qu'elle ne pouvait pas connaître, poussant une plainte semblable à celle que les chiens condamnés poussaient dans les chenils en grillage qu'il y avait derrière la clinique de son père.

La porte s'ouvrit sur Bloor posant dans un peignoir de bain à motifs de losanges. Ranger Lewis ? Qu'est-ce qui ne va pas ?

Pardon ?

Vous avez mis votre chemise à l'envers et vous avez roulé sur le bas-côté.

Prenez votre radio et ramenez-nous votre putain d'hélicoptère ici demain dès l'aube.

Elle entreprit de tourner les talons mais Bloor la prit par l'épaule, la fit entrer et referma la porte. Il fit un geste en direction du canapé.

Lewis ne s'assit pas. Elle s'adossa contre un mur et leva des yeux lourds vers le haut plafond blanc au-dessus de l'atrium. Elle renifla l'air. L'homoncule fait d'os de chats et d'ordures était là, affalé dans un coin de la pièce. Merde, dit-elle. Putain de merde.

Vous voulez un verre d'eau ?

Réévaluez votre décision au sujet des recherches pour Terry Squime et les Waldrip, dit-elle. Un verre de merlot, si vous avez.

Bloor alla dans la cuisine et en revint avec un verre d'eau. Elle le regarda et fit non de la tête. Bloor s'assit dans le canapé et posa le verre sur la table. Il sortit un bloc de craie de la poche de son peignoir et le frotta sur ses doigts. Ranger Lewis, dit-il. Essayez de ne pas vous laisser indûment bouleverser par les problèmes de gens que vous ne connaissez pas.

Je ne suis pas bouleversée.

Asseyez-vous.

Lewis fit de nouveau non de la tête. Non merci.

On est ici pour le bien commun, vous savez. S'il vous plaît, asseyez-vous.

Lewis ne bougea pas et posa un doigt sur son menton.

Vous voulez que j'abandonne ces foutus pauvres gens.

Pourriez-vous envisager que si vous êtes si bouleversée, c'est peut-être plus à cause des conflits non résolus qui encombrent votre vie personnelle qu'à cause de ces gens disparus ?

Ne me parlez pas comme si j'étais une putain d'abrutie.

Pardonnez-moi. Cela a peut-être à voir avec le fait de vivre constamment là-haut, dans la montagne ? Vous êtes heureuse, là-haut ?

Vivre là-haut dans cette montagne, c'est mon putain de boulot. C'est mon boulot. Il vient, ce merlot ?

Bloor se leva du canapé et la tint par les épaules. Vous avez trop bu, ranger Lewis. Koojee.

S'il vous plaît, arrêtez de dire ce mot.

Vous avez plus que votre dose.

La dose habituelle.

Lewis laissa ses yeux retomber vers le sol et vit, sous l'ourlet du peignoir, les pieds de Bloor couverts de poils blonds et de poussière de craie. Elle releva la tête et regarda son visage. Un visage chevalin, au front haut, qui lui rappela celui d'un aristocrate dans un vieux film qu'elle avait vu.

D'accord, dit-elle. Je suis désolée de débarquer comme ça. Si tard. C'est foutrement peu professionnel, et c'est déplacé.

Bloor lui caressa les épaules par petites touches circulaires, y laissant des traînées de craie blanche semblables au dessin qu'un enfant pourrait faire d'un soleil. Vous savez que ça fait maintenant un bon bout de temps que je travaille en recherche et secours, dit-il. Un été, j'ai trouvé le corps d'un jeune garçon qui avait disparu dans le désert de Sonora depuis trois jours. Il avait l'allure et l'odeur d'un cochon grillé. Ne lui manquait qu'une pomme dans la bouche. Plus tard, j'ai commandé un terrifiant tableau de son cadavre à un ami que j'ai à Saratoga Springs qui normalement peint des portraits de chats. Je regrette de ne pas l'avoir apporté. J'aurais aimé que vous le voyiez. Dans le tableau, le garçon a bel et bien une pomme dans la bouche. Bon, c'est vrai, il ressemble aussi un petit peu à un chat. Vous voyez ce que j'essaie de vous dire ?

Pas du tout.

Ma femme me disait toujours de faire quelque chose des choses, ranger Lewis. Surtout des choses qui vous donnent envie de hurler contre une porte fermée, voyez.

D'accord. Je ne comprends pas du tout ce qu'elle voulait dire, mais d'accord.

Bloor lui lâcha les épaules, recula dans le salon et tendit ses longs bras. Il leva la main comme pour prêter serment sur une bible, puis il pointa l'homoncule du doigt. C'est de la sublimation, ranger Lewis.

Vous devriez bazarder ce truc, dit-elle. Ça pue.

C'est de l'art.

Emmenez-moi là-bas une dernière fois. Si on ne trouve rien, je laisse tout tomber et vous n'aurez plus jamais à me revoir. Je peux convaincre Gaskell d'approuver la prolongation. Vous n'avez qu'à prendre votre radio et appeler votre homme pour faire venir l'hélico.

Il refusera de voler un dimanche.

Juste un dernier survol, c'est tout ce que je demande, dit Lewis. Je sais qu'ils sont là-bas à nous attendre au pied d'un putain d'arbre. Je sais où aller. Je le vois, putain.

Le pilote fit plonger son vieil hélicoptère après avoir franchi une crête et mit cap à l'ouest au-dessus d'un ravin béant creusé dans le batholite. Il portait une barbe miteuse qui lui descendait jusqu'aux cuisses et un casque couvert d'autocollants décolorés et de symboles chrétiens. Le vent de la montagne secouait les pales ; il se cramponnait au manche et chantonnait un hymne d'une voix de fausset.

Lewis avait le nez pressé contre la fenêtre et ne quittait pas le sol de ses yeux injectés de sang. Bloor se rapprocha de son siège et posa une main sur son genou. Elle se détourna de la fenêtre et vomit dans sa boîte à sandwichs.

On ne dispose que de quelques heures de vol, dit Bloor dans la radio. Daniel doit être de retour à temps pour assister à son service du soir, à huit heures.

Lewis fit oui de la tête et s'essuya la bouche avec son pan de chemise. Elle referma sa boîte et la tint sur ses cuisses. On devrait pousser plus loin, dit-elle. Claude était près de Darling Pass quand il a capté le signal, et il a dit qu'il était faible. Si ça se trouve, c'était un putain d'écho improbable.

Ma femme aurait aimé passer du temps avec vous.

Lewis leva les yeux au ciel puis se retourna vers la fenêtre et épongea la sueur de son front. La vallée et les versants gris défilaient.

Le pilote chantait maintenant plus fort, un hymne sur des pêcheurs, et il les emmenait plus loin contre le vent rude ; ils franchirent une montagne couverte de nuages puis survolèrent une vallée de pâturages entrecoupés de bois. Ils tournèrent autour d'un endroit où Lewis croyait avoir vu quelque chose bouger, mais il n'y avait rien à y voir et ils reprirent leur cap. Le pilote claqua des doigts et les avertit qu'il ne leur restait que quarante minutes avant de devoir faire demi-tour.

Vous savez, Adelaide me disait toujours qu'on abandonne constamment des gens au cours de notre vie, dit Bloor. À un moment donné, on doit tous s'abandonner les uns les autres et laisser chacun affronter sa propre fin, vous savez ?

Au bout du compte, il n'y a pas de vrai sauvetage. Je leur souhaite le meilleur. Vraiment. Koojee.

Lewis frappa sa bouche de la paume de sa main, retint le vomi et ne parla pas, mais elle garda les yeux fixés sur la vallée de chaparral.

Le pilote brailla la cadence d'un nouvel hymne et engagea le vieil hélicoptère dans le contournement d'une grande montagne, derrière laquelle il pénétra dans un courant descendant et perdit brusquement de l'altitude. Le pilote lança un juron vers le ciel et s'escrima sur le manche. Il entonna de nouveau un chant d'anniversaire geignard en l'honneur de Mathusalem. Puis Lewis s'accrocha et entrevit un éclat de métal et un cercle noir de condors tout en bas. Elle posa une main sur le genou de Bloor et cria au pilote de la fermer et de faire demi-tour. Le pilote arrêta de chanter, toucha son casque et lui dit qu'il ne supportait pas qu'on hurle. Il fit demi-tour. Là, à flanc de montagne, gisait la carcasse d'un petit avion.

Le pilote fit descendre le vieil hélicoptère jusqu'à un épaulement plat un peu plus haut sur la montagne. Quelle calamité, dit-il.

Lewis sortit avant que les patins ne touchent le sol. Elle courut vers le site du crash et ralentit pour s'arrêter avant de l'atteindre. Un bras arraché encore dans sa manche gisait à ses pieds. Les doigts étaient recourbés, rongés au point de n'être plus que cinq taches violacées. Des fourmis rouges couraient sur eux comme des veines qui eussent encore acheminé du sang.

Bloor regarda par-dessus l'épaule de Lewis.

Lewis enjamba le bras, se dirigea vers l'épave, se couvrit la bouche pour se protéger de la puanteur, la même que celle qui émanait du tas d'incinération derrière la clinique de son père, où, souvent, le feu ne trouvait pas l'intégralité de chaque animal et laissait derrière lui des bouts d'anatomie pourrir parmi les cendres. Elle fit le tour de l'avion. Un corps nu avec un côté pelé de toute sa chair se trouvait étendu sur une dalle de pierre comme à l'issue de quelque sacrifice avorté; sa cavité abdominale n'était qu'un trou, et il n'y avait de visage nulle part. Une masse ronde qui fut jadis une tête et qui était désormais une sphère terreuse luisait, arborant çà et là quelques fascias restants, blancs comme une soie brodée sous le soleil du matin. Lewis garda les yeux rivés sur elle, et resserra l'emprise de sa main sur sa bouche. Elle entendit des pas derrière elle.

Regardez, dit Bloor, y en a un autre ici. Ce moment-là me colle toujours un nuage dans le ventre. Koojee.

Lewis se tourna vers le point que Bloor désignait d'un doigt crayeux. Là, dans les hauteurs des arbres au-delà du rebord de l'à-pic, se trouvait un corps boursouflé noirci de mouches amorphes. Lewis trouva qu'il ressemblait à un homme gros qui aurait enfilé les vêtements d'un homme maigre. Elle s'essuya les yeux et se dit qu'elle pleurait à cause de la puissance du soleil.

Elle retourna à l'épave. Elle remit sa main sur sa bouche pour se protéger de l'odeur et passa la tête par un trou dans le fuselage. Tapi sous un siège, en attente, un raton laveur borgne la regardait. L'intérieur dévasté puait l'urine et les cheveux rances, et il était parsemé de petites crottes sombres. Lewis ramassa un portefeuille marron sur le plancher. Elle sortit sa tête à la lumière du jour et l'ouvrit. À l'intérieur, il y avait des cartes de clubs, un psaume sur le royaume de Dieu écrit sur un bout de papier déchiré, et une carte d'identité émise par l'État du Texas au nom de Cloris Waldrip. Lewis scruta la minuscule photo floue, le dôme de cheveux blancs, en plissant les yeux. Elle tendit la carte à Bloor, qui la regarda et la lui rendit en lui disant de la remettre là où elle l'avait trouvée. Lewis remit la carte dans le portefeuille, se pencha de nouveau à l'intérieur du fuselage, et remit le portefeuille sur le plancher, puis elle sortit la tête et respira profondément.

Bloor la rejoignit et plongea lui aussi la tête à l'intérieur du fuselage. Puis lui aussi la retira et prit les mains de Lewis dans les siennes. Elle repensa à la sécheresse de la peau de son père quand il venait de porter une paire de gants chirurgicaux. Ils se tenaient là, à suer sous le soleil. Bloor chercha son regard. Les vents d'altitude faisaient résonner le fuselage d'harmonies solennelles, et de l'hélicoptère leur parvenait la musique affaiblie du pilote barbu, qui chantait :

Je possède un petit royaume,
Où nichent pensées et sentiments,
Et cela m'est une tâche fort rude
Que de le gouverner correctement.

Je compte deux corps, finit par dire Lewis.

Bloor chassa une mouche de la joue de Lewis. Je parie que le troisième est quelque part par là, dit-il. Il est peut-être tombé plus tôt, à trois ou quatre kilomètres d'ici. Il a dû se faire emporter et manger par des chèvres et des charognards. Ce n'est pas le genre de chose auquel il est plaisant de penser. Mais c'est probablement ce qui s'est passé, vous savez.

Je compte deux putains de corps, dit-elle. Deux hommes. Où est Cloris ?

DEUX JOURS de sacré beau temps passèrent et je me rétablis au bord de la rivière, près de la souche sur laquelle j'avais gravé mon nom. Selon mon décompte, c'était alors le 14 septembre, et je n'avais pas revu ne fût-ce que l'ombre de l'homme masqué depuis que ma fièvre était retombée. Mais le feu ne s'éteignait pas pendant que je dormais, et lorsque je me réveillais il y avait toujours des écrevisses ou bien une truite dans la marmite en fer. J'en venais même à me demander si j'avais jamais réellement vu cet homme masqué.

J'ai déjà noté au cours de ce récit qu'il est permis de douter de ce qu'un vieux cerveau peut faire. À soixante-dix ans ma tante Belinda était persuadée qu'une horde de pumas vivait derrière l'établissement où elle était venue finir ses jours. Cet établissement se trouve à Franklin, dans le Tennessee, où d'après ce que je sais les pumas sont fort rares, si tant est qu'il y en ait. Ce qu'elle avait observé depuis sa fenêtre, d'après le cousin Oba, était un groupe de traîne-savates et de vagabonds tellement alcoolisés qu'ils ne tenaient pas debout. Ils étaient si ivres qu'ils se traînaient dans l'allée en rampant à quatre pattes, et en poussant des grognements. On ne sait rien des idées folles qu'un esprit peut se faire.

Lorsque j'eus suffisamment recouvré mes forces, je me mis en tâche de poursuivre ma descente le long du cours d'eau. Je priai pour que l'homme masqué fût toujours là quelque part, à prendre soin de moi. La veille du jour où j'avais prévu de me remettre en marche, je restai éveillée aussi longtemps que je le pus avant de m'effondrer de sommeil, dans l'espoir de le voir.

Je me réveillai tard le lendemain matin, et ne trouvai aucunes victuailles d'aucune sorte, mais je fis bouillir de l'eau, je remplis la botte de M. Waldrip, et je me mis tout de même en marche le long de la rivière en fin d'après-midi. Je me retournai vers mon ersatz de stèle. Je fus frappée par la grande étrangeté qu'il y avait à la quitter comme ça, comme si j'étais désormais un fantôme errant hors de sa tombe. La nuit ne tarda pas à me prendre, et je dus bientôt m'arrêter. Je n'avais pas couvert beaucoup de distance ; guère plus de quatre ou cinq kilomètres, j'imagine.

L'homme masqué ne se montrait nulle part, je n'avais aucun moyen de faire un feu, et je n'avais rien à manger non plus. Dieu merci c'était encore une nuit chaude. Je restai longtemps assise dans le noir et une jolie brume bleue recouvrit la rivière en scintillant faiblement sous le peu de clair de lune qui parvenait à percer les nuages. Des grenouilles coassaient, des sauterelles stridulaient, des animaux que je ne connaissais pas parlaient des langues que je ne comprenais pas, et un chat sauvage rôdait dans les buissons, ses yeux luisant comme des dollars d'argent. Cela faisait bien deux jours que ce chat sauvage me suivait. Je l'avais déjà repéré une fois en plein jour. Il avait un petit anneau jaune dans l'oreille. Après quelques recherches, je découvrirais plus tard qu'il s'agissait d'un lynx d'une espèce bien précise que des étudiants de l'université de Missoula étudiaient à l'époque.

Toute la journée je m'étais escrimée contre un bout d'écrevisse coincé entre mes dents. Il m'agaçait comme pas croyable, et je n'arrivais tout simplement pas à m'empêcher de le trifouiller avec ma langue. J'avais passé des heures à le sucer comme un rustre mal élevé, exactement comme j'avais vu Bo Castleberry, le compagnon de chasse de M. Waldrip, le faire après avoir mâché toute la chair d'une bonne poignée de cailles en ne laissant dans son assiette qu'un petit tumulus bien net d'os et de plombs.

Je trouvai un coin d'eau peu profonde au bord de la rivière et m'y lavai les mains et le visage. Je décrochai mon bridge et le lavai aussi. Je dois souligner ici que si je porte un bridge, ce n'est pas parce que je ne prenais pas soin de mes dents. (J'en prenais soin, comme nous devrions tous le faire.) Ma lignée paternelle est hantée par des cas récurrents de maladie des gencives et de caries dentaires. Grand-Mère Blackmore me parlait souvent de mon arrière-arrière-grand-père saxon, Wetley Blackmore, qui portait des fausses dents sculptées dans un morceau de marbre noir volé sur les marches de la cathédrale Saint-Pierre de Cologne, en Allemagne.

Bon, pendant que je trifouillais ce morceau d'écrevisse, mon bridge glissa de mes doigts et tomba droit dans la rivière. Je plongeai la main dans l'eau froide, mais je ne parvins pas à toucher le fond, alors je retins ma respiration et mis ma tête sous l'eau. L'eau était affreusement froide et le courant était vraiment puissant. J'arrivais tout juste à toucher le fond du bout des doigts. Je tâtonnai comme ça un long moment, mais ne retrouvai pas mon bridge dans l'eau sombre et froide ; il n'était pas entre les galets lisses, et pas non plus dans les poignées de vase noire insondable que je remontai puis rejetai. Je restai allongée sur le ventre au bord de cette rivière, dans le noir, frigorifiée et sacrément contrariée, à racler du bout des doigts les galets et les sédiments. Mais je ne retrouvai pas mon petit bridge.

Lorsque je me rassis et m'essuyai les mains sur ma jupe, j'étais frigorifiée comme je crois que je ne l'avais jamais été auparavant. Je me levai, frissonnante et trempée, et me retournai vers cette forêt noire que j'avais dans mon dos, dans l'encaissement de la vallée. J'étais alors fort abattue. Je me mis à hurler comme une folle inapte à tout langage articulé, en direction des arbres qui ployaient et se balançaient tous comme de gargantuesques fidèles réunis pour s'adonner au même culte murmurant. Je ne doute pas que les sons que je faisais n'étaient que colère absurde, comme les sons que ferait un coyote juché sur une estrade.

Après avoir hurlé tout mon saoul, je me pelotonnai dans le manteau de Terry et priai en silence pour que l'homme masqué revienne et m'aide de nouveau. Puis je priai à voix haute pour ne pas être comme ma tante Belinda, et que l'homme masqué n'ait pas été qu'un fantôme fabriqué par un vieux cerveau extrêmement fatigué, extrêmement terrifié, extrêmement désespéré.

Je restai éveillée toute la nuit à frissonner horriblement sans cesser de passer ma langue sur ma gencive. J'étais aussi réfrigérée qu'une chaise électrique dans le Wisconsin, j'étais mouillée, et je me disais que ce serait ma fin. J'étais certaine que j'allais mourir de froid pendant la nuit.

À peu près au moment où je m'apprêtais à abandonner mes tout derniers espoirs, j'entendis un bruissement dans les arbres. Me vint l'idée horrible qu'il ne s'agissait pas de l'homme masqué mais de quelque chose d'autre. C'était peut-être le chat sauvage à l'oreille marquée, ou le gaufre à poches menaçant gros comme un grille-pain auquel j'avais échappé la veille. À moins que ce ne fût une présence plus imposante, un prédateur dangereux du genre grizzly amateur de vieilles femmes. Tremblant de froid comme un diable malade, je me levai et ajustai ma jupe. Je pris la hachette dans mon sac. Je la brandis devant moi, sans trop savoir ce que j'en ferais si je devais me battre contre un grizzly ou un puma. J'écoutai. Quelle qu'elle fût, la chose avait cessé de bouger.

Hohé, dis-je. Hohé ?

Pas de réponse. Puis tout à coup des ténèbres des arbres jaillit une forme massive comprenant bras et jambes et crâne, et à la lueur de la lune je vis bientôt que c'était finalement bel et bien lui, mon homme masqué ! Je ne saurais dire combien je fus contente de le voir !

Il se mouvait gauchement, portant un fagot de bois dans les bras. Il passa rapidement devant moi. Il avait assurément l'air d'être un vrai homme en chair et en os, et non je ne sais quelle hallucination folle et sénile comme j'avais pu le craindre. Il ne dit pas un mot. Je crois qu'il ne me regarda même pas. Il déposa son bois puis tira de l'arrière de sa ceinture un bâton rouge et un de ces petits briquets que l'on ouvre d'une pichenette. Puis il enfonça le bâton dans le tas de bois, l'alluma à l'aide de son briquet, et le feu prit.

Il contourna le feu, repassa devant moi et se dirigea vers la forêt.

Attendez ! dis-je, s'il vous plaît attendez ! Où allez-vous ?

Mais il ne se retourna pas et continua à marcher d'un pas décidé, s'enfonçant dans la nuit. Il disparut de nouveau avant que je m'en rende compte, et je restai là à trembler comme une folle, la main crispée sur ma hachette comme si ma vie en dépendait. Je fixai des yeux l'endroit où j'avais vu pour la dernière fois la lueur grandissante du feu le toucher. Je ne dus pas attendre longtemps avant de le voir revenir, chargé de plus de bois. Il passa de nouveau devant moi lourdement, comme poussé par une puissance qui le dépassait, ensorcelé par un devoir divin, soulevant l'une après l'autre ses bottes boueuses, avec son masque qui glissait sur le côté de sa tête.

Il lâcha sa pleine brassée de bois dans le feu et se tint debout dans le jaillissement des étincelles que la brise poussait au-dessus de l'eau comme des petites lucioles. Il ajusta son masque et aligna les trous avec ses yeux. Il s'assit devant le feu, le visage détourné, puis étendit ses jambes. Ni lui ni moi ne dîmes mot. J'avais oublié la hachette. Je la lâchai et m'assis de l'autre côté du feu. Je me réchauffai. C'était sacrément bon de se réchauffer.

Nous ne parlâmes pas. Je lui jetai des petits coups d'œil discrets entre les flammes. Il portait de gros gants de cuir lâches et un imposant manteau en duvet matelassé du même bleu que l'uniforme des facteurs. Il avait une paire de jumelles pendue autour du cou, et aux poignets tout un tas d'élastiques multicolores comme on en utilise pour faire tenir les sous-vêtements. Il me faisait penser à une sorte d'hybride entre un maraudeur de conte pour enfants et un clochard du nom de Leonard que M. Waldrip employait de temps à autre pour nettoyer les gouttières et repeindre les planches des enclos à bestiaux. Leonard travaillait bien, mais au bout d'un moment mon poudrier et une ou deux robes disparurent de mon armoire. Peu de temps après, M. Waldrip me dit qu'il avait vu une femme laide d'allure étrangement familière vêtue d'une robe tout aussi étrangement familière faire du stop sur une route qui menait à l'I-40. Je ne fais pas grief à Leonard de cette transformation, mais je ne pense pas que voler les gens soit une bonne chose.

Je finis par dire à l'homme masqué : Est-ce Dieu qui vous a envoyé pour m'aider ?

Il regardait le feu. Ses yeux brillaient comme du métal forgé derrière les trous de son masque.

Je lui dis que j'étais terrorisée.

Il leva les yeux vers moi. Où sont vos dents ? dit-il.

Je mis du temps à trouver quoi répondre. Je les ai perdues dans la rivière, dis-je.

Dans la rivière ?

Je lui dis qu'il s'agissait d'un bridge.

Vous pouvez quand même mâcher ?

Moyennement, dis-je.

Il me vient à l'esprit que dans la nature, lorsqu'un animal est vieux et édenté, ses jours en ce bas monde sont certainement comptés. L'homme dut avoir la même pensée, parce qu'il me regarda avec de l'inquiétude dans ses jolis yeux vert émeraude. De nos jours, la civilisation maintient les gens en vie bien plus longtemps qu'elle ne l'a jamais fait. Je veux vous dire ici qu'à l'heure où j'écris ces lignes, il y a un avocat que je connais par l'église méthodiste, un certain Dalton

Mills, qui a cent quatre ans, qui a divorcé de trois femmes, s'est fait enlever six tumeurs différentes du cou, et est presque complètement aveugle. Il a une machine en acier qui respire à sa place pendant qu'il dort, et il pue mortellement l'olive et le talc. Je ne crains pas qu'il lise ceci, alors je peux dire que s'il était un éléphant cela fait bien des années que la horde l'aurait laissé mourir, comme, m'a-t-on dit, les éléphants le font.

L'homme se tourna de nouveau vers le feu. Puis il dit : Si vous continuez à suivre la rivière, d'ici un peu moins d'une semaine vous arriverez à une forêt. Si vous marchez chaque jour toute la journée. Là, la rivière tournera vers la gauche, et vous, vous devrez aller à droite. Dans la forêt. L'endroit est marqué par deux grands pins qui forment comme un trou de serrure, le genre de trou de serrure qu'on trouve dans les maisons anciennes. Passez entre ces deux pins, droit dans le trou de serrure. Vous trouverez la piste de randonnée du Vieux Voleur Assoiffé. Il y a un panneau avec une fleur en bois. Suivez cette piste, et vous arriverez à la grand-route.

C'est loin comment, jusqu'à la grand-route ?

C'est loin, dit-il. Mais c'est votre meilleure chance. Vous devrez vous dépêcher. C'est dangereux, par ici, et le mauvais temps arrive.

Je ne suis pas sûre de pouvoir y arriver, dis-je.

L'homme sortit le long couteau étrange du fourreau qu'il portait à sa ceinture. Il ressemblait au genre de couteaux que nos cow-boys utilisent pour castrer les chevaux de trait, mais en plus grand. Il dut entendre mon souffle s'accélérer parce qu'il me dit qu'il ne voulait pas me faire de mal, puis il se mit à enlever la boue des crans de ses semelles avec la pointe de la lame. Dormez, dit-il. Vous devrez vous mettre en chemin à l'aube. Vous ne me verrez pas, mais je serai à vos côtés jusqu'au trou de serrure. Passez par le trou de serrure. Après, vous serez toute seule.

Vous ne venez pas avec moi ?

Non, dit-il. Je suis désolé. Mais une fois passé le trou de serrure, vous vous en sortirez.

Je lui demandai pourquoi il portait une chemise nouée sur le visage. Il ne me répondit pas ; il se contenta de continuer à s'occuper de ses bottes. J'avais envie de lui poser d'autres questions, mais je m'en abstins. À ce moment-là, je ne savais pas quoi penser de lui. J'étais à peu près sûre qu'il ne me voulait pas de mal, mais je n'avais aucune idée de ce que pouvait bien fabriquer un homme au visage masqué comme ça dans ce genre de parages. J'imagine que je me réconfortais alors avec l'idée qu'il devait être une espèce d'ermite excentrique ou un ange descendu sur terre, ou même, je ne sais comment, un mélange de ces deux choses singulières. L'homme ne dit rien de plus et au bout d'un certain temps je me roulai en boule près du feu et m'assoupis en regardant la lumière des flammes étinceler sur la lame de son couteau et danser sur son masque blanc.

Le feu s'était éteint et l'homme masqué n'était plus nulle part. Le soleil ne s'était pas encore levé. Les grandes montagnes baignaient dans une aura de lumière terrifiante et incolore. Au-delà d'elles, imaginais-je, se trouvait la civilisation, intacte. Maisons peintes et pelouses clôturées, jardins arrosés pleins de petites fleurs importées, chats à grelots et vieux petits chiens attachés en laisse à des poteaux de téléphone, hommes et femmes habillés marchant sur les trottoirs et sur les routes conçues pour leurs pieds chaussés et pour leurs roues. Lampadaires allumés.

Je me levai et m'époussetai. J'avais laissé dans l'herbe une pitoyable empreinte en forme de fœtus. Il me vint subitement à l'esprit qu'aussi longtemps que j'avais déjà pu vivre, je n'avais pas encore assez vécu. J'étais passée du ventre de ma mère à cette terrifiante vallée de la Bitterroot en un clin d'œil. Et toutes ces années entre les deux ne m'avaient pas préparée pour ce que j'allais devoir y affronter. Dieu nous fait comme il nous fait, et nous, nous nous faisons autrement. C'est une mésaventure sacrément déroutante que d'apprendre ça au crépuscule de votre vie.

Quand j'étais la bibliothécaire de l'école élémentaire de Clarendon, je regardais souvent une horloge murale égrener les minutes sans grand-chose d'autre en tête que le passage du temps lui-même. La bibliothèque était aménagée dans le sous-sol du bâtiment de l'école ; il y faisait froid et humide, et il n'y avait pas de fenêtres dignes de ce nom, seulement de hautes entailles de verre dépoli qui diffusaient la même lumière quelle que fût l'heure du jour. Je me disais que ma bibliothèque était l'endroit où le temps allait quand il était épuisé et avait besoin de fermer un peu les yeux. Je me disais que pour vivre éternellement, il suffisait de s'installer dans cette bibliothèque et de regarder cette horloge murale. J'ai pris ma retraite, quitté l'école élémentaire de Clarendon, et oublié cette horloge murale. Eh bien je peux vous assurer qu'elle, elle ne m'a pas oubliée, et voilà que je me retrouvais soudainement vieille, et perdue dans cette nature sauvage. Et, encore plus soudainement, me voilà à mon bureau, encore plus vieille.

La hachette était par terre. J'essuyai la rosée de la lame et la remis dans mon sac. Sur une pierre plate près des braises qui fumaient doucement se trouvaient une petite boussole et une petite gourde rouge que l'homme masqué devait avoir laissées pour moi pendant la nuit. Je les fourrai dans mon sac, puis me mis en chemin le long de la rivière, sans cesser de me dire que le Père-Temps me suivait furtivement, exactement comme le faisait le chat sauvage.

Les agents du Conseil national de la sécurité des transports vinrent un jour de septembre nuageux pour déblayer et répertorier le site de l'accident. Ils arrivèrent à bord de trois hélicoptères bleus. Des hommes gantés de latex photographièrent les restes en décomposition puis ils les emportèrent dans de fins sacs en plastique zippés d'un blanc de nacre comme des poches amniotiques. Lewis regarda les hommes compter deux corps et mettre en sac le portefeuille qu'elle avait trouvé dans le fuselage. Ils photographièrent les lieux et l'épave qu'ils laisseraient rouiller et se décomposer sur place. Un homme chauve au port rigide allait et venait silencieusement avec un porte-bloc à pince, prenant des notes.

Ce soir-là, dans l'hélicoptère qui les ramenait à l'aérodrome, Lewis demanda à cet homme quelles pouvaient être, à son avis, les causes du crash. Il lui dit qu'il l'ignorait encore, et qu'on ne le payait pas assez pour qu'il se donne la peine de le découvrir, parce que son grand-père était boucher et que l'odeur de la vieille viande lui retournait le cœur. Quelles qu'eussent pu être les causes du crash, il était quasiment certain que Cloris Waldrip avait péri comme les deux autres, même si l'on ne retrouvait pas son cadavre.

Le lendemain Lewis descendit la route de la montagne. En ville, sur les poteaux de téléphone, elle agrafa des affichettes en noir et blanc montrant une photo de Cloris Waldrip. *Aidez le Forest Service des États-Unis à retrouver Cloris Waldrip.* Personne d'autre que Pete ne se porta volontaire, mais Lewis reçut un appel téléphonique dans la nuit de la part d'un homme qui lui dit que Cloris ressemblait à ce à quoi le portrait de sa mère, portée disparue en 1953, pourrait selon lui ressembler trente-trois ans plus tard. Lewis lui dit que Cloris n'avait pas de foutus enfants et qu'elle était née et avait grandi au Texas. L'homme lâcha une bordée de jurons dans une langue qui n'était pas celle de Lewis, puis raccrocha.

Lewis releva d'un doigt le rebord de son chapeau et leva les yeux vers l'épicéa. Le vent faisait ployer des branchages vides et brisés maculés de taches sombres et couverts de mouches noires et grasses comme des fruits trop mûrs. De sombres coulures de vieux sang traçaient des spirales le long du tronc, descendant jusqu'au sol. Elle but à la Thermos de merlot.

Pete s'appuya contre l'épicéa et hissa sa caméra vidéo à l'épaule. Il portait un gilet orange fluo frappé du mot BÉNÉVOLE et une casquette de base-ball assortie qu'il avait enfilée par-dessus sa coiffe médiévale. Lewis se dit qu'il avait l'air d'un demeuré que quelqu'un aurait emmené à la chasse au petit gibier à plumes.

Ne reste pas là-dessous, Pete.

Il regarda vers le sommet de l'épicéa. Il appuya d'une main sur son sternum difforme et y saisit un sifflet en plastique. Il fit un pas en arrière. Mon Dieu, ma vie est vraiment devenue bizarre.

C'est là qu'on a trouvé Richard Waldrip.

Ça dégage une foutue odeur, pas vrai ?

Et ils l'ont descendu de là il y a trois jours.

Pete ne quittait pas l'endroit pourri des yeux, tripotant son sifflet comme un catholique tripoterait un rosaire. C'est pas imaginable, dit-il. L'homme qui s'est retrouvé là aurait jamais pu imaginer qu'il finirait en haut d'un arbre dans le Montana. C'est pas imaginable. C'est pas du tout imaginable.

Ils descendirent un peu à flanc de montagne et trouvèrent Claude en train d'écrire dans un calepin devant une clairière moussue grande comme un car de ramassage scolaire.

Aucune trace de votre vieille dame, dit-il.

Lewis balaya un moustique de sa joue et y laissa une traînée de sang. On dirait que quelqu'un est passé par là, dit-elle.

Claude murmura le prénom Cornelia et tapota le bout bleu de son nez avec un mouchoir. Je ne crois pas qu'on trouvera quoi que ce soit. À mon avis, les moustiques à eux seuls ont pu la boire jusqu'à n'en rien laisser. On a une longue marche pour retourner au camion, et il faut que je promène Charlie.

Lewis dit aux deux hommes qu'ils allaient encore fouiller les lieux pendant une heure, et elle se mit en marche, criant dans la forêt, Mme Waldrip ! Mme Waldrip ! Cloris !

Elle sortit de sa poche de chemise la photo des Waldrip qu'on lui avait donnée. Elle regarda de nouveau Cloris, son petit visage, son dôme de cheveux blancs. Elle but à la

Thermos et se remit en marche en criant le nom de la femme disparue.

Elle déposa les hommes à la cabane de Claude et roula seule jusqu'au poste. Elle but un mug de merlot à son bureau en écoutant le récepteur radio grésiller de friture. Rien à capter là-dedans. Dehors, par la fenêtre, les montagnes viraient au noir.

Un bruit de moteur se fit entendre, sur la route.

Peu après, Bloor entra dans le poste et tint la porte ouverte derrière lui. Une petite adolescente entra à sa suite. Son épaisse chevelure ambre bouclée formait une raie sur le haut de son crâne et descendait jusqu'au milieu de son dos, et elle avait des dents de lapin.

Lewis avala ce qu'il restait de merlot dans son mug, le posa sur son bureau, et se leva pour mieux regarder la fille. Elle se dit que ce qu'elle avait de plus inhabituel, c'était le réseau parfait de cicatrices rosâtres qui lui prenait le visage depuis le bout de son nez.

Bloor posa une main crayeuse sur les épaules de l'adolescente et la présenta à Lewis comme étant sa fille. C'est presque la copie carbone parfaite de sa mère, dit-il. Jill, je te présente la ranger Debra Lewis.

Ça vous arrive, des fois, de partir de cette montagne ? demanda la fille. Elle parlait avec un étrange accent du nord-ouest et un léger handicap.

Je dirais que je dois descendre en moyenne deux fois par semaine, dit Lewis.

Bloor sortit d'une poche un bloc de craie et se le fit passer d'une main à l'autre. On roulait dans le coin et on a vu de la lumière, dit-il. Vous travaillez tard, ranger Lewis. J'espérais vous convaincre de nous laisser vous secourir. En vous invitant à dîner.

J'étais sur le point de fermer boutique et de rentrer chez moi.

Gaskell m'a appelé aujourd'hui, dit Bloor. Il m'a dit que vous avez pris vos hommes et que vous avez marché jusqu'au site du crash à la recherche du corps de Mme Waldrip. Ça fait un sacré bout de chemin.

On ne cherchait pas son putain de corps. Je pense qu'elle est partie à pied vers le bas de la montagne. Elle a quitté l'avion en vie.

Bloor fit claquer sa langue et regarda par la fenêtre derrière Lewis. Vous savez ce que vous êtes, ranger Lewis ?

J'ai l'impression que vous allez me le dire.

Une femme infatigable et fascinante.

Lewis se tourna elle aussi vers la fenêtre. Au loin dans les montagnes, la brume tombait comme si elle eût été filée par le clair de lune. D'accord, dit-elle.

Jill allait et venait maintenant dans la pénombre du poste, clignant des yeux et se mordillant le petit doigt. Elle donna une brusque claque dans les airs comme pour chasser une mouche que Lewis ne voyait pas, puis alla se poster devant le panneau d'affichage en liège accroché au mur nord et pointa du doigt une photo qui s'y trouvait punaisée : un portrait-robot d'un jeune homme à la mâchoire puissante et aux cheveux courts et bruns. Jill demanda qui c'était.

L'Embrasseur de l'Arizona, dit Lewis. Le FBI pense qu'il se cache quelque part dans le coin.

Ici ?

Peut-être. Il a été vu pour la dernière fois dans l'Idaho, en train de faire de grosses provisions de nourriture.

Jill demanda ce que cet homme avait fait, et Lewis lui dit qu'on le recherchait pour l'interroger à propos de la disparition d'une fillette de dix ans.

Jill se retourna et se frotta les yeux. Vous le trouvez beau ?

L'Embrasseur ?

Oui.

Je crois bien que je ne me suis jamais posé la question.

Jill avait rendez-vous chez l'ophtalmologue aujourd'hui, avant qu'on monte ici, dit Bloor. Il rangea le bloc de craie. Apparemment, elle a des myodésopsies. Des corps flottants dans les yeux.

Non, je suis hantée par le fantôme d'un moucheron, dit Jill, et elle montra un point dans l'air avec son doigt.

Ce n'est pas une chose que l'on s'attend normalement à trouver chez des personnes jeunes. Koojee.

Je suis foutrement désolée d'apprendre ça.

Une bougie parfumée brûlait doucement sur la table du dîner. Lewis était assise en face de la jeune fille ; elle buvait un verre de merlot et la regardait souvent en plissant les yeux dans la faible lumière. La jeune fille tenait son visage scarifié entre ses mains, coudes fins posés de part et d'autre d'une assiette qu'elle n'avait pas touchée. Son père était assis en bout de table, et leur adressait à tour de rôle un sourire lent couleur de vin. Blanchies de craie, ses mains reposaient, oubliées, sur les accoudoirs de sa chaise.

Lewis regarda derrière lui l'homoncule fétide désormais étendu dans le coin opposé comme un ivrogne de caniveau.

La chose lui renvoya un regard vide. Vous avez des projets particuliers, pendant que vous serez ici ? dit-elle.

Non, dit Jill.

Bloor se leva et vida une bouteille de merlot en remplissant un verre jusqu'à ras bord. Il posa le verre devant la jeune fille. Dans la plupart des pays, il est légal de boire à son âge, dit-il.

Jill prit le verre et le but cul sec. Tu es ivre et tu veux qu'on le soit aussi pour tenir compagnie à ton ego, dit-elle.

Bloor rit, secoua la tête, et leur dit d'aller faire un tour dans le jacuzzi, histoire de faire connaissance, pendant qu'il débarrassait la table. Il leur adressa une petite révérence, puis en adressa une à l'homoncule, et s'en alla vers la cuisine.

Jill pressa son pouce sur le verre vide et le leva pour l'observer à la lumière de la bougie. Juste au cas où, dit-elle en montrant à Lewis les circonvolutions d'une empreinte digitale. Comme ça, ils sauront que j'étais là.

Pardon ?

Elle tenait Lewis captive de ses yeux ombrés de bleu. Au cas où il nous assassinerait.

Lewis s'excusa et s'en alla par un couloir au bout duquel se trouvait une salle de bain blanche et propre. Elle se rinça la bouche, passa ses doigts mouillés dans ses cheveux et s'assit sur le couvercle des toilettes. Le canon du revolver dans son holster claqua contre la faïence.

Lorsqu'elle revint à table, Jill était sortie sur la terrasse de derrière et Bloor était toujours à la cuisine. Elle prit une bouteille de merlot sur la table et rejoignit la petite silhouette de la jeune fille contre la rambarde. La robe en tissu écossais de Jill flottait dans le vent. La pluie tombait au loin dans les montagnes, et les sommets des arbres bruissaient comme les pelages de plusieurs milliers de chiens énormes.

Lewis but à la bouteille puis la tendit. Tu penses que tu te plairas, ici ?

Jill prit la bouteille. Vous croyez que ça peut rendre fou, de rester longtemps dans ces montagnes ?

Lewis regarda le petit visage. De biais, la jeune fille rappelait à Lewis un garçon fin et magnifique qui était dans la même classe qu'elle au lycée et qu'elle n'avait jamais eu le courage d'approcher. Je ne suis pas folle, dit Lewis. Et ça fait onze putains d'années que je vis ici.

Je trouve ça fou que les gens croient ce que d'autres gens disent sur eux-mêmes.

Tu écoutes le Dr Howe, des fois ?

Non. C'est qui ?

Lewis reprit la bouteille, la porta à la bouche d'un geste vif, et en renversa une bonne gorgée sur le devant de sa chemise. Tu es contente de passer du temps ici avec ton père ?

Jill s'alluma une cigarette. Il dit qu'il souffre d'anxiété et de dépression et il s'en sert d'excuse pour se montrer égoïste. Elle reprit la bouteille et la finit. Alors, on s'y met ?

Plaqué de bois, orné de soleils et de croissants de lune gravés, le jacuzzi était dans un coin de la terrasse. Elles ôtèrent la bâche qui couvrait l'eau et Jill se déshabilla pour ne garder que sa culotte et son soutien-gorge noirs. Épaules osseuses crispées sous le vent frais, elle semblait toute fine devant Lewis.

Lewis se déshabilla elle aussi et le froid fit se dresser ses poils bruns sur ses bras. Elle plia son uniforme taché de vin sur une chaise longue et posa son revolver dessus. Elle portait une culotte beige et un maillot de corps blanc.

Elles entrèrent dans le jacuzzi et se tournèrent autour dans les tourbillons de bulles pâles jusqu'à trouver chacune un coin. Elles ne parlaient pas encore. Jill avait la tête rejetée en arrière, tournée vers le ciel nocturne. Elle se pinçait le nez et donnait souvent des claques dans le vide. Dans la lumière verte de l'éclairage de l'eau son petit visage et son corps sec luisaient comme une vision de jeune fille noyée.

Ton père m'a dit que tu voulais travailler comme bénévole pour le Forest Service, dit Lewis. T'inscrire chez les foutus Amis de la Forêt.

La jeune fille ne dit rien.

Je t'invite à le faire, si c'est ce que tu veux.

Il m'a dit que vous auriez une bonne influence.

Là-dessus, je crois qu'il se trompe. La plupart du temps, je n'ai pas la moindre idée de ce que je fabrique.

Je n'ai pas besoin d'une bonne influence, dit la jeune fille. J'aurai dix-huit ans en novembre. J'ai prévu de m'en aller.

Où ça ?

Peut-être à l'étranger. Mais je n'ai pas envie de traîner dans cette cabane à regarder mon père essayer de se comprendre lui-même. Alors je vais vous aider à rechercher cette vieille dame pendant que je suis encore là.

Bien. Je suis sûre qu'elle a hâte qu'on la retrouve.

Elles restèrent un moment assises sans rien dire dans le jacuzzi, puis Bloor sortit de la cabane, vêtu seulement d'un petit short imprimé d'aigles à tête blanche. Il apportait une nouvelle bouteille de merlot, et trois verres. Il adressa à Lewis un grand sourire aussi violacé que le sien, glissa son long corps blanc dans l'eau entre elles et poussa un grognement de plaisir.

Mes filles, dit-il. Mes filles de jacuzzi. Je suis un homme chanceux ce soir. Jill, j'ai bu. Ce n'est pas dans mes habitudes de boire comme ça. Je voulais te dire à quel point je suis heureux que tu sois là. Tu sais, nous allons vivre des choses importantes tous les deux, et quand tu auras mon âge tu repenseras à ce séjour ici avec ton père et tu sauras à quel point il aura été formateur. Il est vital que tu apprennes ce que c'est que de travailler dur, et ce que peut valoir une journée passée au service des autres. On va tous les deux devenir de meilleures personnes, ici, tu sais.

Les nuages masquaient les étoiles, et la jeune fille avait le visage détourné des lumières vertes qui venaient d'en bas.

Bloor déboucha la bouteille et lâcha le bouchon dans l'eau. Il servit trois verres. Depuis la mort de ta mère, je vois que je me transforme en quelqu'un que j'ai toujours craint de devenir mais que je n'ai jusqu'à présent jamais été, dit-il.

Jill tourna la tête du ciel pour regarder son père.

La frange de son mulet était mouillée et collée comme les plumes d'un oiseau malade. Il ne quittait pas des yeux le bouchon qui flottait à la surface de l'eau. Qu'est-ce qu'il me veut ?

Pardon ? dit Lewis.

Bloor fit un petit signe de tête en direction du bouchon. Ce truc, qu'est-ce qu'il me veut ?

Il est ivre, dit Jill. On n'a pas besoin de lui répondre.

Bloor vida son verre. Comment le nez de votre partenaire est-il devenu bleu, ranger Lewis ?

Vous n'êtes pas obligée de lui parler.

Lewis vida son verre. Ça va, dit-elle, et elle raconta comment trois hivers auparavant Claude s'était perdu dans une tempête de neige alors qu'il était sorti à la recherche de son chien. Lewis l'avait trouvé à l'aube, recroquevillé sous un rocher de grès poli par le vent, le visage presque tout noir d'engelures, en train de marmonner des trucs à propos de la vague silhouette d'une cyclope rousse qu'il avait vue passer à cheval sur un tatou géant. Son nez n'a simplement jamais retrouvé son état normal, dit Lewis. Et son esprit non plus, peut-être. Il n'arrête pas de me bassiner à propos de ce foutu fantôme. Je crois que c'est à peu près à ce moment-là que je me suis mise à vraiment beaucoup aimer le merlot. Roland n'a jamais aimé ça.

Bloor tendit la main vers le ciel et prit la lune dans sa paume. Les gens devraient faire tout ce qu'ils ont envie de faire tant qu'ils ont encore envie de le faire, dit-il. On devrait céder à nos tentations avant d'être trop blasé pour ne plus être tenté par rien. Un jour, nous n'aurons plus du tout de tentations, disait souvent Adelaide.

Jill regarda son père, puis sortit du jacuzzi et se drapa dans une serviette. Bonne nuit, dit-elle, puis elle emporta la bouteille et ouvrit la baie vitrée coulissante. Avant d'entrer, elle jeta un coup d'œil par-dessus son épaule et croisa le regard de Lewis, dont le visage arborait une expression qu'elle ne sut déchiffrer.

Lewis sortit une main fumante de l'eau et salua la jeune fille pour lui souhaiter bonne nuit.

Jill referma la baie vitrée et Lewis vit que Bloor suivait sa fille du regard à travers la fenêtre, l'air vide. Il se suçait le bout des doigts comme un petit enfant.

Vous allez bien ?

Et vous, ranger Lewis ?

Lewis laissa ses yeux errer dans le noir de la nuit sauvage. Les arbres s'agitaient sombrement dans le vent. Mme Waldrip est toujours quelque part dans la nature, dit-elle. Elle doit être foutrement terrifiée. Juste foutrement terrifiée. Et nous, on est là, ivres, dans un jacuzzi, à ne rien faire d'autre que bavasser à propos de trucs qu'on ne comprend pas.

Bloor l'attira contre lui. Ne laissons pas des inconnus morts nous chambouler ce soir. Il posa sa main derrière sa nuque et amena son visage juste devant le sien. Il ne l'embrassa pas encore mais approcha ses lèvres à moins de deux centimètres de celles de Lewis et lui dit qu'elle était une femme puissante. Il sortit sa langue et lécha sa lèvre inférieure. Lewis passa ses bras autour de son cou et l'embrassa.

Il fut bientôt sur elle. Le short aux aigles à tête blanche tourbillonnait dans l'eau verte à côté du bouchon. Il se débattit avec elle. Tous les deux, ils s'agitèrent dans les bulles, fouettèrent l'eau, éclaboussèrent, puis il l'immobilisa en la tenant par les épaules. Il ne pouvait pas la pénétrer parce qu'il ne bandait pas. Il se pressa au creux de ses cuisses et ondula des hanches comme une danseuse du ventre. Une pluie fine s'était mise à tomber et il posa une question en parlant dans la bouche ouverte de Lewis, de sorte qu'elle l'entendit de l'intérieur, comme s'ils eussent partagé une seule et même voix. Qu'est-ce que je peux faire pour vous ?

Pardon ?

Qu'est-ce que vous aimeriez que je fasse ? Vous aimez quoi ?

Je ne sais pas, dit-elle. Ce que vous voulez.

Il brandit deux doigts, puis il les immergea et lui pinça les hanches. Lewis rit, et il maintint sa prise. Bloor avait le visage morne et vide comme un masque mortuaire. Il la pinça plus fort et elle cessa de rire, et il continua à la pincer et la pincer encore, sous l'eau, tandis qu'elle regardait la pluie noire tomber du ciel.

IV

Trois soirs de suite il y eut des feux au bord de la rivière. Des victuailles m'étaient offertes sur une pierre plate ou sur un rondin de bois. Le premier soir, c'étaient une truite et des écrevisses. Le second je crois que j'ai mangé un genre de campagnol. La créature avait un squelette qui ressemblait à celui des bestioles que j'avais exhumées des piles de vieux journaux et magazines de jardinage dans la cave de ma mère après sa mort. Le troisième soir, c'était un félin dépecé, vidé et coupé en deux. Sa vieille grosse tête avait été laissée, et il avait une étiquette jaune numérotée dans une de ses oreilles, et je suis à peu près sûre qu'il s'agissait du chat sauvage qui n'avait pas cessé de me suivre. Je crois que le numéro était 147, si mes souvenirs sont bons, mais je n'y mettrais pas ma main à couper. J'ai une très bonne mémoire, mais cela remonte à loin, maintenant.

Je n'arrivais jamais à être rassasiée. Je développai un sacré gros appétit, même si mon rythme de marche sur la plaine alluviale était d'une lenteur pitoyable. L'homme masqué avait dit que je ne le reverrais plus, et de fait il ne s'était pas remontré depuis qu'il m'avait indiqué comment rejoindre la grand-route. Tous les soirs, cependant, en mangeant le dîner qu'il m'avait fourni, je scrutais la forêt. Je me disais qu'il m'observait.

Un jour, je vis un renard pâle courir après quelque chose dans les hautes herbes. Il me fit penser à un chien que nous avions lorsque j'étais petite, un gentil petit chien au visage enjoué. Assez vite, ce chien vieillit, tomba très malade, et je surpris mon père en train de dire à mon frère qu'il était temps que l'on s'en débarrasse. Davy aimait beaucoup ce petit chien. Pepper, qu'il s'appelait. Je repensai à la façon dont nous avions tous aimé ce chien tant qu'il était joueur et en pleine forme, mais que quand, aveugle, il s'était mis à errer dans la maison en se cognant aux murs, se traînant sur ses seules pattes avant pour faire ses besoins derrière les meubles, nous étions alors tous prêts à le voir disparaître. Mon père l'emmena au champ et l'abattit. C'est une chose à laquelle j'ai eu l'occasion de penser – les conditions que nous pouvons poser en ce qui concerne l'amour et l'affection.

Le quatrième jour, j'arrivai près d'une section d'eau peu profonde bien attirante bordée par un banc de sable rouge. Je n'avais alors plus du tout mon odeur à moi. Ou peut-être avais-je bien plus mon odeur à moi que je ne l'avais jamais eue dans le monde civilisé du savon et des détergents. Quoi qu'il en soit, le soleil était haut et chaud, et je me mis en tête de me rafraîchir et de prendre un nouveau bain. Cela faisait plusieurs jours que je n'en avais pas pris, par pudeur, vu que je pensais que l'homme masqué était là, à me regarder. Au bord de l'eau, je le cherchai des yeux. Mais il n'y avait que les montagnes, coiffées de neiges éternelles balayées par les vents, la vallée, et la belle herbe. La vallée s'étrécissait, et des buissons aux fleurs jaunes poussaient dru dans les champs. L'ensemble était bordé de sapins et de pins. C'était un endroit sacrément chouette.

J'enlevai le manteau de Terry et le pull à motif en zigzag que je portais noués par les manches autour de ma taille lorsqu'il faisait suffisamment chaud. Je déboutonnai mon chemisier. L'homme masqué était peut-être là, à me regarder faire. Je continuai malgré tout à me déshabiller, et ne fus bientôt plus vêtue que de mes pitoyables sous-vêtements. Les trous dans mes bas donnaient à ma peau des formes étranges. Depuis que j'étais vieille mon corps était devenu mou et fripé comme les pommes sauvages tombées au pied de mon pommier sauvage dans notre jardin. Comme la plupart des femmes de mon âge je portais des sous-vêtements pratiques. Les fabricants aiment appeler cette couleur *couleur chair*, mais je me demande bien à quelle chair ils pensaient quand ils ont inventé ce nom. Peut-être existe-t-il quelque part une pauvre personne dont la peau est effectivement de cette teinte qu'ils appellent *couleur chair*, mais je n'y crois pas beaucoup. Je n'ai jamais porté de sous-vêtements de couleur sombre, et j'ai toujours eu vraiment du mal à croire, comme je sais que beaucoup de gens le croient, que nous sommes sur cette terre avant tout pour assouvir les besoins sexuels des hommes.

Lorsque j'étais petite – environ jusqu'à mes onze ans – ma mère et mon père nous emmenaient Davy et moi à une piscine à Amarillo. Il y avait un petit vestiaire qui sentait le détergent et le chlore ; le carrelage était lisse et minéral comme l'intérieur d'une grotte. Il arrivait souvent qu'un homme chauve au crâne brûlé par le soleil me regarde par une petite fenêtre ovale située en haut du mur. Soit c'était un géant, soit il devait se tenir perché sur une chaise. Seuls la crête de sa tête rose et ses yeux ronds perçants étaient visibles par cette petite fenêtre ovale embuée. Je n'ai jamais hurlé, ni dit quoi que ce fût à quiconque. Je me suis souvent posé des questions sur moi-même et sur les raisons qui faisaient que je me déshabillais alors que je savais que cet homme me regardait. J'imagine que presque tout le monde aime être désiré, souvent même dans les circonstances les plus indésirables. C'est peut-être notre plus grand défaut, en tant qu'humains.

J'ôtai mon soutien-gorge, roulai mes bas et pliai mes affaires sur l'herbe. Me sentant étrangement légère, je fis un tour sur moi-même, nue pour le monde entier. J'ai toujours eu la silhouette fine, et j'en ai toujours pris soin au mieux. Mais là-bas dans la vallée de la Bitterroot, entre mon alimentation frugale et mes longues heures de marche, j'étais devenue si fine que j'en avais presque perdu mon ombre.

Je baissai la tête et me regardai. Je veux bien reconnaître à ce stade de mon récit qu'étant petite j'avais souvent des pensées pleines d'orgueil et d'arrogance. J'ai appris depuis que de nombreux psychologues considèrent que cela est inhérent à ce que l'on pense être le développement naturel d'une femme. Je n'ai jamais connu grand-chose à la psychologie jusqu'à ce que, ces dernières années, des gens se mettent à s'intéresser à la mienne. Il est étrange de voir comme les gens essaient de se comprendre mutuellement à l'aide de ce qui me paraît être une science confuse, guère plus sérieuse que la phrénologie, qui était populaire du temps de mes parents. Se servir de son esprit pour essayer de comprendre un autre esprit, c'est comme se servir d'un marteau pour réparer un autre marteau. Quoi qu'il en soit, la psychologie se rapproche peut-être de la poésie, mais elle est moins utile. Surtout quand il s'agit de parler de sexe.

De nos jours les femmes ont le droit d'avoir des désirs sexuels. Quand j'étais jeune, l'existence d'une sexualité féminine était un petit secret que chacun portait en soi. Je me souviens que je voulais que les hommes me regardent lorsque ma mère nous emmenait Davy et moi à la vieille église méthodiste, à pied par la grand-rue, vêtus de nos habits du dimanche. C'était avant qu'ils ne la démolissent et qu'ils construisent celle de Washburn Street. Je préférais l'ancienne. J'avais une robe en coton bleue qui m'allait à ravir, trouvais-je, par la façon qu'elle avait d'être assortie à la couleur de mes yeux. Alors que j'avais quatorze ans, un dimanche, ma mère me prit à part pour me mettre en garde et me dire que je ne devais plus marcher comme je le faisais, ni regarder les hommes comme je le faisais. Elle me traita de petite fourmi de feu et m'assura que j'aurais des problèmes, un jour. Si l'on regarde les choses sous un certain angle, elle avait raison, mais je ne fis jamais la moitié de ce que Phyllis Stower faisait, et elle a fini plus ou moins comme moi j'ai fini, sauf que Dieu lui a donné quatre enfants en bonne santé, qui sont tous encore en vie, et qui ont eux-mêmes des enfants, à l'heure où j'écris ce récit.

Je m'avançai sur le banc de sable. J'avais de l'eau jusqu'aux chevilles. Elle était sacrément froide, mais j'étais bien décidée à me baigner. Je continuai à avancer dans l'eau jusqu'aux genoux. Lorsque vous vieillissez, votre sens de l'équilibre s'érode, et le courant était plus fort que ce que j'avais prévu. Il me prit par surprise, me fit tomber, et je coulai !

Mon corps fut saisi par le froid comme si j'avais reçu un coup d'aiguillon électrique. Je tapai des pieds et tentai de m'agripper à la rive rocheuse. Soudain, il n'y eut plus de roches auxquelles s'accrocher. Je luttai pour remonter à la surface, et parvins à sortir la tête. Les arbres et la rive avaient changé, et maintenant tout filait sous mes yeux. Je ne voyais plus l'endroit où j'avais plié mes vêtements.

Je tentai de hurler, mais j'avais trop froid et de toute façon j'avais la bouche pleine d'eau. Je déglutis, crachai et toussai comme une folle. Prisonnière de ce courant, je retins ma respiration puis je replongeai sous l'eau. C'était horriblement pénible pour mes poumons et pour mes bras. J'étais terrorisée. Juste avant de couler de nouveau je vis une silhouette jaillir et me doubler en courant sur la rive. Mon Dieu ! Voilà ce que je me dis alors.

Quelque chose s'écrasa dans l'eau devant moi. Je m'essuyai les yeux du mieux que je pus et vis une très grosse souche pourrie. Une voix grave me hurlait de m'y agripper. Je nageai de toutes mes forces et l'atteignis. J'en attrapai le bout juste à temps ! Soudain, l'eau se mit à filer puissamment de part et d'autre de moi. J'avais dérangé un insecte quelconque, un mille-pattes peut-être, qui vivait dans la souche, et qui me piqua pile entre deux doigts. Malgré l'horrible douleur, je ne lâchai pas prise.

Lorsque à force de cligner je finis par libérer mes yeux de l'eau, je vis l'homme masqué debout sur la rive, campé sur ses talons, agrippé à la souche. Dieu du ciel, quel spectacle ! Ses puissants ahanements couvraient de plus en plus le bruit de l'eau à mesure que je me rapprochais de lui. Cela faisait le même bruit que quand Joe Flud, le chef de ranch de M. Waldrip, grognait et soufflait lorsqu'une vache mettait bas et qu'il devait tirer sur le veau pour l'aider à sortir.

Avant que je m'en rende compte, je fus suffisamment près de lui pour discerner les motifs de pancakes imprimés sur son masque blanc. Il inspira et le coton mouillé se colla sur sa bouche, traçant un ovale. Il lâcha le bout de souche qu'il tenait et me hissa hors de l'eau par les aisselles. J'étais étendue sur le dos, à bout de souffle. J'avais froid, j'étais nue et trempée comme une baptiste, mais j'étais en vie.

On m'a parfois demandé à quoi j'ai pensé lorsque notre petit avion s'est écrasé dans la Bitterroot. Ça a toujours été des jeunes qui m'ont demandé ça. Et j'ai toujours été forcée de les décevoir. Je ne me rappelle pas avoir pensé à quoi que ce soit. Mon cerveau était aussi vide que les bouteilles de Coca de M. Waldrip qui sifflaient dans le vent, là-bas chez nous, sur la terrasse de derrière. En revanche, je peux vous dire qu'à l'instant où j'ai manqué de me noyer dans cette rivière, j'ai bel et bien pensé à quelque chose. J'ai pensé à M. Waldrip. Je voulais qu'il fût la dernière chose qui me vînt à l'esprit avant que plus rien n'y vienne, alors je répétai son nom dans ma tête, encore et encore, jusqu'à ce que je voie que j'allais m'en tirer.

Au-dessus de moi s'étendait un ciel bleu vierge de tout nuage. L'homme se penchait sur moi. Mouillé, collé contre son visage, le masque faisait apparaître la forme d'un menton barbu. Je fus certaine de me voir moi-même, vieille femme rose et nue, dans ses yeux vert émeraude. Étant donné qu'il m'avait secourue, je compris alors qu'il m'avait observée pendant que je me déshabillais puis me mettais à l'eau.

Ça va ? me demanda-t-il.

Je lui dis que oui.

L'homme m'enveloppa dans son manteau en duvet et fit un feu. C'était la fin de l'après-midi, et le vent s'était levé. Je m'assis par terre, et me massai la main à l'endroit où la petite bestiole m'avait piquée. Les flammes filaient sur le côté, faisaient roussir les hautes herbes de la rive, repoussaient les moustiques et moucherons. Le feu paraît sacrément étrange et faux à la lumière du jour.

L'homme remonta la rivière pour chercher mes affaires – mon sac à main, la hachette, la gourde et la marmite, le manteau de Terry, mes vêtements crasseux et la botte de M. Waldrip. Il disparut derrière un monticule de rocs et d'herbes. J'attendis. Je plongeai les mains dans les poches de son manteau pour les abriter de la brise, et dans l'une d'elles je trouvai une clé passe-partout. Ça avait l'air d'être une antiquité. Dans l'autre, je trouvai ce que je pris d'abord pour un mouchoir mais qui s'avéra être une culotte de femme. Elle était en coton bleu et n'avait rien de spécial si ce n'est qu'elle semblait propre. Je la remis dans la poche et n'en pensai rien de particulier sur le moment.

Là, nue sous le manteau de cet homme, je me rappelai le temps où mon père nous emmenait nous baigner là-bas à Greenbelt Lake. Je m'asseyais sur la berge, petite et enveloppée dans une serviette, et je laissais le soleil du Texas sécher mes cheveux nattés. Mon père n'était pas quelqu'un de très religieux. Il allait à l'église pour ma mère et pour les voisins. Il avait grandi à la sauvage dans le Colorado, élevé par Grand-Mère Blackmore, chercheuse d'or illettrée et presque complètement aveugle. La véritable épaisseur de son passé était un merveilleux mystère pour lui. Il racontait sans cesse des histoires insensées selon lesquelles elle avait jadis été mariée à un bouffon du roi à la langue coupée, quelque part en Europe centrale, et qu'elle avait vendu des cœurs de singes pétrifiés sur les marchés de Marrakech. C'est de ce côté-là de la famille que je tiens mes talents de conteuse. Quoi qu'il en soit, il nous emmenait Davy et moi, et nous nous baignions tous ensemble nus comme des nouveau-nés. Ma mère y mit un terme lorsqu'elle le découvrit. Elle avait vraiment le chic pour intimider mon père de mille manières différentes. Au bout du compte, il finit par ne plus jamais rien faire que ce qu'elle lui demandait de faire.

Un peu plus d'une demi-heure plus tard, l'homme revint, vêtu du manteau de Terry, avec mon sac à main. Il posa mon sac, mes vêtements soigneusement empilés et le manteau de Terry à côté de moi. Il ne dit pas un mot, s'assit de l'autre côté du feu et se détourna.

Je le remerciai de m'avoir encore aidée. Je vous cause bien des soucis, dis-je.

Il ne répondit pas.

Je me levai, laissai son manteau glisser au sol et fus de nouveau nue. Le soleil se couchait, alors, et la grande montagne nous couvrait d'une ombre sans limite. Tout ce qu'il restait du jour était en train de brûler d'une couleur royale derrière le pic. La lumière du feu n'était pas flatteuse pour mon corps nu. J'entrepris de m'habiller. Mes bas étaient en lambeaux ; je les roulai et les fourrai dans mon sac. Je me peignai avec mes doigts et me rassis près du feu.

Je dis à l'homme que j'étais habillée et qu'il pouvait se retourner. Son visage masqué était toujours tourné vers les terres rocailleuses, au loin.

Il ne reste plus assez de jour pour que vous continuiez à marcher, dit-il enfin. Vous devriez rester ici cette nuit.

Je m'enveloppai dans le manteau de Terry et regardai l'homme à travers les flammes fouettées par la brise. Vous restez avec moi ?

Je ne peux pas, dit-il.

Je lui demandai pourquoi, mais il ne répondit pas.

C'est Jésus qui vous a envoyé ? demandai-je.

Non, dit-il.

Je m'appelle Cloris Waldrip, lui dis-je. Et vous, comment vous appelez-vous ?

L'homme réajusta son masque et se leva. Il me tendit une barre de chocolat emballée dans du papier d'aluminium et me dit que j'allais devoir m'en contenter pour le dîner. Je pris le chocolat et poussai un peu mon geste pour lui toucher la main, mais il eut un mouvement de recul, comme un chien traumatisé. Je m'excusai.

Demain, vous couperez à travers la forêt, dit-il. Le trou de serrure dont je vous ai parlé est juste là, un peu plus bas. Vous le verrez demain matin. L'homme pointa du doigt un lieu dans la pénombre, à l'orée de la forêt. Juste là, un peu plus bas. Ne quittez pas le chemin. Vous verrez le panneau, vous vous souvenez ? C'est tout droit vers l'est. Méfiez-vous des pumas. Et aussi des serpents. Vous pourrez atteindre la grand-route en un peu moins d'une semaine, si vous ne vous arrêtez pas trop.

Je le suppliai de m'accompagner, et lui dis que je ne pensais pas que j'y arriverais sans lui.

Je suis vraiment désolé, madame, dit-il. Puis il prit son manteau et disparut dans l'obscurité des bois.

Comme j'étais très fatiguée, je dormis bien et le matin vint vite. Le feu s'était éteint. Je ne cherchai pas l'homme. Par terre, il y avait une petite boîte de flocons d'avoine et quatre poissons salés emballés dans des pages de journaux sur lesquelles figuraient les programmes d'un petit cinéma de l'Idaho. Je ne me souviens pas du nom de la ville. À côté se trouvaient six bâtonnets allume-feu et un briquet en forme de cochon de dessin animé jouant du saxophone. Je me redressai, fourrai la boîte de céréales dans mon sac à côté de la botte de M. Waldrip, qui contenait la hachette, puis mis les bâtonnets allume-feu, le briquet et la petite gourde rouge dans les poches du manteau de Terry.

Je commençais alors à être sacrément curieuse au sujet de l'homme masqué. Dans mon monde, les seules personnes qui se masquaient ainsi le visage étaient les criminels, pour commettre leurs crimes. On entend rarement parler de gens qui se masquent le visage pour se livrer à des actes de charité et d'altruisme. Mais même là – peut-être étais-je naïve – il ne me vint pas à l'esprit que cet homme pût être un criminel.

Ce matin-là, selon mon décompte, cela faisait vingt et un jours que j'étais dans la Bitterroot. Je m'habituais à être constamment dehors, de jour comme de nuit. Mais Dieu du ciel j'avais affreusement mal, et j'étais plus fatiguée qu'un virevoltant. J'étais prête à rentrer à la maison. Alors je remplis la gourde rouge que l'homme masqué m'avait donnée, et je me sentis un peu plus grande lorsque je me tournai pour lancer mon regard vers ces montagnes et ces espaces sauvages. Je me sentis un peu plus brave lorsque je me trouvai face à la sombre porte de la forêt dense qu'il m'avait indiquée. Le passage en forme de trou de serrure.

J'appris plus tard qu'à peu près au même moment, à Clarendon, l'église organisait une veillée aux chandelles pour M. Waldrip et moi. On m'a dit que presque tous les fidèles y avaient assisté. Même Mme Holden, qui avait perdu l'usage de ses jambes et qui devait bien peser cent dix kilos, qui dut se faire porter dans l'église dans une grande toile tenue par ses quatre petits-fils comme s'ils avaient voulu la mettre en bière vivante. La veillée eut lieu un mercredi par une chaude soirée, sur la pelouse tondue du palais de justice, m'a-t-on dit, et alors que le pasteur Bill entamait la prière pour les perdus, un pick-up rempli de jeunes voyous enivrés fonça tout droit dans la vitrine de la pharmacie, de l'autre côté de la rue. Par la grâce de Dieu personne ne fut blessé, mais certains virent en cet incident la confirmation que nous ne reviendrions pas.

Je me retournai et levai une fois de plus les yeux vers cette formidable montagne contre laquelle notre avion s'était écrasé. Je pensai à l'impact et au bruit qui n'était pas un bruit. Je pensai au pauvre M. Waldrip toujours là-haut dans les arbres, et imaginai que des oiseaux vengeurs venaient le picorer, comme s'ils eussent appris qu'il avait chassé leur espèce à chaque saison depuis qu'il était en âge de marcher. Je regardai une dernière fois cette ignoble montagne, et par le trou de serrure je m'enfonçai dans la forêt obscure. Ce qui m'y attendait n'est pas facile à oublier.

Dans l'aube bleue Lewis cala son chapeau d'uniforme sous son bras et pressa le bouton de la sonnette de la cabane blanche. Bloor ouvrit la porte.

Merci de venir encore la chercher, dit-il.

Cela faisait plus d'une semaine que Jill était arrivée dans la montagne, et chaque matin Lewis était passée la prendre en route vers le poste de rangers, et elles roulaient ensemble sans échanger un mot, écoutant la soufflerie du chauffage.

C'est sur mon chemin, dit Lewis.

Il se pencha et l'embrassa sur la joue. Elle est derrière, dit-il. Elle a un peu de mal à se lever ce matin.

Il donna un mug de café à Lewis et elle sortit par la baie vitrée coulissante et trouva la jeune fille en train de fumer sur la terrasse, les yeux perdus dans l'obscurité. Lewis se rapprocha d'elle et suivit son regard. Un écureuil émacié, perché sur un rameau de pin, faisait tourner entre ses pattes une petite boule de fourrure frétillante.

Il mange son bébé, dit Jill. Comme Ugolin.

Le petit couinait et claquetait et l'écureuil racla ses dents dénudées sur le minuscule crâne, taillant la chair comme un rabot. Lewis but une gorgée de café, grimaça et ôta une rognure d'ongle d'orteil collée sur le bout de sa langue. Elle cracha par-dessus la rambarde, jeta la rognure d'ongle qu'elle tenait entre ses doigts, puis se tourna vers la cabane blanche. Bloor était là, derrière la baie vitrée, à les regarder.

Lewis se retourna vers la jeune fille, leva son chapeau vers le ciel qui commençait à prendre des couleurs, et dit qu'elles devraient y aller parce qu'il fallait encore qu'elles prennent le ranger Paulson et Pete et qu'une longue route les attendait aujourd'hui.

Jill souffla un anneau de fumée. Elle fit un petit signe de tête en direction du jacuzzi. Je vous ai entendus, tous les deux.

Pardon ?

Vous et mon père, en train de copuler dans le jacuzzi.

Je ne vois pas de quoi tu veux parler.

La semaine dernière, le soir de mon arrivée. Je vous ai entendus baiser.

Non. Lewis regarda l'écureuil s'affairer sur le nouveau-né comme sur une noix. Tu as peut-être entendu je ne sais quelles foutues bêtes.

J'ai convaincu un garçon de copuler avec moi, et après il est allé raconter à toute l'école que mon vagin était comme une vieille botte de soldat.

Lewis vida sa tasse de café par-dessus la terrasse. Les garçons sont parfois méchants.

Les hommes qui se comportent comme ils s'imaginent que les hommes sont censés se comporter méritent la chambre à gaz. Les femmes qui se comportent comme elles s'imaginent que les femmes doivent se comporter la méritent tout autant.

On a peut-être besoin des gens qu'on n'aime pas. Pour une raison ou pour une autre.

Peut-être, dit Jill, en donnant une petite claque dans le vide. Comme on a besoin des moucherons pour le bien de l'écosystème ? Peut-être que si tous les gens qui nous agacent disparaissaient, ce serait la mort de la société.

Lewis se retourna vers la baie vitrée. Bloor se tenait là, derrière, dans l'ombre. Encore à les regarder. Il sourit et leva une main blanchie de craie.

Je commence à me dire que ton père ne t'estime pas à ta juste valeur, dit Lewis.

Quand ma mère était malade, elle ne pouvait pas bouger son corps. Elle ne pouvait même pas parler. Et il la sortait de son fauteuil roulant et copulait avec elle sur le tapis du salon. Jusqu'à la semaine où elle est morte.

Peut-être que c'est romantique.

Ça ne l'est pas, dit Jill.

Lewis regarda la jeune fille tirer sur sa cigarette. La fumée s'échappait d'un nez parfait, comme pour nager dans les airs ; la lumière accrochait le réseau de cicatrices qu'elle avait au visage.

La jeune fille dit : Je voudrais être de ces personnes qui changent de nombreuses fois avant de mourir. Je pourrais être mariée à un homme à Tokyo, et il me tromperait lors d'une mission humanitaire pour l'UNICEF en Afrique. Je pourrais être une bibliothécaire en couple avec une Irano-Américaine. Elle serait vendeuse de hot-dogs à Central Park. Je pourrais avoir une boutique de chaussures qu'une inondation dévasterait, qui moisirait, qu'on devrait condamner, et je deviendrais alors assistante sociale dans un foyer pour sans-abris. Je pourrais être en prison pour avoir organisé avec mon fils des combats de poissons illégaux à Terre-Neuve. Tant que ce n'est pas comme ici et tout le reste.

Tu ne crois pas qu'il vaut mieux d'abord terminer ton lycée ?

Jill écrasa sa cigarette sur la rambarde et se tourna vers Lewis. Vous pourriez me prendre au sérieux.

Si tu ne termines pas ton lycée, tu risques de le regretter.

Vous avez des regrets, vous ?

Sans doute.

Si par miracle cette vieille dame est encore en vie, là-bas, quelque part, vous croyez qu'elle a des regrets ?

Alors ça, bon sang, tu pourras lui demander quand on la retrouvera, dit Lewis.

Si elle n'est pas morte dans le crash, elle s'est sûrement tuée elle-même à l'heure qu'il est.

Lewis se tourna de nouveau vers le pin. L'écureuil était parti.

Elle jeta un coup d'œil dans le rétroviseur. Endormie sur la banquette arrière, Jill se faisait ballotter contre la fenêtre. Le vieux chien était roulé en boule à ses pieds. Cheveux roux contenus sous sa coiffe, Pete était assis à côté de la jeune fille et travaillait à son point de croix. Lewis l'imagina en paysanne laide vivant en Hollande avant la découverte de l'Amérique. Durant les trois heures depuis lesquelles ils roulaient, il avait de temps à autre saisi sa caméra pour filmer Jill, le cercle à broder, le chien et la nuque de Claude assis à l'avant sur le siège passager. Une fois, il l'avait braquée sur elle et il l'avait filmée en train de boire du merlot à la Thermos.

Elle continua à les conduire pendant encore une heure sur des routes de moins en moins carrossables, dans une forêt de plus en plus sombre, et ils durent s'arrêter souvent pour dégager des branches tombées sur leur chemin, et alors Lewis passait discrètement par l'arrière du Wagoneer pour remplir sa Thermos avec une bouteille qu'elle gardait cachée là.

Jill se réveilla quand le moteur se tut et que les autres sortirent et claquèrent leurs portières. Elle regarda Lewis en clignant des yeux comme si elle l'eût oubliée, et demanda s'ils étaient arrivés. Lewis lui dit que oui, et qu'ils allaient marcher de front et ratisser la piste forestière jusqu'à Black Elk Creek, où ils pousseraient sur environ deux kilomètres encore, puis feraient demi-tour pour être de retour avant la nuit s'ils n'avaient pas trouvé Cloris Waldrip. D'après elle, dit-elle, il y avait une chance pour que Cloris ait rejoint ce ruisseau.

Elle donna à Jill et à Pete des gilets orange fluo et l'équipe se mit en marche sur une piste envahie par la végétation, balisée par des poteaux de bois émaciés par la pourriture frappés de marques de peinture rouge estompées par les intempéries. Tour à tour, ils entonnaient en rythme *Cloris, Cloris, Cloris, Mme Waldrip*. Claude battait la mesure à coups de machette contre les pins, et le vieux chien le suivait de près d'un pas mal assuré. Ils descendirent ainsi jusqu'à une vallée de buissons, comme des pèlerins en prière. Pete portait la caméra vidéo pendue à son cou ; il avait la respiration sifflante, et s'arrêtait régulièrement pour presser ses mains sur son thorax en bréchet et pour réajuster sa coiffe.

Ne reste pas en rade, Petey, dit Claude. On ne te retrouverait pas.

Ils quittèrent la forêt pour l'herbe et les quelques pins tordus par le vent de la large vallée. Devant eux se trouvait la rivière. Ils se séparèrent en éventail, et Pete et Claude partirent ensemble. Le chien les suivit en trottinant. Des charognards traçaient des motifs au-dessus des sommets.

Comment tu trouves l'endroit ? dit Lewis.

Vous devriez voir Tokyo, dit Jill.

Lewis resserra les sangles de son sac à dos et cracha dans l'herbe. Tu y es allée ?

Non.

Alors qu'est-ce que tu en sais ?

J'ai vu des photos dans un magazine.

Et d'être dans la foutue nature sauvage, tu en dis quoi ?

Tokyo, c'est la nature, dit la jeune fille.

Lewis suçota ses dents. Tu as peut-être raison. Ce n'est peut-être pas si différent que ça.

Ils continuèrent à marcher et l'équipe atteignit la rivière et s'y arrêta. Jill s'assit sur un rocher et s'alluma une cigarette.

T'as foutrement pas intérêt à jeter ça ici, lui dit Lewis.

Claude et Pete poussèrent un peu plus loin vers le bas de la rivière, à une trentaine de mètres de là. Le chien reniflait tout, mangea de l'herbe et vomit. Pete cala la caméra sur une souche et la braqua sur Claude, qui se tenait devant lui en faisant de grands gestes en direction de l'eau, formant des griffes avec ses mains, délivrant un discours que Lewis ne pouvait pas entendre.

Jill repoussa les cheveux qui tombaient sur ses yeux maquillés de bleu et donna une claque dans le vide. Est-ce que vous haïssez votre ex-mari ?

Lewis sortit une Thermos de merlot de son sac à dos et dévissa le bouchon. Elle inclina son chapeau vers l'arrière et but. C'était déjà la fin de l'après-midi et les montagnes ondulaient de bleu au-dessus de la rivière. Pourquoi tu me poses cette foutue question ?

La jeune fille haussa les épaules.

Non, dit Lewis. Je ne le hais pas.

Vous l'aimez ?

Des fois, il préparait des sandwichs au concombre et les apportait au poste. On déjeunait ensemble. Il me tenait la main, bon sang, et me disait qu'il m'aimait. Peut-être que je l'aimais, alors.

Pourquoi ?

Il n'a jamais eu le moindre mot méchant à mon égard. Je lui en ai dit plus qu'il ne m'en a jamais dit. C'est peut-être la vraie raison pour laquelle ça a tourné comme ça. Je ne suis pas quelqu'un de facile à vivre. Je l'embêtais pour des broutilles. Mais des fois, je le surprenais à me regarder comme si j'étais la seule foutue chose qu'il ait jamais vue. J'imagine que c'est ça qui est déroutant. Il a toujours été foutrement bon avec moi.

J'ai aimé un chat, un temps, et puis je me suis rendu compte que c'était ridicule, dit Jill.

Lewis secoua la tête et lécha le merlot qu'elle avait sur les lèvres. J'ai parlé avec une de ses autres femmes au tribunal quand on l'a condamné. On s'est dit à quel point on était foutrement désolées et à quel point c'était foutrement mal, ce qu'il nous avait fait. Mais elle m'a dit un truc. Elle m'a dit qu'elle pensait que la relation qu'elle avait avec lui était unique et que ça lui faisait mal de voir que ce n'était pas le cas. J'imagine qu'on aimerait tous avoir quelque chose que personne d'autre n'a.

Cette femme est triste et bête, dit Jill, puis elle écrasa sa cigarette sur le rocher et envoya le mégot d'une pichenette dans la rivière. Ça n'existe pas, les choses uniques.

Tu as sans doute raison.

Vous croyez qu'il vous aimait ?

Lewis but de nouveau à la bouteille Thermos, rota, et envoya un crachat rouge dans l'herbe. Quand quelqu'un ment à ce point, on s'interroge. Mais je me dis aussi qu'il partageait le meilleur de lui-même avec trois foutues femmes, et qu'il prenait soin d'elles, et que peut-être il les aimait vraiment. On n'en sait rien. Le juge lui a demandé pourquoi il avait fait ça, et ce foutu Roland a dit qu'il ne voyait pas comment vivre sans l'une ou l'autre d'entre nous, et qu'il était peut-être quelqu'un d'avide mais qu'une vie avec seulement une seule personne qu'il aimait ne lui suffisait pas. Il a dit qu'il avait énormément d'amour à offrir et que si c'était un crime que de l'offrir, alors on n'avait qu'à l'enfermer et jeter la clé aux poissons.

Si les gens peuvent croire qu'ils aiment des chats, dit Jill, alors je suis sûre qu'ils peuvent croire qu'ils aiment plus d'une personne.

Lewis but une nouvelle gorgée à la Thermos. La jeune fille se tenait en équilibre sur le rocher, serrant dans ses bras ses genoux contre son torse ; ses mèches de cheveux étaient presque trop lourdes pour le vent, mais le soleil s'y drapait comme il se drapait sur les cicatrices de son visage.

Ton père ne t'estime vraiment pas à ta juste valeur, dit Lewis.

La jeune fille ne dit rien.

J'ai l'impression que tu es un peu comme lui.

On est tous une seule et même personne ennuyeuse, dit la jeune fille.

Claude les siffla depuis l'aval, en faisant de grands signes. Pete faisait lui aussi de grands signes et il tenta de siffler mais au lieu de ça il couina comme un petit chien et il fut pris d'une quinte de toux. Il se plia en deux et Claude lui tapota le dos jusqu'à ce qu'il se redresse.

Lewis et Jill les rejoignirent et en chemin Jill s'alluma une nouvelle cigarette. Lorsqu'elles arrivèrent près de lui, Claude ne dit rien mais leva un bras et pointa un doigt vers la souche d'un épicéa abattu.

Lewis s'en approcha et s'agenouilla devant une série de lettres grossièrement gravées dans le bois. Elle passa ses doigts dessus, puis se leva, posa sa main sur sa bouche violacée et tituba en rond. Elle cria le nom de la femme disparue. Elle laissa retomber ses mains et posa ses yeux rosâtres sur la vallée. Bon sang, j'en étais sûre, dit-elle.

Jill s'agenouilla devant la souche et fuma une cigarette.

Pete s'approcha de la jeune fille, une main posée à plat sur son thorax en bréchet. Vous m'en offririez une ? J'ai le cœur oppressé.

Jill secoua son paquet pour faire sortir quelques cigarettes et les lui tendit.

Pete en prit une et la coinça entre ses lèvres. Il l'alluma et toisa la jeune fille. Merci beaucoup. Pardonnez-moi, mais je suis sûr que vous grandirez pour devenir une chouette femme. Pas comme la mienne.

Claude ôta son chapeau et essuya son nez bleu du revers de la main puis claqua des doigts à l'attention du chien. Le chien vint s'asseoir à ses pieds et Claude se rapprocha de Lewis. Il posa sa main sur son épaule. Je ne vois aucune raison positive qui ait pu lui faire graver son nom sur cette souche, Debs. À mon avis, ça veut dire qu'elle est morte. Elle espérait qu'on tombe là-dessus pour qu'on le sache. Cette femme m'impressionne.

C'est franchement pas très bien gravé, dit Pete. J'ai vu des enfants graver des trucs dans le bois mieux que ça.

Ce n'est pas son art qui m'impressionne, Petey.

Jill jeta son mégot d'une pichenette dans la rivière et observa les autres sans rien dire. Les cicatrices sur son visage rosissaient sous le soleil.

Lewis donna un coup de pied dans la terre. Et le foutu cadavre ?

Je dirais qu'il a dû se faire manger par je ne sais quelle bête sauvage, dit Claude.

C'est rudement triste, dit Pete. Je me dis que ça devait être un sacré bout de femme pour descendre jusqu'ici et graver comme ça son nom sur cette souche, même si c'est pas si bien gravé que ça.

Je ne vois pas de trace de bête sauvage, dit Lewis. Pas de sang, pas de poils, pas d'os, pas même une bonne foutue rotule.

Jill regarda dans l'herbe tout autour d'eux. Je ne vois rien non plus.

Claude passa sa main sur ses cheveux noirs propres. Cette histoire de Cloris Waldrip commence à te rendre vraiment bizarre, Debs.

Lewis s'envoya une gorgée de merlot à la Thermos et en fit dégouliner sur le devant de sa chemise. Elle s'essuya le visage et brandit un majeur trempé de vin à l'attention de l'homme. Toi, tu passes tes nuits dans la forêt à la recherche d'une cyclope rousse à cheval sur un foutu tatou.

Claude ne dit rien pendant une minute, puis il plissa le front. Ce n'est pas une raison pour être malpolie, Debs. Pour moi, c'est évident que cette femme est morte.

Cela faisait deux longs et terribles jours que j'errais dans cette forêt étrange et je n'étais pas encore arrivée à la vieille piste dont l'homme masqué m'avait parlé. Tout ce que je voyais, c'étaient des arbres, des arbres et encore des arbres. Mon Dieu il y en avait, des arbres !

Les frondaisons fragmentaient le soleil et me donnaient sacrément le vertige. Cela me faisait le même effet que quand M. Waldrip me conduisait en pick-up dans Goodnight Street, à Clarendon. Cette rue était bordée de vieux ormes, et ils fragmentaient le soleil de la même façon. Quand vous rouliez dans cette rue, cela faisait comme si je ne sais quel fou allumait et éteignait sans cesse une lampe braquée sur votre visage. Je m'efforçais de garder vraiment cap à l'est à l'aide de la petite boussole que l'homme m'avait donnée, mais les arbres finirent par être plus forts que moi et m'envoyèrent sinuer comme un serpent dans un saloon. Je vous le dis maintenant : si je ne devais plus jamais voir d'arbres d'ici la fin de mes jours, cela m'irait parfaitement.

Cela me mettait mal à l'aise de savoir que l'homme masqué ne veillait plus sur moi. Je me sentais affreusement seule, comme la nuit où Terry était mort de façon si confuse et horrible. L'idée me traversa l'esprit que j'avais été abandonnée par Dieu dans je ne sais quel pays imaginaire maudit. Je voyais des choses étranges. Des oiseaux maladifs au chant discordant perchés dans les arbres sur leurs petites pattes pelées, et des rongeurs aux yeux jaunes, à la fourrure dégarnie, apathiques et couverts de plaies. Il y avait des insectes incolores grands comme des mains, comme on pourrait en trouver au fond de l'océan, et des papillons noirs flottaient dans la brume. Les branches nues des arbres claquaient les unes contre les autres au-dessus de ma tête tandis que je regardais une grenouille gluante dévorer une autre grenouille gluante. Il y avait un buisson ressemblant aux cheveux d'un homme noir autour duquel voletaient des centaines de mouches bioluminescentes.

Comme l'atmosphère était rance et qu'elle convoyait mal les sons, je n'entendais que le bruit de mon souffle, comme du sable sur du papier. Le sol était jonché de branches cassées qui dardaient en tous sens, on eût dit le sol d'un ossuaire. Il y avait là quelque chose de maléfique et de déliquescent, et tout semblait malade. J'avais peur, mais il allait me falloir une nuit sous la pluie pour que tout cela s'imprègne enfin vraiment en moi et que je me rende compte à quel point j'étais seule.

Cette nuit vint après ce qui devait être, selon mon décompte, mon troisième jour dans cette forêt étrange. Voici ce qui se passa : au début, ce n'était qu'une petite pluie fine, mais au bout d'un moment il se mit à tomber des trombes d'eau. Puis j'eus la chance d'arriver à un grand mur de pierre calcaire. Il me rappela la façade de la vieille Banque nationale du Texas, dans le centre-ville d'Amarillo.

Je ne suis pas une autorité sur la question, mais j'ai lu que toutes sortes de tribus indigènes vivaient naguère dans la Bitterroot, alors je suis encline à penser que j'étais tombée sur les ruines de quelque antique édifice dans le genre de celles de Petra à l'autre bout du monde. Je grimpai sur une corniche dans la paroi calcaire, me pressai sous une sorte d'auvent, et m'enveloppai dans le manteau de Terry. Il y avait une ouverture rectangulaire dans la pierre et l'eau s'y engouffrait comme un torrent d'orage dans une bouche d'évacuation, en ville.

Il faisait noir, mais je farfouillai un peu autour de moi et trouvai quelques aiguilles de pin et autres petites brindilles dans un renfoncement semblable à celui d'une porte. J'espérais faire un feu. Assez hâtivement, je réussis à assembler un petit tas de bois à cet endroit. Il me restait un bâtonnet allume-feu. Je le sortis, ainsi que le stupide briquet de dessin animé, de la poche du manteau de Terry. Un éclair claqua, et je sursautai. Je lâchai le briquet ; il glissa et fila, emporté, pour disparaître par le drain dans la roche ! J'eus envie d'y plonger le bras pour voir s'il n'y avait pas une sorte de retenue, mais il faisait noir et je ne pus m'y résoudre.

Je m'avachis sur ces ruines et regardai la pluie tomber à verse, et je me mis à faire tourner mon alliance sur mon doigt. Je m'étais habituée à la pluie. Je ne maugréai pas contre elle, je me contentai de sortir la botte de M. Waldrip et de remplir la gourde rouge sous un filet ruisselant sur la pierre. Une fois que mes yeux se furent accommodés à l'obscurité, je parvins à voir la forêt, tout en nuances de noir et de gris. La pluie tombait très fort et j'étais frigorifiée. Il n'y avait pas de pensée dans ma tête ; j'étais frigorifiée, c'est tout. J'étais aussi sacrément affamée, alors je mangeai le reste des céréales, dont j'avais espéré qu'elles me dureraient plus longtemps. Je n'aimais pas beaucoup les poissons salés.

Ce fut après avoir mangé les céréales que je vis le puma. Il apparut sans bruit hors de la pluie. Comme tout le reste dans cette forêt, cet animal semblait infirme. Il avait des omoplates démesurées qui pointaient en saillie vers le haut comme la collerette osseuse d'un dinosaure. Dans l'obscurité, cette créature ressemblait à une sorte de monstre ailé mythologique, dont la mission eût été de monter la garde devant la ruine de calcaire où je m'étais abritée. Le plus étrange, croyez-moi ou non, est que ce puma marchait à reculons. Il suivait sa queue qui balayait le sol de droite à gauche comme une tête de serpent. Sa gueule était flasque, et la pluie s'écoulait entre ses dents. J'avais sacrément peur, mais je pris ma hachette et hurlai sur la bête aussi fort que je pus. Eh bien ce puma détala comme un petit chaton. Depuis, j'ai lu que les pumas ont une peur instinctive de la voix humaine.

Je restai assise sous mon abri de calcaire, hachette en main, à attendre que le puma revienne. C'est étrange comme l'esprit peut se mettre à divaguer une fois le danger passé, et au bout d'un moment, lorsque je fus certaine que le puma ne s'approcherait plus de moi, je me remis à me faire du souci au sujet du passé, et je refis le décompte des choses qui plaidaient en ma faveur et de celles qui plaidaient contre moi. Je veux dire par là que je repensai à Garland Pryle.

Notre histoire n'était pas une grande histoire d'amour. Je ne veux pas que vous vous mépreniez en croyant que ça l'était. Les Texanes de ma génération n'ont pas l'habitude de parler de sexe. Vous pouviez passer une vie entière dans le comté de Donley sans jamais penser, de façon certaine, que d'autres femmes que vous avaient des rapports sexuels.

Mais pour être franche et honorer la promesse de véracité que je vous ai faite dans ce récit, je vais écrire très clairement que j'ai commis l'adultère avec Garland Pryle. Je n'en suis pas fière, mais c'est comme ça.

Ça s'est produit deux fois. Le premier incident eut lieu dans l'adorable petite maison que ses parents avaient dans Bent Tree Street. Nous avons fait l'amour sur la table du salon. Le second incident eut lieu par un après-midi d'été moins d'une semaine plus tard dans le cellier derrière l'épicerie. La fraîcheur du cellier apaisait notre jeune sang fou et chaud et nous avons fait l'amour sur les concombres et les courges. J'ai pris beaucoup de plaisir. Cela me préoccupa pendant pas mal de temps, car mon esprit amoureux allait le chercher la nuit alors que j'étais allongée dans le lit contre M. Waldrip, le plus gentil des hommes. Cela revint me préoccuper cette nuit-là dans la Bitterroot, alors que plus grand-chose d'autre n'avait de sens et que Dieu semblait plus différent de Lui-même qu'Il ne l'avait jamais été. Je ne comprenais pas comment Il s'y était pris pour faire intervenir l'homme masqué. Je ne comprenais pas comment Il s'y était pris pour faire intervenir Garland Pryle tellement d'années auparavant. Surtout, je ne comprenais pas comment Il s'y était pris pour me faire intervenir moi. Je suis à moi-même mon plus grand mystère.

Voici ce qui m'effrayait et qui m'effraie encore : Je suis à peu près certaine que je prendrais chaque fois la même décision devant ce rayon de petits pois en boîte si je devais revivre cette situation encore et encore jusqu'à la fin des temps. Je savais que c'était vrai à chaque fois que je demandais pardon à genoux à l'église, quand tous les fidèles murmurent, chacun pour soi, des prières égoïstes, quand tous les pécheurs que nous sommes soumettons nos âmes à la pesée dans ce même bâtiment de bois, sans même entendre le vent qui hurle. Seigneur, je le referais. Je le referais, et je ne suis même pas sûre d'en être désolée.

Je ne dormis pas. J'attendis le matin en regardant la pluie se calmer puis s'arrêter. Ensuite, les nuages s'éclaircirent. J'avais survécu à encore une nuit de plus. Épuisée, frigorifiée, je me levai quand même en titubant, essorai le pull à motif en zigzag, et regardai par le drain dans la pierre pour voir si je trouvais le briquet. Je ne vis rien d'autre qu'une masse d'eau noire. À la lumière du jour, les ruines n'étaient pas aussi majestueuses que je me les étais imaginées dans le noir. Je versai l'eau de la botte de M. Waldrip dans la petite gourde rouge puis j'examinai la boussole. Je me remis en marche en direction de l'est.

J'avais peut-être fait quatre cents mètres lorsque j'entendis un long sifflement en provenance d'un lieu particulièrement sombre sous les arbres, vers le sud-est. Je me figeai et portai une main à mon oreille. C'était comme les enclos à bétail les jours de grand vent, un son lent dans une tessiture de voix de jeune écolier. J'ai toujours eu l'ouïe fine, sans doute parce que j'avais vécu une vie tranquille jusqu'alors. M. Waldrip, en revanche, avait perdu presque toute l'ouïe du côté droit à cause de son fusil.

Je suivis le sifflement entre les arbres jusqu'à ce qu'il se mette à ressembler aux bruits que fait une femme lorsqu'elle est avec un homme. À moins de quinze mètres devant moi, nichée entre deux pins tordus, se trouvait une petite tente bleue. Mon Dieu, comme j'étais excitée !

Je voulus hurler pour me faire connaître de quiconque se trouvait à l'intérieur et faisait ce raffut, mais ma gorge se noua sous l'effet de l'émotion. Lorsque j'arrivai à la tente, les bruits cessèrent soudain. Je tentai une fois de plus de m'annoncer, mais j'en fus incapable. Je tremblais. Au lieu de tout cela, je frappai sur le côté de la tente.

Il ne se passa rien du tout.

Enfin, je parvins à dire, Excusez-moi, aidez-moi, pardonnez-moi, je suis Cloris Waldrip, j'ai eu un accident d'avion.

Aucune réponse ne sortit de la tente.

Je n'y connais pas grand-chose en tentes. Je n'ai jamais trop aimé dormir dehors. Quand j'étais petite, mon père m'avait emmenée un jour dans la prairie et nous avions dormi à la belle étoile sur les couvertures pour chevaux dans le plateau de la charrette. J'imagine que ce qu'il voulait vraiment, c'était fuir ma mère le temps d'une nuit. Davy était mort juste l'été d'avant et une femme venait de se faire élire gouverneur du Wyoming et ma mère ne pensait pas que c'était une très bonne idée. Durant un certain temps, elle ne fut pas de bonne compagnie.

Cette tente avait des fermetures Éclair. Elle était miteuse, et sa couleur bleue avait complètement passé sur une large bande où le soleil l'avait frappée à l'identique pendant une sacrée longue période. En bas, le nylon faisait un renflement et il était maculé de taches sombres, comme un tablier de cuistot spécialisé dans la friture. Je commençais à me sentir mal à l'aise. Je tapai doucement du bout du pied dans le renflement et m'annonçai de nouveau. Il ne se passa rien du tout. Puis je rassemblai le courage qu'il fallait pour ouvrir la fermeture Éclair de l'entrée. En sortit une odeur comme celle que dégageait notre glacière quand elle était restée longtemps sans électricité.

Il n'y avait personne dans la tente ! Il y avait un gros sac en papier plein de victuailles qui avaient pourri et moisi, et un bidon en plastique gonflé étiqueté comme contenant du jus d'orange posé tout droit à côté d'un paquet non ouvert contenant des assiettes en carton et des couverts en plastique. J'avais beau me torturer l'esprit, je ne voyais pas ce qui avait pu produire les bruits que j'avais entendus. Le vent, peut-être. À ce jour, je n'en sais rien.

Je hurlai, hurlai et hurlai encore si fort qu'il me semblait que j'allais me faire exploser la gorge. J'en avais simplement assez de tout ça. L'horreur de cette tente vide continue à me hanter. Comment était-elle arrivée là, et dans quel but, ou par quelle traîtrise du sort s'était-elle retrouvée abandonnée ? Je craignais d'être tombée dans je ne sais quelle variété particulière d'enfer chargé de mystères.

Après avoir hurlé pendant un bon moment, je m'assis contre un pin et me reposai. J'avais mal à la gorge, et la tête qui tournait. Je regardai cette tente et attendis de voir si les bruits revenaient.

Quelque chose bougea dans mon dos.

Madame, dit une voix étouffée. Madame.

Je me retournai et je le vis. L'homme masqué, accroupi sous les arbres ! Mon Dieu, comme je fus surprise ! J'étais certaine que c'était le puma qui marchait à reculons qui était revenu me prendre. Je fus vraiment soulagée de revoir l'homme masqué, mais lorsque j'ouvris la bouche pour le lui dire, il brandit un doigt ganté pour me faire taire.

Il observa les environs puis sortit du couvert des arbres en faisant des claquements métalliques à cause de tout le barda qu'il transportait. Il s'approcha de moi et murmura, Vous allez bien ?

Je fis oui de la tête et lui demandai pourquoi il murmurait.

Et vous, pourquoi vous criez ? dit-il.

Je lui dis que mon esprit me jouait des tours.

Il alla à la tente, s'agenouilla devant et la referma, puis il se releva et redressa la tête, faisant s'aligner ses yeux avec les trous du masque. D'un sac surchargé qu'il portait sur son dos pendait une petite boîte à appâts, une poêle, et trois vieux pièges rouillés pour petits animaux. Une canne à pêche dardait derrière lui comme si elle eût été censée le relier tel un tramway à un câble électrique.

Que s'est-il passé, ici ? dis-je toute tremblante en désignant la tente.

Un coup de vent emplit la forêt juste à ce moment-là et fit battre le nylon taché. Il s'en alla aussi vite qu'il était venu, et tout fut de nouveau silencieux. Ça faisait sacrément peur.

Je n'en sais rien, dit-il, et il regarda le ciel. Il faut qu'on parte.

Je regardai une dernière fois cette tente affreusement vide. Puis l'homme s'enfonça dans la forêt et je le suivis.

Je croyais que vous ne pouviez pas m'accompagner, dis-je.

C'est trop tôt dans la saison pour qu'il se mette à neiger, dit-il, mais je crois qu'on va quand même y avoir droit. Vous vous seriez retrouvée prise dans la neige. Allez, il faut qu'on se dépêche.

De fait, l'automne 1986 connut une météo terriblement étrange. On porta des pulls en Floride, et au Texas des mares gelèrent. Un jour, les gens pouvaient être à la plage, à peine vêtus, et le lendemain ils étaient calfeutrés au coin du feu à boire du cidre chaud. D'après ce que je comprends, le climat est contrarié par ce que l'humanité a fait à la terre. Cela ne me surprend pas que nous causions notre propre destruction ainsi que celle de nos infortunés voisins. Il semble que nous nous haïssons nous-mêmes et que nous haïssons la civilisation que nous avons créée. Les villes sont de plus en plus grandes et la technologie de plus en plus étrange et les jeunes sont de plus en plus jeunes et ils consomment des informations qui n'ont, pour autant que je puisse le voir, ni but ni fin.

J'ai déjà noté ici que notre chère petite-nièce Jessica vit à Phoenix, Arizona. Elle passe des heures et des heures dans un bureau climatisé, devant son ordinateur, le regard perdu dans ce fichu Internet. Je sais qu'elle y voit un sens que moi je ne vois pas. Lorsque je regarde dans cette boîte blanche, je suis aveuglée par les lumières multicolores et l'insurmontable absurdité de tout ça. Je ne connais pas grand-chose à la science qui sous-tend cela, mais je crains que quand Jessica aura mon âge elle verra autour d'elle un monde caniculaire ravagé par des guerres livrées par les pauvres et déclenchées par des célébrités, et d'après ce que je comprends, Phoenix prendra feu, sera rasée par les flammes, et le vent dispersera ses cendres.

Je remerciai l'homme masqué d'être venu à mon aide. Vous êtes quelqu'un de bien, lui dis-je.

Il ne dit pas un mot et se mit en marche.

Portant une bouteille sous son bras et deux verres entre ses doigts, Bloor mena Lewis à l'étage jusqu'à une grande chambre dans laquelle brûlaient des bougies. Accrochés à un mur se trouvaient trois tableaux à l'huile représentant des zélotes tenant tendrement des lézards sans tête, et sur une table de chevet il y avait une photo de Jill adolescente qui regardait une pince de homard en fronçant les sourcils.

Bloor servit un verre de merlot et le tendit à Lewis. Je me suis fait envoyer quelques affaires personnelles de Missoula, dit-il. Il fit un signe de tête en direction de la photo. Il fut un temps où elle était ma petite complice.

Elle est encore debout ou est-ce qu'elle s'est couchée ?

Il fit non de la tête. Les adolescents ne voient pas le chagrin comme nous. Et Jill Bloor ne voit absolument rien comme nous.

Lewis but le verre d'une traite. Les grandes fenêtres gardaient la nuit et les montagnes noires. À l'autre bout de la pièce, une baie vitrée coulissante donnait sur une terrasse obscure.

Bloor lui demanda si elle avait eu des nouvelles de Gaskell.

Il dit que ça coûte trop cher de consacrer encore le moindre foutu temps à ça. Il m'a dit qu'il n'était même pas sûr que ce nom gravé était le sien. J'ai l'impression qu'il en a juste foutrement marre d'entendre parler de ça.

Bloor pointa un doigt vers les tableaux accrochés au mur. Je les ai mis aujourd'hui. C'est une artiste norvégienne. Elle est en prison en attente de jugement pour agression sexuelle. C'est intéressant de voir ce qui excite les gens, vous ne trouvez pas ?

Je ne suis pas sûre que ce soit si intéressant que ça.

Et vous, ranger Lewis, qu'est-ce qui vous excite ?

Lewis coinça un pouce sous sa ceinture et regarda de nouveau les tableaux. Les trucs habituels, j'imagine.

C'est-à-dire ?

Je n'en sais rien, les baisers, les foutus slows, rien d'intéressant.

Bloor s'approcha d'elle, posa son menton sur le haut de sa tête et drapa ses longs bras dans son dos. Il se mit à onduler et il la fit danser, traçant un petit cercle. Vous savez, dit-il d'une voix aiguë et nasillarde, ma femme me disait toujours qu'elle se souvenait de la nuit de sa naissance. Elle disait qu'elle était née avant terme dans un wagon-lit quelque part entre Yakima et Spokane. Sa mère n'avait jamais pu se souvenir du nom de la petite ville qu'ils étaient en train de traverser à ce moment-là, mais Adelaide jurait qu'il y avait un G dedans et que les lampadaires étaient couleur de menstrues sèches.

Votre foutue femme.

Il lui fit traverser la pièce en valsant doucement, puis il la poussa sur le lit. Il se tenait debout au-dessus d'elle.

La lumière du palier qui passait par la porte ouverte le plaçait dans l'ombre du contre-jour. Il frappa ses mains l'une contre l'autre, soulevant un nuage de poussière de craie. Lewis se redressa sur ses deux coudes pour mieux le regarder.

Il déboutonna sa chemise en faisant un baiser dans le vide à chaque bouton défait. Il s'étendit à côté d'elle, frotta son nez contre son bras et le fit remonter comme ça jusqu'à son épaule, laissant une traînée vitreuse semblable à celle d'un escargot. Enlevez votre uniforme, dit-il.

Jill est encore debout ? On ne devrait pas fermer cette foutue porte ?

Laissons-la ouverte. Qu'en dites-vous ?

Mais bon sang, pourquoi voulez-vous qu'on fasse ça ?

C'est excitant.

D'accord.

Lewis défit son uniforme, s'en extirpa et le laissa tomber par terre. Le revolver dans son holster fit un bruit mat sur la moquette.

Maintenant les sous-vêtements.

Elle défit son soutien-gorge et le jeta sur le côté. Elle ne portait plus que sa culotte.

Bloor fit un bruit au fond de sa gorge, comme le bruit que fait une pierre qu'on jette dans une mare. Il leva son index et son pouce, les frotta l'un contre l'autre et les étudia dans la faible lumière. Il les abaissa et les serra sur le téton gauche de Lewis. Combien de temps avez-vous été mariée, ranger Lewis ?

Douze ans, dit-elle.

Bloor fit rouler son téton entre ses doigts. Qu'est-ce qui vous a séparés, en vrai ? Le fait d'être tout le temps ici, dans la montagne ? La boisson ? Les autres épouses ?

Lewis ne bougeait pas et gardait les yeux rivés sur le plafond. Elle grimaça et Bloor resserra son emprise. Il la pinça une fois durement ; elle repoussa sa main d'une claque. Bordel de Dieu, dit-elle. Quel genre de secouriste êtes-vous ?

La lumière du palier découpait les ombres de son visage, les mares noires de ses yeux et la large faux de son front. Il souriait et ses joues creusaient de profonds canaux qui donnaient à son expression des apparences de bois, comme une statue grotesque dans une église.

Bloor lui grimpa dessus. Il déboutonna son pantalon et se poussa timidement contre son abdomen et elle, elle regardait la porte par-dessus son épaule. Il lui pinça le flanc avec ses doigts crayeux. Elle se contorsionna mais il la maintint sous lui et continua à la pincer.

Vous voulez entendre quelque chose de douloureusement sincère ? dit-il.

D'accord. Bordel de Dieu.

Je sais que je ne devrais pas, mais des fois j'éprouve de la colère d'avoir… je ne dirais pas une fille lente, mais une fille qui a du mal à comprendre les aspects les plus subtils des interactions humaines et les concepts raffinés.

Votre fille n'est pas lente.

Bloor dit à Lewis que le jour de la naissance de Jill, Adelaide avait acheté un attrape-rêves et qu'il l'avait suspendu au-dessus de son couffin et qu'un jour, en été, alors qu'Adelaide ne se sentait pas bien, elle avait laissé le bébé sous la fenêtre du salon et s'était endormie sur le canapé. Le bébé avait la peau très claire, et le soleil eut tôt fait, lui dit-il, de lui brûler le visage selon le motif exact que traçaient les ombres de l'attrape-rêves. Quand la petite se réveilla, elle hurla et hurla. Ses joues étaient couvertes de cloques, dit-il. On a dû l'emmener à l'hôpital. Elle ne le sait pas, vous savez.

Vous ne le lui avez jamais dit ?

Adelaide nourrissait une telle honte qu'elle m'a fait promettre de ne jamais lui dire. Et bien sûr, j'ai tenu ma promesse. Qui voudrait que sa fille sache que sa mère a fait une chose pareille ?

Bloor la pinça de nouveau. Elle serra les dents et garda les yeux fixés sur la lumière du palier. Puis Bloor se laissa aller en arrière, attrapa de nouveau ses tétons et leur imprima deux vifs mouvements de torsion, en lançant des baisers dans le vide au-dessus de lui. Elle poussa un petit cri et se mordit la langue. Il laissa son corps retomber sur elle et se balança d'avant en arrière contre sa cuisse. Elle continuait à regarder le palier par-dessus son épaule.

Le plancher grinça. Jill traversa le palier et se figea dans l'embrasure de la porte. Elle et Lewis échangèrent un regard, puis la jeune fille descendit à la cuisine et Lewis entendit la porte du réfrigérateur s'ouvrir et une assiette racler contre le plan de travail.

Bloor se termina dans une main crayeuse, étala la saleté sur une fenêtre au-dessus de la tête de lit, puis se laissa retomber dans les draps à côté de Lewis et éclata de rire. C'était merveilleux, dit-il.

Lewis couvrit ses seins de ses mains moites. Elle écoutait le bruit des pas de Jill dans l'escalier et la vit traverser de nouveau le palier.

Bloor l'appela.

Elle s'arrêta devant la porte. Ne regarda pas à l'intérieur.

Bonne nuit, dit Bloor.

Bonne nuit, dit la jeune fille, puis elle alla dans sa chambre et ferma la porte.

Une présence fugace d'une nature ou d'une autre activa un détecteur de mouvement sur la terrasse, et une petite lumière l'éclaira. Lewis se dit que c'était sans doute un écureuil, mais elle pensait avoir vu autre chose, là, par la baie vitrée coulissante. Une femme fine, dans l'ombre. On était à peine fin septembre, et pourtant il neigeait dehors sur la terrasse dans la lumière froide. Lewis trouva que cette neige ressemblait aux petits bouts de plastique déchiqueté qu'on voit dans les vieux films, et que les sommets des arbres éclairés par la lampe de la terrasse par-delà la rambarde ressemblaient à un décor peint autour d'une scène sans vent.

Bon, la question est réglée, dit Bloor en regardant la neige. Si Cloris Waldrip a survécu au crash, elle ne survivra pas à cette nuit.

La neige faisait ployer les ramures, coiffait les affleurements granitiques de part et d'autre de la route, et figeait les hautes herbes. Lewis conduisait Jill dans le Wagoneer, sinuant dans les lacets d'une route de montagne ; la radio crachotait doucement sa friture, les chaînes des roues mordaient dans les derniers mètres d'une route goudronnée qui venait d'être déneigée. Lewis porta la Thermos de merlot à ses lèvres violacées. Elle but une petite gorgée et engagea le Wagoneer sur une piste de terre mouchetée de glace et de boue.

Jill la regardait depuis le siège passager. On va rester bloquées ici ?

Non, bon sang, je ne vais pas nous planter. Lewis but de nouveau à la Thermos et revissa le bouchon. Elle appuya sur l'accélérateur.

Vous buvez du vin dans une Thermos ?

Non.

Elles firent quelques kilomètres sur la piste de terre, creusant de profondes ornières dans les zones de neige épaisse, crachant des projections en passant devant des cabanes de chasse aux ouvertures condamnées. Sous le vent d'une hutte sans fenêtres pendait une carcasse salement découpée, tête en bas, gelée, changée en stalactite boueuse. Lewis ne s'arrêta pas pour dresser un procès-verbal. Elle continua à rouler sans parler jusqu'à ce qu'elle dise à Jill qu'on l'avait informée ce matin-là que le Conseil national de la sécurité des transports avait mis le crash de l'avion des Waldrip sur le compte d'une erreur humaine.

Terry Squime a dû perdre le contrôle, dit Lewis. Comme si d'un coup il s'était dit qu'il ne savait plus piloter un avion. Son foutu cadavre était trop décomposé pour qu'ils puissent déterminer s'il avait eu une crise cardiaque ou une rupture d'anévrisme ou autre chose du même genre, mais ils n'ont écarté aucune de ces hypothèses.

Jill ne dit rien, actionna la manivelle, baissa sa vitre et sortit une cigarette. Elle craqua une allumette contre le grattoir d'une petite pochette et se l'alluma.

Ils ont dit qu'il avait pu y avoir des turbulences et qu'il a paniqué, dit Lewis. À cause du stress. Ils n'ont pas exclu qu'il puisse souffrir de dépression et qu'il ait entraîné les Waldrip dans son suicide. Il venait de se marier, et ça se passait mal. Apparemment, il retrouvait des hommes dans des motels. Dont son facteur.

Jill tira une taffe puis approcha sa bouche de la fenêtre. La dépression et les facteurs, dit-elle.

Lewis roulait sur une piste de boue noire où les ornières traçaient des paraboles. Derrière une ceinture d'arbres mourants, un lac étincela brièvement. Elle tourna à hauteur d'un totem couvert de peaux de serpents et de chaussettes crasseuses fixées par des clous, et d'où partait un fil à linge auquel pendaient les différentes parties d'un costume d'ours figées par le gel en des angles déments. Elle ralentit puis s'arrêta devant une cabane en contreplaqué qui se dressait de guingois sur le bord de la piste. Sur le toit, un tuyau rouillé crachait de la fumée verte. Une planche à repasser faisant office de porte coulissa de l'entrée et une tête émergea. Un homme à la peau sombre apparut, vêtu d'un maillot de bain et d'un masque de plongée repoussé en arrière sur des boucles de longs cheveux glacés. Il vit qui elles étaient et se précipita vers la vitre passager, drapé dans une serviette de plage, les yeux écarquillés, courant dans la neige en levant haut les genoux, les pieds chaussés de bottes de combat sans lacets.

Lewis demanda à Jill de baisser complètement sa vitre. Jill soupira, actionna la manivelle et se laissa aller contre le dossier afin que Lewis puisse parler à l'homme qui se tenait désormais accoudé au rétroviseur extérieur.

Holà, Eric, bon sang mais qu'est-ce que tu fabriques comme ça dans ton costume de bain ?

Je nage comme un petit chien, dit l'homme. Nager comme un petit chien dans l'eau froide, y a rien de mieux pour se maintenir en forme. Ses dents claquèrent. Qui est cette jolie fille ?

Une bénévole.

C'est bon, c'est bon, dit-il. Il dodelinait de la tête et frissonnait comme un jouet mécanique déréglé. Qu'est-ce que vous faites par là un jour comme aujourd'hui, ranger Lewis ? Vous risquez de vous embourber, avec votre véhicule.

Quelqu'un nous a appelés pour se plaindre de toi. Paraît que tu aurais terrorisé je ne sais trop quels foutus campeurs.

J'ai pas terrorisé de campeurs. Y avait des gosses qui se saoulaient et qui se droguaient et qui se faisaient engrosser sur ma propriété, alors j'ai mis mon costume d'ours et je les ai fait partir avec un maillet de croquet.

Ouais, c'est bien ce qu'on nous a dit.

Ils étaient sur ma propriété.

Vu que ta propriété jouxte le terrain de camping, tu devrais penser à mettre un ou deux foutus panneaux histoire que ce genre de truc ne se reproduise pas sans cesse. Si quelqu'un entre sur tes terres, appelle le poste d'un coup de radio et le ranger Paulson ou moi, on viendra s'en occuper. Pour pas que tu t'impliques, jamais. T'as toujours ta radio ?

Oui m'dame.

Alors c'est bon.

Vous allez me mettre une amende ?

Bon sang. Non, je ne crois pas, pas cette fois.

C'est gentil.

Je peux te poser une question, Eric ?

Oui m'dame.

T'aurais rien vu de particulier, par là, ces dernières semaines ?

L'homme baissa la tête. Soudain, il ne bougeait plus, il ne frissonnait plus. Quel genre de choses ?

Tu n'as rien vu qui sorte du putain d'ordinaire ? N'importe quoi.

C'est à propos des cerfs, c'est ça ?

Des cerfs ?

L'homme écarquilla les yeux. J'ai vu deux mâles se monter l'un l'autre derrière mon atelier. J'avais entendu dire quelque part que c'est un truc qu'ils font parfois, mais je l'avais encore jamais vu de mes yeux. Ça m'a paru contre nature, au début, mais j'en sais rien.

Rien d'autre ? dit Lewis.

Ben vous savez quoi, j'ai vu de la fumée, la nuit dernière, alors que j'étais au bord du lac.

De la fumée ?

C'était peut-être bien la nuit d'avant. Comme un feu de camp, là-bas au loin, et ça montait en boucles comme les cheveux de votre bénévole, là. Il fit un signe de tête en direction de Jill.

Bordel de merde.

C'était à peine visible, en plus. On aurait dit que ça venait de tout au fond de l'Old Pass. C'est pour ça que je l'ai remarqué, parce que j'avais cru comprendre qu'on n'avait plus le droit d'aller là-haut. Je me suis dit que ça devait provenir d'un des refuges.

Merci, Eric, ça m'aide énormément.

C'est vrai ? Eric fixa de nouveau la jeune fille. Jill regardait droit devant elle, par le pare-brise. C'est au sujet de l'autre espèce de malade mental de Phoenix ?

Non, dit Lewis. Un avion s'est écrasé il y a quelques semaines de ça, et on est à la recherche d'une survivante. Une dame âgée de soixante-douze ans, du nom de Cloris Waldrip.

L'homme siffla et se remit à frissonner, puis il secoua lentement sa tête désarticulée et jacassante. Soixante-douze ans ?

Dites à ses proches d'enterrer un cercueil vide et de reprendre le cours de leur vie.

Lewis ramena Jill au poste avant la fin de l'après-midi. Elle se servit en secret un mug de merlot d'une bouteille qu'elle gardait derrière son bureau, puis s'attela à la rédaction d'un rapport sur la fumée au-dessus de l'Old Pass. Pete était dans la kitchenette, Claude était à son bureau. Jill fumait des cigarettes à la fenêtre devant un paysage de neige et de nature sauvage. Elle pressa un de ses pouces contre la vitre.

Claude leva les yeux d'un traité de cryptologie. Tu salis la vitre.

Jill s'assit dans un fauteuil libre et écrasa sa cigarette sur le rebord du mug qu'elle tenait entre ses jambes.

Elle peut salir cette foutue vitre si ça lui chante, Claude, dit Lewis, puis elle finit un nouveau mug de merlot et fit un doigt d'honneur à Claude.

Claude marmonna quelque chose à propos du fait qu'il commençait à y avoir trop de monde dans le poste, et que les empreintes digitales attiraient Cornelia comme le sang les requins, et que s'il était vrai qu'il avait envie de la trouver, il prévenait quand même toutes les personnes présentes qu'il avait peur de ce qu'elle pourrait faire si l'on en venait à aiguiser son appétit. Le vieux chien allongé sous son bureau suça le bout de ses lacets, et Claude se replongea dans la lecture de son traité en caressant la pointe bleue de son nez.

Les empreintes de la jeune fille brillaient sur la vitre. Dans le reflet, Lewis voyait Pete assis dans la kitchenette, qui levait de temps à autre la tête de son ouvrage de broderie calé sur ses genoux. Au bout d'un moment, il le posa de côté, apporta un tabouret près de Jill et lui raconta la fois où sa femme avait jeté toutes les plantes vertes de la maison sur leur lit en y laissant un mot expliquant qu'elle était partie faire l'amour avec un *docent* du musée de l'Automobile.

Je ne savais pas ce que c'était, moi, un docent, dit Pete, alors j'ai passé une heure et demie rien qu'à chercher un dictionnaire dans la maison. Comme j'en ai pas trouvé, j'ai dû aller à la bibliothèque. Le temps que j'arrive, c'était fermé. Il m'a fallu un jour et demi pour tirer ça au clair. Ça veut dire guide, dans un musée. La plupart des femmes se servent d'un homme juste pour se sentir bien vis-à-vis du fait qu'elles vieillissent.

Il y a des gens qui ont été privés d'oxygène dans leur enfance, dit Jill.

Lewis se replongea dans le rapport qu'elle avait sous les yeux, prit la radio, appela le quartier général et put parler au chef Gaskell. Elle lui dit qu'elle avait rencontré Eric Coolidge ce matin-là, et que la veille au soir il avait vu de la fumée qui montait dans le ciel du côté de l'Old Pass. Lewis pensait que Cloris Waldrip avait peut-être réussi à rejoindre un des refuges qu'il y a dans le coin, et elle dit à Gaskell qu'elle avait besoin d'y envoyer un hélicoptère avec une équipe de recherche.

Écoutez, Debra, je croyais que le sujet était clos. À vous.

Elle est là-bas, John, et le temps presse, bon sang. Il y a des faits nouveaux. Eric a vu de la fumée. À vous.

Cet abruti d'Eric Coolidge se met aussi à poil pour se suspendre aux arbres la tête en bas parce qu'il s'imagine que c'est bon pour son cerveau. L'autre jour encore j'ai reçu un appel d'un campeur très déconfit qui avait eu le malheur de tomber sur lui dans cet état. À vous.

Vous croyez que c'est bon pour son cerveau ? dit Pete.

Lewis se retourna et posa un doigt sur ses lèvres. Claude était sorti par-devant avec le vieux chien et la porte ne s'était pas complètement refermée. Un courant d'air fit s'agiter les dépliants et les messages punaisés sur le tableau en liège à la droite de Lewis. Elle aperçut le portrait-robot en noir et blanc montrant le visage glabre aux yeux sombres du jeune fugitif de l'Arizona.

Ranger Lewis ? Ranger Lewis, répondez. À vous.

Elle se retourna vers la radio. Ça pourrait être l'Embrasseur de l'Arizona. À vous.

Avez-vous des raisons sérieuses de croire une telle chose ? À vous.

Le FBI pense qu'il se cache dans le coin. Et voilà qu'Eric Coolidge voit de la fumée qui s'échappe d'un refuge. Peut-être qu'il se cache dans un de ces foutus refuges. Il n'y en a que trois dans cette zone. Ça vaut le coup d'aller voir, John. À vous.

Y a une route de mineurs qui remonte jusqu'à l'Old Pass près de la fosse des McMillian. Sincèrement, je n'ai pas d'hélico pour vous. Mais vous pourrez monter là-haut en voiture avec Claude d'ici un jour ou deux, quand la neige aura un peu fondu, et y jeter un œil. Ou non, ça m'est égal. Ça me paraît très improbable. Mais je n'en sais rien. Montez aussi haut que vous pouvez en voiture, puis continuez à pied par le petit embranchement de la vieille piste de trappeurs. C'est tout ce que je peux faire pour vous pour le moment. Soyez prudente. À vous.

Entendu. Prévenez-moi s'il y a du nouveau concernant ce foutu hélico. À vous.

Tenez bon là-haut, ranger Lewis. Faites-moi signe s'il y a quoi que ce soit que nous pourrions faire pour vous ici en bas. Marcy vous salue. Elle dit qu'elle a prié pour vous. Comme nous tous. Terminé.

V

Nous marchâmes toute la journée sous des nuages bas et sombres. L'homme masqué se retournait tous les quelques pas pour s'assurer que je suivais toujours. Dans la froidure, son souffle formait une aura de vapeur autour de sa tête ronde comme autour d'une pomme de terre sortie du four. J'arrivais à le suivre, mais il devait sûrement marcher moins vite que son rythme habituel. Il glissait souvent son doigt sous son masque pour se gratter. C'était certainement très inconfortable de marcher si longtemps avec une chemise nouée sur la tête comme ça, en trouvant son chemin avec juste deux petits trous pour les yeux. Mais il ne flancha pas. Le mauvais temps arrivait, et l'urgence de nous mettre à l'abri l'aiguillonnait.

Nous passâmes une nuit froide autour d'un feu dans une clairière rocheuse. Il avait fait le feu dans la cage thoracique desséchée d'un mouflon que nous avions trouvée là. Au dîner, nous mangeâmes des gaufrettes qu'il avait dans son sac. Ensuite, il s'endormit sans enlever son masque, le visage détourné de moi, contre un pin, silencieux comme une bûche. Les ombres étranges des os de mouflon se faufilaient sur les rochers et sur son dos, et je bus de l'eau chaude dans une corne qu'il m'avait donnée. Je dormis toute la nuit d'un sommeil lourd.

Le lendemain matin, nous nous remîmes en chemin. Nous marchâmes comme nous avions marché la veille, échangeant très peu de mots. Nous avançâmes et avançâmes et ne nous reposâmes qu'à la nuit tombée. Mes jambes et mon dos me faisaient très mal. Nous passâmes une autre nuit froide sur la terre nue autour d'un maigre feu de camp. Le lendemain matin nous nous relevâmes et nous marchâmes toute la journée.

La neige arriva le soir d'après, juste avant la nuit. Une lune claire traversait les nuages et illuminait les flocons qui tombaient entre les pins. Au début, c'était doux et paisible comme les graines de coton soufflées par le vent sur les rives de la Red Creek, chez nous, au Texas. C'était chargé de tragédie et vraiment magnifique.

Je m'emmitouflai dans le manteau de Terry et je gardais le rythme. Nous avions sacrément bien fait de nous dépêcher de nous mettre en route l'autre matin, vu comme la neige s'intensifiait. Juste au moment où elle devenait tellement dense que j'avais du mal à voir mes mains devant moi, une petite cabane en bois se matérialisa sur notre chemin dans les dernières lueurs du jour. Cette cabane ne se trouvait pas franchement dans une clairière. J'eus l'impression qu'on en avait posé les fondations à l'endroit même où poussaient les pins que l'on avait abattus pour la construire. Leurs frères encore en vie poussaient très près de ses murs, et son flanc nord était moucheté d'épaisses plaques de mousse bleue. Deux petites fenêtres sombres en verre sale cliquetaient de part et d'autre de la porte dans le vent qui forcissait. Du haut du toit pointu sortait une cheminée noircie et distordue. C'était un lieu étrange et sinistre.

L'homme ouvrit la porte d'un coup d'épaule. Je le suivis à l'intérieur. La première chose qu'il fit fut d'enlever son manteau en duvet et d'allumer un de ces bâtonnets d'allume-feu pour le jeter dans un poêle en fonte semblable à celui que Grand-Mère Blackmore avait jadis dans son salon. Puis il alluma une lampe à pétrole posée sur une table au milieu de la pièce. Il tira une chaise en bois et, secouant un gant plein de neige, il me fit signe de m'asseoir.

La lampe à pétrole faisait danser les ombres dans la cabane miteuse. Je vais maintenant vous en dire un peu plus au sujet de cette cabane. Une armoire à laquelle il manquait un pied se trouvait calée dans un coin sombre, et un fil à linge était tendu de part et d'autre de la pièce. Suspendus à ce fil, un pantalon et plusieurs chemises projetaient leurs ombres sur deux couchettes superposées fixées le long du mur. Les deux matelas en mousse jaune posés dessus n'avaient pas de couverture et leurs coins s'étaient fait ronger par je ne sais quelle saleté de vermine. Une corde jaune comme celles que M. Waldrip utilisait au ranch était lovée dans un autre coin de la cabane. Sur la table, il y avait des boîtes de conserve vides aux couvercles tordus dont les étiquettes indiquaient qu'elles avaient contenu des poires au sirop et des haricots rouges. Sur une boîte de tranches de betterave non ouverte se trouvait une mouche morte solitaire, poussiéreuse, posée sur ses pattes. Je savais qu'elle était morte parce qu'elle s'était retournée les pattes en l'air lorsque je m'étais assise à table.

L'homme masqué débarrassa la table et jeta les boîtes de conserve vides dehors dans la neige, comme s'il était gêné que la cabane eût été en désordre.

C'est quoi, cet endroit ? lui demandai-je.

Le gouvernement a fait construire ces cabanes dans les années 1950 au cas où quelqu'un se perdrait, dit-il.

L'homme tira une autre chaise et s'assit. Il ajusta de nouveau son masque pour remettre les trous devant ses yeux et les motifs de pancakes devant sa bouche. Il enleva ses gants, défit ses lacets et se déchaussa, faisant tomber de la boue et de la neige fondue sur le plancher, puis il mit ses chaussures à sécher près du poêle et enleva des drôles de chaussettes à rayures, les retourna et les pendit au fil à linge. Dans la chaleur, elles fumaient comme des tranches de bacon. Il leva les yeux vers moi et me regarda dans la faible lumière, et il pencha la tête comme si je l'eusse décontenancé, exactement comme le faisait Sally, le labrador de M. Waldrip, lorsque M. Waldrip lui posait une question. L'homme secoua la tête et se mit à se masser les pieds devant le poêle.

Au bout d'une minute, il se leva et alla à l'armoire. Il y farfouilla et en ressortit une chemise rose pâle ornée d'images d'un château bleu et d'un cheval blanc. Il me donna aussi une paire de chaussettes jaunes et une paire de bas pourpres scintillants. Les journaux les décriraient plus tard comme étant des bas en élasthanne. Tenez, dit-il, en posant le tout sur la table. Il se tourna vers un coin pour me laisser de l'intimité.

Je le remerciai, ôtai le manteau de Terry et marquai un temps d'hésitation dans mes vêtements humides et en haillons – le pull à motif en zigzag et mon chemisier élimés, ma jupe déchirée.

Je ne regarderai pas, dit-il.

J'ôtai mes vêtements repoussants et les posai soigneusement sur la table. Il m'avait déjà vue nue comme un ver, mais laissez-moi vous dire que c'était tout de même pour moi quelque chose de sacrément exceptionnel que de me déshabiller dans la même pièce qu'un homme qui n'était pas M. Waldrip. Je pris les vêtements secs sur la table et m'habillai. Ils étaient petits, même pour une petite femme comme moi. En enfilant la chemise, j'eus l'impression de sentir le parfum de la fillette qui devait l'avoir laissée ici. Un parfum de pommes et de pelouse tondue. Je n'en fis pas grand cas sur le moment.

Lorsque j'étais petite, je rêvais d'avoir beaucoup d'enfants. Lorsque M. Waldrip et moi nous sommes mariés, nous avons tout de suite essayé. C'est ce qu'on faisait en ce temps-là. Mary Marta Hart, une de mes connaissances de la Société féminine d'histoire, s'est retrouvée enceinte à peine quelques semaines après son mariage. Elle avait dix-sept ans. Elle a eu un petit garçon qui a grandi et est devenu un chanteur populaire à Las Vegas. Il était coiffé comme un cacatoès et chantait des chansons qui parlaient de solitude. Une autre femme de ma paroisse, Joycie Farwell, a eu des jumeaux, un garçon et une fille. Le garçon est devenu un fou aux yeux roses. Il a pris des gens en otage dans un restaurant Red Lobster quelque part dans le Dakota du Nord, jusqu'à ce qu'un des otages se rende compte qu'il ne portait pas un pistolet mais une carotte noircie au cirage. J'imagine que ce que j'essaie de dire ici est que les enfants ne sont pas à coup sûr une bonne chose, de sorte que ce n'est pas nécessairement une mauvaise chose que de ne pas en avoir.

J'ai fini, dis-je.

L'homme masqué se détourna du coin et m'observa. Je portais une drôle de tenue. Je ne cesserai jamais d'être ébahie par la façon dont les jeunes s'habillent. J'imagine que bien souvent, les vêtements que les gens portent n'ont de sens que pour ceux qui les portent. Il ne dit pas un mot au sujet de mon accoutrement.

Ensuite, il resta un long moment assis le dos au poêle, à lire un livre qui avait l'air d'avoir pris l'eau. Je lui demandai ce que c'était et il me dit que ça ne me plairait pas. Je lui dis que j'avais été bibliothécaire pendant de nombreuses années et que je m'intéressais à la littérature. Sa bouche changea de forme sous son masque et il tourna la couverture du livre vers moi de façon à ce que je puisse lire le titre. Les lettres dorées avaient perdu tout leur éclat. Cela disait : *Les Joies de Lesbos : un guide tendre et libéré des plaisirs et des problèmes de la vie lesbienne*, par le Dr Emily L. Sisley et Bertha Harris.

Je l'ai trouvé dans l'armoire, dit-il, puis il remit le livre devant son masque et continua à lire.

Je restai assise à écouter le vent projeter de la neige contre la cheminée et siffler entre les fentes des murs. La lampe à pétrole faisait jouer sa lumière sur l'homme et, pour la première fois depuis que le petit avion s'était écrasé, je me demandai comment ce serait de retourner au Texas. La première chose que j'allais devoir faire serait d'ouvrir le verrou de la porte d'entrée avec la clé que M. Waldrip cachait sous la pierre en forme de bœuf. Mes fougères et ma plante zèbre seraient desséchées comme des vieilles chèvres. Notre pauvre chatte, Trixie, aurait mangé toute la nourriture que l'on avait laissée et chasserait des souris pour survivre, chose dont je ne la croyais pas capable. Je l'imaginai gisant toute décharnée sur le seuil de notre porte, pauvre bête.

Je pensai à la vie que j'aurais sans M. Waldrip. Pour moi, ça n'avait aucun sens. Me réveiller nuit après nuit et me retourner pour constater qu'il n'est pas là, et puis me souvenir de toute cette horrible histoire. Me rendre à mes rendez-vous chez le médecin dans cette espèce de panier à salade rempli de vieux imbéciles que la ville fournit de nos jours. Aller me promener toute seule, descendre jusqu'au pré aux barbons de Gérard où cet imbécile de taureau est attaché avec cette fichue pipe en maïs dans la bouche.

Non, la maison n'avait aucun sens sans M. Waldrip, et j'avais peur de ne plus avoir moi-même la moindre once de sens si je retournais au Texas après tout ce que j'avais vécu dans la Bitterroot.

La neige couvrit le sol pendant deux jours. L'homme masqué et moi restâmes bien au chaud autour du poêle, à manger des rations de haricots rouges et de betterave en tranches. Nous ne parlions guère. Lorsque arrivait l'heure du coucher, nous nous souhaitions bonne nuit, les dents rouges comme des roses. Je dormais sur la couchette du bas, et lui sur celle du haut. Il se retournait rarement dans son sommeil et il eût été aisé de croire qu'il ne se trouvait pas là juste au-dessus de moi, n'eût été la courbure de la grille sous sa couche. Cela faisait bien des années que je n'avais pas dormi si près d'un homme qui ne fût pas M. Waldrip. Mais je dormais bien. C'était bon d'avoir quelque chose de mou sur quoi poser ma tête.

La seconde nuit j'entendis un bruit et allai à la fenêtre. À la lumière de la lune je vis le même puma qui rôdait autour de la cabane en marchant à reculons. J'alertai l'homme, et il me dit que lui aussi, il avait déjà vu ce puma. Il pensait qu'il souffrait d'une otite qui lui donnait de très vilains vertiges. Il dit que cet animal était juste esseulé et perdu, et que ce n'était qu'un fort piètre puma.

Dans la journée, l'homme masqué se tenait assis près du poêle, à sculpter des formes insondables à l'aide de son couteau avant de les jeter dans le feu. Je lus le livre qu'il avait trouvé à propos des relations homosexuelles entre femmes. C'est un ouvrage intéressant au sujet explicite. Je n'y ai pas tout compris, mais je suis néanmoins contente de l'avoir lu. J'avais vécu vraiment longtemps sans même savoir qu'il existait une chose appelée le lesbianisme. Personne ne parlait jamais de ça, contrairement à ce qui se fait de nos jours. Il y avait une fille qui avait grandi avec nous à Clarendon ; elle s'appelait Edith Pearson et elle jouait au base-ball avec les garçons et n'avait pas la moindre envie de porter des robes. J'ai appris que cela ne suffit pas à faire une lesbienne, mais Edith vivait bel et bien avec une autre femme, Beth Stout, dans une grande caravane à Perryton, Texas. À l'église méthodiste, les femmes pouvaient se montrer sacrément cruelles à l'égard d'Edith, mais aujourd'hui je ne comprends pas pourquoi.

Par un après-midi nuageux alors que la lumière à l'extérieur de la cabane était d'un bleu grisâtre sur la neige, je me souvins d'un soir où M. Waldrip et moi avions assisté à un spectacle à l'école élémentaire de Clarendon. J'étais une jeune enseignante à l'époque. Assis dans la pénombre, nous regardâmes les enfants jouer une pièce charmante à propos des premiers éleveurs de bétail au Texas. Au bout de même pas cinq minutes, Mme Craddock, la bibliothécaire que j'allais remplacer, glissa de sa chaise et décéda devant nous, sur le plancher de la salle de spectacle. Elle avait à peu près l'âge que j'avais alors que je me trouvais dans cette cabane en bois. Un vieil homme frêle que je savais être M. Craddock se pencha sur elle et lui murmura à l'oreille. Il ne versa pas une larme. D'autres firent un cercle autour d'elle et joignirent leurs mains en prière. Le Dr Gainer tenta de la ranimer, une main posée sur son front, en la secouant doucement par l'épaule. Cela ne marcha pas. Tous les enfants se figèrent et regardèrent depuis la scène, sidérés sous leurs chapeaux de cow-boys et derrière leurs moustaches peintes, à l'exception du petit roux simple d'esprit, Merritt Sterling, déguisé en brin d'herbe des Indiens, qui continuait à jouer son rôle en se balançant doucement, comme sous l'effet de la brise, sans se rendre compte de quoi que ce soit.

Quelque chose dans le trépas de Mme Craddock fit naître une forme particulière de peur dans mon jeune cœur, à l'époque. Je me mis soudain à redouter de vieillir et de mourir, à redouter de passer ma vie à patauger en accordant de l'importance à tout ce qui est injuste. J'avais peur que rien ne fût comme je croyais que c'était. Je ne ruminai cependant pas cette idée déconcertante très longtemps, car le lendemain à l'église méthodiste Mme Taylor, une petite femme souffrant de la maladie des vibrations, se leva et, bourdonnant comme une tondeuse électrique, entraîna toute l'assemblée dans une prière pour Mme Craddock et sa famille, et je fus rassurée car tout était bien à l'abri en Dieu et dans notre communauté. Mais là, dans cette cabane en bois, alors que rien n'était comme il l'avait jamais été, alors que je regardais l'endroit précis où la chemise qui couvrait le visage de cet homme était humide et traçait le contour de sa bouche, cette forme particulière de peur reprit possession de moi et je m'inquiétai d'avoir peut-être commis une sacrée grosse erreur en croyant aux choses rassurantes.

Au troisième jour dans cette vieille cabane miteuse, l'homme masqué s'en alla chercher de l'eau à une source des environs, et poser quelques pièges. Je sortis une chaise devant la cabane et je m'y assis sous le soleil du début d'après-midi pour regarder la neige fondre et tomber goutte à goutte des branches des arbres. Je respirais cet air frais et propre et je n'avais plus peur. C'est singulier comme l'esprit humain s'accroche. Un individu peut s'habituer à une situation, même si cette situation a pu d'abord lui paraître intolérable.

Cela faisait un long moment que j'étais assise ainsi lorsque l'homme masqué revint, émergeant de la forêt en courant à toutes jambes tout en réajustant son masque sur son visage. Je criai pour le saluer, et il porta un doigt contre le point troublant où se trouvait sa bouche et me fit signe de me taire.

Il s'accroupit près de la cabane et me montra l'endroit de la forêt d'où il avait jailli. Il était hors d'haleine. Il dit : marchez tout droit par là et criez votre nom.

Je me levai de ma chaise et lui demandai s'il avait vu quelqu'un.

Ne leur dites pas que vous m'avez vu, dit-il. Dites-leur que vous étiez seule.

Je dois leur parler de vous, dis-je. Vous m'avez sauvé la vie.

Il a dit Je vous en supplie, et il a regardé par-dessus son épaule.

Venez avec moi, dis-je.

Il me supplia de nouveau. Des bouts de longs cheveux bruns sortaient par les trous des yeux de son masque comme des moustaches de chat. Je lui dis que je ferais comme il voulait. Il me remercia.

Vous pensez qu'ils le croiront ? dis-je. Ce n'est pas une chose facile à croire qu'une femme de mon âge ait pu survivre toute seule dans cette nature.

Vous allez devoir les convaincre, dit-il. Il toucha mon bras de sa main gantée. Il fonça à l'intérieur de la cabane en me frôlant et en ressortit une minute plus tard avec son sac, puis il partit dans la direction opposée.

Je le regardai jusqu'à ce qu'il disparût dans les bois.

Je marchai dans la forêt d'un pas vif en hurlant mon nom. Au bout de moins de dix minutes, je trouvai une clairière qui s'achevait sur une falaise et je cessai de hurler. La falaise donnait sur un ravin rocheux dont les pentes granitiques descendaient vers une campagne enneigée parsemée de bosquets d'épicéas et de pins. À une distance considérable, une troupe de gens vêtus d'orange marchait sur la plaine inondable. Ils avaient un chien. Les échos de leurs voix remontaient le ravin. Ils hurlaient mon nom.

Je n'imagine pas qu'un grand nombre d'entre vous puissiez réellement comprendre ce que cela me fit d'entendre mon nom dans les montagnes et de voir ces âmes bienveillantes arriver pour mettre un terme à mon épreuve. Peu de gens savent ce que c'est que d'être secouru. Cela faisait alors près d'un mois que j'étais dans la Bitterroot. Je suis certaine que la plupart d'entre vous ne comprendrez ni ce qui se passa dans mon cœur ni la décision que j'allais prendre. Nombre d'entre vous, nul doute, crierez devant cette page – reviens, reviens, espèce de vieille idiote ! Dieu me garde, je crois bien que je ne me comprends pas entièrement moi-même. Mais il revient à chacun de trouver du sens à son propre comportement du mieux qu'il peut, puis de s'y tenir.

Je restai parfaitement immobile. Je ne fis rien. Je ne levai pas les bras, je ne fis pas de grands signes. Je ne hurlai pas à l'aide.

À ce moment-là, je fus envahie par une profonde tristesse. Malgré toutes les souffrances que j'avais endurées là dans la Bitterroot, je ne voyais aucune bonne raison de rentrer chez moi. Il m'était impossible d'imaginer que Clarendon pût se trouver là où je l'avais laissée, dans les plaines du nord du Texas. Peut-être ne croyais-je même plus que notre maison se trouvait toujours sous l'ombre post-méridienne du château d'eau, ni que l'église méthodiste continuait ses services, ni que les fidèles avaient baissé la tête en prière pour M. Waldrip et moi. Sur le moment, je doutais que quoi que ce soit pût exister au-delà des remparts formidables et hauts en couleur de cette nature sauvage. J'eus peur que si je rentrais, je ne retrouverais rien.

Je redoutai une vie pas terriblement différente de celle que je vis aujourd'hui. Je vis dans un foyer pour personnes dépendantes, et cela fait onze ans que j'y suis – depuis mon quatre-vingt-unième anniversaire. J'ai un petit studio climatisé. La plupart du temps, je suis seule. Les visiteurs ne viennent plus que rarement, aujourd'hui, et lorsqu'ils viennent je suis moins sûre de qui je suis pour eux, ou eux pour moi. En vérité, je n'apprécie pas tant que ça leur compagnie. Je me lamente souvent en pensant qu'ici, la compassion n'est que de façade, même si cela vaut peut-être pour la plupart des lieux du monde, et que personne ne s'en est rendu compte. Mais Dieu vous garde, oui, il y a bel et bien dans ma vie de nouvelles personnes chères à mon cœur, que je connais aujourd'hui grâce aux épreuves que j'ai vécues, et de la manière la plus mélancolique qui soit, j'en suis reconnaissante – mes très chers, vous savez qui vous êtes. Mais sur le moment, je ne voyais pas une once de bonté potentielle dans mon retour dans le monde habité. Des psychologues m'ont expliqué que j'étais submergée de chagrin, que je souffrais de troubles dissociatifs et que j'étais traumatisée, mais ils n'étaient pas là. Pour eux, ce ne sont que des mots tirés d'un manuel. Je vous assure que je n'étais pas du tout comme ça.

Je restai là jusqu'à ce que le groupe de recherche eût traversé la plaine et disparu dans les bois. Puis je retournai à la cabane. Je jetai mes haillons dégoûtants dans le poêle et les brûlai.

Le vieux chien boitillait à la traîne des quatre secouristes, tous vêtus de gilets orange, portant des sacs à dos et des matelas roulés. Ils marchaient lentement en file indienne : Lewis, Claude, Jill et Pete. Lewis les faisait passer sous des branchages et des surplombs rocheux, sans cesser de se masser un avant-bras marqué d'ecchymoses en forme de sablier, un œil rivé au loin sur une spirale de fumée. Elle but à la Thermos de merlot, puis à une gourde d'eau.

Claude claqua des doigts à l'adresse du vieux chien et il les rattrapa, le nez sur les empreintes de pas de Claude, tirant sur la terre des fils de bave argentés par la lumière du jour. À mon avis, ça ne se finira pas comme tu l'imagines, Debs, dit Claude.

Jill les suivait en mâchonnant le mégot d'une cigarette mourante.

Pete eut une respiration bruyante et tira sur la sangle de la caméra vidéo. Il se frappa le torse avec son poing. C'est encore loin ?

Trois kilomètres, plus ou moins, dit Lewis.

Pete secoua la tête, toussa dans sa main et regarda d'un air éberlué les glaires qu'il venait d'expectorer.

Claude repoussa son chapeau vers l'arrière et scruta le ciel. Je pense qu'on ferait mieux de faire demi-tour, Debs. Il me semble qu'on ne pourra pas aller jusqu'au refuge et retourner à nos voitures avant la nuit. Ça fait trop loin, à pied.

On ne fait pas demi-tour, dit Lewis.

Claude s'arrêta et les autres s'arrêtèrent derrière lui. Pour moi, les sacs de couchage n'étaient qu'une précaution.

Lewis s'adossa contre un pin. Quand on aura trouvé Mme Waldrip, on appellera un hélico par la radio.

Et si on ne la trouve pas ?

Vois ça comme un foutu séminaire d'entreprise.

Jill écrasa sa cigarette sur un pin. Nos meurtres seront peut-être reconstitués à la télé par des acteurs qui nous ressemblent un peu.

Pete s'épongea le visage avec sa coiffe. Et si on tombe sur un type vraiment louche, là-haut ? Cet Embrasseur, là. J'avais juste dit que je faisais un petit tour avec vous. J'ai pas signé pour ce genre de truc. Pas avec mon cœur qui flanche comme ça.

C'est Cloris, là-haut, dit Lewis.

Claude se rapprocha et prit Lewis à part derrière un arbre à l'écart des autres et murmura, Tout va bien, Debs ?

Ça va. Tu n'as pas besoin de me demander ça.

C'est du vin que tu bois, là ?

Non.

Je dois te dire que si tu t'attendais à ce qu'on passe la nuit dehors, tu n'aurais pas dû emmener cette fille. Encore moins Pete.

Je ne crois pas qu'on y passera la nuit.

Claude l'observa. Lewis se dit qu'il regardait les taches lavées et les boutons manquants sur son uniforme. Elle rentra sa chemise dans son pantalon.

Debs, je m'inquiète, dit-il.

Ah, merde. Sois pas stupide.

Je dirais qu'on n'est plus les mêmes personnes que celles qu'on était au début. Tu as remarqué ?

J'imagine que tu dis vrai.

Lewis se remit en marche et les autres la suivirent.

Pete rattrapa Jill, hissa la caméra vidéo sur son épaule et la cadra. Tu fais ça pour tes dossiers de candidature auprès des facs ?

Non, dit la jeune fille.

La fac, c'est vraiment une bonne chose. Moi j'y suis pas allé. Et regarde-moi.

Qu'est-ce que tu veux que je regarde ?

Pete baissa l'objectif. J'ai quarante ans et je me suis porté volontaire pour participer à une expédition de recherche dans la montagne juste pour m'empêcher de me suicider à cause de mon cœur brisé. Mon meilleur ami depuis le lycée est en train de devenir fou à propos du fantôme d'une cyclope transsexuelle, et sa collègue, là, est en train de devenir folle à propos d'une vieille dame perdue dans la nature. Je ne trouve aucun réconfort auprès d'aucune des personnes qu'il me reste dans ma vie. Je perdrais mon calme si je n'avais pas laissé Jésus prendre la barre il y a des années de ça.

On dirait bien qu'il s'y est endormi, dit la jeune fille.

Pete se gratta le cou et leva les yeux très haut vers son front, comme s'il y eût cherché une réponse gravée à l'intérieur de son crâne.

Tu as vraiment une bonne caboche sur les épaules, dit-il.

Le groupe continua à marcher un moment sans dire un mot, dans un silence seulement brisé par leur respiration, les reniflements du chien, les tintements de sa médaille contre son collier, et le claquement des plaques de neige qui tombaient des arbres. De temps à autre, Lewis beuglait le nom de la femme perdue. La nuit commençait à tomber, et le ciel s'assombrit pour prendre la teinte de la fumée qui les avait amenés jusque-là.

Lewis sortit une lampe torche de son sac à dos, s'arrêta et en passa le faisceau sur ses suivants. Ils la regardèrent en plissant les yeux, éblouis. Ils ressemblaient terriblement aux chiens et chats incurables qui terminaient leurs vies dans les sombres mouroirs grillagés derrière la clinique de son père. Elle eut envie de leur dire les mêmes mots étranges que son père disait à ces animaux condamnés : *Alea jacta est.*

Ils s'approchèrent d'une paire de fenêtres parallactiques faiblement éclairées enfouies loin dans les bois. Lewis sentit une odeur de pin brûlé. Le ciel était noir et vaste, l'air était froid, et le groupe posait des petites dents de lumière pâle sur les arbres et les formations granitiques. Lewis s'arrêta et s'appuya contre un rocher. Les autres s'arrêtèrent derrière elles. Personne ne parla. Le vieux chien pantelait à leurs pieds.

Dans la pénombre devant eux passa un corps bleuâtre, voûté et lent. Lewis s'avança vers lui et le bout de sa chaussure heurta quelque chose. Une statue de bronze d'aigle perché gisait dans la neige molle. Lorsque Lewis releva la tête, le corps n'était plus là. Elle concentra son regard sur le refuge. Elle but à la Thermos et partit au petit trot, en criant Cloris, Cloris, Cloris, Mme Waldrip !

Derrière elle, Claude lui cria de ne pas faire de bruit et de ralentir.

Lewis arriva à la porte et y colla l'oreille. Mme Waldrip, c'est le Forest Service des États-Unis, vous êtes là ?

Claude la rejoignit. Puis Jill, qui s'alluma une nouvelle cigarette. Pete resta en retrait.

Lewis sortit son revolver et le braqua d'une main vers le ciel, tenant la lampe torche serrée contre lui de l'autre. Elle poussa la porte avec l'épaule, et elle s'ouvrit.

Sois prudente, Debs.

Ne t'inquiète pas pour moi, bon sang.

Elle entra lentement dans le refuge, braquant le revolver et la lampe torche vers le sol. Elle demanda à l'obscurité si la femme perdue était là. Quelques braises rougeoyaient dans un poêle en fonte. Cloris ? dit-elle. Elle releva la lampe torche. Son faisceau glissa sur les murs en rondins et sur les petits meubles, et la poussière et la fumée encore en suspension dans l'air n'illuminèrent nulle forme humaine. Lewis remit son revolver dans son holster, ôta son chapeau d'uniforme et essuya la sueur de son front. Un fil à linge traversait la pièce ; une paire de chaussettes vertes à rayures sales y était suspendue. Lewis mordit dans le bout d'un de ses gants et l'enleva, puis pinça une chaussette et constata qu'elle était humide. Elle s'agenouilla devant le poêle et observa le feu. Un petit tas de boutons de cuivre luisait parmi les braises.

Claude s'était penché pour entrer dans la pièce et le chien le suivit, traînant son museau sur le sol. J'ai l'impression qu'on vient de louper quelqu'un, dit-il.

Jill était près de la porte et regardait à l'intérieur.

Lewis se releva, remit son chapeau et glissa ses gants dans sa poche. Merde. Pourquoi tu crois qu'elle est partie ?

Je dirais que ces chaussettes-là ne sont pas du genre qu'une vieille femme porterait, Debs.

J'aime pas beaucoup ça, dit Pete depuis le pas de la porte.

Lewis prit sur la table un livre à la reliure tordue. *Les Joies de Lesbos : un guide tendre et libéré des plaisirs et des problèmes de la vie lesbienne*, par le Dr Emily L. Sisley et Bertha Harris. Elle le reposa. Elle demanda un briquet à Jill et alluma la lanterne sur la table, puis alla à une fenêtre, mit ses mains en coupelle autour de ses yeux et regarda à travers le verre sale. Les arbres crissaient dans la nuit.

Lewis se retourna vers les membres de son équipe. Ils se tenaient appuyés çà et là, gilets orange luisant dans la pénombre. Le chien s'était déjà lové devant le poêle.

Lewis tira une chaise de la table et s'assit. Elle tendit un index et traça une spirale dans la poussière de la table. On va dormir ici cette nuit.

Non, dit Jill. Je veux pas.

Lewis prit la Thermos dans son sac à dos et but. Elle s'essuya la bouche. Pas d'inquiétude, dit-elle. On ne court pas le moindre foutu danger.

Et s'ils revenaient ? dit Jill.

Pete fit un pas à l'intérieur. Qui ça ? Et si qui revenait ?

C'est fini, Debs, dit Claude. J'arrête de t'aider à la chercher. Je m'en fiche, même si on obtient de John qu'il nous envoie un hélico. Je ne veux pas participer à ça. Ce n'est pas sain.

C'est bien d'aider les gens quand on peut, ranger Lewis, dit Pete, mais pas quand on ne peut pas. J'ai appris ça à la dure, au bout d'un long parcours de torture domestique.

Ils convinrent de prendre le chemin du retour dès les premières lueurs de l'aube. Pete et Claude se serrèrent près du poêle avec le chien comme une compagnie de cailles. Lewis et Jill prirent les couchettes, et depuis celle du bas Lewis regarda Claude s'endormir. Les yeux baignés de la lumière du poêle, Pete fixait la porte. Claude poussait des petits gémissements à travers son nez bleu et parlait dans ses rêves d'une voix basse rythmée comme un gospel. Jill était sur la couchette du haut, silencieuse et immobile. Lewis n'avait aucun moyen de savoir si la jeune fille dormait ou non.

Lewis ne dormit pas ; elle resta éveillée à siroter ce qu'il restait de merlot dans la Thermos en écoutant le bruyant feu de pin qu'ils avaient fait dans le poêle s'apaiser puis s'éteindre. Son revolver se trouvait sur sa poitrine. Dans la nuit, quelques heures après qu'elle eut fermé les yeux, elle les rouvrit et regarda la pièce. Jill était là, debout.

Qu'est-ce qui ne va pas ?

La jeune fille se rapprocha et le clair de lune qui passait par la petite fenêtre toucha ses boucles sombres et les cicatrices de son visage. Je peux dormir avec vous ?

Lewis se redressa sur ses coudes, suça le merlot qu'elle avait dans les dents et regarda la jeune fille. Elle lui rappela un tableau d'Artemis piqueté de taches d'eau qui était accroché près de l'évier dans les toilettes de la clinique de son père. Pardon ?

Je peux dormir avec vous ?

Là-dessus ?

Je veux pas être là en haut toute seule.

Pourquoi donc ?

J'ai froid et j'ai peur.

T'es pas trop grande pour ce genre de chose ?

Je ne suis pas trop grande pour avoir froid et je ne suis pas trop grande pour avoir peur.

Lewis observa la jeune fille et dit : D'accord.

Elle se poussa sur le côté ; Jill prit un sac de couchage sur la couchette du haut et l'étendit sur celle du bas. Elle s'allongea, pressa son dos contre Lewis. Ses cheveux tombèrent en s'étalant ; ils avaient l'odeur des chats blessés shampouinés après opération.

Vous entendez ?

Quoi ?

On dirait quelqu'un en train de copuler.

Lewis dressa l'oreille. C'est sans doute juste un foutu animal.

J'ai du mal à m'endormir sans écouter de musique, dit Jill.

Pourquoi donc ?

Je pense à tous les petits bruits. La musique les couvre.

Y a pas de musique ici, et il n'est pas question que je chante.

Quand j'étais gamine, j'avais une cassette de chansons de Jimmy Durante. Quand elle arrivait à la fin d'une face, je me réveillais et je la tournais.

Bon sang, tu es toujours gamine.

Quelques minutes passèrent en silence et Lewis se dit que Jill s'était endormie, parce qu'elle respirait lentement et était parfois prise de brefs mouvements nerveux. Lewis toucha les cheveux de la jeune fille et sentit son cou. Le plancher grinça et elle leva les yeux pour regarder dans la pénombre. Pete se tenait debout près du poêle, caméra à l'épaule. L'œil noir de l'objectif lui renvoya son regard. La cassette tournait dans la nuit. Lewis ne bougea pas.

Pete décolla son œil du viseur, abaissa la caméra vers le sol et s'agenouilla dans le coin de la pièce où ils avaient entassé le bois pour le feu.

Les autres dormaient encore et, vêtue de son manteau et coiffée de son chapeau, voûtée contre le froid, Lewis sortit discrètement du refuge et s'avança dans l'aube. Elle marcha péniblement entre les arbres en suçotant du vieux merlot entre ses dents, puis s'adossa contre un gros tronc et baissa son pantalon. De la vapeur monta, et elle l'inspira.

Un cri brisa le silence et le chien aboya.

Elle remonta son pantalon, courut vers le refuge, boucla sa ceinture en courant et trouva Jill en train de sortir des bois. La jeune fille s'effondra devant la porte ; le chien s'approcha d'elle et lécha du sang noir sur ses mains.

Lewis dit au chien de s'en aller, puis lui donna un petit coup de pied, et il s'éloigna en couinant. Dis-moi ce qui t'est arrivé, dit-elle.

Jill leva une main sanguinolente en direction de la forêt. J'ai vu quelqu'un. Là.

Claude apparut à la porte, portant son chapeau à l'envers. Il brandit une bombe de spray anti-ours. Qui ça ?

Pete se frotta les yeux et regarda par-dessus l'épaule de Claude. On nous attaque ?

Lewis s'agenouilla, prit les mains de la jeune fille dans les siennes et les tourna à la recherche des plaies. Où est-ce que tu t'es blessée ?

La jeune fille montra sa main gauche. Je suis sortie pour faire pipi et j'ai vu quelqu'un. J'ai couru et j'ai trébuché sur un aigle en métal. Je suis tombée dessus, la main la première.

Claude retenait le chien assoiffé de sang par le collier. Un aigle en métal ?

Une statue, dit Jill. Par terre.

Pete secoua la tête. C'est pas le genre de truc qu'on s'attend à trouver par ici, hein, ranger Lewis ?

Lewis trouva un trou parfait dans la paume de la jeune fille. Tu saignes beaucoup, dit-elle. Ça va ?

Oui.

Ça fait mal ?

Non, dit la jeune fille. Y a quelqu'un là dehors.

Cornelia Åkersson.

Claude, bordel, arrête tes conneries et aide-moi.

Claude donna à Lewis une petite boîte blanche en plastique extraite de son sac à dos. Lewis l'ouvrit et en sortit un flacon de teinture d'iode. Ça va piquer. Elle ouvrit le bouchon avec les dents et vida le flacon sur la plaie. Jill grimaça. Lewis y appliqua de la gaze. Il n'y avait pas de bandes. Là. Donne-moi ce foutu machin. Lewis arracha la coiffe de la tête de Pete et s'en servit pour faire un bandage. Comment ça, t'as vu quelqu'un ?

J'ai entendu du bruit et puis j'ai vu quelque chose bouger. Là. Jill montra un endroit dans les arbres d'un doigt ensanglanté.

Pete prit la caméra et la braqua sur les mains de Jill. Et si c'était notre gars, là, l'Embrasseur ?

Lewis scruta les arbres. Le soleil ne s'était pas encore levé au-dessus de la crête et la lumière était faible. Attendez-moi ici.

Je devrais venir avec toi, dit Claude.

Reste avec elle, bordel, dit Lewis. Essaie de voir si tu peux arrêter l'hémorragie. Bordel de merde.

Maculée de sang et mouchetée de merlot, chapeau d'uniforme de travers, elle se mit en marche en avançant de biais comme un soldat fatigué par la guerre, en suçotant ses dents. Elle dégaina son revolver et, le tenant de ses deux mains ensanglantées, elle marcha comme ça quelque temps jusqu'à arriver à un escarpement. De là, elle avait vue sur la vaste forêt et les grandes étendues couvertes de buissons. Elle était seule et elle ne voyait pas les autres.

Mme Waldrip ? Mme Waldrip ? Cloris ?

Une bourrasque secoua les arbres et Lewis entendit un crissement au-dessus d'elle. Elle leva la tête. Un ballon en mylar s'était accroché tout en haut d'un pin mort blanchi par les intempéries au bord de l'escarpement. Il arborait, en capitales d'imprimerie rose, les mots PROMPT RÉTABLISSEMENT. Lewis cligna des yeux et s'agenouilla sans le quitter du regard. Elle resta là à genoux quelque temps, à regarder révérencieusement ce ballon s'illuminer sous le soleil levant jusqu'à ce qu'il s'embrasât comme le bec d'une torche à souder.

Lorsqu'elle porta une main à son visage, elle sentit qu'il était mouillé et elle se dit qu'elle avait dû pleurer. Derrière elle, des voix criaient son nom ; elle s'essuya les joues, y étalant le sang de la jeune fille, puis se leva et rengaina son revolver.

Elle retourna rejoindre les autres au refuge, où la plupart des choses étaient maculées de sang. Les deux hommes se tenaient devant la porte, les mains rouges. Claude boutonnait son uniforme. Jill était assise sur le seuil, adossée au chambranle. Sa main gauche était bandée avec le maillot de corps de Claude et Pete portait de nouveau sa coiffe, désormais mouchetée de taches cramoisies. Jill fumait une cigarette de la même teinte. Le chien léchait des gouttes de sang sur le plancher.

Jill essuyait sa main valide dans ses cheveux. Qu'est-ce que vous avez vu ?

Rien, juste un foutu ballon de baudruche coincé en haut d'un arbre.

Il est probable que nombre d'entre vous trouverez que je suis une vieille bique folle d'avoir ainsi tourné le dos à l'équipe de secouristes envoyés à ma recherche. C'est peut-être vrai. Il est très difficile de connaître soi-même son propre esprit. Je pourrais comparer ça aux fois où mon mal-voyant de M. Waldrip perdait ses lunettes. Mon pauvre chéri, il se cognait partout dans la maison et touchait les meubles comme un guérisseur fou, en lâchant dans sa barbe des torrents de jurons. C'était toujours moi qui retrouvais ces satanées lunettes, car j'ai la chance d'avoir une très bonne vue. J'imagine qu'il en va de même avec l'esprit. Il faut un esprit pour trouver un esprit. De sorte que si vous avez perdu le vôtre, vous avez intérêt à vous faire aider par un autre pour le retrouver.

Assise dans cette vieille petite cabane, je regardais mes vieux vêtements crasseux brûler dans le poêle. Ce devait déjà être la fin de l'après-midi lorsque je regardai par une de ces fenêtres sales, dans l'attente de l'homme masqué. J'espérais qu'il reviendrait quand il serait certain que l'équipe de secours m'avait trouvée et m'avait emmenée. J'étais prête à le surprendre et à lui dire que j'avais décidé de rester là avec lui.

Évidemment, dès que cette pensée s'était mise à danser dans ma tête, je fus frappée par la folie pure et simple que cela trahissait. La plupart des gens ne veulent pas une même chose tout le temps ; en d'autres termes, je changeai immédiatement d'avis. Dieu du ciel, qu'étais-je donc en train de faire ? Il fallait que je quitte cet endroit et que je retourne au Texas ! Mon cœur se mit à sautiller comme un haricot dans une poêle et je me levai d'un bond de ma place devant le feu. Je pris mon sac à main et m'enveloppai dans le manteau de Terry, puis je sortis aussi vite que possible de cette cabane en rondins en hurlant mon nom.

Je ne m'étais pas enfoncée très loin dans la forêt lorsque mon pied heurta quelque chose de dur qui me fit tomber tête en avant. Je me coupai la lèvre. Ce fut ma seule blessure. La chose qui m'avait fait trébucher était une statue d'aigle faite en je ne sais quelle sorte de métal bruni. Difficile d'imaginer objet plus improbable. À ce jour, j'ignore encore comment une chose comme ça a pu finir à cet endroit. Je l'examinai très brièvement le temps de me remettre, et je n'en appris rien. Son mystère continue à me hanter. Peut-être qu'un de mes lecteurs sera en mesure de m'éclairer.

Je me relevai et me dépêchai d'avancer. J'imagine que je devais avoir l'air aussi stupide que Catherine Drewer lorsqu'elle passait devant toutes nos fenêtres en se dandinant et en grognant, faisant ce qu'elle appelait sa marche d'aérobic. J'avais dit à Nancy Bowers, mon amie asthmatique, que je pensais que Catherine ressemblait à un idiot du village affligé d'une maladie rectale, et Nancy avait ri si fort qu'elle s'était trouvée prise d'une quinte de toux et avait dû rentrer chez elle. Elle avait passé le reste de la journée au lit. Cette chère Nancy a succombé à des complications liées à son asthme il y a quelques années de cela.

Une horrible panique me saisit alors que je craignais d'avoir gâché ma dernière chance de retourner à Clarendon pour pleurer mon mari à l'église méthodiste en compagnie de visages familiers et d'amis chers comme Nancy Bowers, Louise Altore et le pasteur Bill. Soudain, j'eus de nouveau sacrément le mal du pays. J'aurais même pu être heureuse de revoir cette stupide vieille Catherine Drewer, mais je n'en suis pas certaine.

Je m'attendais à arriver au promontoire d'où j'avais aperçu l'équipe de secouristes dans le ravin, mais non. Au bout d'un moment, je me retrouvai en terrain inconnu. Le sol était jonché de formes étranges de neige glacée préservées par l'ombre des arbres les plus grands. Ne sachant où aller, je m'assis dans le creux d'une racine exposée pour reprendre mon souffle et suçoter la coupure que j'avais à la lèvre. Le vent forcit et les arbres penchaient, s'appuyaient les uns contre les autres, s'agrippaient comme les fêtards ivrognes que M. Waldrip et moi voyions souvent devant l'Empty Cupboard, un bar de bord de route, lorsque nous rentrions de la séance du samedi soir au cinéma d'Amarillo. Je fermai les yeux et pendant un moment je m'imaginai être là avec M. Waldrip, à côté de lui dans le pick-up, sans échanger un mot, roulant simplement vers la maison, écoutant la route. Lorsque j'ouvris les yeux et regardai les arbres autour de moi, j'étais sacrément désorientée, et pas du tout certaine de pouvoir retrouver le chemin de la cabane en rondins.

J'apprendrais par la suite que j'étais partie dans la direction opposée à celle par où l'équipe de secouristes se dirigeait vers la cabane. Si j'avais pris à gauche en sortant au lieu de prendre à droite, je leur serais tombée dessus. Ils allaient arriver à la cabane plus tard ce soir-là.

Il est parfois terriblement difficile de ne pas voir ce qu'il peut y avoir de risible dans une situation, aussi pénible soit-elle. Il est également difficile de ne pas le voir dans les choses tristes. Un grand champion de rodéo originaire de Borger s'est tué en chevauchant un taureau mécanique dans un bar de Dallas. Sa tête a heurté un lustre. Ce n'est pas drôle, mais j'avais toujours affreusement envie de rire quand M. Waldrip racontait cette histoire. Aujourd'hui même, je ris en l'écrivant. Je me demande si la mère de ce champion de rodéo a jamais ri à ce sujet. J'ai du mal à penser que oui.

J'étais perdue. Alors je m'installai au creux de ces racines tandis qu'un chœur de vent et de ténèbres s'accordait dans les montagnes. Je ne ris d'absolument rien sur le moment. Je ne percevais pas ce qu'il y avait de risible dans ma situation. Je me remis plutôt à hurler et hurler, Aidez-moi, je suis Cloris Waldrip.

Je restai assise là blottie dans le manteau de Terry à trembler et hurler toute la nuit comme une folle jusqu'à ce que je perde ma voix et sois à peine capable de chuchoter. Ma lèvre avait aussi pas mal enflé et je bavais comme une mule. Puis le ciel commença à s'éclaircir, le soleil fut près de passer au-dessus de la crête, et ce n'était pas trop tôt. J'étais presque morte de froid.

Soudain j'entendis un bruit de pas dans les bois. Quoi que ce fût, cela s'arrêta à tout juste quelques mètres de moi, mais je ne voyais rien à cause de tous les arbres. Il y eut un crépitement comme si quelqu'un ou quelque chose faisait pipi par terre. Je me dis que si ce n'était pas un vieil ours méchant ou ce fichu puma qui marchait à reculons ce pouvait être un membre de l'équipe de secouristes. Je parvins à me ressaisir et à bouger pour essayer de voir ce que c'était, mais je ne vis rien. Je tentai de crier mon nom, mais tout ce qui sortit fut un horrible grognement. Le crépitement cessa. Je me rapprochai en claudiquant.

Quoi qu'elle fût, la chose hurla et détala en toute hâte. Je la poursuivis, mais elle était terriblement rapide et je perdis sa trace dans la pénombre. Je continuai à marcher dans la même direction.

Je ne vis pas l'à-pic.

Mes jambes cédèrent sous moi et je dégringolai une pente de boue froide et de roche ! Je m'arrachai un ongle entier à essayer de m'accrocher à la roche pour ralentir ma descente, mais je glissai malgré tout vers le bord d'un surplomb. Je m'y accrochai avec mes doigts ensanglantés. Je ne pouvais pas tourner la tête pour voir à quelle hauteur j'étais. Mes jambes se balançaient dans les airs et je les étirai au maximum pour trouver le sol, si sol il y avait. Mon sac à main avait glissé de mon épaule et il se trouvait devant moi sur le surplomb. Je ne pouvais pas lâcher la roche pour l'attraper. Je suis bien sûre que j'offrais un spectacle pitoyable à me dandiner comme ça suspendue, vêtue de ces bas violets scintillants et de ce chemisier rose maculé de boue noire. Mes doigts me brûlaient et ils saignaient abondamment. Je ne me faisais aucune illusion ; je savais que je n'allais pas pouvoir tenir comme ça éternellement.

Alors je lâchai prise. L'acceptation gracieuse de l'inévitable n'est pas sans bons côtés.

La chute ne fut pas longue, Dieu merci, mais en heurtant le sol mes jambes cédèrent et je me foulai la cheville et me cognai la tête contre un rocher. Doux Jésus cela me fit très mal, et je perdis les pédales pendant un certain temps. J'étais certaine d'avoir entendu une femme crier mon nom au-dessus de moi, sur le surplomb, alors que le soleil passait au-dessus de la crête. J'étais allongée sur le dos jambes écartées en bas de cet escarpement abrupt, dans un endroit humide parsemé de rochers et de rudes buissons marron, et je ne bougeai pas. Au-dessus de moi, un arbre sans écorce, mourant, poussait depuis le rebord du surplomb. Accroché à une haute branche dénudée se trouvait le genre de ballon argenté que l'on voit dans les supermarchés près du rayon des fleurs perlées de bruine sous le brumisateur, ou coincé sous le plafond d'une chambre d'hôpital quelconque. Il arborait des mots écrits en rose que je ne pouvais pas lire.

La première fois que je le vis, je le pris pour un hélicoptère. Mon cœur se serra lorsque je compris que ce n'était qu'un ballon. Ma belle-sœur, Rhonda Lee Waldrip, m'avait apporté un ballon comme celui-là quand je m'étais fait enlever ma vésicule biliaire, en septembre 1978. Je l'avais malencontreusement laissé filer alors que nous marchions de l'hôpital vers la voiture. Comme souvent au Texas, il y avait de la brise ce jour-là, et ce ballon s'envola dans les airs sacrément rapidement. J'eus l'idée incongrue que ce pouvait être le même ballon. C'est stupéfiant les distances que ces choses-là peuvent parcourir.

Je restai sur place et je palpai mon corps en quête de blessures, mais comme je l'ai déjà noté ici, j'avais les os solides. J'avais fait une chute au supermarché un an auparavant, et j'avais causé une grosse frayeur à un gentil jeune couple qui se trouvait là au rayon fruits et légumes, mais je ne m'étais pas blessée.

Au bout d'un moment, je me redressai en position assise et m'appuyai un peu sur ma cheville, mais cela me fit horriblement souffrir et je retombai. Je gisais sur le dos comme une tortue renversée et je passai en revue les nombreuses erreurs que j'avais commises là-haut dans la nature sauvage. C'était un miracle que j'eusse survécu aussi longtemps. Je regardai l'image inversée du haut des arbres et j'imaginai y voir M. Waldrip à la place de ce ballon, comme une branche morte qui n'eût pas encore touché le sol. Mais il n'y avait que ce ballon argenté ballotté par la brise sur un ciel vaste qui s'emplissait de nuages et de jour.

Je me redressai et me glissai sous le surplomb. Je m'adossai à une paroi de boue et de racines mises au jour par les crues, puis j'étirai mes jambes et regardai mes doigts sanguinolents. J'étais sacrément affamée et horriblement assoiffée. Je commençai à me dire que je n'avais qu'à attendre que les secouristes me trouvent. Ils étaient à ma recherche. Je les avais vus.

En 1983, un homme acheta un bout de terrain pas loin de notre ranch. À peine un hectare de terre pierreuse et aride. Il y construisit une étrange petite structure, un genre de tente à suer indienne. Toute en peaux de bêtes et tentures de cuir peint qui battaient bruyamment dans le vent.

Il n'appartenait à aucune tribu indienne que je connaisse. C'était un Blanc aussi blanc qu'on peut l'être. Il portait un pantalon blanc, pas de chemise, et un petit chapeau coloré en forme de kugelhopf.

Tous les jeudis après-midi, M. Waldrip prenait la voiture et se rendait au ranch pour y retrouver notre chef de ranch, Joe Flud, près des réservoirs d'eau dans la prairie orientale. Je l'accompagnais à chaque fois que nous déjeunions à l'El Sombrero et qu'il n'avait pas le temps de me ramener à la maison après. M. Waldrip et Joe discutaient dans le pré pendant que j'attendais dans la voiture.

De l'endroit où M. Waldrip garait le pick-up, je voyais la route qui continuait jusqu'à ce logis singulier, et une jolie jeune fille, peut-être la plus jolie jeune fille que j'avais jamais vue, arrivait à chaque fois à bicyclette depuis la route nord dans un nuage de poussière. Elle portait une belle robe en coton d'une teinte de bleu très pâle, et ses longs cheveux blonds étaient toujours très soigneusement peignés. Elle arrivait à une heure trente, sans faute, tous les jeudis où j'étais là pour la voir arriver. Elle disparaissait dans cet endroit étrange en se glissant sous un battant en peau de bison et n'en ressortait qu'au moins une heure plus tard. Je ne pouvais pas imaginer les raisons qui poussaient cette superbe jeune femme, si jeune et pleine de vie, à rendre visite à cet homme plus âgé, laid et d'allure bizarre.

J'avais toujours le doute horrible qu'elle venait en ce lieu pour se donner à lui contre paiement. Mais, en y réfléchissant, perdue dans la Bitterroot, l'idée me vint que cette jeune fille ne rendait peut-être pas visite à cet homme parce qu'il la payait, mais parce qu'elle en avait envie. Je me dis qu'il n'était pas impossible qu'elle éprouvât du désir pour ce drôle de petit homme. Elle y allait en exerçant son libre arbitre, si tant est qu'une telle chose existe pour nous autres humains. Mais il m'arrive souvent de penser que nous sommes tous engagés sur des routes que nous ne voyons pas ; que nous sommes tous esclaves de maîtres que nous ne connaissons pas. J'en suis venue à croire que nous n'avons aucun pouvoir sur les personnes ou les choses que nous désirons. Nous sommes condamnés à la seconde même où nous devenons capables de savoir ce que nous voulons. Et je n'en veux pas aux gens de savoir ce qu'ils veulent. Je leur en veux seulement de faire tout et n'importe quoi pour l'obtenir sans réfléchir aux conséquences.

Pour tirer les choses au clair, depuis, j'ai fait des recherches et j'ai parlé avec les gens qu'il fallait, et j'ai appris que cet homme s'appelait Tom Calyer, et que la jeune femme s'appelait Lucy Calyer. C'était sa fille et elle vivait avec sa mère un peu plus loin sur la même route. J'ai même parlé avec Lucy. Elle a eu la gentillesse de venir me voir ici dans le Vermont, où je vis depuis maintenant près de deux décennies, après être brièvement retournée à Clarendon pour mettre mes affaires en ordre après la Bitterroot. Comme je m'y attendais, le Texas sans M. Waldrip s'avéra inhospitalier et lourd de mélancolie. Je suis venue dans le Vermont, région qui m'attirait depuis que j'étais petite et que j'avais vue des aquarelles qui la représentaient sous les quatre saisons dans un livre d'images dédié à nos États-Unis. J'ai eu un appartement à Burlington, où j'ai vécu jusqu'à ce que ma hanche se mette à faire des siennes et que je vienne m'installer ici, à l'établissement d'accueil pour personnes dépendantes de River Bend, à Brattleboro, il y a une douzaine d'années de cela. Quoi qu'il en soit, il se trouvait que cette Lucy Calyer était venue vivre dans le Connecticut, et elle m'a assurée que ce n'était pas loin et qu'elle serait heureuse de me rendre visite, car les épreuves que j'ai traversées ont fait de moi une sorte de célébrité. Nous avons passé un merveilleux moment ensemble. Elle est toujours aussi belle qu'elle l'a jamais été ; elle est mariée, et elle a deux enfants à la peau mate dotés des plus adorables nez que vous puissiez jamais voir. Elle m'a juré que son père était un homme doux et paisible, et qu'il ne cherchait qu'à vivre dans la nature en menant le genre de vie simple que menaient les hommes dans le passé.

J'insère cette anecdote ici pour suggérer qu'il est toujours dangereux de spéculer ou de porter un jugement sur la nature d'une chose que l'on ne voit que de loin, derrière une fenêtre, et que l'horrible vérité à cet égard est que bien souvent tout ce que l'on peut comprendre d'une personne est ce que l'on comprend le moins bien de soi-même.

Au volant du Wagoneer, Lewis attaquait les virages de la route de montagne pendant que Jill maintenait la pression sur le trou qu'elle avait dans la main, et elles arrivèrent au Marcus Daly Hospital, plus bas dans les contreforts, à environ neuf heures ce soir-là. C'était un bâtiment gris à un étage devant lequel trois ivrognes maculés de sang et piquetés de débris de pare-brise fumaient des cigarettes en scintillant comme des statues de cristal sous la lumière d'un lampadaire. Lewis passa derrière la voiture et remplit sa Thermos avec une bouteille de merlot qu'elle avait dans le coffre. Puis elle ouvrit pour Jill la portière passager, et elles s'engagèrent toutes les deux sous un néon clignotant qui affichait Urg ces.

Elles s'assirent côte à côte sur une rangée de sièges, le sang sur leurs vêtements noirci en hiéroglyphes indéchiffrables, et patientèrent une heure dans une petite salle d'attente avec un aquarium aux poissons pâlissants avant que, sans dire un mot, une jeune femme ne leur fasse signe de la suivre par une porte. Là, dans une pièce divisée en compartiments séparés par des rideaux, un homme vêtu d'une blouse tachée se présenta comme étant le médecin et se lava les mains au lavabo. Il portait des lunettes de soleil et un petit bouc pointu. Jill s'assit sur un lit couvert d'une longueur de papier ; Lewis vacilla et s'appuya contre une cloison, puis regarda le médecin, juché sur un tabouret, enfourcher les genoux de la jeune fille et défaire le bandage de sa main. Il la retourna comme s'il achetait une pièce de viande chez le boucher et lui dit que le trou ne nécessiterait qu'un seul point de suture. Il leur dit qu'il revenait tout de suite et s'en alla.

Je suis navrée pour ta main, dit Lewis.

Vous pensez que vous le reverrez un jour, votre ex-mari ?

J'espère que non. Pourquoi ?

Jill secoua la tête. Est-ce que je vais me faire des amis puis me retrouver un jour à ne plus avoir envie de les voir ?

J'imagine que oui. C'est juste naturel.

Que je ne veuille plus les voir ? Ou qu'ils ne veuillent plus me voir ? Ou qu'on s'en fiche au point de ne plus se voir ?

Ah, les choses changent, dit Lewis. Ta mère ne l'a jamais dit, ça, à ton foutu père ?

N'est-il pas vrai qu'il existe des gens qu'on a connus et qu'on a perdus de vue au point que, concrètement, pour nous, ça reviendrait au même s'ils étaient morts ?

Je ne souhaite la mort de personne, Jill, dit Lewis. Je préfère penser qu'ils sont là quelque part et qu'ils vont bien, même si je n'ai aucune nouvelle d'eux.

Ça vaut aussi pour votre ex-mari ?

Je ne souhaite pas la mort de cet abruti.

Mais vous ne voulez plus jamais le revoir ?

Non, je ne veux plus jamais le revoir.

Est-ce que vous croyez que vous l'apprendriez, s'il mourait, ou s'il se porte bien ?

Bon sang, je n'en sais rien.

Jill écarta un moucheron imaginaire et projeta du sang sur le linoléum. Peut-être que vous ne le découvririez jamais, dit-elle. Il pourrait tout aussi bien être mort à l'heure où nous parlons. Ça reviendrait au même pour vous.

Ah bon sang, oui, j'imagine que si je n'en sais rien ça ne fait pas de différence.

Toutes les personnes de plus de trente ans que j'ai rencontrées sont des psychopathes légers, dit la jeune fille.

À l'autre bout de la pièce une jeune fille avec une jambe dans le plâtre poussa un cri. Les yeux emplis de terreur, elle fixait le lit qui se trouvait à côté du sien, sur lequel un homme barbu tout maigre gigotait sur le dos en se pissant au visage et en chantant une chanson qui parlait de routes pleines d'ornières. Des infirmières blasées l'immobilisèrent, le sanglèrent et lui parlèrent doucement comme si elles le connaissaient bien. Elles replacèrent le drap pour le couvrir et tirèrent le rideau.

Le médecin revint et fit le point de suture. Jill ne tressaillit pas. Le médecin lui dit qu'elle était une gentille fille et se mit à aller d'avant en arrière sur son tabouret à roulettes. Il pressa son entrejambe sur le genou de Jill. Et voilà, ma chérie, dit-il. Tout est arrangé pour notre petit trésor.

Ah, ça suffit, bordel, dit Lewis, puis elle prit Jill par le bras et elles s'en allèrent.

Dans le Wagoneer elles remontèrent la sinueuse route de montagne. Tous les cinq cents mètres, leurs phares illuminaient un panneau mettant en garde contre les chutes de pierres. Jill se tenait assise les genoux serrés sur sa poitrine, accrochée à un filet de fumée aspiré par la fenêtre tout juste entrouverte.

Lewis buvait à la Thermos. J'ai oublié d'appeler ton foutu père de l'hôpital. J'imagine qu'il doit être inquiet que tu ne sois pas encore rentrée.

Jill tapota le bout de sa cigarette dans une canette de soda calée entre ses cuisses. Elle ne répondit pas.

Lewis continua à rouler et passa devant la supérette Crystal Penguin. Des jeunes du coin luisaient d'une couleur de faux coucher de soleil sous la lampe à sodium. Cheveux gominés, fragiles et féminins, les trois adolescents souriaient depuis leur perchoir sur le plateau d'un pick-up bleu auquel manquait le hayon arrière. Ils brandirent d'épaisses bouteilles ambrées et poussèrent de longs cris imitant une sirène. Un jeune gars maigre à coiffure d'Iroquois portant des lunettes à fines montures les salua d'un geste en agitant une langue frappée d'un piercing.

Jill salua les jeunes de sa main bandée et dit, Je me demande combien de temps nous allons nous connaître, ranger Lewis.

D'assez loin sur la route Lewis aperçut Bloor qui les attendait sous le lampadaire de la terrasse. Il était assis immobile dans un fauteuil à bascule, les bras croisés, les bottes calées sur la rambarde. Lewis gara le Wagoneer devant la cabane blanche juste après minuit. Bloor se leva de son fauteuil.

Lewis se tourna vers Jill. Merci de ton aide. Je suis désolée que tu te sois blessée.

Je suis désolée que nous n'ayons pas trouvé ce que vous cherchiez, dit la jeune fille.

Elles montèrent vers la cabane blanche et Bloor les accueillit en brandissant un doigt couvert de poussière de craie.

On a dû passer la nuit dans le refuge, dit Lewis.

Qu'est-ce que tu t'es fait à la main?

Elle se l'est percée assez salement. J'ai dû l'emmener à l'hôpital, bon sang.

Bloor descendit de la terrasse, s'approcha de sa fille, lui prit la main et examina son bandage. Koojee. Ça va?

Oui.

Bloor les regarda toutes les deux et les fit entrer dans la cabane. Lewis et Jill s'assirent sur le canapé blanc, et Bloor alla à la cuisine pour préparer du saumon et des asperges en déclamant des vers de poésie lyrique qu'il avait écrits pour exprimer à quel point il avait craint de les avoir perdues toutes les deux. Ils mangèrent à la table du salon et burent à eux trois deux bouteilles de merlot. Bloor leur demanda ce qui s'était passé la veille au refuge et elles lui dirent peu de choses si ce n'est que Cloris Waldrip n'y était pas.

Le dîner fini, Bloor prit leurs assiettes et Lewis et Jill allèrent sur la terrasse de derrière avec une autre bouteille de merlot. Elles s'assirent sur le mobilier d'extérieur et burent sous la nuit claire.

Jill porta une cigarette noircie de sang à sa bouche et l'alluma. Pourquoi est-ce qu'on l'appelle l'Embrasseur de l'Arizona?

À ce qu'on m'a dit, il a embrassé quelques jeunes filles dans l'Arizona. C'est à peu près tout ce que je sais. Et je n'ai pas envie d'en savoir plus.

Bloor sortit par la baie vitrée coulissante avec une autre bouteille de vin. Il fit deux faux baisers en l'air, alla au jacuzzi, en retira la bâche et posa la bouteille sur son rebord.

Une boule de poils noirs tournait et ballottait dans l'eau. Ah, koojee !

Lewis plissa les yeux et la fixa d'un regard ivre depuis son siège. Bon sang mais qu'est-ce que c'est que ça, encore ?

On dirait qu'une moufette s'est noyée là-dedans.

Bloor se mit de la craie sur les mains et sortit la chose de l'eau en la prenant par la queue. Il la tint dans les airs devant elles. Inerte et emmêlée, elle fumait dans le froid et dégoulinait d'eau sombre sur les lattes de la terrasse. La bête ne sentait pas ; la seule odeur que Lewis percevait était l'odeur du chlore. Tel un taxidermiste fou, la mort avait fixé les yeux de la moufette en position ouverte et sa bouche en un rictus dément. La chair glissa de la queue et le corps tomba sur la terrasse en faisant un bruit mat, et Bloor ne tenait plus qu'un bout de fourrure de la taille d'une cravate.

Oups, dit-il, et il s'agenouilla, ramassa le reste de l'animal, lâcha un unique éclat de rire, puis balança le cadavre par-dessus la rambarde dans un arbre, où il atterrit lové autour d'une haute branche.

C'est malin, dit Lewis. Maintenant, ça va puer la moufette morte, ici.

J'irai la chercher demain.

Jill se leva et posa son verre vide sur une petite table de bois près des fauteuils. Elle alla à la baie vitrée coulissante et avant de rentrer dans la cabane elle posa sur Lewis ses yeux maquillés de bleu et lui adressa un sourire que Lewis ne sut déchiffrer.

Bloor frappa dans ses mains et désigna le jacuzzi. Prenez donc un petit bain avec moi, ranger Lewis.

Y avait une putain de moufette morte là-dedans il y a moins d'une minute.

L'eau est chlorée, vous savez. Ma femme me disait toujours que le chlore, ça tue tout.

Qu'est-ce qui lui faisait vous dire toujours un truc comme ça ?

Bloor se déshabilla et immergea son corps nu tout doucement dans les eaux vertes jusqu'à ce qu'il ne restât plus que la couronne clairsemée de son mulet blond au-dessus de la surface. Lewis regarda l'homme un moment, but un autre verre de merlot, se déshabilla à son tour et le rejoignit dans l'eau.

Ils bougeaient dans les bulles et Lewis dit à voix basse qu'elle demeurait persuadée que Cloris Waldrip avait séjourné dans le vieux refuge de randonnée. C'était elle, dit-elle.

Bloor ne répondit pas, il ne faisait que fredonner pour lui-même. Le vent fit bouger l'arbre dans lequel la moufette était accrochée, les yeux écarquillés et étincelant comme du tungstène sous la lumière projetée par la fenêtre de la cuisine, et Lewis repensa à la façon dont elle avait trouvé M. Waldrip, saisi en plein vol par les dangereuses frondaisons de cet épicéa.

Bloor se tut, la prit par les épaules et l'attira à lui.

Arrêtez, dit-elle.

Il la lâcha. Qu'est-ce qu'il y a ?

Elle attrapa la bouteille de merlot, but une longue gorgée et la reposa sur le rebord du jacuzzi. C'est bon, dit-elle.

Bloor la reprit par les épaules et l'embrassa. Il caressa les ecchymoses qu'elle avait sur le bras et il la pinça. Ma léoparde, dit-il. Il la retourna et la pénétra presque, pressé, courbé contre son dos. Elle regarda une touffe de poils de moufette noirs onduler à la surface de l'eau verte agitée.

Au bout de moins d'une minute il sortit du jacuzzi et se termina sur le côté de la terrasse. Elle se rhabilla et remit son chapeau d'uniforme sur sa tête mouillée.

Vous ne restez pas, ranger Lewis ?

Il faut que je rentre, dit-elle.

J'aimerais que vous restiez, vous savez.

Il faut que je change mon uniforme. Et que je voie si je peux laver le sang de celui-ci. Je passerai prendre votre foutue fille demain matin.

Les lampes à sodium étaient éteintes devant le Crystal Penguin quand Lewis y passa de nouveau. Elle roula lentement et se pencha par la fenêtre ouverte dans la nuit tiède. Elle conduisit le Wagoneer haut dans la montagne, jusqu'à Egyptian Point, en écoutant des rediffusions nocturnes d'*Interrogez le Dr Howe*. Le signal radio allait et venait. Un auditeur qu'elle avait déjà entendu parlait d'une voix lourde de la nature relative de la douleur et de la souffrance, et des raisons qui font que certaines personnes pleurent quand un chien meurt. N'ont-elles jamais connu de vraies tragédies ? N'ont-elles jamais connu de vrais deuils ? disait la voix. Lewis but à la Thermos de merlot qu'elle avait remplie dans la cabane de Bloor avant de prendre la route. Elle avait également volé une bouteille pleine dans son cellier et elle l'avait calée sur le siège passager – elle cliquetait et claquetait à côté d'elle alors qu'elle remontait la route de terre.

Lorsqu'elle se gara au départ de la piste, le pick-up bleu au hayon arrière manquant se trouvait là. Elle abaissa le pare-soleil, et, se regardant dans le miroir, elle frotta ses dents avec le pouce, puis elle se lécha le pouce et le fit courir sur les contours de sa bouche et ses sourcils. Elle ôta son chapeau et se passa une main dans les cheveux. Elle détacha son holster de sa ceinture et rangea le revolver dans la boîte à gants. L'horloge du tableau de bord indiquait deux heures quarante lorsqu'elle retira la clé de contact.

Elle prit la bouteille de merlot et gravit la piste dans le noir. Elle tendait l'oreille en quête de voix dans les arbres et ouvrait l'œil en quête d'un feu de camp. Alors qu'elle s'approchait de l'endroit elle vit la lueur projetée sur les roches. Devant elle un groupe de garçons caquetait follement comme une assemblée de sorcières. Elle s'arrêta à l'orée de la clairière et écouta. Elle serrait la bouteille de merlot sur sa poitrine.

Les garçons piaillaient à en perdre le souffle. L'un d'eux frimait à propos d'une nouvelle voiture d'occasion, et un autre racontait que les téléphones seraient capables de lire dans nos pensées d'ici vingt ans, que le mariage serait obsolète, et que les psychothérapies se feraient par l'entremise de machines à pièces installées dans les bars et les stations-service.

Puis une voix de pic à glace fendit d'un coup le groupe. Elle sera là d'un instant à l'autre.

Non. Elle ne viendra pas, espèce de petit pédé. C'est juste des mensonges sophistiqués pour les fifilles qui boivent du soda light et qui embrassent les garçons aux coiffures de tapettes.

Si on reste ici assez longtemps, on la verra.

Mon paternel m'a dit qu'il l'avait vue ici, une fois. L'a dit qu'elle était montée là depuis les rochers en chevauchant un gros tatou et en poussant des gémissements. Elle n'avait qu'un seul œil, pas de dents, les cheveux rouges, et elle avait les seins et la bite à l'air et tout et tout. Il a dit qu'elle était sacrément sexy malgré qu'elle était ce qu'elle était.

Pourquoi des gémissements ?

Parce qu'elle est morte en ayant un orgasme non désiré. Leurs échos résonneront dans les montagnes jusqu'à la fin des temps, m'a dit mon paternel.

C'est pas possible, si ? Avoir un orgasme alors qu'on le veut pas ?

À ce qu'on m'a dit, ça l'est.

Lewis serrait la bouteille de merlot. Elle respira profondément et s'avança presque jusque dans la lumière afin qu'ils puissent la voir, mais juste avant d'y être elle tourna les talons et redescendit vers le Wagoneer.

VI

UNE GENTILLE jeune journaliste qui travaillait pour un journal de Boston m'a demandé un jour avec un accent incroyablement adorable si j'avais jamais envisagé de me suicider au cours de mes épreuves dans la Bitterroot. Ma réponse, alors, fut non. Cependant, si mon propos est de livrer ici un document un tant soit peu sincère je me dois de tout dire ; je me dois de lui présenter mes excuses et d'écrire ici que non seulement j'avais envisagé de me suicider, mais que j'avais tenté de le faire. Et ce n'était pas la première fois.

J'ai traversé une période sacrément triste pendant l'été 1941 après que le Dr Josiah Dove m'avait annoncé que je ne pourrai pas avoir d'enfants. J'avais vingt-sept ans, j'avais honte et j'étais bouffie de jalousie à l'égard des femmes que je connaissais qui avaient réussi à tomber enceintes. J'avais l'horrible sensation de ne pas être une femme complète. De nos jours, les femmes se soucient moins de ça, mais à l'époque, au Texas, la maternité était un des très rares statuts sociaux honorables qui s'offraient à nous.

Alors au cœur d'une nuit d'été je pris le pick-up de M. Waldrip, j'allai à notre ranch et, dans le bâtiment principal, je trouvai le vieux tiroir sale dans lequel les cow-boys gardaient les remèdes pour le bétail. Après avoir bu tous les flacons que je pus avaler, je m'en allai errer dans le pré, malade comme un chien, et m'effondrai comme un épouvantail sur un poteau de clôture. Le matin venu, je me réveillai fort bien reposée et fus surprise, et soulagée, de voir que j'étais en vie. Je me dépêchai de retourner au pick-up et m'arrêtai à la supérette pour acheter des œufs, histoire d'avoir quelque chose pour justifier mon escapade auprès de M. Waldrip. Dieu bénisse son cher cœur, en général, il ne savait jamais grand-chose de ce qui se tramait dans ma tête folle. Et s'il le savait, il n'en laissait rien paraître.

Là-bas dans la Bitterroot je passai une nuit blanche assise le dos contre la paroi de boue et de racines, laissant toutes sortes de petites bestioles ramper partout sur moi. Je hurlai mon nom jusqu'à ce que le soleil se lève derrière les nuages. Je ne pouvais pas faire peser le moindre poids sur ma jambe droite sans que cela ne me cause de grandes douleurs. Si je devais aller quelque part, cela ne pourrait être qu'en rampant à plat ventre comme un serpent. Mais je ne savais pas dans quelle direction aller, et mon sac à main était resté là-haut, hors d'atteinte, sur le rebord du surplomb. Les objets les plus utiles qu'il contenait étaient la hachette, la gourde rouge et la boussole. J'étais également triste d'avoir perdu la botte de M. Waldrip. Me vint alors l'idée qu'il eût été plus simple de périr un peu plus d'un mois auparavant, dans ce petit avion, en même temps que M. Waldrip et Terry.

C'est à ce moment-là que je décidai de m'ôter la vie, là-bas dans la nature sauvage. J'eus des visions de M. Waldrip pitoyablement piqueté de mouches, d'un lit vide, et des nécrologies qui paraîtraient dans l'*Armadillo Globe* et le

Clarendon Tribune. Dieu vous garde, nos noms tragiques m'apparaissaient banals et flous ainsi imprimés sur du papier journal bon marché. Je vis l'article qui parlait de notre fin couvrir le sol de la niche du premier petit chiot d'une nouvelle famille, nos photos maculées, distordues de saleté. Je sais que de nombreuses dames de l'église méthodiste ne manqueront pas de me juger ici, étant donné que le suicide est un péché. Mais je ne peux pas y faire grand-chose.

Je décidai d'utiliser mes bas scintillants pour faire un nœud coulant. Je les enlevai, les tournicotai et les nouai ensemble, puis je regardai autour de moi l'espace d'une minute. Des langues de brume couvraient le sol, et il y avait de la rosée sur les arbres. Je me traînai jusqu'à une branche basse, fis passer les bas par-dessus, et glissai ma tête dans la boucle du nœud. Je ne voulais pas qu'on me retrouve comme ça, pendue à demi nue par des bas de fillette ridicules. Quel ignoble spectacle ! Mais lorsque vous ne voulez plus rien avoir à faire avec ce monde ce n'est pas à vous de décider de ce qu'il s'y passera sans vous.

Je me levai en m'appuyant à l'arbre. Tout ce que j'avais à faire, c'était laisser mes jambes céder sous moi puis laisser le nœud coulant faire son œuvre. Je fixai mon regard sur le ballon argenté qui flottait tout là-haut, accroché à son pin, brillant sur un ciel incroyablement gris. Je me laissai choir. Mon visage devint très chaud et s'engourdit. Ma vue vira au noir.

Je revins à moi étendue sur le dos et la bouche pleine d'écume. Je m'assis et me massai le cou. Il était sacrément endolori. Les bas étaient encore accrochés à la branche.

Je décidai alors de me mettre à ramper et de continuer aussi longtemps que je le pourrais et que c'était ainsi que je trouverais la mort et puis c'est tout. Je décrochai les bas de la branche, les enfilai puis me tournai sur le ventre. Les doigts crochetés dans la terre je traînais ma jambe invalide derrière moi et rampai dans aucune direction particulière si ce n'était celle qui me paraissait la plus facile et en descente. Je rampai comme ça pendant plus d'une heure, m'attendant à mourir. J'avais sacrément soif, et je m'arrêtai plusieurs fois pour sucer des petits bouts de glace de formes étranges laissés dans les endroits à l'ombre.

Au bout d'un long moment, je finis par arriver à une série de promontoires rocheux. Au pied de l'un d'entre eux béait une grotte sombre dans laquelle vous auriez tout juste pu faire passer un chariot. À son entrée se trouvait un petit plateau de roche et une plaque de créosote sombre et polie où je me dis que de nombreux feux devaient avoir brûlé. J'imaginai les générations et les générations d'Indiens qui devaient avoir vécu là. Il y avait également une petite cuvette lisse, comme un antique mortier façonné dans la pierre. J'ai appris que l'on appelait parfois ces choses des pierres à potins. Elle contenait de l'eau trouble où des grenouilles avaient fait leurs petits.

Je rampai sur le plateau jusqu'à la grotte et m'étendis devant l'entrée. Le soleil était sorti et il commençait à faire chaud. Une brise fraîche sortait de l'entrée comme par la porte d'un grand magasin climatisé. Je hurlai vers l'intérieur mais ma voix était faible à cause de la pendaison. Je ne sais pas qui j'espérais entendre me répondre. Cela me renvoya une longue volée d'échos, comme si cette grotte eût plongé en spirale sous cette montagne jusqu'aux antipodes où vivent les Orientaux et qu'ils m'eussent renvoyé mes cris. J'avais trop peur de m'y enfoncer trop loin. Elle était très sombre et, à l'intérieur, l'air avait une odeur de tapis mouillé. Je passai la journée devant la grotte, et puis ensuite la nuit. J'avais pour oreiller une bûche moussue, et j'avais faim, et j'avais sacrément froid. Je craignais qu'un ours, ou peut-être ce puma solitaire qui marchait à reculons, revienne à la grotte et fasse de moi son dîner.

Le lendemain je tentai de faire un feu pour que quelqu'un puisse voir la fumée et pour pouvoir faire bouillir un peu de cette eau souillée. Le problème était le suivant : je n'avais ni allumettes, ni briquet.

Je passai en revue ce que j'avais. Je tâtai la poche intérieure du manteau de Terry. J'avais encore ma bible et les lunettes de M. Waldrip. Je me souvins d'un jour de grande chaleur où M. Waldrip lisait je ne sais plus quoi, dehors dans le jardin. Les rayons du soleil accrochaient ses lunettes et son livre se mettait à fumer s'il restait trop longtemps immobile.

Pour résumer une histoire du genre bien fastidieuse : avec beaucoup de peine, je parvins, dans le courant de la journée, à allumer un feu avec les lunettes de M. Waldrip et quelques pages de la Genèse. Je sais que certaines personnes vont secouer la tête face à cette sorte de blasphème, mais je leur dirai seulement que les règles que l'histoire nous fabrique ne tiennent pas toujours dans la pratique. Je peux vous dire que j'étais rudement contente de moi cet après-midi-là. Je m'étendis devant mon feu et me considérai comme une digne descendante de cette femme des cavernes que j'avais vue dans le diorama du musée des Plaines de la Panhandle.

Cet après-midi s'annonçait pluvieux. Je rampai à plat ventre et ramassai tout le bois sec que je trouvai pour en faire un petit tas à l'entrée de la grotte. Cela me prit un certain temps. Puis j'eus une discussion avec moi-même et je devins si courageuse que j'eusse pu jouer aux échecs avec un serpent à sonnette. Je pris un bâton dans le feu pour m'en servir de torche et me mis à ramper à l'intérieur de la grotte.

Elle était sèche et, d'après ce que je voyais, jusqu'aux limites des zones où ma torche repoussait les ténèbres, elle était déserte. Ses parois étaient lisses et son sol faisait pousser des cristaux blancs grands comme des rouleaux à pâtisserie. Je déplaçai mon tas de bois à l'intérieur juste à temps. La pluie se mit à tomber à verse. Quand j'eus allumé le tas de bois avec ma torche, le feu réchauffa la grotte considérablement, et la fumée se faisait aspirer à l'extérieur par l'orage. Il plut tout le reste de la journée.

Lorsque la pluie cessa et que la nuit tomba, toutes les étoiles du monde sortirent. Tout était calme et statique comme la mort. Je n'avais rien mangé depuis que j'avais quitté le refuge la veille et j'étais vraiment affamée. Puis un couinement horriblement étrange commença à se faire entendre dans la grotte. J'aurais dû savoir ce que c'était depuis le début. Des chauves-souris. On n'a pas beaucoup de chauves-souris à Clarendon, et je n'en avais sans doute pas vu plus de deux dans ma vie. J'étais sacrément nerveuse. Mais plus que tout, j'étais affamée.

Je pris ma torche et m'enfonçai plus loin dans la grotte, repoussant ces immenses ténèbres. Je levai la tête et vis tout un plafond couvert de chauves-souris endormies. Les recherches que j'ai faites m'ont appris qu'elles portent le nom sans intérêt de grandes chauves-souris brunes. Elles ne sont pas de l'espèce inquiétante qui boit du sang et fait l'objet d'histoires terrifiantes. Mais Dieu du ciel il devait y en avoir des centaines ! Cela dit tout de ma faim que la vue de cette horde ne m'inspira qu'une seule idée : en assommer une d'un coup sur la tête et la ramener au feu pour en faire mon dîner.

Vous ne me croirez peut-être pas, mais laissez-moi vous dire que c'est exactement ce que je fis. J'en choisis une bien dodue et bien juteuse, puis je me relevai sur une jambe en m'appuyant à la paroi. Je la frappai avec une pierre et la tuai sur place. Elle tomba morte à mes pieds, et soudain toutes les autres se mirent à criailler et à voleter en masse autour de moi. Elles me firent tomber sur les fesses en s'enfuyant de la grotte à tire-d'aile.

J'embrochai celle que j'avais tuée sur une brindille de pin et la mis à cuire au-dessus du feu. Les ailes parcheminées se craquelèrent, le corps enfla et s'ouvrit d'un seul coup. À ma grande honte, la pauvre créature s'avéra être une femelle enceinte. Je vis plus tard qu'elles l'étaient toutes. J'étais tombée sur ce que les chiroptérologues appellent, je le sais maintenant, une colonie de maternité.

Je mangeai néanmoins tout de la maman chauve-souris et de sa progéniture, à l'exception des os. J'étais triste pour elle, mais pas au point de me passer de dîner. J'eus beaucoup de mal à la mâcher, vu que je ne pouvais me servir que de mes molaires, ayant perdu mon bridge dans la rivière. Je dois reconnaître que ce n'est pas si mauvais que ça, la chauve-souris. Ça ressemble un peu aux cailles.

Je finis par passer pas loin de douze jours dans cette grotte, au total. Je commençais à avoir l'impression que cela faisait des mois que j'étais là. Assez vite, je fus en mesure de boitiller debout. J'avais trouvé un bâton noueux avec un bout tordu en forme de poignée qui me servit de canne. Je me déplaçais en le faisant claquer sur la roche telle une pitoyable bergère des chauves-souris et de la vermine, avec ma chemise rose et mes bas scintillants complètement noirs de crasse. Mes cheveux étaient eux aussi fous et emmêlés. J'imagine que je devais ressembler à une sorcière des cavernes démente sortie d'une ère dont l'histoire n'a gardé aucune trace.

Après le crépuscule les chauves-souris revenaient dans la grotte et je m'approchais discrètement de l'une d'entre elles endormie et je la frappais avec ma canne. Au bout d'un moment, les autres ne se réveillaient même plus pendant mes prélèvements et mes déprédations. Je fis aussi des progrès dans la façon de les cuisiner. J'utilisais une pierre plate que je pouvais poser sur le feu, plutôt que de les carboniser embrochées sur un bout de bois. Pour boire, je faisais bouillir l'eau de la cuvette devant la grotte en faisant chauffer des pierres et en les y plongeant. Depuis, j'ai appris qu'il s'agissait d'une technique qui remontait à l'aube de l'humanité. Je finis par faire bouillir comme ça beaucoup de têtards, que je mangeais aussi.

Je ne me souviens pas d'avoir pensé à grand-chose pendant mon séjour dans cette grotte. C'était comme si j'étais devenue une fonction réflexe, un peu comme j'imagine que les poumons opèrent, ou bien le cœur. J'avais décidé de survivre, mais je ne me souviens pas d'avoir consciemment pris cette décision. Je vaquais à mes affaires désespérées comme si j'avais mangé des chauves-souris et fait bouillir de l'eau avec des pierres toute ma vie. Étant sacrément faible, je passais de nombreuses heures du jour le dos contre la paroi de la grotte, à regarder le soleil glisser sur les rochers.

Une nuit, alors que cela faisait environ une semaine que j'étais dans la grotte, je fus réveillée par un cri de douleur, comme le cri d'un enfant ou d'un oiseau effarouché. Je me levai avec ma canne et regardai la sombre forêt depuis l'entrée de la grotte. La nuit était calme et le brouillard luisait. Au bout d'un moment, le cri se fit de nouveau entendre, plus fort. Je connais bien le beuglement aigu des veaux en période de sevrage. Je me souviens du cri qu'un petit veau gelbvieh avait poussé parce qu'il n'arrivait pas à bouger à cause d'une vilaine protubérance sur le côté de la tête, et Joe Flud, notre chef de ranch, avait dû l'euthanasier, par miséricorde, avec le pistolet à barillet de calibre 22 qu'il portait dans sa botte. Il y avait une peur et une tristesse semblables dans le cri qui montait de la forêt.

Je resserrai ma prise sur ma canne. C'est alors que sortit de la nuit un petit chevreau des montagnes Rocheuses, couleur caliche, guère plus grand qu'un gros chat. Ses petits genoux se plièrent et il se coucha sur la roche et siffla à mon adresse. Un zoologue digne de foi m'a récemment informée que les chèvres des montagnes Rocheuses sont la seule espèce de leur genre et que, stricto sensu, ce ne sont pas des chèvres. Elles sont plus proches des antilopes et poussent des cris d'oiseau quand elles sont jeunes. J'étais hésitante, mais je fis un pas vers lui. C'était un petit animal misérable et adorable, je défie même les cœurs les plus durs de dire le contraire. Mon Dieu comme il était joli ! Il était immobile et il ne bougea pas lorsque je vins à lui.

Salut toi, lui dis-je. C'est quoi, toutes ces lamentations ?

Il était subjugué par le feu. Son corps minuscule fonctionnait comme un soufflet à chaque petite respiration qu'il prenait. Je m'assis près de lui, tendis doucement la main et touchai sa fourrure. Il ne recula pas, et il n'avait pas non plus l'air d'être blessé, à ce que je pouvais voir. Il ne devait pas avoir plus de deux jours. Je me dis qu'il avait dû perdre sa mère avant d'avoir appris à se débrouiller sans elle. Il était arrivé la même chose à un des garçons de ranch de M. Waldrip, et cela avait fait de lui un jeune homme mal élevé et colérique qui se comportait horriblement mal avec toutes les femmes brunes. Il a fini dans un pénitencier de l'Illinois pour avoir tabassé à mort une employée de banque qui avait refusé de l'épouser.

Je me levai, fis signe au petit chevreau de me suivre et allai près du feu. Au bout d'un moment, il se rapprocha et se coucha contre moi. Je passai toute la nuit éveillée à le faire boire de l'eau dans le creux de ma main et à le caresser. Je lui parlai et l'appelai Érasme, parce que je pensai que ce devait être un mâle et que c'est un beau nom. Plus la nuit avançait et plus je lui parlais, plus il semblait se remettre et se calmer. Je lui parlai de l'accident d'avion, de M. Waldrip et de Terry, et je lui racontai comment j'avais fait pour survivre si longtemps avec l'aide de l'homme masqué.

Je m'endormis un peu avant l'aube, et à mon réveil, Érasme était debout sur ses minuscules sabots, en train de brouter les petites touffes d'herbe qui poussaient dans les fissures de la roche. Je lui souhaitai le bonjour, et il sembla comprendre ce que je lui dis car il se rapprocha et se coucha de nouveau contre moi. J'eus l'occasion, pour la première fois depuis plusieurs jours, de me rappeler que je m'appelais Cloris Waldrip et que j'avais été mariée pendant de nombreuses années à un homme sacrément bon, et que j'avais eu, ailleurs, une vie très différente de celle que j'avais alors.

La partie du récit que je m'apprête à vous livrer poussera de nombreuses personnes à s'insurger et vociférer des jugements sur mon âme, mais aujourd'hui cela m'est complètement égal. En vérité, nous deviendrons tous fictifs bien assez tôt, et des humains encore à naître pourront alors décider du peu de vérité et de bonté qu'il y avait dans tout ça. Donc, pendant quelques années j'ai fréquenté une femme du nom de Carol Sanders. Je l'avais rencontrée lors d'une vente de gâteaux pour l'école élémentaire de Clarendon. J'aimais bien Carol. Elle venait me voir et nous discutions sur la terrasse de derrière en regardant au loin nos maris chasser la caille, leurs casquettes orange frétillant dans les hautes herbes. Mais au bout d'un certain temps je me rendis compte qu'il y avait quelque chose qui clochait terriblement dans la manière dont Carol parlait des gens. Elle était parfaitement capable de parler d'elle-même jusqu'à ce qu'il n'y eût plus un seul souffle de vent dans tout le Texas, mais dès qu'elle parlait de quelqu'un d'autre, même de ses enfants, elle ne prenait jamais la peine d'entrer dans les détails.

Certaines personnes font le strict minimum pour faire croire qu'elles se soucient vraiment des gens dont elles disent se soucier. Mais quand on creuse un peu, tout ce qui les intéresse, c'est obtenir ce qu'elles veulent des gens. Le Dr Ungerstaut, un psychologue sacrément doué que j'ai rencontré, m'a dit qu'on appelait cela de la sociopathie. J'ignore si ce mot s'applique à ce que Carol était, et j'ai bien peur que nous soyons tous un peu sociopathes par moments. On a fini par découvrir qu'elle brûlait ses enfants avec des ampoules électriques. En repensant à elle dans cette grotte près du petit Érasme, j'eus l'affreuse intuition que Dieu était comme Carol

Sanders, sauf qu'il ne fait aucun doute que Carol existe parce que j'ai vu son nom dans l'annuaire. J'ai toujours été une fidèle méthodiste, mais aujourd'hui je ne sais pas ce que je pourrais dire de façon un tant soit peu certaine au sujet de la nature de Dieu. En revanche, j'ai beaucoup de choses à dire sur la nature de Carol Sanders, vous pouvez me croire.

Je regardai mon pauvre petit Érasme. Il ne tourna pas la tête vers moi, mais je ne m'attendais pas à ce qu'il le fît. Je pris un bout de silex plat que je m'étais façonné pour découper les chauves-souris, j'attrapai Érasme par les cornes, et je lui tranchai la gorge. Il faisait chaud, le sang sécha vite sur le plateau rocheux, et je fis rouler Érasme pour le pousser à l'ombre en attendant de le faire cuire pour le dîner.

Je décidai de profiter du jour pour lancer des signaux de fumée et pour nouer un peu partout aux alentours, dans la forêt, des rubans déchirés dans le bas de ma chemise. Quand j'eus fini de préparer mes rubans, la chemise ressemblait à celles que notre petite-nièce portait et qui laissait voir la petite bille bleue qu'elle avait dans le nombril. Je nouai les rubans dans un périmètre autour de la grotte et fis brûler des bûches humides qui dégageaient beaucoup de fumée. À ce moment-là, cela faisait près de six semaines que je survivais à mes épreuves dans la Bitterroot.

Environ deux jours passèrent ; j'avais entièrement mangé Érasme, et j'avais fait brûler ses os. Je portais sa fourrure autour du cou comme une sorte d'étole. Ça me tenait vraiment plus chaud. Depuis, j'en ai fait un coussin, qui orne mon lit ici, à l'établissement d'accueil pour personnes dépendantes de River Bend.

Je pouvais désormais tenir debout sans canne sur des périodes plus longues, et je m'affairais en boitillant pour entretenir nuit et jour de gros signaux de fumée. Puis, par un après-midi chaud, j'entendis des bruits de pas dans la forêt. Je criai mon nom, et je criai que j'étais perdue. Les pas se rapprochèrent. Personne ne me répondit, mais j'avais bon espoir de savoir qui c'était.

NUE, LEWIS S'IMMERGEA jusqu'au menton dans l'eau du jacuzzi. Le haut de sa tête faisait de la vapeur et elle fixa ses yeux injectés de sang au-delà de la terrasse sur les montagnes semblables à des tsunamis pétrifiés, hautes et bleues dans la nuit. Une lune pleine brillait au-dessus d'elles. Non loin de là, deux lampes torches s'agitaient dans les arbres, et elle entendait des voix. Elle se dit que c'étaient Claude et Pete qui cherchaient le fantôme de Cornelia Åkersson.

Foutus crétins, dit-elle, et elle secoua la tête. La moufette morte était encore coincée dans le grand pin. Lewis renifla l'air en quête de son odeur, mais elle ne sentit rien d'autre que le chlore. Elle se tourna vers l'intérieur de la cabane blanche.

Jill était sortie et s'était assise sur le rebord du jacuzzi, le dos vers l'eau. Elle s'alluma une cigarette, frissonna, rentra une main sous son sweat-shirt, tenant sa cigarette avec sa main bandée. Le vent agitait ses cheveux bouclés et arrachait la fumée de sa bouche.

Il fait froid, dit Lewis en parlant dans un verre presque vide. Tu devrais venir dans l'eau.

Je n'ai pas envie de me mettre à poil.

Je ne t'ai pas dit de te mettre à poil.

Pourquoi êtes-vous à poil ?

Je ne sais pas, Jill. Peut-être que j'ai bu trop de merlot. Toutes mes excuses. C'est inconvenant.

Jill finit sa cigarette et jeta son mégot d'une pichenette par-dessus la rambarde. Elle se déshabilla, gardant son soutien-gorge et sa culotte, et se glissa dans le jacuzzi. Elle tenait sa main bandée hors de l'eau.

Lewis aspira l'ultime goutte de merlot qu'il restait dans son verre puis le reposa. Les lampes torches bougeaient dans les arbres ; elle leva une main en l'air et regarda ses doigts faire de la vapeur. Je crois que je n'ai jamais eu d'orgasme.

La jeune fille se tut un moment, puis dit : Comment le savez-vous ?

J'imagine que je n'en sais rien.

Moi non plus.

Je pense que ça veut dire qu'on n'en a jamais eu, dit Lewis, puis elle secoua son verre vide et tenta d'y boire encore.

Bloor, occupé à faire la vaisselle dans la cuisine, les regardait par la fenêtre.

Il y a des femmes qui en ont, dit Lewis. Je le sais. On le voit dans les foutus films. Au lycée, une fille que je connaissais m'a juré qu'elle en avait avec un tromboniste qui s'appelait Hamin. Une foutue embouchure. Mais moi je n'y arrive pas. J'ai beau tout faire, je n'y arrive pas.

Peut-être qu'aucune femme n'en a jamais. Peut-être que c'est un complot pour qu'on continue à baiser.

Ton père ne t'estime vraiment pas à ta juste valeur, dit Lewis. Je pense que c'est tout simplement parce que je n'arrive pas à me laisser emporter dans l'action. Je ne peux même pas regarder un foutu film sans avoir un œil qui cherche l'image de la caméra dans les miroirs. Je suis incapable de jouir d'une chose pour ce qu'elle cherche à être.

Moi aussi.

J'ai l'impression que tous les autres gens y arrivent très bien. C'est peut-être ça qu'il faut pour bien s'entendre avec le reste des foutues gens. C'est peut-être même ça qu'il faut pour les aimer.

C'est plus compliqué que ça, je pense.

Les rares fois où je me laisse emporter, je déraille complètement, dit Lewis. Je fais des trucs stupides. Je perds complètement le contrôle.

C'est pour ça que vous êtes nue ?

Sans doute. C'est dur de savoir pourquoi on fait ce qu'on fait.

Moi aussi, je me laisse emporter.

Je pense que j'ai bu trop de merlot.

C'est pas grave, dit la jeune fille.

Peut-être que c'est une bonne chose qu'on se soit rencontrées.

Est-ce que vous m'aimez bien ?

J'imagine que oui.

Est-ce que vous croyez que vous apprendrez un jour à vous laisser emporter quand vous avez envie de vous laisser emporter ?

Lewis secoua la tête. Je suis foutrement trop vieille pour ça. Mais toi tu peux encore. Puis elle se pencha au-dessus du rebord et vomit sur la terrasse.

Lewis était sur la terrasse de l'étage. Debout à la rambarde, dans le noir, elle regardait Jill dans le jacuzzi, en bas. La jeune fille était toujours dans l'eau, petite et pâle sous la vapeur, le regard perdu dans le lointain, au-delà de la terrasse, au-delà de la moufette morte, fumant cigarette sur cigarette. Les lampes torches avaient illuminé les arbres de derrière la cabane pendant des heures, et elles s'activaient maintenant en direction de la route.

Bloor sortit par la baie vitrée coulissante et rejoignit Lewis sur la terrasse. Il tendait devant lui ses mains couvertes de craie. Il les retourna et les observa au clair de lune. La lampe à détection de mouvement était éteinte. Vous retournez à ce refuge demain ?

Lewis fit oui de la tête. Le FBI envoie un hélico.

C'est drôle comme en cherchant une chose, on en trouve une autre, dit Bloor.

On n'a rien trouvé du tout. Tout ce qu'ils ont dit à Gaskell, c'est qu'ils voulaient que je leur montre le refuge. Je nettoierai votre terrasse demain. Je suis désolée de l'avoir salie.

Je parlais de nous.

Quoi, nous ?

Vous êtes une femme fascinante, vous savez, ranger Lewis. Je suis venu ici pour chercher un avion écrasé et je vous ai trouvée. Vous ne voulez pas qu'on rentre ? Il fait froid.

Pas tout de suite.

Bloor se frotta les mains et souffla dessus. Demain, dit-il, dites-leur de regarder sous le plancher. Koojee. Vous avez peut-être dormi juste au-dessus de cette fillette disparue.

Ce n'était pas la fillette.

Bloor secoua la tête. Vous savez, ma femme me disait toujours que nous sommes tous des guêpes piégées dans un rideau, qui paniquent pour se tirer d'une chose qu'elles ne peuvent espérer comprendre un jour parce qu'elle dépasse de très loin le domaine de leur entendement.

Lewis regardait Jill et la fumée qu'elle faisait.

Une guêpe ne sait pas ce qu'est un rideau, dit Bloor.

J'avais compris, bon sang.

Et elle m'a toujours dit de prendre ce que je pouvais prendre tant que je pouvais le prendre.

Cette phrase-là, y a des tas de foutues gens qui la disent.

Bloor sourit. Pas comme ma femme la disait. Il prit Lewis par les épaules et l'embrassa. Qu'aimeriez-vous que je vous fasse ? dit-il.

Pardon ?

Qu'est-ce que vous voulez faire ?

Ça m'est égal.

Bloor s'appuya à la rambarde et regarda en bas. Lewis se dit qu'il regardait sa fille. Il eut une petite érection entre les lattes de la rambarde. Il se tourna vers Lewis, la regarda dans les yeux, et expira. Ranger Lewis, je vous aime, dit-il.

Avant l'aube, Lewis attendait à l'aérodrome au pied de la montagne. Elle but une tasse de café dans le Wagoneer et remplit la Thermos avec une bouteille de merlot. Elle regardait la route.

L'horloge du tableau de bord indiquait cinq heures seize lorsqu'une berline noire se gara avec à son bord trois hommes vêtus de coupe-vent. Lewis lécha sa paume ouverte et lissa ses cheveux couleur chêne. Elle mit son chapeau d'uniforme et sortit du Wagoneer dans la froidure. Un homme moustachu et plus petit que les deux autres avait le bras en écharpe et se présenta comme étant l'agent spécial Polite. Il présenta les deux autres comme ses collègues, Jameson et Yip. Ils ne dirent pas un mot, se contentant d'acquiescer et de marmonner. Tournés au loin vers les montagnes, leurs visages arboraient des expressions d'enfants boudeurs.

Le groupe monta dans un hélicoptère et s'envola vers une clairière près de l'Old Pass, puis Lewis ouvrit la marche dans la forêt. Ils trouvèrent le refuge alors que le soleil commençait à pointer au-dessus des crêtes. Jameson et Yip sortirent leurs armes de poing ; Yip poussa la porte et entra doucement. Polite le suivit, la main glissée sous son coupe-vent, posée sur la crosse de son pistolet.

Lewis sortit le revolver de son holster de hanche et entra après les hommes. Le refuge était comme elle se rappelait l'avoir laissé. Les chaussettes à rayures pendaient encore au fil à linge. La spirale qu'elle avait tracée dans la poussière était encore visible sur la table.

C'est les chaussettes dont vous parlez dans votre rapport ? dit Polite.

Oui.

Un des hommes prit un appareil photo qu'il portait pendu à son cou et photographia les chaussettes. Le flash claqua. Puis il s'approcha de la table et photographia la spirale.

C'était comme ça, quand vous l'avez trouvé ?

Oui. Mais c'est moi qui ai dessiné ça.

Pourquoi ?

Je ne sais pas. Ça vous arrive, de faire des trucs sans trop savoir pourquoi ?

Polite la regarda. Y a-t-il des choses qui auraient bougé depuis votre départ ?

Je ne crois pas.

Regardez bien.

Rien n'a bougé.

Polite fit quelques pas puis se posta devant les chaussettes. Il baissa le regard sur le livre posé sur la table et lut à haute voix : *Les Joies de Lesbos : un guide tendre et libéré des plaisirs et des problèmes de la vie lesbienne*, par le Dr Emily L. Sisley et Bertha Harris. Je crois que c'est une fausse piste. Il est peu probable qu'il se soit enfoncé si loin dans la nature. Ce qu'on voit là, ce sont les traces laissées par des gens d'inspiration non conformiste.

C'est Cloris.

Ça veut dire quoi, Cloris ?

Cloris Waldrip a survécu à un accident d'avion pas loin d'ici il y a environ cinq semaines de cela, dit Lewis. Elle rengaina son revolver.

C'est quoi, ça, comme nom, Cloris ? Hollandais ? Irlandais ?

Je ne sais pas trop.

Ça a l'air irlandais.

Je n'en sais rien.

Qu'est-ce qui vous fait croire qu'elle a survécu, ranger Lewis ? Où est-ce qu'elle est ?

Elle est perdue. Elle a gravé son nom dans une foutue souche à une vingtaine de kilomètres à l'ouest d'ici.

Une souche ?

Oui.

Cloris ?

Oui.

Bon, peut-être qu'elle est venue ici, dit Polite. Il observait la pièce. Il passa sa main valide sur son épaisse moustache noire. Elle n'est pas là, là. Je ne vois pas grand-chose ici qui puisse m'aider dans mon enquête, pour le moment. Jameson, prends-moi une autre photo de ces chaussettes.

Oui m'sieur. On les emporte ?

Je ne vois aucune raison de le faire. Elle portait des chaussettes dans ce genre, votre Cloris Waldrip, ranger Lewis ?

Je n'en sais rien. Je ne l'imagine pas porter des chaussettes comme celles-là, non.

Est-ce qu'elle lisait des livres parlant de modes de vie non conformistes ?

Je n'en sais rien. Je suppose que non.

Bien, alors je crois que c'est autant une fausse piste pour vous que pour moi.

Y a du sang par terre, monsieur, dit Yip avant de prendre une photo du plancher.

C'est celui d'un membre de mon équipe, dit Lewis. Elle s'est fait une foutue blessure à la main quand on est venus mardi dernier.

Ça fait beaucoup de sang, dit Polite. Elle a perdu sa main ?

Non. Elle se l'est ouverte. Tout va bien.

Est-ce que vous, ou un membre de votre équipe, avez fait autre chose, ou laissé autre chose derrière vous, pendant que vous étiez là mardi dernier, qu'il serait bon que nous sachions ?

Comme je vous l'ai dit, j'ai dessiné ce foutu truc sur la table.

Autre chose ?

Y a un machin, là, une foutue statue d'aigle, qui traîne par terre là-bas dehors. C'est en tombant dessus qu'elle s'est ouvert la main.

Vous avez apporté une statue ici ?

Non. Elle était déjà là.

Eh bien voyez-vous, je ne sais pas où caser ce fait dans la situation présente, dit Polite.

Lewis alla voir les couchettes contre le mur du fond. Elle passa la main sur celle du bas, attrapa un cheveu puis le tint entre deux doigts à la lumière du jour, devant la petite fenêtre. Puis elle le laissa tomber sur le plancher et elle sortit. Elle prit la Thermos dans son sac et but dans la brume, sous les arbres.

Polite sortit et vint se poster à côté d'elle. Il se massait le coude par-dessus son écharpe. Vous allez bien, ranger Lewis ?

Oui. Pourquoi ?

J'ai l'impression que vous buvez du vin rouge dans une gourde isotherme.

Lewis revissa le bouchon de la Thermos et la garda en main au bout de son bras ballant.

Je peux faire quelque chose pour vous, ranger Lewis ?

Non, je ne crois pas.

Pourquoi ne me prenez-vous pas au mot ?

Lewis le regarda brièvement. Il avait l'air fatigué. Elle dévissa le bouchon de la Thermos et ils restèrent là côte à côte à écouter les crépitements du flash à l'intérieur du refuge. Vous avez déjà remarqué, vous, qu'on ne peut pas être intime avec soi-même, dit Lewis, et encore moins avec quelqu'un d'autre ?

Oui, je sais que j'ai déjà remarqué ça. Je peux vous dire quelque chose ? L'été dernier, j'ai fait une croisière dans les

Caraïbes pour rencontrer des gens nouveaux, et je n'ai fait que rester seul dans ma cabine, à lire cinquante-sept numéros du magazine *Life*. J'en suis venu à me haïr encore plus que quand nous avions quitté le port.

Je crois que je suis ce qu'on appelle une ivrogne.

Boire trop peut être un problème. Pendant cette croisière, j'ai trop bu. Trop. Personne n'a rien vu. Je gardais toujours la petite chaîne sur la porte.

Lewis but à la Thermos. Je crois que j'ai envie de me rapprocher de quelqu'un, mais je ne sais pas si c'est une bonne idée. C'est peut-être un projet inconvenant. Je ne sais pas de quel genre d'intimité il s'agit.

Comment ça ?

Bon sang. Pardonnez-moi. Ce n'est vraiment pas professionnel.

C'est moi qui vous ai posé la question. Je peux vous dire autre chose ? Le dernier jour de ma croisière j'ai eu une relation intime avec une femme qui devait être la plus laide de tout le bateau. Peut-être de tous les bateaux. Elle avait un portrait de son enfant mort-né tatoué au creux des reins. Juste là, vous voyez ? C'était une des choses les plus tristes que j'avais jamais vues. Colton, elle l'avait appelé. Un vilain nom, en plus. C'est pas le genre de truc qu'on a envie de voir quand on, bah, vous savez.

J'imagine que non.

L'agent Polite soupira et sourit. Ça fait du bien de parler à quelqu'un. Je peux vous dire autre chose à propos de moi, une chose que je n'ai jamais dite à personne ? Je me suis luxé l'épaule dans un accident de voiture parce que j'avais trop bu. Je suis sorti du bar et j'ai roulé tout droit dans la statue d'un célèbre astronaute. C'était extrêmement bête. Tout le monde croit que j'ai fait une embardée pour éviter un chien.

Merci d'avoir partagé cette histoire avec moi. Je pense qu'on devrait peut-être retourner dans le refuge.

Oui. Absolument. Je ne vous envie pas d'être attirée par quelqu'un que vous ne pouvez ou ne voulez pas courtiser. Mais vous devez choisir si vous voulez être gouvernée par vos élans ou bien par vos regrets. Si vous faites quelque chose, ça peut s'avérer bon ou mauvais. Mais comment pourrez-vous jamais le savoir? Voyez, il se pourrait qu'on ne puisse jamais savoir où est le bien, où est le mal, parce qu'on ne peut pas connaître à l'avance toutes les conséquences de toutes les actions possibles, et voilà pourquoi des hommes d'âge mûr s'inscrivent à des croisières.

Je suis juste foutrement insatisfaite.

L'agent Polite acquiesça, sortit un cure-dent d'une poche de son coupe-vent et le mâchonna. Il regarda ses chaussures cirées, puis il regarda le ciel. Je n'ai pas grand-chose à dire sur cet aspect de la question, ranger Lewis. Si ce n'est que moi aussi, je suis insatisfait.

L'hélicoptère décolla de la clairière au coucher du soleil et Lewis, lèvres serrées et violacées, était assise en silence à côté de l'agent Polite tandis que la nuit drapait les montagnes d'un brouillard absurde et que la nature dans son entier s'estompait en dessous d'eux. Elle but à la Thermos et essuya sa bouche de clown au revers de sa manche. Dans le reflet du hublot, elle voyait le blanc des yeux de Polite fixés sur elle.

Lorsqu'ils arrivèrent à l'aérodrome, elle sortit de l'hélicoptère en titubant et alla vomir dans une poubelle. Elle pensait que Polite ne la laisserait pas prendre le volant pour rentrer chez elle. Et pourtant si, et elle le fit, elle remonta la route de montagne dans la nuit ; ses phares blancs balayaient le bitume noir perlé de rosée, et les carcasses d'animaux écrasés avaient l'opalescence du verre brisé. Elle conduisait avec une main sur le bouton du tuner de la radio, à la recherche d'un signal clair au milieu de la friture, et jetait de temps à autre un coup d'œil sur le siège passager et le livre malmené par le temps qui s'y trouvait : *Les Joies de Lesbos.*

Je croyais que vous étiez rentrée chez vous, dit l'homme masqué. Il était plus mince que lorsque je l'avais laissé deux semaines auparavant, et ses vêtements étaient plus élimés. Il portait un nouveau masque coupé dans une chemise ornée de motifs d'œufs de Pâques aux couleurs vives. Je ne doute pas que j'offrais un spectacle répugnant, sauvage et toute crasseuse de terre et de sang séché comme je l'étais, vêtue de ces stupides bas et de ce haut rose très court de jeune fille aberrante. Pire encore, j'avais fait mes besoins près de l'entrée de la grotte, où je pouvais m'appuyer contre la paroi, et mes déjections s'étaient entassées pour former un horrible cône noir à peu près de la taille d'un nourrisson dodu. De sales petites bestioles y avaient creusé des tunnels et y dormaient. C'est drôle que je n'aie pas été plus gênée que ça par l'état dans lequel je me trouvais. Je me contentai de me tenir là debout, bravement appuyée sur ma canne, et de secouer la tête.

Il me demanda ce qu'il s'était passé et je lui dis que je m'étais perdue, que je m'étais foulé la cheville, et que je me nourrissais de chauves-souris.

C'est vraiment très vilain ? demanda-t-il.

Ça ressemble beaucoup aux cailles.

Je parlais de votre cheville.

Ça se remet doucement, merci, dis-je.

Les secouristes ne sont pas venus par là ?

Je secouai de nouveau la tête et lui demandai comment il avait fait pour me trouver.

Je ne vous cherchais pas, dit-il. Je revenais parce que j'ai oublié quelque chose au refuge. Puis j'ai vu la fumée. Je craignais que ce soit vous.

Vous avez oublié quoi, au refuge ?

Rien.

Vous l'avez retrouvé ?

Il me dit que oui, puis il me dit qu'il était désolé mais qu'il allait devoir me laisser là. Il voulait m'aider, me dit-il, mais rien n'avait changé et il ne pouvait toujours pas m'accompagner plus loin. Il me dit qu'il pouvait me laisser un peu de viande séchée pour tenir le coup et il me dit que si je continuais vers l'est j'arriverais à la piste qui menait à la route.

À quelle distance elle est, la route ?

Vous devriez pouvoir y être en quelques jours, dit-il. Où est votre sac ?

Je lui dis que je l'avais perdu. Où est-ce que vous comptez aller ? demandai-je.

Où est-ce que je compte aller ?

Je fis oui de la tête.

Je préfère que vous ne le sachiez pas.

Vous allez retourner au refuge ?

Non, madame, dit-il. Je ne peux pas.

Je peux vous accompagner ? Dieu du ciel, je lui posai cette question avant d'avoir vraiment pensé à ce qu'elle voulait dire !

Il resta muet quelques instants, puis il dit : Vous ne voulez pas rentrer chez vous ?

Je lui dis que je ne voulais pas rester seule.

Il réfléchit un moment, tapa les talons de ses chaussures pour en faire tomber des petits morceaux de terre séchée en forme de croissants. Je suis désolé, dit-il.

S'il vous plaît, dis-je. Je n'ai plus aucune idée de ce que je pourrais faire, même si je réussissais à rentrer chez moi.

Il me regarda de nouveau sans rien dire pendant un certain temps. Le vent faisait battre son masque. Ils ne vous trouveront pas, dit-il enfin. Si vous venez avec moi, ils ne vous trouveront jamais.

Ça me convient très bien, dis-je.

Il inclina la tête, puis il la redressa. Il ne reparla pas de cela et s'activa à ranimer le feu pour faire bouillir des biscuits secs dans une petite poêle pendue au sac de toile qu'il portait sur son dos. Nous dînâmes au coucher du soleil et je ne mis pas longtemps à m'endormir, assise contre la paroi de la grotte ; et à regarder les flammes projeter l'ombre mouvante de l'homme masqué sur la roche j'avais l'impression d'assister à la naissance de l'humanité. Je compris alors qu'il n'avait pas plus envie que moi d'être seul.

Le lendemain matin, il versa de l'eau sur le feu que j'entretenais depuis plus d'une semaine. Si vous voulez vraiment venir, dit-il, allons-y.

Je le suivis avec ma canne dans la forêt. Nous marchâmes toute la journée, et à la nuit tombante nous bivouaquâmes sur une bande de terre sablonneuse bien sèche au pied d'un épicéa rongé par une invasion d'horribles petits scarabées rouges sournois. Pour le dîner, nous fîmes bouillir des biscuits secs, de la viande séchée encore couverte par endroits de petites touffes de fourrure, et des morceaux d'un écureuil gris peu vif qu'il avait assommé puis tué en chemin. Nous dormîmes. Nous nous remîmes en marche le lendemain, sans échanger le moindre mot.

Nous marchâmes comme cela toute la journée, et, au coucher du soleil, nous atteignîmes une petite ravine. Un ruisseau mince et froid s'y écoulait, argenté sous la lune. Quelques pins blancs aux troncs tordus et aux branches nues poussaient çà et là, mais il y avait surtout de l'herbe de montagne et des bancs de petites pierres d'éboulis.

L'homme masqué s'arrêta aux abords de la ravine. Il me montra un endroit avec sa main gantée. Un pin particulièrement gros et diabolique avait grandi pour former cinq doigts d'une blancheur d'os, comme une main squelettique gigantesque. Une hutte longue comme un car de ramassage scolaire, partiellement cachée à la vue, s'appuyait contre sa paume. Elle était faite de branches fixées ensemble par de la corde jaune et des rubans de toutes sortes de tissus multicolores, et elle semblait assez robuste. En guise de rideau pour l'entrée, elle avait ce qui me parut être un drap de lit d'enfant, parce qu'il arborait le motif répété d'un personnage musclé que j'avais déjà vu sur des paquets de céréales dans les rayons du magasin.

L'homme masqué me guida par un petit sentier jusqu'à la hutte. Il écarta le drap. À l'intérieur, il faisait sombre comme dans le ventre d'une vache, et il se mit en tâche de faire un feu dans une boîte d'olives dénoyautées de commerce de gros reconvertie en petit poêle. Il alluma aussi une sorte de lanterne qu'il avait faite avec un nœud de pin calé dans le crâne brisé de je ne sais quelle bestiole dentue. Je pus alors voir cet endroit. À un bout se trouvait une paillasse de brindille et de tissu où je me dis qu'il avait dû dormir. À côté d'elle il y avait un gros tas de vêtements hétéroclites, et un drôle de chapeau du genre suédois était pendu à une petite branche du pin. Des lettres qui formaient le mot Russie étaient gravées dans une des poutres de soutènement. L'endroit semblait être habité depuis un certain temps.

Il déplaça le tas de vêtements à l'autre bout de la hutte, et dans l'espace ainsi dégagé il étala une couverture ornée de dessins représentant un dauphin fou. Cette nuit, vous pourrez prendre mon lit, dit-il. Je vous en ferai un demain.

Je lui dis que je pouvais très bien dormir par terre, et ce n'était pas juste pour être polie. J'avais fini par y être sacrément habituée. Mais il insista. Je le remerciai.

Nous mangeâmes d'autre viande séchée qu'il sortit d'un pull plié. Il avait toujours la gentillesse de se rappeler que je n'avais plus toutes mes dents, et, de façon générale, il faisait tout bouillir jusqu'à ce que ce soit mou. C'était vraiment délicieux. Il est vrai que cela faisait des semaines que je me nourrissais de chauves-souris. Il cuisinait également des tubercules et des baies sauvages pour une meilleure alimentation. J'étais très fatiguée et je m'endormis dès que j'eus fini de manger. Je ne me souviens même pas d'avoir fermé les yeux.

Le lendemain matin, à mon réveil, il n'était pas là, mais il y avait du feu dans le poêle et une marmite de viande y mijotait pour le petit déjeuner. Les mots JE REVIENS étaient écrits par terre avec des petits cailloux. Je passai la journée à arpenter le ruisseau avec ma canne, scrutant les eaux peu profondes en quête d'un poisson lent que j'eusse pu assommer. Le poisson, pour moi, c'était facile à manger, mais je n'en pris jamais un seul.

Ce soir-là, j'étais en train de me soulager contre une paroi rocheuse à bonne distance de la hutte vers le bas du ruisseau lorsque l'homme apparut au détour du méandre avec sa boîte et sa canne à pêche, et trois truites pendues à une ligne. Il ne portait pas son masque. Dieu du ciel, quelle surprise fut la nôtre ! Il laissa tomber ses truites par terre et cacha son visage avant que j'eusse le temps de bien le voir. Je m'efforçai de me couvrir sans faire trop de saletés.

Je suis désolé, dit-il en me tournant le dos et en nouant la chemise derrière sa tête.

Je réajustai mes vêtements, ou ce qu'il en restait, et me levai. Vous ne pouvez pas aller et venir comme ça comme bon vous semble, dis-je d'un ton cassant. Je ne sais jamais où vous êtes !

Il s'excusa de nouveau.

J'acceptai ses excuses et lui dis que j'étais désolée de lui avoir parlé sèchement.

Je fis cuire la truite sur le poêle avec quelques oignons sauvages qu'il avait trouvés un peu plus haut dans la forêt. Sur le moment, c'était l'odeur la plus agréable que j'avais jamais sentie. L'homme se tenait assis dans un coin de la hutte et m'observait à travers son masque. Je m'étais enveloppée dans une couverture qu'il m'avait donnée. Le temps s'était bien rafraîchi depuis le coucher du soleil et, dehors, le vent chantait des chansons impénétrables dans ce gros vieux pin aux branches en forme de doigts.

Nous dînâmes en silence. L'intérieur de la hutte était mal éclairé, mais le poêle et la lanterne à nœud de pin produisaient suffisamment de lumière pour rassasier nos ombres. Lorsque nous eûmes fini et que j'eus reposé la plaque de schiste qui me servait d'assiette, l'homme m'observa de nouveau. Ses yeux verts pleins de vie étaient bien alignés avec les trous du masque, et, en dessous, sa bouche était prise de petits mouvements nerveux. Il se leva, alla à l'autre bout de la hutte et sortit une grande bouteille verte de derrière le tas de bois. Il la brandit et l'agita doucement à mon attention.

C'est quoi ? demandai-je.

Du courage hollandais, dit-il. Je suis allé le chercher au refuge. Y a pas beaucoup de plaisirs, par ici. Ceux qu'on a commencent à prendre beaucoup de valeur.

Je lui dis que je ne buvais que rarement. Clarendon se trouve dans un comté sec, et M. Waldrip était abstinent. D'après mes souvenirs, je n'avais jamais bu qu'un seul vrai verre d'alcool, au réveillon de Noël de 1969. M. Waldrip et moi étions allés passer Noël avec ma nièce Mary et son époux Jacob à Albuquerque, au Nouveau-Mexique, et j'avais bu un verre de champagne, puis j'avais dit quelque chose d'inconvenant à propos de leur chat, et j'étais allée me coucher.

L'homme dévissa le bouchon et replia le bas de son masque jusqu'en dessous de son nez, me laissant voir la courte barbe broussailleuse qui lui couvrait le menton, puis il but une gorgée au goulot. Je ne saurais vous dire si le breuvage lui plut ou non, mais il marqua une pause cadencée comme un homme jouant d'un instrument à vent dans un orchestre, puis but une autre gorgée.

Je me dis que moi aussi, je pouvais bien boire, vu ma situation. Je tendis la main vers la bouteille. Il se leva et me l'apporta. Je la pris et je bus. L'alcool me brûla la gorge et me fit tousser. Boire du gin à la bouteille est un exercice auquel je crois qu'il faut s'être beaucoup entraîné avant que l'on puisse y voir une quelconque grâce.

Il m'apporta de l'eau dans la corne de chèvre. Je la bus, puis je bus de nouveau à la bouteille et toussai de nouveau. Il ne me fallut pas longtemps pour être bien pompette. Je m'essuyai le visage avec la fourrure d'Érasme. L'homme était assis en tailleur à côté de moi près du poêle, nous nous passions la bouteille en écoutant le vent comme un bon vieux duo de cow-boys en bivouac.

Luttant pour empêcher l'ivresse de passer dans ma voix, je lui dis que je ne savais pas comment le remercier pour tout ce qu'il avait fait pour moi.

Ce n'est rien, dit-il, et il but de nouveau.

Je lui pris la bouteille, bus une gorgée, toussai, et mes oreilles chauffèrent. Puis je lui demandai pourquoi il menait cette vie de sauvage.

C'est une longue histoire, dit-il.

J'ai le temps, dis-je.

Il ne trouva rien à redire.

Et vos parents ? demandai-je.

Quoi, mes parents ?

Vous leur rendez visite ?

Non.

Vous devez leur manquer.

Non.

Je suis sûre que si.

Vous ne savez pas de quoi vous parlez.

Si. Vous êtes un ange au grand cœur. Je serais sûrement morte depuis longtemps si vous n'aviez pas eu la bonté de m'aider.

Il me reprit la bouteille et but. Il regardait les flammes dans le poêle et respirait par le nez, tout en buvant. Il arracha le goulot de ses lèvres en faisant un gros bruit de succion. J'ai vu votre avion s'écraser, dit-il. J'étais en train de poser des pièges dans la vallée et je l'ai vu passer au-dessus de la crête. Je l'ai vu se fracasser avant d'entendre le bruit. Comme un éclair. Je ne pensais pas qu'il pouvait y avoir des survivants. Je suis resté deux nuits dans les parages pour voir si des secours allaient venir. Voyant que personne ne venait, je me suis dit que je pouvais monter vite fait histoire de récupérer ce que je pouvais récupérer dans l'épave avant que quelqu'un se pointe. Je pensais que je pourrais peut-être me trouver une radio. Je gardais mes distances et j'observais les lieux avec mes jumelles. Je suis monté un matin, quelques jours après l'accident, et j'allais réussir à atteindre l'épave avant la nuit, mais j'ai vu votre feu en chemin. Puis il y a eu cet orage, et je vous ai vue.

Je vous ai vu aussi, dis-je. Entre les arbres.

Il dit qu'il savait que je l'avais vu, et il dit qu'il avait attendu que l'orage passe puis qu'il m'avait suivie jusqu'au ruisseau le lendemain matin, et qu'il m'avait entendue prier. Il dit que c'est à ce moment-là qu'il comprit pourquoi j'avais quitté l'avion. Le feu que j'avais vu dans la vallée était le sien.

Donc c'est un peu ma faute si vous êtes toujours là, dit-il. Je m'étais efforcé de ne pas faire de feu comme ça en plein air au cas où des secours viendraient. Mais il avait plu, et, au matin, j'étais frigorifié. Je me suis dit que je risquais de tomber malade si je ne me réchauffais pas.

Je demandai : Pourquoi est-ce que vous ne voulez pas que quelqu'un sache que vous êtes ici ?

Personne n'est censé être ici, dit-il.

Vous auriez pu me laisser et poursuivre votre chemin jusqu'à l'avion, dis-je.

Je me sentais responsable.

Vos parents vous ont élevé correctement. Vous êtes quelqu'un de bien.

Ah, les gens bien, dit-il. Ouais, ça doit être ça.

Je le regardai boire à la lueur du poêle pendant une ou deux minutes, puis je lui posai de nouveau la question qui continuait à me turlupiner : Pourquoi est-ce que vous ne voulez pas que quelqu'un sache que vous êtes ici ?

Je préférerais ne plus en parler, dit-il.

Comme vous voudrez, dis-je. Mais si vous ne voulez pas que quelqu'un vous trouve, quel besoin aviez-vous de dénicher une radio ?

L'homme but une nouvelle longue gorgée. On se sent vite très seul, ici. Des fois, je me dis que ça n'en vaut pas la peine. Au moins, si j'avais une radio, je pourrais peut-être entendre une autre voix, parfois, si je captais quelque chose.

Vous n'avez jamais mis la main sur cette radio.

Non. Mais je vous ai trouvée vous.

Je souris, et la partie découverte de son visage sourit aussi, pour ce que je pouvais en voir. Enhardie par l'alcool, je me redressai et tendis les mains vers son masque.

Il recula et m'attrapa par les poignets. Qu'est-ce que vous faites ?

J'aimerais voir votre visage, dis-je.

Ce n'est pas une bonne idée.

Vous êtes un hors-la-loi ?

L'homme se contenta de me regarder.

Je ne vais pas m'en aller, dis-je, et vous ne pouvez pas porter cette chose stupide tout le temps. Ce serait sacrément inconfortable, et sans doute dangereux pour la santé.

Il me tenait toujours par les poignets. Je crois que vous avez assez bu, dit-il.

Il avait certainement raison sur ce point. J'avais la tête qui tournait, et je me sentais chaude. Je dis : Montrez-moi votre visage, jeune homme.

Il sourit de nouveau. J'imagine qu'il devait être amusé de voir quelle vieille folle ivre j'étais. Il avait un sourire plein de bonté et je ne suis pas prête de l'oublier. Il se leva du feu et me donna la bouteille. Il me regarda de haut pendant un petit instant. Puis il leva les mains, ôta le masque de sa tête et le laissa tomber au sol.

Enfin, enfin, je contemplais le visage nu de ce jeune homme. Il avait une très jolie physionomie, ne devait pas avoir vécu beaucoup plus que vingt-huit ans sur cette terre, comme j'allais l'apprendre par la suite, mais son visage était de ceux qui ont l'air jeune quel que soit l'âge réel. À la lueur du nœud de pin qui brûlait dans le crâne de la bestiole, il était clair que c'était là un visage habitué à des soucis et inquiétudes terribles.

Il se rassit et se frotta les yeux.

Ça fait du bien, non ? dis-je.

Il reconnut que oui.

Vous me rappelez un beau jeune homme que j'ai connu quand j'étais une jeune femme, lui dis-je.

Il était comment ?

Il s'appelait Garland. Il était beau, et c'était quelqu'un de bien, comme vous, et je lui plaisais.

L'homme but et me passa la bouteille. Je suis content de ressembler à quelqu'un.

Pour moi, vous lui ressemblez vraiment beaucoup. Je bus à la bouteille, et cette fois-ci, je ne toussai pas. S'il vous plaît, dites-moi pourquoi vous êtes ici, dis-je.

L'homme fit non de la tête. Je suis quelqu'un que personne ne devrait avoir envie de côtoyer.

N'importe quoi.

Il gardait les yeux rivés sur le feu dans le poêle. Dehors, le vent faisait battre la bâche accrochée au toit de chaume. Vous avez vu comment sont les gens, dit-il. Personne n'est jamais le bienvenu. Personne ne saurait quoi faire s'il était le bienvenu.

Il se leva, me prit la bouteille, et alla à sa paillasse. Il m'en avait confectionné une pour moi avec des aiguilles de pin, de l'herbe et des draps. Je m'assis dessus et le regardai depuis l'autre bout de la hutte. Nous étions à moins de trois mètres l'un de l'autre. Il resta allongé quelque temps. Ses yeux luisaient.

Je lui demandai son nom.

Je ne peux pas vous le donner, dit-il.

Comment dois-je vous appeler ?

Il hésita un peu, puis dit : Vous n'avez qu'à m'appeler Garland si ça vous chante.

J'ai l'impression que je vais devoir m'en contenter, dis-je.

Il se tourna sur le flanc et glissa ses mains jointes sous sa tête. Puis il se tourna de l'autre côté de façon à me tourner le dos et me demanda d'éteindre la lanterne quand je serais prête à dormir.

J'eus beaucoup de mal à m'endormir. Il s'était mis à pleuvoir et j'étais allongée sur ma paillasse à écouter les gouttes crépiter sur la bâche. L'homme dormait sur le dos, enveloppé dans ses drôles de couvertures. La lumière du poêle dansait sur son joli visage. Ses traits étaient si doux. Pour moi, ce visage était un patchwork de divers souvenirs de jeunes hommes que j'avais connus, tous disparus depuis longtemps désormais, car les hommes ont en général des vies plus brèves que les femmes. À Hedley, à moins de vingt-cinq kilomètres de Clarendon, il y a une église baptiste uniquement fréquentée par des vieilles veuves.

Je m'assis sur ma paillasse et me drapai dans ma couverture. Pour autant que je m'en souvienne, voici comment les choses se passèrent : je descendis de ma paillasse aussi silencieusement que possible et allai m'agenouiller près de lui. Je me penchai sur lui, approchai mon visage vraiment très près du sien et là, vous pouvez me croire, dans son sommeil j'embrassai ce jeune homme. Tout doucement sur sa lèvre inférieure. Je ne saurais dire en aucune langue raisonnable ce qui m'avait pris, mais j'imagine que ça a à voir avec l'alcool et l'affection grandissante que j'éprouvais pour lui. Je suppose que bon nombre des femmes de mon église me condamneront en compagnie les unes des autres pour la plupart des choses que j'ai écrites dans ce récit. Mais quand elles seront seules avec leurs pensées j'espère qu'elles sauront ce que je suis devenue et qu'elles l'apercevront aussi quelque part à l'horizon à l'intérieur d'elles-mêmes avant qu'il ne soit trop tard.

Le jeune homme bougea mais ne se réveilla pas. Je retournai à ma paillasse et m'endormis tout de suite. Je ne rêvai pas cette nuit-là dans la Bitterroot, mais la nuit dernière, ici à Brattleboro, dans le Vermont, une averse de grêle s'est abattue et a rempli les rues de glace et j'ai rêvé bien au chaud dans mon lit, à l'établissement d'accueil pour personnes dépendantes de River Bend. J'ai rêvé que, des siècles et des siècles après que la civilisation telle que nous la connaissons se fut effondrée de façon décevante, une nouvelle race d'humains avait fait son apparition. J'ai rêvé qu'ils découvraient nos ruines et en étaient déconcertés. J'ai rêvé qu'ils nous réanimaient génétiquement à partir de restes médicaux fossilisés exhumés des caniveaux de nos métropoles les plus grandioses, et qu'ils nous parquaient dans des maisons, des cabanes et des huttes afin de nous étudier dans l'espoir de comprendre ce que nous nous donnions tous tant de mal à essayer de nous faire les uns aux autres. J'ai rêvé que j'avais toujours été un des cobayes de cette étude et que je n'avais fait que les déconcerter encore plus.

VII

Elles étaient assises dans un box dans un restaurant en bas de la montagne. Jill avait un soda, Lewis buvait du café et du merlot, et elles mangeaient des hamburgers en regardant par la fenêtre la pluie noircir un mendiant parcheminé qui agitait sur le bord de la route un panneau en carton qu'elles ne pouvaient pas lire parce que les lettres avaient coulé. Après qu'elles eurent mangé, Lewis demanda à la serveuse aux dents du bonheur de leur apporter une part de tarte aux pommes avec une bougie allumée plantée dessus, et la serveuse et un cuistot sans menton chantèrent. Lewis marmonna les paroles avec eux et remplit de nouveau son mug sous la table à l'aide d'une Thermos de merlot. Jill souffla la bougie.

Le cuistot applaudit et la serveuse posa une main tachée d'encre sur le dos de la jeune fille et se pencha au-dessus d'elle. Lewis se dit qu'elle étudiait les cicatrices de la jeune fille. Alors, quel âge ça vous fait, jolie poupée ?

Dix-huit ans, dit Jill.

Pardon, trésor ?

Elle a dix-huit ans, dit Lewis.

Sacrée beau brin d'jeune femme, dit le cuistot en sifflant. Bon Dieu, z'avez la vie d'vant vous.

La serveuse se tourna vers Lewis. Vous devez être rudement fière de votre fille.

Lewis lui adressa un regard rouge. Je ne suis pas sa mère.

Elle est nouvelle, ranger Lewis, dit le cuistot.

Ah, bon sang, c'est pas grave.

La serveuse cligna des yeux et elle et le cuistot disparurent derrière une porte battante.

Lewis posa sur la table une boîte emballée dans du papier blanc. Joyeux anniversaire, dit-elle.

Je l'ouvre ?

Qu'est-ce que tu voudrais en faire d'autre ?

Jill déchira le papier et Lewis coupa le ruban avec un canif.

Je suis descendue de la montagne il y a deux jours, dit Lewis. J'ai trouvé ça au magasin d'antiquités à côté de la station-service. Bon sang, je n'en croyais pas mes yeux. Il me le fallait. Attention. C'est foutrement lourd.

Jill ouvrit la boîte. Elle enleva des boules de papier journal froissé autour d'une statuette en bronze représentant un aigle en train de prendre son envol d'une branche.

Je sais que de t'ouvrir la main n'est pas la meilleure chose qui te soit arrivée là-haut, dit Lewis. Mais je me suis dit que ça pourrait aussi te faire un souvenir des autres moments.

La jeune fille montra sa paume et le trait blanc qui s'y trouvait. C'est bien guéri, dit-elle. Peut-être que c'est le même oiseau en un temps différent.

J'ai fait graver le socle.

Jill lut à voix haute : RANGER FORESTIER BÉNÉVOLE JILL BLOOR, UNITED STATES FOREST SERVICE, 1986.

Deux foutus mois que tu travailles avec nous. Tu as de quoi être fière.

On n'a pas retrouvé votre vieille dame.

Lewis invoqua le nom du Seigneur en vain et secoua la tête. À neuf heures ce matin-là, au poste, le chef Gaskell l'avait appelée par radio pour lui dire que l'État avait déclaré Cloris Waldrip morte malgré l'absence de corps. Les choses foirent à peu près systématiquement, dit Lewis. On ne peut que faire de notre mieux, c'est tout.

Vous croyez qu'elle est morte ?

Si elle ne l'est pas, elle est sans doute foutrement méconnaissable.

Vous allez continuer à la chercher ?

Je garderai un œil ouvert.

La pluie cessa et Lewis conduisit la jeune fille à une boutique située dans un recoin miteux de la ville. Lewis arpenta les allées entre des rangées de chemises, et Jill alla dans la cabine pour essayer des robes en polyester. Lewis monta la garde et surveilla le rideau. Elle fit les gros yeux à un garçon arachnéen qui traînait par là les mains dans les poches. Lewis lui dit de s'en aller, et il obtempéra. Quand Jill eut terminé, Lewis lui acheta un pantalon et une robe en coton bleue ; elle s'acheta pour elle une chemise kaki, puis reprit la voiture, roula jusqu'à un magasin de vins et spiritueux et acheta dix bouteilles de merlot en promotion. Elle chargea le Wagoneer et remonta dans la montagne et le soir rouge étirait de longues ombres aux pieds des panneaux de signalisation et changeait les derniers poteaux téléphoniques en crucifix sanglants.

Elle attrapa une bouteille de merlot qui roulait sur le tapis de sol et demanda à Jill de l'ouvrir avec le tire-bouchon rangé dans la boîte à gants. Elle gara le Wagoneer au départ de la piste qui menait à Egyptian Point et elles restèrent assises sur leurs sièges pendant que les ultimes langues de brume rougies par le couchant descendaient des montagnes pour s'enfoncer dans les territoires sombres des vallées. Maggie Silk Foot faisait les cent pas dans la petite cour derrière le mobile-home, où elle avait construit des châteaux couleur rouille avec de vieux tampons et de vieilles canettes de bière.

C'était lundi, tout était calme et il n'y avait pas d'autre véhicule garé là. Lewis coupa le moteur et laissa le silence s'installer. Elle but à la bouteille. Je n'avais pas envie de te ramener tout de suite. Ça ne t'embête pas ?

Jill fit non de la tête, baissa sa vitre et s'alluma une cigarette. Elles burent à la bouteille et Jill fuma des cigarettes à la fenêtre. Un nuage cachait la lune, ne laissant que la lueur rouge de l'ampoule qui éclairait la terrasse arrière de Maggie Silk Foot. Les cheveux de la jeune fille brillaient. Lewis tendit la main et les toucha.

Qu'est-ce que vous faites ?

Je pensais que tu avais les cheveux mouillés. Ils sont vraiment jolis. Tu penses toujours t'en aller ? Maintenant que tu as dix-huit ans ?

Jill dit qu'elle prévoyait de partir le lendemain.

Qu'est-ce qu'il en dit, ton père ?

Il veut rester ici.

Toi aussi, tu peux rester, si tu veux, dit Lewis. Elle éloigna sa main. Tu n'es pas forcée de rester avec lui. Tu peux venir chez moi. J'ai une foutue chambre d'amis qu'est juste pleine de cartons. C'était le bureau de mon ex-mari. Elle est à toi, si ça te dit.

Je vous ai menti, dit Jill. Mon père n'a jamais fait l'amour avec ma mère après qu'elle est devenue paralysée.

D'accord. Pourquoi as-tu menti là-dessus ?

Vous connaissez toujours les raisons de vos actes ?

Non, bon sang, non, je crois pas.

Un jour, vous ne m'aimerez plus tant que ça, dit Jill.

Je me fiche que tu aies menti à ce sujet. On a tous nos raisons à la con pour faire ce qu'on fait, Jill. Même si on ne les connaît pas toujours.

Je ne peux pas rester avec vous.

Lewis regarda la jeune fille encore quelques instants, puis se tourna vers le volant et remit le contact.

Une lèvre coincée dans le goulot de la bouteille, Lewis était affalée, ivre, sur le canapé blanc. Des papillons de nuit frappaient dehors à la fenêtre comme une grosse averse. Dans la cheminée ronde les fausses bûches gisaient au cœur des flammes comme les membres des chats et des chiens incinérés dans la cour en terre battue derrière la clinique de son père. Plus loin, au-delà des flammes, l'homoncule était calé dans un coin de la pièce, sec et répugnant, la regardant d'un air hébété avec ses yeux de balles de tennis coupées en deux. Un criquet chantait depuis un trou dans son crâne.

Derrière elle, une porte s'ouvrit et une ombre fourchue emplit le salon. Elle décoinça sa lèvre du goulot et se retourna pour trouver Bloor vêtu d'une chemise de nuit jaune.

Vous allez bien, ranger Lewis ?

Qu'est-ce que vous portez là ?

C'était la chemise de nuit d'Adelaide.

D'accord. Lewis fit un petit signe de tête en direction de l'homoncule à l'autre bout de la pièce. Vous feriez mieux de bazarder ce foutu truc avant qu'il ne se désagrège et fasse plein de saletés.

Merci de l'avoir emmenée avec vous aujourd'hui.

Dix-huit ans, c'est un anniversaire qui compte. Je me suis dit que ça lui ferait plaisir de passer une journée loin de cette foutue montagne.

Bloor laissa la chemise de nuit glisser de ses épaules et tomber sur le sol. Il se déhancha devant elle à la lumière des flammes. Son long corps fin était intégralement rasé, son pénis était raide et petit. Son mulet doré semblait une sorte de coiffe japonaise. Il tenait un petit bloc de craie ; il y frotta ses mains, le posa au bout de la table, puis il s'assit à côté d'elle sur le canapé. Le cuir synthétique crissa contre sa peau. Il lui prit la bouteille et but le vin qu'il restait. Il lui pinça doucement les flancs. Voyant que Lewis ne faisait pas un bruit, il la pinça plus fort. Elle mit une main sur sa bouche. Il la pinça encore plus fort et il gémit et elle invoqua le nom du Seigneur en vain entre ses doigts.

Qu'avez-vous envie de faire ? dit-il.

J'aimerais essayer quelque chose, dit Lewis.

Quoi donc ?

Allongez-vous par terre et ouvrez grand la bouche.

Vous voulez vous déshabiller, avant ?

Non, dit-elle. Ce ne sera pas nécessaire.

Bloor la regarda, puis s'allongea par terre, sur le dos, nu, comme elle le lui avait demandé.

Maintenant ouvrez la bouche, dit Lewis depuis le canapé.

Bloor ouvrit la bouche ; Lewis se leva et vint se poster au-dessus de lui. Il était allongé, les yeux fixés sur elle.

Elle avait l'impression qu'il ressemblait à une fille agrandie et déformée. Elle se posa sur lui et approcha son visage du sien.

Sortez votre langue, dit-elle, et il le fit. Lewis serra les lèvres, laissa de la bave couler de sa bouche. Bloor détourna la tête. Elle lui dit de ne pas le faire, et il la redressa. Elle visa et cracha dans sa bouche. Gardez-la ouverte, dit-elle, et elle bava de nouveau. Je vous dirai quand avaler. Elle bava jusqu'à ce que la bouche de Bloor soit pleine et que des larmes lui montent aux yeux, puis elle s'assit et lui dit d'avaler. Il avala, eut un haut-le-cœur, se redressa sur ses coudes, et Lewis descendit de lui et se rassit sur le canapé.

Il resta un moment médusé, gloussa au fond de sa gorge et secoua la sueur de sa tête comme un oiseau aquatique sortant de l'eau pour respirer, puis il se leva et se tint devant le feu, jambes écartées, en érection. Il se finit là et aspergea les bûches artificielles et le foutre crépita en brûlant pour disparaître en une fumée aqueuse. Il lui dit que c'était la meilleure expérience sexuelle qu'il avait jamais eue et qu'il l'aimait et il prit un verre d'eau sur la table basse et le but là, comme ça, debout.

Lewis le regarda un moment, puis dit : Je ne vais pas bien.

Bloor reposa le verre. Vous avez envie de vomir ?

Non. Je veux mettre un terme à notre relation, aussi bien professionnelle que personnelle.

Vous avez bu deux bouteilles de merlot, vous savez.

J'ai bu quatre foutues bouteilles mais je sais ce que je dis. Je le sais maintenant, je le saurai toujours.

Je ne crois pas.

Ne me dites pas ce que je ne sais pas. Vous pouvez faire ce foutu truc tordu sans moi. Des moi, il en existe des tonnes. Je suis juste un exemplaire de la même personne qui se réplique à l'infini. Tout comme vous.

Non, c'est faux. Je vous aime.

Votre foutu amour n'est pas spécial non plus, dit-elle. Elle se racla la gorge et cracha jusque dans le feu sans quitter le canapé. N'allez surtout pas vous imaginer qu'il l'est. Votre amour est de la même marque que celui que tout le monde a.

Bloor frissonna tout nu et fit un pas en avant. Koojee. On en reparlera demain quand vous serez à jeun.

Lewis s'assit bien droite dans le canapé et réajusta le revolver et son holster à sa ceinture. Disons plutôt que l'affaire est close et tournons la page.

Vous me devez une discussion.

Vous voulez bien vous rhabiller, bon sang ?

Qu'est-ce qui a fait changer vos sentiments pour moi ?

Je ne crois pas qu'ils aient changé.

Bloor s'assit à côté d'elle sur le canapé. Je ne comprends pas.

Rhabillez-vous, bon sang.

Il ramassa la chemise de nuit par terre et l'enfila. Ma femme me disait toujours que Dieu a des tout petits pieds et qu'il se déplace à pas de loup à travers le temps mais qu'il fait un raffut de tous les diables quand il se déplace dans l'espace.

Ah, merde, dit Lewis. La moitié du temps je n'ai pas la moindre foutue idée de ce que votre bonne femme essayait de vous dire. Et l'autre moitié du temps ça ressemble à des trucs que presque tout le foutu monde a déjà dits avant et qui n'ont jamais aidé personne, même pas la première fois. Je ne comprends pas pourquoi on s'obstine à se répéter les mêmes foutues conneries les uns aux autres tout en espérant que les gens puissent être différents et bons. Je n'éprouve pas d'attirance pour vous et je n'ai pas de plaisir quand on baise, si on veut appeler ça comme ça.

Je suis désolé, dit Bloor. Je croyais que ça vous plaisait.

Vous vous trompiez.

J'espérais que nous pourrions explorer certains de nos fantasmes ensemble dans un environnement sûr et confortable. Je pensais que vous aviez une saine connaissance de vous-même et que vous étiez une femme puissante et progressiste.

Les gens comme vous qui se prétendent progressistes comptent bien souvent parmi les plus réacs.

Il me semblait que comme femme, vous étiez du genre ouverte et aventurière sur le plan sexuel.

Eh non, bon sang.

Bloor prit le petit bloc de craie sur la table et le fit tourner entre ses mains. Vous auriez dû me le dire plus tôt.

Oui, j'imagine, dit Lewis. Mais y a le foutu plaisir de ci, le foutu plaisir de ça. Je crois juste que j'ai jamais trouvé le moindre foutu plaisir à quoi que ce soit. J'obtiens rarement ce que je veux, mais je me suis dit qu'il fallait que j'essaie.

Je vais faire une thérapie. Je me calmerai sur la craie et on parlera plus de ce que vous aimez. On pourra refaire ce qu'on vient de faire aussi souvent que vous le voulez.

Je m'en vais, Steven. Vous aussi, vous devriez vous en aller. Vous devriez retourner d'où vous venez, Missoula, Tacoma ou je ne sais quel bon sang de foutu coin. Ça m'est égal.

Bloor glissa du canapé et s'agenouilla par terre. Il posa sa tête sur les cuisses de Lewis et sanglota. La chemise de nuit se coinça autour de ses hanches. La crête de sa colonne vertébrale disparaissait dans la fente glabre de son cul pâle. Si seulement vous pouviez arrêter d'être si méchante, dit-il. Koojee. Je souffre d'anxiété.

Appelez ça comme vous voulez, dit Lewis, ça me va. Le fait est que vous êtes quelqu'un que je n'ai pas tellement envie de côtoyer. Je suis désolée que vous vous sentiez mal. Mais je ne tiens tout simplement pas assez à vous pour vous aider.

Et Jill ?

Lewis ne dit rien.

Vous savez que pour elle, maintenant, vous êtes de la famille, dit Bloor. Je ne voudrais pas vous donner l'impression qu'elle est lente, mais…

Lewis leva la main, puis la posa sur la tête de l'homme et caressa une mèche de cheveux blonds.

Bloor s'essuya le visage et frotta ses mains couvertes de craie l'une contre l'autre. J'allais déjà mal avant de monter ici, dit-il. Saviez-vous que j'étais en congé vis-à-vis du département ?

Levez-vous de ce foutu plancher.

John m'a appelé pour me dire qu'il avait un boulot pour moi là-haut dans les montagnes. Je l'ai accepté pour fuir mon angoisse et chercher de l'apaisement. Puis je vous ai rencontrée et je n'ai plus voulu partir. Je n'ai pas envie de partir, là, ranger Lewis.

Lewis leva les yeux au ciel, suçota le merlot entre ses dents et eut un haut-le-cœur. Elle ravala le vomi qui lui remontait à la gorge et, baissant les yeux sur l'homme, elle dit : Bon sang, Mme Waldrip aurait mieux fait de s'écraser dans n'importe quelle autre chaîne de montagnes du pays. Quand vous vous lèverez de ce foutu plancher, vous pourrez aller dire au revoir à Jill de ma part.

Lewis sortit, prit le Wagoneer et retourna à sa cabane en pin. Elle se gara dans l'allée et resta assise sur son siège. Il était tard mais il y avait de la lumière dans la cabane lasurée de bleu d'à côté et Claude fit sortir le vieux chien dans les bois. Il attendit dehors, sans voir Lewis dans le noir. Au bout d'un moment, il fit rentrer le vieux chien et rentra après lui. Lewis inclina le dossier de son siège et s'endormit.

Elle fut réveillée par des coups sur la vitre côté conducteur et elle ouvrit les yeux. Dehors, le soleil découpait une fine silhouette en contre-jour. Elle redressa le dossier, abaissa sa fenêtre, mit une main en visière sur son front et regarda. Jill se tenait là, voûtée, avec ses bagages et la statuette d'aigle sanglée sur une valise.

Jill ?

C'est moi. Mon père est parti. Il rentre à Missoula, et puis après à Tacoma.

Lewis fit sèchement claquer ses lèvres violacées et se redressa en s'accrochant au volant. Bon sang.

J'ai décidé de rester.

Tu as de l'eau sur toi ?

Non.

Qu'est-ce qu'il t'a dit ?

Il a dit que vous ne vouliez plus nous voir et qu'on devait rentrer chez nous.

Lewis regarda la jeune fille.

Il a dit qu'on avait déjà perdu trop de temps dans cette montagne hantée et que ça n'était plus bon pour moi.

Qu'est-ce que tu lui as dit ?

Que je suis une adulte et que je peux décider moi-même de ce qui est bon pour moi et des endroits où j'ai envie de perdre mon temps. J'ai dix-huit ans, maintenant. Maintenant, tout le monde est tenu de respecter le fait que je pense ce que je dis.

La jeune fille dit à Lewis qu'elle aimerait bien vivre chez elle le temps qu'elle décide où aller. Lewis secoua la Thermos vide au-dessus de sa langue puis la jeta sur la banquette arrière. Elle cligna plusieurs fois des yeux en regardant la jeune fille et lui dit que l'offre de la chambre d'amis tenait toujours.

Il ne veut plus vous revoir, dit Jill. Il a dit que vous étiez une femme dangereuse et tordue.

Je peux comprendre pourquoi il a dit ça.

Pourquoi est-ce que vous dormez dans votre voiture ?

Lewis se massa le visage, ouvrit la portière et descendit du Wagoneer. Elle s'y appuya et vomit dans son ombre sur le gravier. Je me suis laissée emporter hier soir.

Il était en colère, dit la jeune fille. Quand il m'a déposée ici, il ne pensait pas que vous m'accepteriez, alors il m'a donné de quoi m'acheter un billet de bus pour la maison. Puis il a balancé ce truc dégoûtant par la fenêtre.

Lewis se redressa, s'essuya la bouche et regarda ce que la jeune fille montrait. Des os de chat et des ordures luisaient sur la route. Une balle de tennis coupée en deux gisait à côté d'un crâne de chat fracassé et d'un uniforme crasseux froissé en tas. Plissant les yeux, Lewis regarda le soleil qui brûlait dans les arbres et sur le granit. Elle prit son chapeau d'uniforme dans le Wagoneer et le mit sur sa tête.

C'est bon. On est en retard pour le poste.

Cette petite hutte allait être ma maison pour un peu moins d'un mois. L'homme et moi y dînions tous les soirs, et toutes les nuits nous y dormions, à moins de trois mètres l'un de l'autre. Je consacrai une bonne partie de mon temps libre à lui raconter des histoires à la lueur encrânée de la lanterne à nœud de pin. Je l'appelais Garland. Nous devînmes de fort bons compagnons.

Nous eûmes aussi notre lot de petites aventures. Un soir, il y eut du grabuge avec un jeune ourson noir qui avait dégringolé d'un des doigts du pin mort et avait traversé le toit. Comme on dit couramment, il eut plus peur de nous que nous de lui. Mais il nous fit tout de même sacrément sursauter, et je recrachai tout mon dîner sur lui. L'homme lui donna quelques bonnes tapes avec un numéro roulé du *National Geographic* qu'il m'avait dit avoir lu d'un bout à l'autre plus d'un million de fois, et l'ours s'en alla. Nous restâmes éveillés un long moment cette nuit-là, au cas où la maman ours viendrait pour se venger, mais Dieu merci elle ne le fit pas.

Un autre soir, après le dîner, il y eut un vacarme étrange et sinistre dehors. Les bruits étaient pleins de passion et j'étais sûre qu'ils étaient produits par une femme. Je les avais déjà entendus avant, quand j'étais tombée sur cette tente bleue déserte dans la forêt. Nous les écoutâmes sans bouger pendant un assez long moment, en espérant que ce n'était que le vent dans les arbres. Mais l'homme rassembla bientôt son courage et sortit avec la hache et son couteau dégainé pour voir ce qu'il se passait. Il s'absenta environ une demi-heure et à son retour il était de la couleur de l'eau de mer et frissonnait de froid. Les bruits ne cessèrent qu'un peu avant l'aube. Il ne me dit pas ce qu'il avait vu.

La plupart des soirs nous nous asseyions devant le poêle et je lui racontais des choses sur Clarendon et sur M. Waldrip. Je lui racontais comment c'était de grandir à la campagne dans l'ancien temps, comment j'avais connu deux guerres mondiales, même si je me souvenais à peine de la première, étant donné que je n'avais même pas trois ans quand mon père était parti en France se battre contre les Allemands sous les ordres du général Pershing, pour revenir à la maison avec une main droite toute ridée qu'il ne pouvait plus serrer. Je lui racontais le rationnement et les maraudes de récupération de caoutchouc pendant la Seconde Guerre mondiale, et je lui racontais que M. Waldrip s'était fait exempter à cause de sa mauvaise vue, et que lors de la bataille de Normandie il avait perdu un cousin déplaisant qui tabassait sa femme mais qui fut tout de même immortalisé comme un héros mort au combat. Je lui racontais comment j'avais enseigné à l'école élémentaire de Clarendon, avant d'y travailler comme bibliothécaire pendant plus de quarante ans, et comment j'avais très chèrement désiré avoir des enfants à moi mais qu'aucun ne m'était venu, et je lui racontais mon église méthodiste et les pasteurs que nous avions eus au fil des ans, dont le pasteur Jacob qui avait abjuré pour épouser sa bonne mexicaine lors d'une cérémonie agnostique à El Paso.

Mon compagnon n'était pas un homme loquace et il me parla très peu de lui. Je suis une pipelette notoire, et à chaque fois il détournait la conversation et me laissait parler et parler encore jusqu'à ce que je m'arrête de moi-même. J'appris tout de même qu'il était né quelque part dans l'Est du continent et qu'il avait sillonné le monde avec sa mère à partir de l'âge de huit ans et qu'il avait brièvement vécu en Allemagne. Malgré cela, il venait d'une famille très pauvre et il n'avait jamais connu le nom de son père ni su d'où il venait.

Sa mère était apparemment une de ces femmes qui ne tiennent pas en place et qui ne voient aucune utilité au fait d'avoir un mari ; elle était, comme il dit, constamment en quête d'affection auprès d'hommes inconnus. Il dit qu'elle restait dans les bars jusqu'à leur fermeture, et qu'elle ne passait jamais une nuit chez elle si elle pouvait faire autrement. À l'entendre parler, ce devait être une vraie grande narcissique. Les rares fois où elle avait fait preuve d'un tant soit peu d'amour maternel à son égard, ce n'était, dit-il, que parce qu'elle le considérait comme un prolongement d'elle-même. Mais comme ils vivaient souvent à la campagne, il avait passé une bonne partie de son temps libre dehors, et il aimait bien partir seul à la chasse ou à la pêche. Au bout du compte cela avait fait de lui un homme d'extérieur tout à fait compétent.

Il me raconta aussi une histoire pitoyable que nombre de mes lecteurs, je n'en doute pas, trouveront pertinente. Je ne l'insère pas ici pour suggérer quoi que ce soit de particulier à propos de son caractère, je l'insère seulement parce qu'il me l'a racontée et que j'en ai éprouvé de la tristesse pour lui. À un certain moment de sa vie de jeune garçon, il habitait en face de chez une jolie jeune fille qui avait émigré de Bulgarie. À l'école, elle était dans la classe juste au-dessus de la sienne, et il la croisait souvent dans les couloirs. Bon, un jour après les cours, cette fille vint le voir et l'invita à une fête du comté. Ils y allèrent ensemble et il lui acheta une glace. C'est là qu'elle le prit à l'écart et approcha sa bouche à deux centimètres de la sienne et le nargua horriblement en lui disant qu'elle savait qu'il avait très envie de l'embrasser. Elle le traita de petite femmelette et lui dit que jamais, jamais de la vie, elle ne l'embrasserait. Il me dit que tout ce qu'il avait pu faire alors, c'était sentir l'odeur sucrée de son haleine et puis s'en satisfaire comme il pouvait.

J'imagine que si les gens racontent des histoires, c'est parce qu'on peut les raconter encore et encore. Vous pouvez finir par connaître une histoire sacrément bien, comme le fond de votre poche et sur le bout des doigts. Mais si une histoire peut dire quelque chose du vrai monde, pour l'essentiel elle n'en dit rien. Vous pouvez maîtriser une histoire. Je pense que, pour une grande part, ce qui déconcerte les jeunes d'aujourd'hui, c'est qu'ils sont rarement capables de faire la différence entre une histoire que l'on raconte et les événements réels du monde naturel. Cependant, si vous êtes suffisamment attentif vous apprenez, avant d'être très vieux, qu'il est impossible de réécrire une vie, et que c'est par votre propre main secrète que vous êtes vous-même l'auteur de votre propre perte. Dans la vie, nul choix n'est jamais fait sans qu'il entraîne une fin irrévocable.

Je crois que l'incendie eut lieu le 5 novembre. Le temps était splendide, il faisait grand soleil, et je passai la journée au bord du ruisseau. Il y avait dans l'air une petite fraîcheur d'automne, mais bien assez de soleil pour l'empêcher de s'installer. J'étais assise sur mon rocher préféré, occupée à tresser des roseaux sans but particulier pendant que l'homme relevait les collets et les pièges qu'il avait posés de l'autre côté du ruisseau. Il s'était éloigné en sinuant vers l'aval jusqu'à sembler n'être plus qu'un bon vieux petit buisson ou rocher sur la plaine inondable. Il avait dit qu'il s'occupait de faire nos provisions pour l'hiver. Dans l'ensemble, c'était un jour comme tous les autres, là-bas dans la nature. Il revint avec un blaireau estropié qu'il portait par la queue. Le pauvre animal était vieux et il bavait du sang par son museau gris fripé. Je ramassai un peu de massette à larges feuilles pour mettre dans le ragoût.

Ce soir-là le soleil se coucha plus tôt qu'il ne l'avait jamais fait là-bas et je me souviens de m'être dit que l'automne était maintenant vraiment bien avancé. L'homme nettoya le blaireau devant la hutte à la lumière de la lanterne à nœud de pin, et je fis du feu dans le poêle en écoutant le bruit que faisaient les entrailles de la pauvre créature en tombant dans l'herbe et en s'y accrochant. Derrière le vieux drap qui nous servait de porte, je regardai discrètement l'homme dépecer l'animal à l'aide de son couteau. Il y eut alors une bourrasque de vent qui fit gonfler ses longs cheveux et son manteau bleu d'une façon telle qu'il ressemblait à un homme venu d'un temps ancien, un homme issu d'une ère lointaine où le vent soufflait depuis des terres inexplorées et où les langues avaient beaucoup moins de mots.

Il rentra dans la hutte avec le blaireau nettoyé et entreprit de le découper. Il dit : Vous savez à quoi je pensais, juste là dehors ?

Non, dis-je. À quoi ? Je ne voulais pas paraître trop curieuse, mais il était inhabituel qu'il choisisse de lui-même d'entamer la conversation.

Je me disais que ce serait génial si je pouvais changer d'apparence quand bon me semble. Je pourrais être quelqu'un d'autre. Je pourrais avoir une vie différente tous les jours. Un jour, je me transformerais en une très belle femme et je m'en irais à la grande ville et je verrais ce que ça fait. Un autre jour, je me transformerais en un élève comme tous les autres et j'irais à un bal du lycée. Ou je serais un enfant et j'irais voir un film et je rencontrerais des gens au cinéma. Un autre jour, je pourrais être un homme blanc aux yeux verts sur la plage, et un autre encore, une femme noire aux yeux bruns. Je pourrais être n'importe quoi.

J'avais quelques questions. Est-ce qu'il n'y aurait que votre apparence qui changerait ? lui demandai-je. Est-ce que vous changeriez ? Est-ce que vous seriez obligé de vous comporter différemment, étant donné que j'imagine que vous ne seriez véritablement aucune de ces personnes ?

Une fois que vous avez une certaine apparence, dit-il, vous n'avez pas besoin de jouer beaucoup pour être ce que tout le monde vous dit que vous êtes déjà.

Je lui demandai pourquoi il aimerait avoir ce don de polymorphe.

Il arrêta de découper le blaireau. Il attrapa un bout de chiffon et essuya le sang de ses mains et dit : Certaines personnes peuvent vivre des expériences auxquelles d'autres personnes n'ont pas accès. Je veux vivre autant d'expériences qu'il est possible d'en vivre. Et j'ai toujours plus ou moins pensé que quoi que je sois, j'étais trop de choses différentes pour que quiconque accepte qu'elles puissent toutes tenir en une seule et même personne. Vous voyez ce que je veux dire ? Par exemple, il y avait un homme que je connaissais chez nous qui disait qu'il avait parfois l'impression d'être une femme. La plupart des gens veulent que vous ne soyez qu'une seule chose et ne vous laisseront pas être quoi que ce soit d'autre. J'imagine que ça leur facilite la vie.

Nous dînâmes, puis nous nous couchâmes. Dans la nuit, le vent forcit de nouveau et souffla froid par tous les interstices de la hutte et il me réveilla. L'homme dormait en chien de fusil sur sa paillasse. Je resserrai la fourrure d'Érasme sur mon cou, m'approchai du poêle et relançai le feu. Je me réchauffai, écoutant le bruit du vent, et me rendormis bientôt.

Je me réveillai de nouveau dans la nuit, cette fois à cause non pas du froid mais de la chaleur intense. Dieu du ciel, c'était comme le soleil du Texas sur mon visage. J'ouvris les yeux et au-dessus de moi tourbillonnait un immense vortex de fumée et de flammes !

Au feu ! Je n'y voyais rien, je vous le dis. Je toussai comme une machine à vapeur et je couvris mon visage avec mes mains. J'essayai de crier pour prévenir mon ami mais tout ce que j'arrivai à faire, c'était tousser.

Je l'entendis hurler mon nom au-dessus du vacarme de la conflagration. Mme Waldrip ! Mme Waldrip !

Je tournai en tous sens, le cherchant dans le chaos. Mon Dieu, je ne le voyais nulle part !

Soudain, il jaillit hors du feu, emmailloté de flammes et fumant comme si l'enfer venait de le mettre bas, hurlant de douleur. Il m'enveloppa dans le manteau de Terry et dans une couverture, puis, d'un geste vif, il m'enleva dans ses bras, et il me porta dehors comme une enfant. Je sentis l'air frais sur mon visage ; le vent emportait la chaleur.

Les yeux fermés, je m'allongeai dans l'herbe sur le dos. J'eus beaucoup de mal à reprendre mon souffle.

Il y eut un grand bruit mat. J'ouvris les yeux, toussant encore horriblement. Un brasier gigantesque venait d'engloutir la hutte. Un gros tas noir avec de la fumée et de grandes langues de feu bondissant tout autour comme une vénération démente de la Pentecôte. Pris par les flammes lui aussi, le pin blanc brûlait dans la nuit comme une formidable main de feu, si fantastiquement belle et atroce à la fois que l'on eût dit que c'était l'authentique main de Dieu. J'imagine que cette image est le fruit de l'imagination d'un cœur coupable. Je me dis avec tristesse que si je n'avais pas remis du bois dans le poêle cette nuit-là, l'incendie n'aurait peut-être pas eu lieu, et certaines choses seraient peut-être différentes aujourd'hui. Cependant, j'en suis venue à comprendre qu'une sacrée grosse part de la vie consiste à apprendre à transformer la culpabilité en une sorte de notion plus abstraite qui ne vous embêtera pas au point de vous empêcher d'aller de l'avant.

Je passai mes mains sur mon corps. Par miracle, je ne semblais pas blessée. Je cherchai mon ami. Il était allongé sur le dos à côté de moi. Son visage était noir et boursouflé comme une vieille prune, saisi en une grimace horrible. Ses vêtements fumaient, une jambe de son blue-jean avait brûlé et de fines lignes de braise rongeaient encore le tissu. Cela laissait voir la chair noire calcinée en dessous du genou, ce qui me fit penser au type de cuisson que M. Waldrip aimait pour son bacon.

Je me levai d'un bond et éteignis les braises qui couraient sur son corps avec mes mains.

Il poussa un grognement. Ses yeux étaient encore fermés lorsqu'il me demanda si j'allais bien.

Je lui dis que oui, et lui demandai comment il se sentait.

Pas terrible, dit-il.

Votre jambe est grièvement brûlée.

C'est l'impression que ça me fait.

Je lui dis que je reviendrais. Il se contenta de grogner. Je courus jusqu'au ruisseau et cherchai à tâtons, dans le noir, le vieux seau en plastique que nous gardions là. Lorsque je l'eus trouvé, je le remplis et le portai jusqu'à l'homme puis je versai de l'eau sur ses jambes et son visage et je rinçai la suie. Il grogna de nouveau, puis il perdit conscience. Je collai mon oreille sur sa poitrine et écoutai sa respiration et les battements lents de son cœur. Je restai éveillée comme ça jusqu'au lever du soleil, à l'écouter respirer, tenue au chaud par la hutte et le pin blanc qui se consumaient tout autour de moi, brûlants comme les gonds de l'enfer.

L'incendie continua jusque dans le matin. Je me rappelle voir le feu pâlir à mesure que le soleil montait au-dessus des montagnes, projetant ses rayons sur les cendres grises et la colonne de fumée. Le pin blanc à cinq doigts se dressait derrière moi, noir et fumant et ridé de veinules ardentes mourant comme un vestige laissé après la crémation d'un géant de conte de fées. L'herbe était perlée de rosée ce matin-là et il faisait sacrément froid. Je me tenais pelotonnée contre l'homme aussi près que je l'osais du feu qui s'éteignait lentement. Nous étions tous les deux blancs de cendre comme un duo d'esprits. Je gardai un doigt sur son pouls.

Lorsqu'il reprit enfin conscience, il se redressa pour regarder sa jambe. C'était horrible à voir. La chair était couverte de cloques et de papules et de polypes cristallins, elle scintillait et elle luisait comme une variété de roche rare que j'avais vue avec M. Waldrip au musée des Plaines de la Panhandle. L'homme secoua la tête et se rallongea dans l'herbe sur le dos.

Je lui demandai comment il se sentait et il me dit que ça irait.

Je me souvins que Grand-Mère Blackmore faisait un cataplasme d'herbes et de racines quand Davy s'égratignait les genoux. Je dis à l'homme que j'allais aller chercher ce qu'il fallait dans la forêt pour lui en confectionner un moi-même.

Vous ne ferez que vous perdre, et ça nous mènera où? Après tout ça. Non, je vais juste prendre un peu d'eau, s'il vous plaît.

J'allai au ruisseau, remplis le seau et le rapportai. Il le saisit et je l'aidai à boire.

Je lui dis qu'il m'avait sauvé la vie une fois de plus. Il ne dit rien.

Bon, ne vous inquiétez pas, dis-je. Je vais vous remettre sur pied.

J'allai au tas de débris ardents sous le pin, où il ne restait que de la chaleur et presque plus de flammes, puis je trouvai un bâton et farfouillai dans les cendres à l'endroit où il me semblait que sa paillasse avait dû se trouver. Les cendres me volèrent au visage. Je finis par trouver ce que je cherchais, et, d'un coup de pied, j'éloignai le couteau des cendres. Le joli manche en chêne avait brûlé et il ne restait que la lame avec son fourreau décoré. Quand la lame eut suffisamment refroidi je m'en servis pour couper le blue-jean de l'homme. Son organe sexuel était le premier organe masculin auquel j'étais exposée depuis la dernière fois où j'avais vu celui de M. Waldrip et celui du sans-abri vulgaire qui se cache derrière les cageots à côté de l'épicerie. Sur le moment, je n'en pensai pas grand-chose, mais j'imagine qu'il était juste naturel que je voie mon ami nu étant donné que lui aussi il m'avait vue en tenue d'Ève. Je le couvris avec la couverture que nous avions sauvée du feu.

Je passai le reste de cette journée à lui donner à boire et à regarder ce qu'il restait du pin finir de se consumer. Quand ce fut fait, je me mis en tâche d'y jeter tous les morceaux de bois que je pus trouver pour alimenter le feu en prévision de la nuit.

La sinistre silhouette d'un petit homme aux jambes arquées se mouvait au bord de la route. Les phares de Lewis l'accrochèrent dans la pénombre du crépuscule et elle vit qu'il s'agissait de Pete. La caméra vidéo pendait à son cou et il avait toujours sa coiffe maculée de sang sur la tête. Il fit des signes avec ses bras. Lewis gara le Wagoneer sur le bas-côté d'asphalte aménagé près du point de vue où il s'était arrêté. Elle baissa sa vitre. Des longues-vues à pièces se dressaient là, tordues, vandalisées, couvertes de symboles crus et de nudité féminine, derrière un panneau en bois criblé de chevrotine où l'on pouvait encore tout juste lire US Forest Service Black Grass Vista. La chaîne de montagnes brûlait de rouge dans le couchant.

Bonsoir, ranger Lewis. Je vous cherchais.

Qu'est-ce qu'il y a, Pete ?

De voir le commandant Bloor partir ce matin, ça m'a fait réfléchir. J'ai décidé de rentrer chez moi à la fin de la semaine.

Vous avez eu votre dose ?

Mon cœur se retape, et je me dis qu'il est temps de reprendre une vie normale.

Bonne chance.

Merci, ranger Lewis.

Elle regardait l'homme, attendant. Il y a autre chose ? Je dois passer prendre des cigarettes pour Jill avant que le Penguin ferme.

Je voulais juste vous donner un truc. Bon, pour être honnête, je voulais d'abord le livrer aux autorités, ou au commandant Bloor. J'étais pas sûr de savoir si c'était légitime ou non. Koojee.

Ne dites pas ce foutu mot, Pete. C'est pas un mot qu'existe.

Ah non ?

Bon sang, Pete, j'ai eu une longue journée.

Pete sortit une cassette vidéo de derrière sa ceinture. La nuit où on était dans le refuge, j'étais terrorisé, je ne pouvais pas dormir, alors j'ai filmé des trucs, en attendant que le fantôme sexuel cyclope de Claudey montre le bout de son nez. Mais cette caméra a l'air d'avoir un esprit bien à elle. Pete tendit la cassette vers la fenêtre ouverte.

Lewis coupa le moteur et prit la cassette. Elle la regarda et la retourna. Qu'est-ce que vous voulez dire ?

C'est vous et Jill en train de vous câliner sur la couchette du bas.

Je ne vois pas de quoi vous voulez parler.

Je l'ai filmé. On dirait bien qu'il y a entre vous deux quelque chose d'un peu plus fort que ce qu'un gars normal a des chances de remarquer. J'ai pas pu voir grand-chose sur la cassette parce qu'il faisait sombre, mais j'en ai vu assez. Je vous ai vue l'embrasser dans son sommeil.

Lewis fixa le petit homme d'un regard dur. Où voulez-vous en venir, bordel de merde ?

Pete secoua la tête. Je fais des gros efforts pour être honnête et franc, là. C'est la raison pour laquelle je suis venu ici chez mon vieux Claudey, même s'il se tire un peu trop sur la nouille. Faut travailler sur soi et trouver qui on est pour savoir ce qu'on veut, sinon on risque de finir en une version rudement terrifiante de soi-même et de se faire du mal à soi-même ou à n'importe qui d'autre qui se trouve juste être là. Z'avez pas besoin de faire mine d'être quelqu'un d'autre vis-à-vis de moi, ranger Lewis. Je vous juge pas.

Lewis attrapa la Thermos sur le siège passager et but. Bon sang, qu'est-ce que vous attendez de moi, espèce de foutu abruti ?

Ne vous méprenez pas, ranger Lewis, dit Pete. Je veux rien. J'ai pas réussi à avoir la moindre image d'un quelconque fantôme sexuel bien rare ni quoi que ce soit du genre pendant que j'étais ici, mais j'ai eu ça, et ça m'a franchement l'air d'être assez rare. Et comme je disais, je savais pas quoi en faire, d'abord. Vu que vous êtes deux femmes et qu'elle a que dix-sept ans et qu'elle est sous vos ordres dans ce programme de travail bénévole.

Elle a dix-huit ans.

Seulement depuis hier, non ?

Oui.

De toute façon, y a forcément un genre de rapport hiérarchique inégal, là-dedans. Quoi qu'il en soit, après, j'ai regardé de nouveau plusieurs fois la cassette et j'en suis venu à me dire que vous aviez pas l'air d'être si vilaines que ça. Que c'était pas déplacé que vous la touchiez et que vous soyez deux femmes et qu'elle soit jeune et sous vos ordres. Et y a toujours un genre de rapport de pouvoir, pas vrai ? Quelles que soient les personnes. Quel que soit le moment. Quel que soit l'âge. Y en a toujours un qui a le dessus.

Je n'ai jamais eu le dessus, dit Lewis.

Le truc, c'est que je trouvais qu'il se passait franchement rien de mal dans ce que je voyais, ni franchement rien de sans cœur. Bon sang, si vous aviez des images de l'air que ma femme et moi avions quand nous étions ensemble, vous vous diriez qu'on ferait mieux de lapider ces deux humains avant qu'ils ne passent une seconde de plus ensemble, avant que leur ignorance de l'amour ne nous blesse tous. En vous regardant toutes les deux au poste, aujourd'hui, j'ai bien vu que vous ne lui vouliez que du bien. Alors ce que j'essaie de vous dire, c'est merci, ranger Lewis. Merci de m'avoir montré quelque chose de vraiment beau.

Lewis regarda la cassette et la retourna encore. Elle la secoua. Vous avez montré ça à Claude ?

Non m'dame.

Vous lui en avez parlé ? Vous en avez parlé à quelqu'un d'autre ?

Non m'dame, il me semblait pas que c'était mon rôle.

Elle regarda Pete par la vitre baissée. Il se tenait voûté, les mains dans les poches de son manteau. Lewis secoua la tête. C'est bien un truc de bonhomme que de s'imaginer entouré de lesbiennes.

Pete sourit et porta une main sur son thorax en bréchet. Je vous suis vraiment très reconnaissant d'avoir bien voulu me prendre dans votre programme de bénévoles, ranger Lewis. Ces quelques mois ont été la meilleure thérapie qu'un homme comme moi puisse jamais souhaiter. Il se trouve que je suis frustré sexuellement et que je déteste les femmes. C'est seulement parce que je me respecte pas vraiment moi-même, mais j'aimerais croire qu'il y a encore de l'espoir pour moi. Je sais que je suis un drôle de gus, mais je suis à peu près sûr de pas être un mauvais gus.

Non, Pete, vous n'êtes pas un mauvais gus.

Leurs phares éclairèrent le panneau de bois pourri au départ de la piste : EGYPTIAN POINT. Lewis mit le Wagoneer au point mort et coupa le moteur. Elle éteignit les phares et tout fut noir. Depuis le siège passager, la fumée de Jill éparpillait du bleu sous le clair de lune. La jeune fille ouvrit la portière, descendit et prit une bouteille de merlot sur la banquette arrière.

Elles gravirent la piste jusqu'à Egyptian Point. Lewis balayait par à-coups le chemin devant elles avec le faisceau de sa lampe torche et crachait sur le côté. Elles arrivèrent à la clairière et il n'y avait pas de feu dans le trou bordé de pierres. Il n'y avait pas de vent et tout était paisible. Elles ne voyaient que la lune au-dessus et les contours de grandes silhouettes faites de cire de bougie et de bouteilles de merlot, avec des longs poignets en fil électrique et des bols en guise de seins. Une des silhouettes portait un vieux chapeau d'uniforme que Lewis reconnut, et l'autre avait un micro de karaoké planté dans le rectum.

Putain de Maggie.

Jill s'assit sur un des rondins posés de biais autour du petit cercle de pierres. Elle s'alluma une autre cigarette puis cala la bouteille de merlot entre ses genoux et la déboucha avec un tire-bouchon qu'elle avait pris dans le Wagoneer. Lewis traîna quelques bûches d'un tas de bois proche et les plaça dans le cercle. Elle prit un petit bidon souple d'essence pour briquet dans la poche de son manteau et le pressa pour asperger les bûches. Elle y craqua une allumette ; le bas de son pantalon prit feu, elle l'éteignit en le tapant contre la terre. La lumière du feu de camp se déploya et illumina le visage scarifié de la jeune fille silencieuse assise sur son rondin.

Lewis s'assit à côté d'elle et prit la bouteille de merlot. Elle but et dit : Je suis foutrement désolée.

Pourquoi ?

Le départ de ton père, ce matin, ça a dû être dur.

Jill reprit la bouteille et but. Les relations ne sont jamais des forteresses. Ce sont toujours des tentes.

Lewis observa la jeune fille. Bon sang, y a pas à dire, ton père se trompe complètement sur toi.

Elles burent ensemble la bouteille de merlot, puis Lewis but ce qu'il restait dans la Thermos. Elle sortit d'une poche de son manteau la cassette que Pete lui avait donnée. Elle la secoua une fois, puis la jeta dans le feu.

Qu'est-ce que c'était ? dit Jill.

Rien, dit Lewis.

Elles regardèrent la cassette fondre entre les bûches sous une fumée âcre.

Il y eut un raffut de randonneurs du côté de la piste et Lewis posa une main sur la crosse du revolver qu'elle portait à la hanche. C'étaient les trois jeunes hommes qu'elles avaient déjà vus devant le Crystal Penguin. L'un d'eux avait un col roulé et portait une caisse de bières sur ses deux avant-bras. Le jeune maigre à crête de Mohawk mena le groupe jusque dans la lumière du feu, ses lunettes rondes aussi opaques que deux pièces d'argent.

Vous passez une bonne soirée, mesdames ? dit-il. Le piercing de sa langue étincela.

Lewis se leva et épousseta son pantalon. Vous n'avez pas le droit d'être ici, les gars. Je crois que vous le savez.

Et vous ?

Je suis une foutue ranger du Forest Service des États-Unis.

Le jeune au col roulé fit un signe de tête en direction de Jill. Bon, et elle, c'est qui ? C'est pas une flic des arbres.

Vous n'avez pas besoin de savoir qui c'est, dit Lewis. Si vous ne redescendez pas, je vous collerai des foutues amendes.

Le jeune à crête de Mohawk alla sans dire un mot de l'autre côté du feu et se posa sur un rondin. Les deux autres le rejoignirent et se postèrent de part et d'autre de lui. Le feu offrait les seuls bruits et la seule lumière ; le vent était léger et le bois brûlait lentement. Les gars ouvrirent des canettes de bière sorties de la caisse. Le jeune à crête ouvrit la fermeture Éclair d'un grand sac et en sortit un sac à sandwich et une pendule de cheminée en bois sombre serti d'or.

C'est la pendule de ma mère, dit le jeune gars.

Elle est morte, dit un autre, et il brandit le sac à sandwich. On est venus ici, à cet endroit, pour disperser ses cendres en sa mémoire.

Le jeune à crête posa la pendule sur un rondin à côté de lui et ils se turent tous les trois quelques instants pour écouter le bruyant tic-tac scander le fouet du feu. Quand mon père et elle avaient mon âge, dit-il, ils ont gravé leurs noms sur le gros rocher qu'est juste là-bas, celui qui ressemble à une vulve. Je savais que sa pendule serait mieux ici, à cet endroit précis, que quelque part au fond de ma caravane. Elle aurait l'air de pas être à sa place avec moi dans ma caravane.

Elle va se faire bousiller par les intempéries, ici, dit Lewis.

C'est pas grave. Tout bousille tout partout, pas vrai ?

Lewis cracha dans le feu. Je suis désolée pour votre foutue maman, dit-elle, puis elle leur dit qu'elle les autorisait à disperser ses cendres et à faire une petite cérémonie, mais qu'ensuite ils devraient s'en aller.

Les gars échangèrent quelques mots en marmonnant puis se levèrent de leurs rondins avec leurs canettes de bière comme s'ils étaient des marionnettes dont la lune eût tiré les fils. Le jeune à crête prit le sac à sandwich et alla se poster au loin sur un surplomb qui dominait la vaste vallée, puis il ouvrit le sac et le secoua en le tenant par les coins dans la nuit sans vent. Il revint vers ses compagnons, sa chemise et son pantalon couverts de poussière grise, ses yeux invisibles derrière les reflets de ses lunettes. Les deux autres gars posèrent chacun une main sur chacune de ses épaules et burent à leurs canettes.

C'est bon, dit Lewis.

Le jeune à crête acquiesça, prit la pendule posée sur le rondin et alla la placer haut dans le creux d'une large paroi rocheuse sous les noms de ses parents. Il se retourna, glissa le sac vide dans une de ses épaulettes, et commença à redescendre par le sentier. Les autres gars furent lents à le suivre, et celui au col roulé s'accroupit pour prendre la caisse de bières.

Vous allez devoir laisser ça ici, dit Lewis.

Pourquoi donc ?

Vous ne pouvez pas vous balader avec de l'alcool sur les foutus terrains de l'État. Je devrais vous coller des amendes, bande d'abrutis. Laissez cette caisse ici. Je me chargerai de l'évacuer.

Pour ça c'est sûr, je veux bien vous croire, dit l'autre. Comme vous évacuez ce vin.

Vous êtes vraiment une flic des arbres bien pourrie, j'espère que vous le savez, dit l'autre. Vous abusez de votre pouvoir et vous profitez de nous parce qu'on n'a pas le cœur à discuter avec une vieille femme merdique.

Elle a trente-sept ans, dit Jill.

Une vraie flic des arbres pourrie, une vraie vieille gouine triste, dit le gars au col roulé. J'espère que ce foutu fantôme hermaphrodite va vous bouffer et vous voler votre âme pour l'emmener sur Neptune.

Lewis leur redit de s'en aller. Ils se regardèrent l'un l'autre, puis ils regardèrent Jill, et ils se mirent en marche d'un pas traînant sur le sentier à la suite de leur compagnon à crête.

Lewis se leva, fit quelques pas en titubant de biais jusqu'à la caisse, puis la souleva et la porta de l'autre côté du feu, où Jill se tenait assise. Elle ouvrit une canette et la tendit à la jeune fille, puis en ouvrit une pour elle et la leva. À nous, dit-elle.

Elle s'assit à côté de Jill sur le rondin et elles burent canette sur canette.

Faut pas que tu croies toutes ces conneries à propos de Cornelia, dit Lewis. Les foutus êtres humains sont largement plus terrifiants que les histoires. Je te protégerai de tout ça.

Vous voulez me protéger ?

Bien sûr que oui.

Pourquoi ?

Lewis se laissa glisser du rondin et s'allongea sur la terre chaude devant le feu. Elle leva un pied, écrasa une canette vide sous sa chaussure puis la jeta dans le feu d'un geste saoul. J'imagine que ça me plairait de voir quel genre de femme tu seras en grandissant, dit-elle.

Je vais garder cette taille jusqu'à ma mort.

Tu ne mourras pas. Le temps que tu atteignes mon âge, on aura découvert un foutu remède contre ça.

Contre la mort ?

Peut-être même qu'il pourra te faire redevenir jeune. On aura juste un pays plein d'ados immortels.

Jill descendit du rondin et s'allongea à côté de Lewis. Je ne veux pas mourir.

Je ne te le permettrai pas, dit Lewis. Je ne te permettrai pas d'arrêter de venir me voir, je ne te permettrai pas d'arrêter de me donner de tes nouvelles. Et je ne te permettrai pas de mourir. On ne se quittera jamais.

Jill fit un bruit et Lewis pensa que c'était un petit rire. On fera de notre mieux, dit-elle.

Lewis roula sur le côté et regarda la jeune fille. Elle posa une main sur sa joue et, du bout du pouce, elle suivit le fil des cicatrices qui quadrillaient le visage de la jeune fille. Jill se pencha en avant et toucha le menton de Lewis avec ses lèvres. Lewis bougea et aligna leurs bouches l'une contre l'autre. Sur la paroi rocheuse, la pendule battait le rythme et elles étaient toutes les deux allongées ensemble près du feu sous leurs manteaux.

Lewis se réveilla dans le noir. Dans le cercle de pierres, le feu couvait sous des canettes noircies et la bouteille de vin. La pendule de cheminée sonna cinq heures. Les statues de cire se dressaient au-dessus de Lewis. Un gémissement lui parvint depuis les arbres, puis s'évanouit. Lewis se redressa sur ses coudes et regarda ses mains en plissant les yeux à la lueur des braises. Des fourmis rouges grimpaient le long de ses doigts. Une grosse la piqua et elle l'envoya voler d'une pichenette. Le gémissement reprit et les arbres ondulaient dans la nuit. Des oiseaux nocturnes noirs volaient sur le fond noir de la forêt et sur le fond plus noir encore des montagnes.

Bon sang. Qui est là ?

Lewis se releva lentement et ondoya comme si elle se tenait debout dans un canoë. Elle porta une main à son revolver et déboutonna la languette du holster. Le gémissement s'intensifia ; une pierre vola depuis les arbres et la manqua. Elle dégaina le revolver, visa les arbres, et tomba.

Le gémissement cessa. Elle attendit. Rien ne se passa.

Elle entendit la jeune fille pleurer et elle se retourna. Le visage de Jill sortait du manteau gris qui la couvrait et elle frissonnait contre la terre. Des fourmis erraient sur son visage et s'emmêlaient dans ses cheveux. Lewis rengaina le revolver et se pencha sur elle. Elle balaya les fourmis, posa une main sur l'épaule de la jeune fille et la secoua pour la réveiller.

La jeune fille cessa de pleurer et s'assit. Elle avait les joues et les lèvres couvertes de boutons rouges. Encore ensommeillée, elle cligna des yeux et essuya sa bouche enflée. Qu'est-ce que c'est ?

On s'est endormies sur une foutue fourmilière.

Jill dit qu'elle avait froid, qu'elle ne se sentait pas très bien, et demanda si elles pouvaient partir.

Lewis éclaira leurs pas avec sa lampe torche ; elles titubèrent jusqu'au bas du sentier, et retrouvèrent le Wagoneer.

Sur la portière conducteur s'étalait le mot GOUINE gravé à coups de clé.

Penchée en avant, serrant fort le volant, Lewis descendit la route de montagne sinueuse. En chemin, elle se gara sur le bas-côté, et Jill vomit par la portière passager sur les fleurs sauvages qui poussaient sur le bitume. Lewis vomit par la portière conducteur.

Une demi-heure plus tard elles arrivèrent à la cabane en pin et Jill s'était rendormie. Lewis se gara, fit le tour du Wagoneer, ouvrit la portière passager et prit la jeune fille dans ses bras. Elle la porta péniblement dans l'allée et faillit trébucher sur le museau de la tête de biche qu'elle avait enterrée là. Partiellement exhumé dans les graviers, son visage abîmé la fixait d'un regard vitreux entre ses chaussures. Elle continua à marcher et, actionnant la poignée d'un seul doigt, elle porta la jeune fille à l'intérieur. Le salon était sombre et Lewis posa Jill sur le canapé. La jeune fille remua mais ne se réveilla pas. Lewis la regarda dormir à la nouvelle lumière de l'aube qui arrivait par la fenêtre de la cuisine.

Bientôt, la jeune fille se réveilla, s'assit et pleura dans ses mains.

Qu'est-ce qu'il y a ?

Je veux rentrer chez moi.

Je croyais que tu voulais rester avec moi.

Je peux appeler mon père et lui demander de venir me chercher ?

Lewis s'agenouilla devant elle. Je croyais que tu voulais rester ici.

La jeune fille cessa de pleurer et s'essuya les yeux aux revers de sa manche de sweat-shirt. Elle releva sa tête scarifiée et couverte de boutons, regarda Lewis, et dit de sa manière bizarre : Vous croyez qu'on se fait tous du mal les uns les autres sans même s'en rendre compte ?

Bon sang. Je n'en sais rien.

Je n'arrêtais pas d'entendre cette pendule, hier soir, et je pensais à la vieille dame.

Cloris Waldrip ?

Elle a perdu son mari. Je crois qu'il faut une seconde vie entière pour oublier quelqu'un avec qui on a déjà passé une vie. Elle n'a pas pu avoir assez de temps. Vous croyez que c'est cruel de se forcer à rester avec quelqu'un pendant aussi longtemps ?

Je n'en sais rien, Jill. Je ne veux pas que tu t'en ailles.

Je crois que c'est cruel pour moi de rester avec vous dans cette montagne.

On peut aller ailleurs, dit Lewis. Allons à Tokyo.

Jill battit l'air pour chasser un moustique imaginaire puis posa ses petites mains sur les joues de Lewis et comprima son visage. Je veux que vous me compreniez, dit-elle. À ma naissance, vous aviez mon âge. J'aurai le vôtre en 2005. Les choses seront différentes, alors.

Je sais.

Il y a des gens sur qui les années ne laissent pas de trace, mais elles en ont laissé sur vous.

C'est la différence d'âge. Tu me vois comme une mère.

Je crois que j'ai eu une vie très protégée. Et je suis encore jeune. Dans quelques années, je serai quelqu'un d'autre. Dans quelques années, je veux être quelqu'un d'autre.

J'imagine que c'est juste naturel, dit Lewis. Mais je ne sais pas ce que tu attends de moi. Qu'est-ce que tu attends de moi ?

Mes parents m'ont dit que j'étais née avec le visage comme ça, dit la jeune fille. Mais je sais ce qui s'est vraiment produit. Tout le monde se fait transformer dès le tout début. On se transforme tous sans cesse les uns les autres. Vous avez des soucis qui sont au-delà de mon expérience. Je ne suis pas encore désespérée. Je n'ai pas encore trouvé le désespoir comme vous l'avez trouvé. Et j'en suis heureuse. Mais lorsque je le trouverai, et je sais qu'un jour je le trouverai, j'espère que j'aurai la décence de craindre ce qu'il pourra faire aux autres.

Lewis décolla les mains de la jeune fille de son visage et les tint par les poignets. Bon sang, Jill. Ton foutu père ne t'estime vraiment pas à ta juste valeur.

Jill descendit du canapé et passa ses bras autour de la taille de Lewis. Lewis serra la jeune fille contre elle et sentit le sommet de sa tête et elles se tinrent l'une l'autre comme ça jusqu'au lever du soleil.

JE NE PENSE PAS qu'il soit possible à quiconque de connaître quelqu'un d'autre de façon absolue. Je connaissais M. Waldrip mieux que personne, mais figurez-vous qu'après mes épreuves dans la Bitterroot j'ai découvert qu'il avait écrit des lettres à une femme de Little Rock, Arkansas. Notre testament stipulait que tous nos biens seraient légués à l'église méthodiste, et lorsque M. Waldrip et moi-même fûmes déclarés morts, ma chère amie Sara Mae Davis se porta volontaire pour participer à la grande entreprise consistant à mettre toutes nos affaires en ordre. Non seulement ça, mais on m'a dit qu'elle et son neveu eurent la gentillesse d'offrir une sépulture à notre pauvre chatte Trixie, dans notre jardin, au pied de l'arbre où elle avait le droit de faire ses besoins. Comme je l'avais craint, Trixie ne survécut pas à notre absence. On m'a dit qu'on l'avait retrouvée sur le buffet. Quoi qu'il en soit, alors que Sara Mae vidait le secrétaire de M. Waldrip dans son bureau, elle tomba sur ces lettres, et après les avoir lues elle décida de les garder. Je ne mentionnerai pas ici le nom de cette femme de l'Arkansas. Je ne vois aucune raison pour la placer sous les projecteurs, car je crois que c'est une femme mariée, si elle vit encore à l'heure où j'écris ces lignes.

D'après ce que j'ai pu comprendre, M. Waldrip a dû tomber sur sa petite annonce dans un journal de Little Rock après y être allé pour voir quelques têtes de bétail en 1965. Il devait alors avoir cinquante-trois ans. Je sais que certains jeunes ont des correspondants sur Internet de nos jours. À l'époque, on s'écrivait sur du papier. Certains d'entre vous ne me croirez pas, mais je vous assure que ces lettres ne me dérangèrent pas. Je crois les avoir toutes lues, et je ne saurais dire avec certitude s'ils se sont rencontrés en personne ou non. Cela m'est assez égal. Mais voilà. M. Waldrip a entretenu une correspondance avec une autre femme, et à voir les lettres qu'elle lui écrivait, il semble qu'il avait beaucoup d'affection pour elle. Il aurait été sacrément embêté de savoir que Sara Mae les avait lues.

Au fond du fond j'imagine que je connaissais M. Waldrip suffisamment pour savoir que c'était le plus gentil et le meilleur des hommes que j'aurais jamais pu espérer épouser. Je l'aime et il me manque beaucoup. C'était un homme rudement attentionné, et cette femme avait dû faire quelque chose pour mériter ses affections, et je ne lui en tiens pas rigueur.

Je comprends aujourd'hui que la plupart d'entre nous sommes des gens beaucoup plus compliqués que nous ne voulons le laisser croire. Nous avons tous nos vies à nous et je ne pense pas qu'il existe une seule personne vivante qui n'ait pas au moins un secret qu'elle s'efforcera d'emporter avec elle dans la tombe. J'imagine que nous avons à peu près tous dans nos cœurs au moins une porte verrouillée dont nous sommes les seuls à posséder la clé. Peut-être sommes-nous tous à nous-mêmes nos chambres solitaires. Et aussi radicalement que j'aie pu me mettre à nu dans ce récit, je sais qu'il y a des choses qu'il va tout simplement falloir que je garde pour moi.

Le lendemain de l'incendie de la hutte je farfouillai parmi les cendres et trouvai la vieille grosse boîte d'olives dans laquelle faire bouillir de l'eau. Je mis environ une heure à préparer un feu et l'allumai avec des braises exhumées des débris. Je fis bouillir de l'eau du ruisseau et en donnai à l'homme. Il la but et ne parla pas. Il était adossé contre un rocher sous un grand arbre. La plupart du temps, il ne faisait que regarder le ciel.

Nous passâmes deux nuits comme ça au grand air. Dieu merci il ne plut pas. Nous étions tous les deux sacrément affamés, et je dormis très peu, à cause du froid, et aussi à cause du feu que je devais surveiller pour ne pas qu'il s'éteigne.

L'état de la jambe de l'homme empira. Elle changea de couleur et se mit à dégager une odeur semblable à celle des immondes ragoûts de champignons de Catherine Drewer. Dieu du ciel, cette femme n'a jamais su faire la différence entre le sucre et le sel ni entre le tact et la franchise. Avec le temps, je crois qu'elle a aussi cessé de faire la différence entre une eau de toilette et de l'urine de chat.

Les pièges et les collets de l'homme étaient posés à une distance considérable, et je n'osais pas partir à leur recherche toute seule, d'autant qu'ils étaient bien camouflés et que je n'avais pas entendu crier la moindre pauvre bête, et que je pensais donc qu'ils devaient de toute façon être vides. Le deuxième jour, j'entrepris de nous pêcher des poissons. Sa boîte à appâts avait brûlé dans l'incendie, alors j'attachai sa lame de couteau au bout d'un bâton et tentai de m'en servir comme d'un harpon. L'homme me regardait depuis sa place sous l'arbre, à l'abri du soleil. Je tentai ainsi de harponner poisson après poisson pendant deux bonnes heures dans le ruisseau et croyez-le ou non je finis par embrocher un poisson d'eau vaseuse lent et d'allure demeurée en plein dans le dos, et à le jeter sur la rive ! J'étais sacrément fière de moi. Je le nettoyai et le fis cuire au-dessus du feu. Ses entrailles sifflèrent et brûlèrent en dégageant une fumée noire. Nous dînâmes en fin d'après-midi. Mon ami ne mangea pas grand-chose. Nous mangeâmes aussi un peu de massette à larges feuilles.

Souvent la nuit alors qu'il pensait que je dormais je l'entendais gémir et se redresser et se traîner à quelque distance de son rocher pour se soulager. La deuxième nuit je l'entendis essayer de brailler en silence. Ce n'est pas un bruit commun que celui d'un homme qui braille pour lui-même dans le noir alors qu'il s'imagine que personne ne l'entend. C'est un horrible bruit de douleur et je ne sais pas réellement avec quoi le comparer. Je ne lui montrai pas que j'étais éveillée, et ne me levai pas pour le consoler. J'imagine que je savais que ça lui ferait trop honte et que ça ne ferait que rendre les choses pires qu'elles ne l'étaient déjà.

Le troisième jour après l'incendie, que je tiens pour avoir été le 8 novembre, l'homme commença à avoir de la fièvre. Son corps entier luisait de sueur et il ne parlait pas et le plus souvent il gardait les yeux mi-clos. Son visage avait une sale couleur d'eau de mare et ses lèvres étaient gercées et saignaient. Je savais qu'il fallait que je fasse quelque chose ou il allait connaître sa fin très rapidement.

Ce soir-là, au coucher du soleil, alors que le vent faisait voler la neige violette des plus hauts sommets de la chaîne, je me mis en tête que je le ferais descendre de cette montagne moi-même et que je le mènerais à un médecin. Je ne savais pas encore comment j'allais m'y prendre, mais j'avais décidé que cela ne devait pas m'arrêter. Je m'approchai de lui avant la nuit alors qu'il avait les yeux fermés et je murmurai à son oreille : Je vais vous emmener en lieu sûr, Garland.

LEWIS FRANCHIT au pas de l'oie des haies et une basse muraille de schiste pour s'enfoncer dans la forêt derrière sa cabane en pin. En guise de ballast elle faisait balancer à hauteur de ses hanches une lourde bouteille de merlot et elle se murmurait des mots pleins de colère au sujet d'une jeune fille à la voix de souris qui avait appelé *Interrogez le Dr Howe* pour dire qu'elle avait rêvé des genoux de son grand-père. La bouche de Lewis était maculée de sombre comme une bouche de bouffon et ses cheveux étaient tout emmêlés sous un chapeau d'uniforme posé de travers. Elle arriva bientôt à un promontoire de granit dominant les grises étendues sauvages et elle s'y assit et regarda la nuit tomber. Lorsqu'il fit noir et qu'elle eut fini la bouteille elle la balança du haut de son rocher et ne vit pas où elle se brisa.

Elle tâta son manteau en quête d'une lampe torche, mais elle avait dû la laisser à la cabane. Elle resta assise dans le noir à bouder et ronchonner, puis elle s'allongea sur le dos contre la dalle de granit et se dit qu'elle n'entendrait plus jamais parler de Jill Bloor. Elle repensa à l'air que Jill avait eu en montant dans le pick-up noir de son père l'après-midi précédent lorsqu'il était venu la chercher devant la cabane en pin. Bloor n'était pas sorti. La dernière chose que Lewis avait vue de la jeune fille était la fumée de cigarette qui sortait par la fenêtre passager lorsqu'ils s'en allèrent.

Et puis elle se redressa et retourna vers la cabane. Des nuages masquaient la lune. La lumière qu'elle avait laissée allumée sur la terrasse était petite, toute faible derrière les arbres, et elle la distinguait à peine. Elle n'avait pas fait deux pas lorsqu'un son grave d'origine indéterminable se fit entendre. Elle s'arrêta. Cela lui rappela un vieux ventilateur oscillant que son père avait eu pendant des années sur son bureau et qui produisait une dissonance qu'il était le seul à supporter.

Le bruit cessa d'un coup et la forêt fut de nouveau silencieuse puis le gémissement qu'elle avait entendu un peu plus tôt revint, plaintif et sexuel. Sur sa gauche, elle entendit des bruits de pas. Lewis déboutonna nerveusement la languette de son holster, dégaina le revolver et s'adossa contre un arbre. Elle leva le revolver et le braqua, tremblant.

Qui va là ?

Il n'y eut pas de réponse et quelque chose se rapprochait.

Qui va là, bon sang ? Je suis ranger. Je suis armée.

Pas de réponse.

Si vous êtes n'importe qui d'autre que cette foutue Cloris Waldrip, reculez et allez-vous-en.

Le corps dans les arbres accéléra son pas et Lewis cala le cran de mire sur une zone sombre entre deux pins. Un minuscule globe scintillait là comme un œil solitaire. Elle se mit à sangloter comme elle ne l'avait jamais fait depuis qu'elle était petite.

Bon sang, prenez-moi qu'on en finisse, espèce de foutu abruti.

La forme sombre jaillit d'entre les arbres. Lewis beugla le nom du Seigneur en vain et tira les cinq balles qui se trouvaient dans le barillet.

Après l'éclat des lueurs de départ la forêt fut plus sombre. Les oreilles de Lewis bourdonnaient.

Aveugle et sourde, elle s'assit et reprit son souffle dans la fumée des tirs. Elle abaissa le revolver. Elle resta assise une minute puis se releva péniblement et s'appuya contre une branche de pin. Le vent avait chassé les nuages et la lune perçait à travers le brouillard et la fumée des tirs.

Lewis s'essuya les yeux du revers de sa manche et dit bonjour à la zone sombre.

Pas de réponse.

Lorsqu'elle ouvrit le barillet, il lui brûla le pouce. Elle fit claquer l'éjecteur d'un coup de paume et laissa les douilles tomber sur ses chaussures. Elle tendit la main et délogea sèchement cinq balles de sa ceinture, les chargea et referma le barillet contre sa cuisse. Elle avança doucement, laissant sa vue s'accommoder au clair de lune. Elle regardait le sol.

Elle se figea.

Le chien gisait sur le flanc, langue rose déroulée hors de sa bouche. Du sang noir luisait sur les aiguilles de pin et formait des petites flaques dans les creux de la terre.

Bon sang, dit-elle. Elle s'agenouilla et secoua doucement le chien avec le canon de son arme. Elle plissa les yeux et vit qu'il avait le crâne ouvert. Bon sang. Elle attrapa son collier, le fit tourner autour de son cou et pencha la médaille en forme de cœur vers le clair de lune. La lumière ricocha sur le nom de CHARLIE.

Lewis secoua la tête et s’effondra de nouveau. Elle essuya sur son pantalon le sang et les poils qu’elle avait sur la main.

Chaque automne les dames de l'église méthodiste se rassemblaient une fois par semaine dans le sous-sol de l'église pour coudre des courtepointes pour les nécessiteux et discuter des Écritures et des ragots de la semaine. C'est à cette période que j'appris à coudre de très beaux patchworks. Je peux aussi vous dire que je sais faire de solides tresses.

À une époque, il m'arrivait souvent de tresser les cheveux d'une petite fille nerveuse que j'avais dans ma classe avant de prendre le poste de bibliothécaire. Tresser ses cheveux était la seule manière de la faire se tenir tranquille suffisamment longtemps pour que je puisse lire à voix haute des passages des *Quatre Filles du docteur March* ou des *Aventures de Huckleberry Finn*. Cette petite fille était une merveilleuse boule de nerfs. Dieu du ciel, comme j'étais jalouse de sa mère à tête de dodo quand cette horrible femme venait la chercher à la fin de la journée, fumant une immonde cigarette, criant sur ses enfants comme s'ils étaient d'une insondable mauvaiseté. J'ai pris le poste de bibliothécaire en partie parce que les élèves du genre de cette fillette me rappelaient tristement que je ne pouvais pas avoir d'enfants, et que, comme vous le savez, j'en étais fort affligée à l'époque. À une époque, nous avions envisagé d'adopter, mais ce n'était pas alors une pratique courante à Clarendon, et le processus était vraiment très compliqué et requérait plus d'argent que nous n'en avions.

Tout cela pour dire que lorsque je me réveillai là-bas dans la Bitterroot en ce matin qui, selon mon décompte, devait être celui du 9 novembre, j'eus une idée. Je récupérai tout ce qui n'avait pas brûlé dans l'incendie et me mis en tâche de construire un radeau. Je tressai des roseaux et des massettes et m'en servis pour assembler divers bouts de pin en un treillage à peu près de la taille d'un grand matelas. Puis je me servis des roseaux et de la lame de couteau pour assembler en patchwork les restes de couvertures carbonisées et j'en couvris le dessus de mon étrange vaisseau. C'était une tâche extrêmement pénible et malaisée, mais je m'y tins et au coucher du soleil j'avais fini. Le radeau n'était pas élégant, mais j'espérais qu'il flotterait. J'imagine que nombre d'entre vous trouverez peu vraisemblable qu'une vieille dame pût espérer hisser un homme dans la fine fleur de l'âge sur un radeau grossier et lui faire descendre un ruisseau de montagne pour l'amener en lieu sûr. C'était pourtant ce que j'avais l'intention de faire.

Je vais vous parler d'un été où une génisse se cassa les pattes arrière entre les barres d'un passage canadien. Joe Flud, notre chef de ranch, l'avait trouvée dans le pré. Joe était un homme de petite taille, mais il était aussi intelligent et il parvint à fabriquer un monte-charge de fortune à l'aide d'un poteau de clôture et d'une bâche qu'il transportait sur le plateau arrière de son pick-up. Il ramena tout seul la génisse à l'étable et confectionna des attelles pour la pauvre bête avec une louche et une spatule qu'il avait prises dans la cuisine de sa femme. Cassidy était partie rendre visite à sa famille à ce moment-là et Joe dit qu'à son retour elle fut très en colère de voir ses ustensiles fixés aux pattes arrière de cette génisse. Mais Joe sauva la bête, et elle finit par faire des veaux qui se vendirent à bon prix. Je me disais que si le petit Joe avait pu sauver une génisse à lui tout seul avec un peu d'ingéniosité et de ténacité, je devrais moi aussi être capable de sauver cet homme blessé qui en avait fait de même pour moi à de si nombreuses reprises.

L'homme parla peu ce jour-là sinon pour demander de l'eau. Il était passé du vert à une horrible teinte d'orange et sa respiration était comme celle de Judith Ellery, fumeuse invétérée qui avait occupé pendant de nombreuses années la place juste derrière la mienne à l'église méthodiste et qui faisait un bruit de gravier pris dans un passage de roue de camion. Puis sa respiration ne cessa de s'aggraver, jusqu'à ce qu'un dimanche elle ne vînt pas à l'office. Son petit garçon sourd la trouva étendue face contre terre dans son carré de persil.

Avant qu'il fasse trop noir, je traînai le radeau sur une pente de boue glissante jusque dans le ruisseau pour voir s'il flottait. Dieu merci, il flottait ! Je n'étais toutefois pas certaine qu'il pourrait supporter nos deux poids. Je le hissai de nouveau sur la boue et rassemblai tout ce que j'avais pu récupérer. Cela incluait un briquet, un bâton d'allume-feu et la lame de couteau gravée. À l'aide d'un drap, je fis un baluchon avec tout ça, et je l'amarrai sur le radeau. J'accrochai aussi la longue branche de pin dont je comptais me servir en guise de perche. Je décidai que nous partirions le lendemain matin.

Ce soir-là je m'allongeai tout près de mon ami, dos contre lui, les yeux fixés sur le feu. Je ne dormis pas beaucoup. L'aube vint, rapide et froide ; je fermai le manteau de Terry et m'enveloppai les mains de bandes de couvertures à moitié brûlées afin d'avoir une meilleure prise sur la perche dans la fraîcheur. Le ciel était gris de nuages maigrelets et les oiseaux n'avaient pas envie de chanter.

Sous cette pâle lumière de l'aube je le réveillai. Il va falloir qu'on vous déplace, maintenant, dis-je. Il va falloir qu'on vous amène sur le radeau, lui expliquai-je, et je lui dis que j'allais le soutenir et que nous avancerions un pas après l'autre jusqu'au ruisseau.

Il ouvrit un peu les yeux mais ne prononça pas le moindre mot. J'avais laissé le radeau à tout juste quelques mètres de nous sur le bord du ruisseau. Il le regarda sans bouger la tête puis il s'agrippa à l'épicéa sous lequel il était pour se hisser sur sa bonne jambe. Il beugla un mot affreusement dégoûtant et grimaça de douleur. J'étais sacrément désolée pour lui, mais rien à mes yeux ne justifie jamais l'usage d'une langue malpropre. Il s'appuya sur moi et ma canne et je comptai à voix haute chaque pas que nous faisions, lui à cloche-pied, et petit à petit nous arrivâmes au ruisseau. Il s'effondra sur le radeau, jura de nouveau, et des larmes misérables s'écoulèrent sur sa joue. Une fois bien allongé sur le dos, les yeux fermés, il fut de nouveau silencieux.

Je pris une grande respiration et je poussai le radeau de toutes mes forces sur la petite pente boueuse. Il descendit plus facilement que ce à quoi je m'attendais, car je n'avais pas pris en compte le poids de l'homme. Dieu du ciel, comme il descendit vite ! Je lui courus après du mieux qu'une vieille femme pût le faire, mais il atteignit l'eau sans moi. L'homme commençait à partir dans le courant, et je n'étais pas sur le radeau! J'eus peur d'avoir envoyé cet homme blessé dans un périple solitaire au gré des flots pour lequel il n'avait pas signé. Je pris quelques pas d'élan et, ma canne à la main, je courus et sautai pour le rejoindre. Je m'envolai et atterris pile sur sa jambe. Il poussa un sacré hurlement! Je lançai ma canne sur le radeau et me hissai à bord.

Le poids était mal réparti et de l'eau froide passait sur le radeau et se répandait sur nous. Il ronchonna un peu et garda les yeux fermés. À bout de souffle, je lui dis que j'étais vraiment désolée d'avoir atterri sur sa jambe blessée, mais qu'il ne devait pas s'inquiéter, nous arriverions à l'amener à un docteur en un seul morceau. Je me plaçai entre ses jambes et m'avançai sur le petit radeau jusqu'à ce qu'il s'équilibre et qu'il se tienne à peu près à plat sur l'eau.

Au début le courant était faible; le radeau avançait lentement et se coinçait souvent sur les hauts-fonds. Je dus le dégager en poussant sur la perche à maintes reprises. Au bout d'un moment, le ruisseau se changea en rivière et la ravine s'ouvrit sur une grande vallée chamarrée de roche calcaire parsemée d'affleurements de granit rose. Par la grâce de Dieu il faisait étonnamment chaud, et le soleil brillait. Nous avancions plus vite, alors, et l'homme dormait, et au bout d'un certain temps nous passâmes devant un endroit que je reconnus, l'inscription funéraire que j'avais gravée dans la souche.

Plus tard la rivière se mit à sinuer dans la forêt de conifères. Après nous avoir menés paisiblement entre les pins pendant quelque temps elle blanchit et se changea en des rapides qui rugissaient sur une volée de rochers irréguliers. Le petit radeau tourbillonna ! Nous nous retrouvâmes dos vers l'avant, et un rondin de pin se détacha à tribord. L'homme s'enfonça en partie dans l'eau froide ; il grimaça et ronchonna mais n'ouvrit pas les yeux. Je craignais que nous nous renversions et que nous nous noyions. L'eau m'éclaboussait le visage et me rentrait dans les yeux. Je les essuyai, me retournai et m'efforçai de regarder devant. Je tremblais terriblement. Je vis une petite chute d'eau. J'étais certaine qu'à son passage notre radeau serait détruit. Je me servis de la perche comme d'un gouvernail pour aller vers la rive.

Je peux vous dire que je manœuvrai ce petit radeau de toutes les forces que je pus trouver en moi. Soudain, je cessai d'être épuisée. Mon arthrite avait disparu. J'ai entendu parler de cas où des femmes ont pu faire preuve d'une force extraordinaire, bien au-delà de leurs capacités, pour défendre leurs enfants. Je ne veux pas dire par là que je prenais cet homme pour mon fils, mais j'avais acquis beaucoup d'affection pour lui. Le docteur que nous avons ici, à l'établissement d'accueil pour personnes dépendantes de River Bend, un Indien d'Inde gentil et méticuleux du nom de Dr Laghari, m'a dit que j'avais puisé dans les ultimes ressources de mes glandes surrénales. Ainsi, Dieu soit loué, je parvins à orienter le radeau selon le bon angle, et, serrant les dents, je nous envoyai foncer vers le rivage.

Le misérable petit radeau s'échoua et je plantai mes talons et, grâce à un dernier don de force, je hissai l'homme sur le rivage de terre et de roche et m'effondrai à côté de lui. Nous restâmes allongés un moment, frissonnants et trempés, le temps de laisser le soleil nous réchauffer. Nous ne parlâmes pas.

La nuit ne tarda pas à nous prendre, et je me forçai à me lever. Je me mis en tâche de faire un feu. Mes mains tremblaient tellement qu'on eût dit que j'essayais de jouer je ne sais quel morceau compliqué sur un piano imaginaire. Je parvins à allumer le feu à l'aide du briquet à clapet et du dernier bâtonnet d'allume-feu que nous avions. La nuit se fit froide et je me pelotonnai tout contre l'homme. Sa fièvre dégageait autant de chaleur qu'un poêle.

Le matin arriva et je trouvai mon ami assis le dos contre un pin, jambes étendues. Le pauvre chéri avait fait sous lui dans la nuit et son blue-jean était tout noir. Je fis semblant de ne pas le voir. Il était éveillé, le regard posé sur les montagnes.

Je lui souhaitai le bonjour et je m'assis. Comment vous sentez-vous ? lui demandai-je.

Mieux, dit-il.

Mon Dieu, c'est formidable, dis-je. Puis je me levai et me dirigeai vers la berge. Je lui dis que j'allais faire bouillir un peu de massette pour notre petit déjeuner, et que je réparerais notre fidèle vaisseau en un rien de temps. Nous devrions pouvoir repartir d'ici cet après-midi, dis-je. Je vais vous amener à un médecin aussi vite qu'un éclair poussé par une tornade.

Je n'irai pas, dit-il.

Ne soyez pas idiot. Vous devez voir un médecin.

Je ne veux pas, dit-il.

Je lui dis que c'était de la folie.

Je ne peux pas aller à l'hôpital.

Pourquoi ? dis-je.

Je m'en sortirai, dit-il.

Bon, écoutez, vous êtes gravement blessé, lui dis-je. Vous avez besoin d'un médecin.

Il regarda la rivière devant lui. Je ne peux pas aller à l'hôpital, dit-il. Je suis recherché par le FBI.

Je ne dis pas un mot pendant ce qui sembla être un très long moment. Enfin, comme aucune conversation que j'avais pu avoir jusque-là ne m'avait préparée à celle-ci, je lui posai une question idiote. Je lui demandai s'il était un fugitif.

Il dit : Je veux que vous sachiez que je n'ai pas fait ce qu'ils disent que j'ai fait.

De quoi vous accuse-t-on ?

Ils disent que j'ai kidnappé une fillette de dix ans.

Qu'est-ce qui peut leur faire dire une idiotie pareille ?

C'est un malentendu, dit-il.

Quel genre de malentendu ?

Il eut l'air de s'enfoncer un peu dans la terre sous ce pin. Je suis tombé amoureux d'une fille plus jeune que moi, dit-il. La police s'en est mêlée. On ne m'a pas poursuivi, mais la police est au courant. Après ça, je me suis trouvé à habiter dans une maison à quelques numéros de celle où vivait cette autre fillette censée avoir disparu. Je ne vois pas d'autre raison qui ait pu laisser croire à la police que c'était moi le coupable. Je me suis réveillé un matin et un portrait de moi faisait la une des journaux, mais ils ne connaissaient pas mon nom et ne savaient pas qui j'étais. J'ignore encore comment mon portrait a pu se retrouver là.

Je lui dis que je ne comprenais pas, puis lui demandai quel âge avait la fille dont il était tombé amoureux.

Douze ans, dit-il, et il serra sa cuisse avec sa main. Je ne ferais jamais de mal à personne, dit-il.

De nouveau, je n'eus pas la moindre idée de ce que je pouvais dire pendant un bon moment. Je me rappelle avoir croisé mes mains sur mes genoux et regardé couler l'eau de la rivière. Que lui avez-vous fait ?

À qui ?

À la fille de douze ans.

Je ne lui ai rien fait, dit-il. Je la voyais au centre commercial. Je travaillais au cinéma. Elle venait, elle regardait un film, elle me parlait. On allait dans l'allée des restaurants et on mangeait chinois.

L'avez-vous touchée ?

Comment ça ?

L'avez-vous touchée d'une manière déplacée ?

Un jour nous regardions un film et nous nous sommes embrassés. On s'est mis à faire ça. On se tenait l'un l'autre et on s'embrassait, c'est tout ce qu'on a jamais fait. Je ne l'ai jamais vue ailleurs qu'au cinéma. Je l'aimais, je ne lui aurais jamais fait de mal.

Je restai de nouveau silencieuse un moment. Je repensai alors à ce que j'avais vu de cet homme. Les élastiques de sous-vêtements qu'il portait aux poignets, et les sous-vêtements féminins que j'avais trouvés dans sa poche. La vieille clé qui paraissait avoir servi à ouvrir et fermer un vieux cadenas. Les bas scintillants et la chemise rose que je portais, et qu'il m'avait donnés. D'où venaient-ils ? Mon cœur bondissait comme un chien de chasse qu'on vient de libérer. J'eus un mouvement de recul.

Enfin, je dis : Comment pouvez-vous avoir eu envie de faire ça avec une fillette de douze ans ?

Il souffla et se voûta un peu sous l'effet de la douleur. Quand je regarde des gens de mon âge, je ne me reconnais pas, dit-il. Ils me paraissent plus vieux. Cette personne-là ne peut pas avoir mon âge, je me dis.

Je lui dis que je ne comprenais pas.

Je ne suis pas attiré par les gens de mon âge, dit-il. C'est dur quand vous n'êtes pas à l'intérieur ce que vous êtes à l'extérieur. Les gens ne vous acceptent pas si vous n'êtes pas ce que vous êtes censé être.

On ira voir le médecin et puis ensuite on ira voir la police et on tirera tout ça au clair. Vous n'avez pas à vivre comme ça si vous êtes innocent.

Si madame, dit l'homme. Que je sois innocent ou non.

Je lui dis : Bon, écoutez, Garland.

Je ne m'appelle pas Garland.

Dites-moi la vérité, s'il vous plaît. J'aimerais savoir, et soyez franc, au nom de ce que Dieu peut être ou n'être plus, je n'en sais rien, mais quoi qu'Il soit Il vous demande d'être franc en cet instant précis. Avez-vous enlevé cette fillette ?

Non, dit l'homme. Non.

Je l'observai une minute.

Il dit : Vous voulez savoir pourquoi je suis ici, comme ça, dans la nature ? Je suis ici parce que je ne maîtrise pas ce que je suis, ni ce que j'aime. Je ne crois pas être en cela très différent de tout le monde.

Il resta assis là ratatiné contre ce pin, blanc comme la pierre, luisant. La chair de sa jambe était devenue poreuse et était parsemée de polypes de couleurs vives. Il tremblait comme pas croyable et il fuyait mon regard. Je ne savais que penser. Mais je peux vous dire que jamais au cours des maintenant quatre-vingt-douze années que j'ai passées sur cette terre je n'ai sans doute éprouvé autant de compassion que j'en avais pour cet homme. Je suis à peu près sûre que la plupart d'entre vous penserez que je suis une vieille sorcière pour éprouver de la compassion à l'égard d'un homme comme lui. Mais la plupart d'entre vous n'avez pas vécu au-delà de la fin de votre vie pour revenir en vous traînant à la force de vos griffes dans un monde où les habitants et tout ce qu'ils ont créé vous semblent petits et ridicules, au-delà de tout souci et de toute importance. Si vous n'avez pas vécu quoi que ce soit de ce genre, je ne crois pas que vous pourrez jamais comprendre. Je ne crois pas être capable de l'expliquer. Ce que je noterai ici, c'est que j'ai trouvé que la moralité n'est pas l'ancre de la bonté, et qu'une personne est trop de choses différentes pour être la chose unique que nous voulons tous qu'elle soit parce que ça nous convient. Quoi que cet homme ait pu être d'autre, il avait raison sur ce point.

Je pris sa main crasseuse entre les miennes et la serrai. Il se retourna et j'imagine qu'il vit sur mon visage quelque chose qui le réconforta, parce qu'il serra mes mains en retour et qu'il poussa un long soupir.

Je lui dis que j'allais cueillir un peu de massette et faire bouillir de l'eau avant que l'on reprenne notre périple, parce que quoi qu'il eût pu faire ou ne pas faire, je ne comptais pas le laisser là. Il ferma les yeux et tourna de nouveau la tête contre le pin.

J'étais remontée un peu vers le haut de la rivière pour remplir la boîte dans une zone calme. J'espérais attraper en même temps quelques têtards et petits poissons. Une brise fraîche soufflait. Elle faisait presque le même bruit que dans le temps, au Texas. Dieu du ciel, comme c'était agréable ! Je fermai les yeux et je vis les plaines ondoyant d'herbe jaune et les routes de campagne fumant de poussière et je vis notre petite maison et le château d'eau qui la dominait en faisant tourner son ombre comme un gigantesque gnomon, mesurant les jours jusqu'à ce premier dimanche de cette étrange et terrible saison de Kingdomtide, où j'allais monter à bord de ce petit avion à Missoula et choir du grand ciel bleu pour m'écraser dans les montagnes de la Bitterroot.

J'ouvris les yeux et sortis la boîte de la rivière. Je regardai dedans en quête d'un petit poisson ou d'une écrevisse ou de toute autre créature malchanceuse que j'aurais pu attraper. Mais la seule chose qu'il contenait était une étrange petite plume flottant à la surface de l'eau. Lorsque je levai les yeux, de grosses touffes de plumes pulpeuses volaient autour de moi, tourbillonnant dans la brise, se tordant, se cabrant pour se poser sur la rivière comme des éphémères blanches et grises. C'était un spectacle sacrément étrange mais magnifique à voir.

Je regardai autour de moi pour voir si je pouvais trouver d'où elles venaient, et je scrutai ainsi le sol entre les arbres jusqu'à l'endroit où j'avais laissé l'homme. Il se trouvait à une dizaine de mètres vers l'aval et je voyais tout juste ses chaussures entre les troncs. Ces petites plumes emplissaient tout l'espace, nuage blanc écumeux comme le rot de la mer.

Je retournai à lui avec la boîte d'eau sous le bras, m'appuyant sur ma canne. Chaque petit souffle de vent apportait de nouvelles plumes. Elles festonnaient les arbres et le granit, elles s'accrochaient dans l'herbe, et comme de juste arriva le moment où l'on eût dit qu'il venait de tomber une neige bizarre et surnaturelle.

Je hurlai à l'homme : Vous voyez ça ?

Je fis le tour d'un arbre et le trouvai sur le flanc, au soleil. Son manteau en duvet était accroché dans une branche, lui maintenant les bras trois centimètres au-dessus du sol dans une posture semblable à celle d'un chef d'orchestre. Son manteau était déchiré et le vent emportait par grosses touffes le duvet qu'il contenait. Je laissai tomber ma canne et vins à son côté aussi vite que je le pus. Je m'agenouillai contre lui et le décrochai de la branche. Puis je le fis rouler sur le dos et balayai les plumes de son visage.

J'ai déjà entendu dire que bien souvent lorsque les gens trépassent ils ont l'air de s'être juste endormis. Je ne crois pas que les gens qui disent cela aient jamais vraiment vu un homme mort. S'il s'agit d'un visage que vous connaissez un tant soit peu, vous y voyez la mort à la façon dont il se fixe, ou dont il a l'air de se figer, sur quelque pensée éternelle inconnue. Lorsque Davy mourut, sa veillée funéraire eut lieu cercueil ouvert. Je n'étais qu'une jeune fille, mais je me rappelle avoir regardé mon petit frère embaumé et raide, là, dans son petit cercueil, et avoir cru que quelqu'un cherchait à me jouer un tour. Il ne ressemblait pas au petit garçon que je connaissais et que j'aimais. J'étais certaine qu'il s'agissait d'une effigie en cire, réalisée par je ne sais quel crétin qui ne l'avait pas connu du tout.

J'ai entretenu une correspondance avec une gentille médecin du Michigan, le Dr Rebecca Alcott, et d'après elle, ce qu'il s'est passé, c'est que l'homme a tenté de se lever et que cela a demandé trop d'efforts à son organisme déjà infecté et traumatisé, et que cela a entraîné un arrêt cardiaque. Il s'était effondré mort, mais non sans avoir d'abord accroché son manteau à une branche basse pointue, libérant dans la brise le duvet qu'il contenait.

Je restai assise là avec son cadavre au soleil et le duvet d'oie scintillant et le vent qui soufflait. Lorsque je me releva, je lui pris ce qui pouvait me servir et je l'abandonnai.

VIII

UNE CARCASSE D'ÉLAN pendait à un anneau de levage vissé dans la corniche d'une hutte de chasse. Elle était à moitié écorchée comme un homme avec un bras dans son manteau. Lewis coupa le moteur, klaxonna et se pencha au-dessus du siège passager pour baisser la vitre. Elle cria un nom.

Une tête noire jaillit d'un coup de derrière la hutte, puis vint le reste de l'homme de grande taille. Il se dirigea pieds nus vers le Wagoneer, vêtu d'un smoking trop petit pour lui. Ses cheveux raides étaient tirés en deux couettes sur l'arrière, et il portait une moustache à l'ancienne, aux pointes bouclées fixées par du saindoux. Ranger Lewis, dit-il en arrivant au Wagoneer, posant un coude sur la fenêtre ouverte du côté passager. Vous travaillez le dimanche ?

J'ai failli ne pas te reconnaître, Eric.

Ouaip, j'essaie un truc pour cette femme que j'ai rencontrée la semaine dernière en bas de la montagne. J'ai acheté ce costume de richard à un médiateur fauché de Missoula.

Il est joli.

Merci, ranger Lewis. Vous aussi, vous êtes jolie.

Je me sens très mal. J'ai arrêté de boire ce week-end. On m'a encore appelée à ton sujet, Eric.

Qu'est-ce que j'ai fait, cette fois ? C'était pas un de ces gars des tentes sur lesquelles je me suis complètement vautré la semaine dernière, si ? Il faut qu'ils montent leur bazar dans la zone réservée aux tentes. Si je vais au lavabo pour boire en plein milieu de la nuit, ce qui est mon droit inaliénable, ces tentes, je peux pas plus les voir que je pourrais voir un chapeau sur la tête d'une puce.

Non, c'était pas eux. Quelqu'un nous a rapporté que tu nageais tout nu à proximité de l'aire de camping.

Laquelle, d'aire de camping ?

Bon sang, celle de Clover, je crois bien.

Alors vous me dites que j'ai pas le droit de nager à poil là-haut ? En quel siècle est-ce que le corps nu a commencé à être si choquant ? Si on peut pas se foutre à poil ici, à quoi est-ce que ça sert, tout ça ?

Il y a des règles de décence commune, dit Lewis. Des règlements et des codes qui valent pour tous les parcs et les zones de loisir du pays. Surtout s'il y a des enfants dans les parages. C'est de la foutue décence.

Eric secoua la tête et tournicota le bout de sa moustache entre ses doigts. Ma gigantesque litière, dit-il. Pourquoi est-ce que les outrages stupides de l'un seraient plus graves que ceux d'un autre ? Je vois plus où commence le bon sens et où finit l'absurde.

Contente-toi de ne pas t'approcher des campings. C'est tout ce que t'as à faire, bon sang. Compris ?

D'accord, d'accord, dit Eric. Hé, vous l'avez retrouvée, cette vieille dame que vous cherchiez ?

Non. Elle ne s'est jamais montrée.

Ben ça, c'est triste. Les vieux aiment avoir un petit coin à leur nom pour que leurs enfants rendent visite à leurs os.

Lewis se laissa aller contre le dossier de son siège, fit démarrer le moteur et cracha par la fenêtre conducteur. Tu peux me dire un truc ?

J'espère.

Pourquoi tu vis ici comme ça ?

C'est parce qu'en général, ranger Lewis, les gens m'aiment pas.

Lewis hocha la tête. Dis-moi, aurais-tu vu quoi que ce soit d'inhabituel, récemment ?

Eric tourna son visage graisseux vers le ciel et regarda le froid soleil d'automne en plissant les yeux. Des larmes lui montèrent. J'ai vu tellement de trucs inhabituels que je suis même plus capable de dire à quoi ressemble l'habituel.

Question fumée, t'en as revu, du côté de l'Old Pass ?

Y a eu bien plus de fumée dans ce coin-là qu'y en avait avant. On dirait que les campeurs sont revenus comme si c'était de nouveau les années 1960 quand les gens avaient pas peur de pas avoir de relais radio en vue. Une nuit j'ai vu ce que je pense avoir été un gros incendie puant. Là-bas, regardez.

Lewis regarda la zone que l'homme lui montrait. Il y avait des sommets hauts dans les nuages et la neige s'en faisait arracher pour s'en aller tourbillonner sous le soleil, et les arbres en dessous formaient un ménisque qui descendait comme un tunnel dans l'oubli, et là elle vit un trait de blanc presque perdu dans la clarté du jour.

C'est cette foutue fumée ?

Ouaip. Forcément.

Lewis secoua la tête. Elle actionna le levier de vitesse pour sortir du point mort, serra ses mains l'une contre l'autre et s'appuya sur le volant. Qui peut savoir qui est là-haut, dit-elle.

Le lendemain elle alla au poste tôt, alluma le chauffage et la machine à café, et tandis que l'aube entrait par la grande baie vitrée elle lisait le *Missoulian* sous la faible lumière de sa lampe de bureau. Le journal datait de la veille, le dimanche 9 novembre 1986. En première page, à côté d'un article sur l'Iran, figurait une photo de la jeune fille disparue. *Sarah Hovett n'a toujours pas été retrouvée. Les autorités craignent le pire.*

Lewis finit le journal et le jeta dans la corbeille à papier qui se trouvait à ses pieds. Elle alla chercher une caisse en carton dans le Wagoneer et fit le ménage sur son bureau. Elle remplit un sac en plastique avec les bouteilles de vin vides qu'elle avait cachées dans l'espace entre le bureau et le mur, et elle alla à la kitchenette pour vider la Thermos de merlot. Le merlot tourbillonna dans la bonde et cela lui rappela quand elle aidait son père à nettoyer les scies à os et les scalpels après une opération à la clinique.

L'horloge murale indiquait neuf heures cinq lorsque Claude apparut à la porte du poste. Il s'arrêta dans l'embrasure. C'est pas plutôt un truc qu'on fait au printemps, d'habitude ?

Lewis était en train d'épousseter le bureau avec un chiffon humide. Elle le laissa tomber. Claude, tu as toujours été un foutu bon collègue, vraiment, dit-elle. Mais je n'ai plus aucun plaisir à faire ce boulot.

Plaisir ?

Je m'en vais vivre dans une grande ville. Comme Seattle, ou Boston.

M'est avis que ce poste va se retrouver en sous-effectif.

Pete est déjà parti ?

Il est parti avant le week-end, dit Claude en regardant par la fenêtre derrière elle. Je pense qu'il doit être chez lui à Big Timber à l'heure qu'il est. Claude toucha l'écharpe hirsute qu'il portait autour du cou. Il m'a laissé ce truc stupide qu'il tricotait.

C'est quelqu'un de gentil, dit Lewis.

L'est pas trop mal, je dirais.

Un drôle de gus.

Aussi.

John m'a dit qu'il enverrait mon remplaçant jeudi, dit Lewis. Un certain Sokolov.

Sokolov ? Un Russe, je dirais.

J'imagine.

En fait, je suis pas vraiment surpris que tu partes.

Tu t'en sortiras très bien, dit Lewis. Eric Coolidge et cette foutue Maggie Silk Foot ne peuvent tout de même pas faire trop de grabuge en trois jours. Puis t'auras Sokolov.

Qu'est-ce que tu vas faire, à Boston ?

Je ne sais pas si ce sera Boston. Bon sang, je n'en sais rien. J'imagine que je pourrai trouver du boulot au service des parcs de la ville.

Claude ôta son chapeau d'uniforme de sa tête et lissa ses cheveux noirs tout propres. T'es au courant que quelqu'un a abattu Charlie ?

Pardon ?

Ouais. Il y a quelques jours. Elle s'est fait massacrer.

Elle ?

Charlie était une chienne.

Lewis regarda par la fenêtre un vol d'oies traversant la vallée. J'avais oublié.

Je l'ai retrouvée un peu loin de la cabane. Elle avait des problèmes de digestion, tu te souviens. Je la laissais sortir seule pour qu'elle puisse faire ses besoins tranquille. Massacrée par les balles. Je dirais qu'il faut avoir beaucoup de haine en soi pour faire une chose pareille.

Tu n'as rien entendu ?

J'étais sous la douche.

Je suis désolée, Claude.

Je me disais que toi, peut-être, dit Claude.

Moi quoi ?

T'avais pu entendre quelque chose de chez toi.

Non. Désolée.

Bon, on va se sentir bien seul, ici, je dirais. Claude toucha le bout bleu de son nez avec son pouce.

Lewis détacha le badge de sa poitrine et le posa sur le bureau rangé, où ne restaient plus que le revolver dans son holster et le récepteur de la radio. La lumière de la fenêtre projetait des nuages sur le vernis. Lewis passa ses doigts sur le bureau, s'arrêta un instant, puis balança le sac de bouteilles vides sur son épaule et se dirigea vers la porte en faisant des bruits de verre. Tu peux prendre cette caisse ?

Claude remit son chapeau d'uniforme sur sa tête, prit la caisse et accompagna Lewis au Wagoneer. Il posa la caisse sur la banquette arrière, croisa les bras et regarda Lewis jeter le sac en plastique dans le coffre.

Des nuages d'orage s'amassaient dans le ciel et ils levèrent tous deux la tête. Je suis désolée que tu n'aies toujours pas trouvé trace de Cornelia Åkersson, dit Lewis.

Je l'ai vue, Debs. J'ai pas besoin qu'on me croie. Je sais que je les ai vus, elle et son glyptodon. C'est tout ce qui compte, je dirais.

C'est bien. C'est parfait.

Claude fit un signe de tête en direction de la route. Je suis désolé que ça n'ait pas marché, entre toi et le commandant Bloor.

Bon sang, dit Lewis. Ce n'était juste pas une bonne idée.

Non, c'est bien ce qu'il me semblait.

Vraiment ?

Oui, dit Claude. Dans le genre drôle de gus, il se posait là.

Lewis fit le tour du Wagoneer et s'appuya sur le capot.

J'espère que tu viendras me rendre visite une fois que je me serai posée, où que ce soit.

Je dirais que tu me connais pas très bien si tu penses que je vais venir à Boston.

Ça fait onze ans, Claude.

Claude fit claquer sa langue et regarda au loin. Bah, les gens vont et viennent, je dirais. On n'y peut rien. Il regarda ses chaussures. Ses ourlets de pantalon étaient tachés de sang. Je dirais que c'est quand on essaie de s'accrocher à une chose qu'on se met dans le vrai pétrin. Je pense qu'il ne faut pas avoir une prise trop ferme sur tout ce qu'on aime.

J'imagine que c'est sans doute vrai, dit Lewis. Tu es mon meilleur ami, Claude. Je veux que tu le saches.

Merci.

C'est vrai. Je n'ai jamais eu de foutu meilleur ami que toi. Je suis désolée de ne pas toujours avoir été une bonne amie en retour.

Claude secoua la tête. Il ajusta son uniforme pour bien le tendre, redressa sa posture et fit un salut militaire. Prendre soin de la terre, être au service des hommes, dit-il.

Lewis le salua en retour. Prendre soin de la terre, être au service des hommes.

Claude sourit, tendit la main et la posa sur le bras de Lewis. Au revoir.

Lewis hocha la tête et monta dans le Wagoneer; Claude repartit vers le poste. Elle attendit un moment puis klaxonna. Claude se retourna devant la porte du poste. Elle se pencha et baissa la vitre côté passager. C'est moi qui ai abattu ta chienne, Claude, cria-t-elle. J'en suis foutrement désolée.

Claude ne bougea pas et leva les yeux vers le rebord de son chapeau d'uniforme. Je m'en doutais, lui cria-t-il en retour. C'est pas grave. Au revoir, dit-il, et il se retourna vers le poste.

Lewis regarda l'écran antimoustiques claquer derrière lui et démarra.

Le tonnerre secouait les montagnes dans la nuit et la pluie fouettait le pare-brise. Les yeux bien sur la route, Lewis négociait la descente en lacets et se polissait les dents du bout du doigt. Au détour d'un virage elle croisa une berline cabossée qui roulait dans l'autre sens, vers le haut de la montagne. Dans la nuit une femme macabre fut brièvement éclairée, au volant, par le tableau de bord, le visage blanc calcaire comme celui d'un cadavre, la bouche grand ouverte, les cheveux en une volumineuse coiffure bouffante. En cet instant ces deux inconnues étaient les personnes les plus importantes dans la vie l'une de l'autre, car tout ce qui les séparait d'une mort certaine, se dit Lewis, était une ligne de peinture jaune et la foi dans le système.

Lewis alluma la radio et écouta une femme souffrant d'un cancer de la gorge et dotée d'une voix de guimbarde qui avait appelé pour interroger le Dr Howe sur la nature de la souffrance du deuil et lui demander pourquoi sa sœur avait voulu que tout le monde la voie pleurer à l'enterrement de leur mère. Pour l'immense majorité des gens, dit le Dr Howe, pleurer les morts est ce que l'on fait pour rappeler à tout le monde que l'on est une personne. Que l'on a en nous un univers entier d'émotions et de pensées, un univers que nous sommes les seuls à réellement connaître, et auquel nous sommes les seuls à réellement avoir accès.

Lewis arriva bientôt en bas de la montagne et s'engagea sur Florida Avenue et sur la plaine. Elle roula vers le nord et arriva à Missoula en un peu plus d'une heure, conduisant sous la lumière chaude des lampadaires en écoutant encore l'émission de radio et la pluie. Un homme à la voix grave appela pour interroger le Dr Howe au sujet de l'amour, et lui demander comment il pouvait être certain d'en éprouver. L'amour est une modalité de l'être à la fois merveilleuse et insaisissable, dit le Dr Howe. Par sa nature même, elle est difficile à expliquer à quelqu'un qui ne se serait pas trouvé dans la situation de la vivre. L'amour est une chose que vous reconnaîtrez lorsque vous l'éprouverez. Quand vous serez amoureux, vous le saurez.

Lewis secoua la tête et tourna dans une petite rue bordée de magasins fermés et de ruelles sombres. Le Dr Howe continuait à définir l'amour pour l'homme à la voix grave. Lewis repéra une cabine téléphonique balayée par la pluie, boulonnée à un bâtiment en briques à côté d'un arrêt de bus, orange sous un lampadaire. Elle donna un coup de volant et fit monter le Wagoneer à cheval sur le trottoir devant la cabine. Elle se glissa sur le siège passager, monta le volume de la radio et sortit sous la pluie par la portière de droite.

Elle tira deux pièces de vingt-cinq cents de sa poche et les inséra dans la fente de la cabine. Elle était déjà trempée et ses cheveux collaient à son crâne comme un chapeau de paille au rebord effiloché. Lewis composa le numéro qu'elle connaissait par cœur et donna son nom de jeune fille à la voix haut perchée à l'autre bout du fil. La voix lui dit que son appel serait le prochain à passer à l'antenne.

Par-dessus le fracas de la pluie Lewis écoutait la radio qui hurlait depuis le Wagoneer. L'amour est une chose qui vaut qu'on l'espère, qui vaut qu'on l'attende, dit le Dr Howe. C'est le salut de tous nos ennuis, de toutes nos craintes, mais c'est dur à trouver et encore plus dur à entretenir. J'espère que vous le trouverez. Merci pour votre appel, M. Hopscotch, et bonne chance. Nous prenons maintenant notre prochaine auditrice, Mlle Silvernail. Vous êtes en direct, mademoiselle Silvernail, que puis-je pour vous ?

Je pense que vous vous trompez complètement, là, sur l'amour, docteur Howe, dit Lewis.

Pouvez-vous me dire ce qui vous fait penser ça ?

Oui. J'étais certaine d'être en train de tomber amoureuse d'une fille beaucoup plus jeune que moi. Elle a dix-huit ans. Je suis plus âgée que ça.

Vous vous identifiez comme une lesbienne, mademoiselle Silvernail ?

Ce n'est pas important. Mais je vais vous dire ce que j'ai découvert concernant le fait de tomber amoureuse de cette foutue fille. Ça n'avait pour ainsi dire rien à voir avec elle. J'aimais sa compagnie et j'étais attirée par elle. Pendant quelque temps, je me suis demandé si je n'étais pas comme une mère ou je ne sais quoi d'autre pour elle. Je ne savais pas non plus ce qu'elle pensait de moi. Et je me suis mise à éprouver l'envie pressante de la serrer contre moi et de l'embrasser et de la couvrir de toutes sortes de marques d'affection et de protection. Je croyais que c'était de l'amour.

Qu'est-ce que c'était, si ce n'était pas de l'amour ?

Lewis soupira. La pluie ruisselait sur son visage et sur sa main qui tenait le combiné. Eh bien, je n'en sais rien, bon sang. C'est tout le problème. Du désespoir, peut-être. Je n'ai jamais été très forte pour éprouver des sentiments vis-à-vis d'autrui. Mais j'ai juste décidé qu'il était hors de question que je donne des petits noms à des choses que je ne comprends pas. Des petits noms comme amour. Le plaisir de l'amour. Le plaisir du sexe. Le juste et l'injuste, le bien et le mal. Je crois que personne ne devrait plus faire ça.

Comment devrions-nous parler des choses comme l'amour si nous n'avons pas de mots pour les désigner ?

On ne sait pas ce que c'est, docteur Howe. C'est tout le problème, bon sang. Comment pourrait-on jamais en parler quel que soit le mot qu'on utilise ? Ça reste la même chose derrière tous ces foutus noms.

Surveillez votre langage, si vous le pouvez, mademoiselle Silvernail.

J'ai juste décidé que j'allais vivre sans eux. Est-ce que ça vous convient à tous, là, qui m'écoutez ? C'est à cause de gens comme vous qui disent ces merdes que vous rabâchez sans cesse, avec tous ces vieux mots tout vides, qu'il y aura encore des tas de gens qui se mettront ensemble juste parce que ça fait du bien de pouvoir les dire à quelqu'un d'autre. Ils sont amoureux, diront-ils. Puis ils se montent le bourrichon à propos de qui ils pensent être et ils n'ont plus à être seuls avec toutes leurs pensées à propos de qui ils ne sont pas. Bon sang. La réalité, docteur Howe, c'est que nous ne sommes pas des animaux sociaux, peu importent les efforts que nous pouvons faire pour nous en persuader.

Vous ne faites peut-être qu'exprimer vos sentiments antisociaux.

Non. D'une manière ou d'une autre, cette fille de dix-huit ans avait compris tout ça. C'est peut-être un génie, même si son père la prend pour une demeurée. J'aimerais penser que sa génération ou la génération qui la suivra se débrouillera mieux qu'on ne s'est jamais débrouillés avec des mots comme le mot amour. Et, monsieur Hopscotch, si vous nous écoutez toujours, je suis désolée, mais je ne crois pas que ça existe, l'amour tel que vous le cherchez, alors vous ne le trouverez jamais ailleurs que dans des histoires. Je crois que l'idée que l'amour existe vraiment n'est qu'un de ces mensonges qu'on n'acceptera jamais de reconnaître. Un truc bidon fait pour nous occuper et nous distraire et nous pousser à le chercher en vain. C'est juste une foutue histoire de fantômes à la con comme toutes les autres.

À vous entendre, je me dis que vous devez beaucoup souffrir, mademoiselle Silvernail.

Plus bas dans la rue, une vieille femme marchait seule sous un parapluie, voûtée et déformée, s'éloignant sous la pluie rendue visible par la lumière des lampadaires. Non, pas encore, dit Lewis. Je m'y prépare, c'est tout.

Elle raccrocha le combiné et s'enfonça sous la pluie à la suite de la vieille femme. Le son brouillé de la radio s'estompait à mesure qu'elle s'éloignait dans la rue sombre et silencieuse : *C'est donc sur cette note assez triste que nous allons devoir rendre l'antenne pour ce soir, en souhaitant à Mlle Silvernail tout l'amour du monde…*

Excusez-moi, cria Lewis à la vieille femme. Excusez-moi, madame.

La vieille femme se retourna. Son visage ne dit rien à Lewis.

Pardonnez-moi. Bon sang. Je vous ai prise pour quelqu'un d'autre.

Il existe toutes sortes de perversions singulières. La première et unique fois où je suis allée sur ce fameux Internet sans que notre chère petite-nièce soit là pour me guider j'ai lu un article à propos d'un homme, un certain Daniel Plant, qui prétend avoir eu des relations sexuelles avec 2 367 chats et chiens et 112 mammifères paridigités. Il semble tirer une grande fierté de ses œuvres, parce qu'il avait demandé à figurer dans le *Livre Guinness des records*. D'après ce que j'ai compris, sa demande a été rejetée. Qu'est-ce qu'un humain, sans parler d'un humain de mon âge, est censé faire d'une chose pareille ? Cela fait un certain temps maintenant que je lis des choses au sujet des coutumes sexuelles de différentes cultures au cours de l'histoire, et j'ai découvert des pratiques qui m'ont énormément contrariée ou décontenancée. La Grèce antique, en particulier, et aussi aujourd'hui même dans certaines îles du Pacifique les femmes ont plus d'un mari tandis que dans d'autres îles il n'est pas rare que des personnes âgées couchent avec des enfants, et tout cela est vu comme acceptable par les gens concernés. Mais j'imagine que nous sommes tous peu ou prou des déviants d'un genre ou d'un autre pour quelqu'un quelque part dans le monde. Selon les coutumes du moment, certains d'entre nous se démarquent plus que les autres.

Quand on y pense un peu, c'est vraiment drôle comme on décide ce qui peut ou ne peut pas être toléré dans le monde civilisé au fil du temps. Je n'arrive pas toujours à y trouver de logique. Nous désirons tous une chose ou une autre. J'imagine que nous devons seulement trouver une manière décente de l'obtenir, sans causer de peine à ceux qui ne veulent pas la même chose que nous. Le problème, pour M. Plant, c'est que nous ne savons pas si ces animaux étaient consentants. J'ai tendance à penser qu'ils ne l'étaient pas. Je ne connais pas M. Plant, mais à ce que je sais aucun homme n'a jamais réussi à convaincre un cochon d'avoir des relations sexuelles avec lui.

Mais voici où gît le problème si l'on juge M. Plant : nous ne laissons guère aux cochons leur mot à dire dans toutes les autres affaires qui les concernent. Je ne crois pas que les cochons se portent volontaires pour la corvée de bacon. Pourtant la plupart des habitants de ce pays sont sacrément heureux d'y jouer un rôle. La conclusion de mes réflexions, aujourd'hui, c'est que les jugements que nous portons ne sont souvent que des questions de commodité. J'ai tendance à croire que la satisfaction sauvage que la plupart des gens trouvent à jeter la première pierre finira par entraîner la chute de la civilisation. Je crains pour cette raison qu'il n'y ait pas de remède aux difficultés que nous avons à nous comprendre les uns les autres, et je ne m'aventurerais pas à parier sur la façon dont cela finira. Le seul réconfort que je trouve dans tout ça est que je ne pense pas rester encore bien longtemps sur cette terre pour voir jusqu'où les choses se dégraderont.

Un certain agent Derek Ellery du FBI m'a interrogée dans les semaines qui ont suivi mon retour à la civilisation. Je lui ai parlé de mon ami là-bas dans la Bitterroot. Après ça, je n'ai plus jamais entendu parler de l'agent Ellery. C'était un jeune homme brusque et méprisant et je ne pense pas qu'il m'ait crue. Des années plus tard, alors que je faisais des recherches pour ce récit, on m'a orientée vers un agent du FBI aujourd'hui à la retraite du nom de James Polite. Il a eu la très grande gentillesse de répondre aux innombrables questions d'une très vieille femme très obstinée. Je lui ai raconté mon histoire et il pense que l'homme qui m'a aidée dans la Bitterroot pouvait bien être un certain Benjamin Merbecke.

Le FBI maintient que le dimanche 27 juin, à environ une heure trente-cinq du matin, à Phoenix, Merbecke s'est introduit au domicile de Michael et Paula Hovett en passant par une porte de derrière non verrouillée. Le FBI maintient qu'il a gravi les escaliers menant à l'étage, puis qu'il s'est faufilé dans la chambre de la fille unique des Hovett. Il aurait alors endormi la jeune Sarah Hovett, dix ans, à l'aide d'un chiffon imbibé d'un puissant anesthésiant, puis il l'aurait emmenée dans un lieu inconnu, probablement quelque part dans les étendues sauvages de l'Idaho. Alors que j'écris ces lignes en 2006, quelque vingt ans plus tard, il est de mon terrible devoir de souligner ici que l'on n'a toujours pas retrouvé la pauvre Sarah Hovett. Dieu la garde, où qu'elle puisse être. Il existe peu de choses plus cruelles que la disparition d'un enfant.

Dans leur enquête sur cet enlèvement, les agents du FBI ont mis plusieurs mois avant de pouvoir identifier le suspect. Finalement, ils ont associé le nom de Merbecke à l'individu qu'eux et la presse appelaient l'Embrasseur de l'Arizona. Sa description correspondait à celle d'un homme adulte qui avait pour manie d'embrasser des fillettes, et un homme correspondant à cette description avait été également vu en train d'acheter des sous-vêtements de petite fille dans divers magasins.

L'agent spécial Polite mérite bien son nom et il a eu la gentillesse de me rendre visite (de manière officieuse) ici, à l'établissement d'accueil pour personnes dépendantes de River Bend, à Battleboro, dans le Vermont. Il m'a montré un de ces portraits-robots qu'ils font au FBI. Il semble que ce soit la seule image que l'on connaisse de Benjamin Merbecke. Le FBI n'a pu trouver aucune photo de lui. Il n'y en avait pas non plus au Bureau des permis de conduire et des immatriculations des véhicules, et apparemment sa mère a déclaré aux enquêteurs qu'elle avait perdu l'album de famille lors d'une inondation de son sous-sol. Il avait été élaboré sur la base du témoignage d'une femme qui avait rapporté avoir vu, le soir du 26 juin, un homme suspect rôder aux abords d'un collège non loin du quartier où vivaient les Hovett. Dieu du ciel, je peux vous dire que ce dessin était le portrait craché de mon valeureux ami. S'il avait été en couleurs, j'imagine qu'il aurait eu des yeux vert émeraude. Pour cette raison, je reconnais qu'il est très vraisemblable que ce Merbecke et mon ami de la Bitterroot ne soient qu'une seule et même personne.

Beaucoup de gens pensent que Merbecke a enlevé Sarah Hovett. Cependant, vingt ans plus tard, l'enquête se poursuit toujours. En l'espèce, l'agent spécial Polite n'a pas pu me dire tout ce que le FBI avait en matière de preuves contre Merbecke, mais à ce que j'ai pu comprendre ils ne disposaient que d'éléments circonstanciels fragiles. Ça, l'agent spécial Polite me l'a dit tel quel. Il est vraiment dommage qu'ils ne possèdent aucune de ces traces d'ADN qui sont si populaires de nos jours. Je crois qu'elles montreraient que Merbecke est innocent pour cet enlèvement, aussi coupables que puissent être d'autres aspects de son comportement. Mais Merbecke a quitté cette terre, et son corps n'a jamais été retrouvé. Il y a encore des fous qui refusent de me croire quant au fait qu'il soit mort. Il y a sûrement des gens qui croient que j'ai tout inventé.

Je vais maintenant noter ce qui paraît acquis.

Merbecke vivait dans une caravane pas très loin de chez les Hovett. Il poinçonnait les billets au cinéma Cine Desert que fréquentaient Sarah et ses amis. On ne sait pas de façon certaine si Sarah le connaissait ou non. Il s'était fait licencier d'un poste de moniteur de colonie de vacances quelques années auparavant pour avoir entretenu une relation inconvenante avec une jeune fille de douze ans, puis il s'était fait licencier du cinéma pour les mêmes motifs. On ne l'a jamais arrêté, ni accusé d'aucun crime, mais quelques hommes de loi l'ont bel et bien interrogé, et ont fait un rapport. Il était par ailleurs connu pour aimer acheter des sous-vêtements de fillette. Je noterai ici pour faire bonne mesure que j'ai demandé à l'agent spécial Polite si les vêtements ridicules que Merbecke m'avait donnés appartenaient à Sarah Hovett. Il n'a pas pu me répondre.

Je ne puis dire avec certitude si oui ou non Benjamin Merbecke a enlevé cette pauvre fille. Il y a vraiment peu de choses aujourd'hui dont je puisse parler avec certitude. Ceci étant, je ne crois pas qu'il l'ait fait. Certains d'entre vous fermerez ce livre d'un geste vif et hurlerez que je suis une vieille femme ridicule à l'esprit dérangé par les horribles privations que j'ai subies au cours de mes épreuves, ainsi que par la perte de mon mari, et que je n'ai même pas le bon sens que Dieu a donné aux cochons. Je vous laisse décider de ce que vous voulez croire.

Et pourtant, non, je ne sais toujours pas quoi penser de tout ça. Mais je ne crois pas que cet homme ait été si terriblement différent de nous tous. Pour ce que je peux en voir, nous causons tous beaucoup d'ennuis à essayer d'avoir ce que nous voulons avoir. Nous sommes tous, d'une manière ou d'une autre, les bénéficiaires de l'infériorité de quelqu'un d'autre. Nous nous rendons tous, chacun à notre tour, à des autels secrets. Nous brandissons tous, chacun à notre tour, le couteau sacrificiel. Je ne me détourne plus, aujourd'hui, de cette vérité qui est que je fais moi-même partie de tout cela, et que M. Waldrip aurait pu se trouver une meilleure femme. J'ai pris plus que je ne pourrai jamais espérer rendre, et rien qu'en sortant faire une bonne vieille petite promenade j'ouvre de nouvelles routes au vent.

Je suis à peu près sûre que les moralistes intransigeants qui connaissent cette histoire ne trouveront rien en leur cœur pour Benjamin Merbecke. Je ne peux certainement pas leur en vouloir. Avant mon aventure, je les aurais rejoints dans leur mépris pour cet homme misérable. Pourtant, s'il nourrissait en lui je ne sais quelle perversion rare, il abritait également quelques touches d'héroïsme, pour risquer sa vie pour moi comme il le fit. Je ne suis pas certaine que Catherine Drewer aurait fait quoi que ce soit de ce qu'il fit pour moi là-bas dans la Bitterroot. J'imagine qu'elle m'aurait estourbie d'un bon coup sur la tête pour me dévorer à petit feu.

La seule chose dont je sois sûre est que Merbecke n'était pas un mauvais homme. Le seul mal véritable que je puisse voir chez les gens commence lorsqu'ils disent d'autres gens qu'ils sont mauvais. Rien n'a tout à fait le sens que nous aimerions qu'il ait. Il y a des gens qui sont tout simplement inadaptés aux us et coutumes que nous avons établis ici et maintenant, et c'est comme ça, voilà tout. J'imagine que j'éprouve un peu d'empathie pour Merbecke à cet égard.

Je crains que les inadaptés du genre de Merbecke soient les cadets de nos soucis. Je perçois une vacuité macabre chez les jeunes d'aujourd'hui. J'ai parfois la triste impression que les gens n'ont plus grand-chose en eux sinon le désir de participer à un rêve collectif enfiévré sacrément étrange de tromperie et de crime de grande ampleur. Peut-être suis-je simplement trop vieille, et je ne sais plus comment on joue. Peut-être que ceux qui quittent ce monde se lamentent toujours de le laisser en pire état à ceux qui arrivent après eux. Le bon vieux temps est révolu, disons-nous. Peut-être suis-je simplement incapable de voir ce que les jeunes voient aujourd'hui, avec leurs yeux clairs qui brillent devant toutes ces lumières impossibles.

Le soir du jour où Merbecke mourut, il se mit à pleuvoir. Je m'abritai sous le vent d'une saillie de roche calcaire et me servis du briquet à clapet pour faire du feu avec un peu de bois sec que j'avais trouvé là. Je sortis la grosse boîte de conserve pour récupérer de l'eau puis je dormis mal, recroquevillée contre la roche, emmitouflée dans le manteau de Terry.

Je fus réveillée dans la nuit par des énormes bruits de pas dans les bois, comme les bruits de pas d'un géant de conte de fées. Un élan gros comme le pick-up de M. Waldrip apparut. C'était une vieille bête galeuse, et il portait une ramure qui avait l'air d'être devenue trop lourde pour lui. Elle était écorchée et rayée comme une vieille table en manque d'une bonne couche de vernis. J'imagine qu'il devait avoir le même âge que moi, en années d'élan, quelle que soit la façon dont on compte ces années. Et Dieu du ciel qu'il était grand !

Je ne bougeai pas. Il se posta contre la roche tout près de moi, à moins de deux mètres. J'aurais pu tendre le bras et le toucher. Je restai assise éveillée jusqu'à l'aube à écouter cette vieille bête peiner pour respirer, et à écouter le bruit de la pluie sur sa toison, puis je me levai doucement et, aussi discrètement que je le pus, je pris la boîte et m'en allai sous le petit orage. Je suivis la rivière vers l'aval. Le soleil sortit sous la pluie. M. Waldrip disait toujours que ça voulait dire que le diable était en train de flanquer une fessée à sa femme.

Les nuits étaient sombres, et humides, et froides, avec des averses à chaque fois. Dieu merci il ne neigea pas. Je ne dormais pas beaucoup. Lorsque je dormais, je rêvais de bains chauds et de gens en verre creux qui se remplissaient d'eau chaude. Mais chaque matin je me remettais en chemin, à descendre la rivière, martelant la terre du bout de ma canne. Je mangeais tout ce que je trouvais. Pour l'essentiel, je soupais de tubercules, et, une fois, d'une poignée d'asticots trouvés dans une ruche pourrie. Je ne m'arrêtais pas souvent pour pêcher. J'avais compris qu'il fallait que j'avance.

Selon mon décompte, je descendis ainsi la rivière toute seule pendant cinq jours et quatre nuits, jusqu'à ce que j'arrive à un petit bosquet de cèdres perlés de rosée. La pluie avait cessé ce jour-là, mais le ciel était toujours couvert. Il ne faisait pas très froid, cependant. Je m'assis pour me reposer sur un genre de genévrier petit et maladif. Je lâchai ma canne, bus quelques petites gorgées d'eau de ma boîte, et regardai les montagnes.

Lorsque enfin je parvins à me sortir de cette nature sauvage, je fis les gros titres des journaux et j'eus droit à une bonne dose de gloire et de célébrité. J'ai rencontré beaucoup de gens remarquables au cours des vingt années qui se sont écoulées depuis. Parmi elles il y avait une femme pleine d'énergie et de charisme, aux cheveux bruns bouclés coupés court, avec d'étranges cicatrices sur le visage, presque comme des grosses mailles de grillage. Elle s'appelait Jillian, si je me souviens bien. Elle avait un accent étrange, comme si elle avait émigré d'un pays qui n'existe peut-être pas. Je l'ai rencontrée cette année, il y a quelque temps, alors que je donnais une conférence au Club des explorateurs de New York à propos d'un article que j'avais écrit pour un magazine à l'occasion du vingtième anniversaire de mes épreuves. L'article était intitulé "Kingdomtide : le voyage d'une femme de soixante-douze ans et d'un homme masqué dans les espaces sauvages de la Bitterroot". Quoi qu'il en soit, cette Jillian est venue me parler alors que je m'en allais, et elle m'a dit qu'elle avait tout suivi de mon histoire à l'époque. À l'âge de dix-sept ans, elle s'était engagée comme bénévole auprès du Forest Service du Montana alors que je traversais mes épreuves. Son père avait dirigé le groupe de secouristes parti à ma recherche, et elle me parla d'une ranger qui travaillait sur place, une femme du nom de Debra Lewis, qui avait poursuivi les recherches alors que tout le monde les avait abandonnées. Jillian m'a dit que cela faisait de nombreuses années qu'elle n'avait plus repensé à cette époque, et qu'elle n'avait pas gardé contact avec cette ranger, mais son histoire et le portrait qu'elle m'a brossé de cette femme m'ont laissé une impression durable.

J'ai essayé de retrouver la ranger Debra Lewis, mais sans succès jusqu'à présent. J'avais deux pistes : un ranger du nom de Claude Paulson avec qui elle avait travaillé, et un ranger en chef du nom de John Gaskell. Le premier était navré de me dire qu'il n'avait eu aucunes nouvelles d'elle depuis son départ, et le second est malheureusement décédé. Debra Lewis est aujourd'hui encore une inconnue pour moi, mais il m'arrive de penser à elle de temps à autre. Il est ardu de déterminer quel rôle réel elle a pu jouer dans mon aventure. Ses efforts demeurent peut-être incertains et sans but. Peut-être sont-ils, au fond, les mêmes que ceux de Benjamin Merbecke. Les mêmes que les miens. Je n'ai jamais eu de bonne raison de vivre ces vingt années supplémentaires après que je me suis extraite de ce petit avion. J'imagine que la terrible vérité, c'est qu'aucune créature terrestre n'a jamais de bonne raison de vivre. Mais nous vivons malgré tout, même lorsque nous avons toutes les bonnes raisons de ne pas vivre. Et pensez juste une seconde à tout le mal que nous faisons. Tout cela pour dire que si la ranger Lewis en vient à lire ce récit, j'espère qu'elle pourra dire que j'ai rendu justice à l'histoire.

J'étais sacrément fatiguée alors que le soleil se couchait pour ce qui, selon mon décompte, allait être ma soixante-dix-septième nuit dans la Bitterroot. Je regardai entre les arbres les montagnes vieilles comme le monde qui se dressaient derrière moi. Je repérai celle contre laquelle je savais que le petit avion s'était écrasé, et où j'imaginais que le corps de M. Waldrip pendait encore. Le lieu tout entier me semblait maintenant plus petit. Par un trou dans les nuages le rouge du couchant remontait les versants en tirant derrière lui le bleu de la nuit.

Je drapai un bout de couverture crasseux que j'avais récupéré de l'incendie sur le genévrier voûté et maladif pour me faire une tente et m'abriter du crachin. Je ne fis pas de feu ce soir-là. Je m'enveloppai dans le manteau de Terry, me recroquevillai autant que je pus, et dormis.

Je fus réveillée par le bruit de l'océan et le soleil sur mon visage. Quelque part, des vagues se brisaient sur une plage. Cela faisait trente-deux ans que je n'avais pas entendu ce bruit. La dernière fois, c'était juste après mon quarantième anniversaire. Nous étions allés en Floride rendre visite au frère de M. Waldrip et le regarder mourir dans un hôpital près de la mer. Quand il fut mort, M. Waldrip et moi descendîmes à la plage et nous nous assîmes au soleil les yeux fermés. Je me rappelle avoir écouté les vagues puis avoir ouvert les yeux et vu les bottes en peau de crocodile de M. Waldrip à côté de moi, avec ses chaussettes roulées en boules à l'intérieur. Il était parti en trottinant pour s'en aller marcher dans l'eau, le blue-jean roulé jusqu'aux genoux. Il joua là dans les vagues comme un petit garçon et je me rappelle m'être dit que je l'aimais terriblement et que je n'avais vraiment pas hâte du jour où nos chemins devraient se séparer.

J'ouvris mes yeux au soleil. La couverture s'était envolée pendant la nuit et je ne la trouvai nulle part. La pluie avait cessé, et le vent aussi. Je regardai en direction de l'endroit d'où j'avais entendu les vagues et je les entendis de nouveau. C'était un bruissement paisible au-delà des arbres. L'idée me frappa que j'avais peut-être perdu le fil du temps, que j'avais peut-être marché pendant des mois et suivi cette rivière jusqu'à l'océan.

Je pris ma canne et me hissai debout. Le bruissement avait de nouveau disparu, aussi vite qu'il était apparu, mais mes yeux captaient quelque chose de différent à travers les arbres. Je me mis en marche dans mes chaussures détruites, me baissai pour passer sous un épicéa, et sortis de la forêt sous un soleil éclatant. Mes cheveux étaient plus longs que je ne les avais jamais eus depuis que j'étais jeune femme, mon accoutrement était aussi étrange qu'une tenue de femme de la ville, il était vraiment en haillons et désormais couleur de terre. Mais Dieu vous garde, je me tenais au bord d'une route à deux voies goudronnée !

Je lâchai ma canne et m'agenouillai. Je pressai la paume de ma main contre l'asphalte tiède. Il y avait un silence de mort. Je ne voyais aucune voiture sur la route, ni d'un côté, ni de l'autre. Elle filait tout droit dans les deux directions, scindant une vallée boisée jusqu'à perte de vue. Je me relevai, mais n'eus pas besoin de ma canne. Je regardai vers un bout de la route, puis l'autre.

Il ne se passa pas dix minutes avant qu'un élément trouble apparût dans la brume lointaine sur ma gauche. Je ne pouvais en décoller mes yeux. Ils me piquaient et des larmes coulaient sur ma joue. L'objet se rapprochait, et au bout d'un moment je vis que c'était un gros break. Aujourd'hui encore je puis fermer les yeux et le revoir, de plus en plus grand sur la route jusqu'à ce qu'il ralentisse et s'arrête à deux mètres de moi.

Une jeune femme en sortit. Elle portait un chapeau melon vert et un manteau de cuir noir comme j'en ai vu portés par des motards bruyants. Elle me regarda comme si j'étais une vache à pois. Elle dit : Vous allez bien, madame ?

Si vous pouviez m'emmener à la ville la plus proche, je ne serais pas contre, lui dis-je.

Cette chère jeune dame, que j'allais bientôt connaître sous le nom de Sidney Wygant, était une jeune femme sacrément gentille et fiable. Elle était partie quelque temps à l'université à Spokane, dans l'État de Washington, pour étudier une chose curieuse appelée l'urbanisme, et elle rentrait chez elle dans le Colorado. Elle avait décidé de prendre la route panoramique à travers les montagnes.

Sidney s'approcha de moi et m'offrit son bras.

Elle m'amena à son break, ouvrit la portière et m'aida à monter, puis monta de l'autre côté et nous emmena sur cette route goudronnée loin de la nature sauvage. Je regardai droit devant par le pare-brise et attendais de voir les immeubles et les lignes électriques s'élever sur le mince horizon au-delà du désodorisant en forme de pin qui se balançait sous le rétroviseur de Sidney.

Plus tard, quand je fus de retour à Clarendon, le shérif Daugharty dut me faire entrer dans notre chère petite maison au pied du château d'eau. Les verrous avaient fini par être changés, étant donné que le shérif avait dû enfoncer notre porte d'entrée. Personne n'avait jamais été mis au courant de la clé que M. Waldrip gardait cachée sous la pierre en forme de bœuf. La maison était sombre et vide. Il n'y restait à peu près que les empreintes des meubles dans la moquette. Sauf que quelqu'un avait oublié le calendrier de l'église méthodiste de l'année 1986 collé sur la porte du cellier. L'interrupteur de la lumière du cellier était resté en position haute et l'ampoule avait grillé, et les pages du calendrier bougeaient doucement dans la brise qui venait du devant, où le shérif m'attendait. Le calendrier était resté sur la page du mois d'août. Je me sentais alors sacrément sentimentale, et je suivis du doigt le cercle que M. Waldrip avait tracé autour du 31, ce premier dimanche de Kingdomtide. J'ai depuis tracé moi-même un cercle autour du dernier dimanche de cette saison d'épreuves, le 16 novembre 1986, jour où je m'échappai de la redoutable Bitterroot.

Rien, cependant, n'échappe aux aiguilles de l'horloge. Et rien dans la vie ne finit par signifier exactement ce que vous espériez qu'il allait signifier, et les choses ne sont souvent ni simples ni faciles, surtout lorsque vous atteignez mon âge. Cela me fait penser, même si je n'apprécie guère son langage, à une chose que le colonel Goodnight, père de la Texas Panhandle et inventeur du chariot bâché, a dit un jour : La vieillesse a ses honneurs, mais elle est foutrement embêtante.

Aujourd'hui, alors que j'achève ce récit, nous sommes dans l'hiver de l'année 2006 et je peux vous dire que je ne suis plus la même femme. Les quelques morceaux étranges qu'il restera de moi seront bientôt ramenés à Clarendon. J'ai demandé à ce que mon corps y soit rapatrié par avion. Si je n'ai aucune envie de vivre un jour de plus au Texas, je ne serai pas mécontente d'y être enterrée. Mon corps sera inhumé au cimetière des citoyens de Clarendon, là-bas, sous les graines volantes d'un vieux petit peuplier, à côté de mon cher M. Waldrip.

REMERCIEMENTS

L'AUTEUR AIMERAIT REMERCIER : James Hannaham, Doug Stewart, Ben George, Helen Garnons-Williams, Reagan Arthur, Craig Young, Ben Allen, Liz Garriga, Szilvia Molnar, Danielle Bukowski, Caspian Dennis, Ashley Marudas, Gregg Kulick, Oliver Gallmeister, Liv Marsden, Philippe Beyvin, Evan Hansen-Bundy, Alice Lawson, Joe Veltre, Amanda Lowe, Clarinda Mac Low, Don T. Curtis, Diane F. Curtis, Shanna Peeples, Deirdre F. Schoolcraft, Rhonda LeGate, Madison David, Blair Pfander, Bob LeGate, Jessy Lanza, Winston Case, Ayse Hassan, Ahbra Perry, Taylor Higgins, Emma L. Beren, Penny Nicholes, Madeline et Lester Farrington, les amis et la famille de l'auteur, le Diamond Tail Ranch, et Emily "Mimi" LeGate.

DERNIÈRES PARUTIONS

Peter Swanson, *Huit crimes parfaits*
David H.W. Weiden, *Justice indienne*
Edward Abbey, *En descendant la rivière*
Larry McMurtry, *Les Rues de Laredo*
Elliot Ackerman, *Le Passage*
Benjamin Whitmer, *Les Dynamiteurs*
Andy Davidson, *Dans la vallée du soleil*
Tiffany McDaniel, *Betty*
Keith McCafferty, *La Vénus de Botticelli Creek*
William Boyle, *L'Amitié est un cadeau à se faire*
Alex Taylor, *Le Sang ne suffit pas*
John Farris, *Furie*
Joe Wilkins, *Ces montagnes à jamais*
Lea Carpenter, *Rouge, blanc, bleu*
Peter Swanson, *Vis-à-vis*
Mesha Maren, *Sugar Run*
James Crumley, *Le Canard siffleur mexicain*
Craig Johnson, *Dry Bones*
James McBride, *Le Vent et le lion*
Pete Fromm, *La Vie en chantier*
Mark Haskell Smith, *Coup de vent*
Kent Wascom, *Les Nouveaux Héritiers*
Pete Farris, *Les Mangeurs d'argile*
Samuel Western, *Canyons*
Keith McCafferty, *Les Morts de Bear Creek*
Jake Hinkson, *Au nom du Bien*
Jennifer Haigh, *Le Grand Silence*
Elliot Ackermann, *En attendant Eden*
Bruce Holbert, *Whiskey*
Jamey Bradbury, *Sauvage*
Chris Offutt, *Nuits Appalaches*
Whitney Terrell, *Le Bon Lieutenant*
David Vann, *Un poisson sur la Lune*
James Carlos Blake, *Handsome Harry*
Katharine Dion, *Après Maida*
James Crumley, *La Danse de l'ours*
John Gierach, *Sur la tombe du pêcheur inconnu*
William Boyle, *Le Témoin solitaire*

Cet ouvrage a été imprimé sur du papier
dont les fibres de bois proviennent
de forêts durablement gérées

IMPRIM'VERT®

CET OUVRAGE A ÉTÉ COMPOSÉ PAR ATLANT'COMMUNICATION (VENDÉE)

ACHEVÉ D'IMPRIMER SUR ROTO-PAGE
PAR L'IMPRIMERIE FLOCH À MAYENNE
EN JANVIER 2021
POUR LE COMPTE DES ÉDITIONS GALLMEISTER
13, RUE DE NESLE
75006 PARIS

DÉPÔT LÉGAL : JANVIER 2021
1re ÉDITION
N° D'IMPRESSION : 97435
IMPRIMÉ EN FRANCE